Quatro amores na Escócia

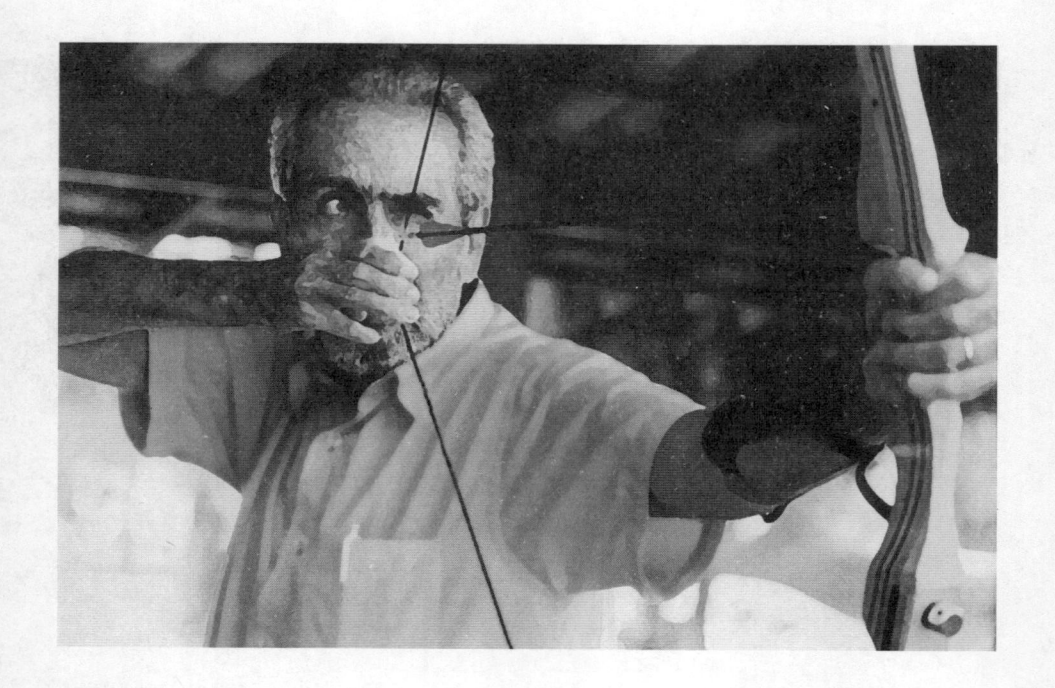

O Arqueiro

GERALDO JORDÃO PEREIRA (1938-2008) começou sua carreira aos 17 anos, quando foi trabalhar com seu pai, o célebre editor José Olympio, publicando obras marcantes como *O menino do dedo verde*, de Maurice Druon, e *Minha vida*, de Charles Chaplin.

Em 1976, fundou a Editora Salamandra com o propósito de formar uma nova geração de leitores e acabou criando um dos catálogos infantis mais premiados do Brasil. Em 1992, fugindo de sua linha editorial, lançou *Muitas vidas, muitos mestres*, de Brian Weiss, livro que deu origem à Editora Sextante.

Fã de histórias de suspense, Geraldo descobriu *O Código Da Vinci* antes mesmo de ele ser lançado nos Estados Unidos. A aposta em ficção, que não era o foco da Sextante, foi certeira: o título se transformou em um dos maiores fenômenos editoriais de todos os tempos.

Mas não foi só aos livros que se dedicou. Com seu desejo de ajudar o próximo, Geraldo desenvolveu diversos projetos sociais que se tornaram sua grande paixão.

Com a missão de publicar histórias empolgantes, tornar os livros cada vez mais acessíveis e despertar o amor pela leitura, a Editora Arqueiro é uma homenagem a esta figura extraordinária, capaz de enxergar mais além, mirar nas coisas verdadeiramente importantes e não perder o idealismo e a esperança diante dos desafios e contratempos da vida.

Julia Quinn

Christina Dodd ❧ Karen Ranney ❧ Stephanie Laurens

Quatro amores na Escócia

ARQUEIRO

Título original: *Scottish Brides*
Títulos originais dos contos: "Under the Kilt", "Rose in Bloom",
"Gretna Greene" e "The Glenlyon Bride"
"O kilt matrimonial" copyright © 1999 por Christina Dodd
"O desabrochar de Rose" copyright © 1999 por Savdek Management Proprietory Ltd.
"O casamento está no ar" copyright © 1999 por Julie Cotler Pottinger
"A noiva de Glenlyon" copyright © 1999 por Karen Ranney
Copyright da tradução © 2020 por Editora Arqueiro Ltda.

Publicado em acordo com a Harper Collins Publishers.

tradução: Thalita Uba

preparo de originais: Natalie Gerhardt

revisão: Livia Cabrini e Tereza da Rocha

diagramação: Abreu's System

capa: Raul Fernandes

imagem de capa: © Evelina Kremsdorf / Trevillion Images

impressão e acabamento: Associação Religiosa Imprensa da Fé

CIP-BRASIL. CATALOGAÇÃO NA PUBLICAÇÃO
SINDICATO NACIONAL DOS EDITORES DE LIVROS, RJ

D668q
    Dodd, Christina
       Quatro amores na Escócia/ Christina Dodd ... [et al.];
    tradução de Thalita Uba. São Paulo: Arqueiro, 2020.
    288 p.; 16 x 23 cm.

       Tradução de: Scottish brides
    ISBN 978-65-5565-016-7

       1. Ficção americana. I. Uba, Thalita. II. Título.

20-65467
                                CDD: 813
                                CDU: 82-3(73)

Todos os direitos reservados, no Brasil, por
Editora Arqueiro Ltda.
Rua Funchal, 538 – conjuntos 52 e 54 – Vila Olímpia
04551-060 – São Paulo – SP
Tel.: (11) 3868-4492 – Fax: (11) 3862-5818
E-mail: atendimento@editoraarqueiro.com.br
www.editoraarqueiro.com.br

SUMÁRIO

Christina Dodd

O kilt matrimonial

UM

Escócia, 1805

ndra não lhe contou sobre o kilt matrimonial? – Lady Valéry bebericou o uísque terrivelmente forte e aproveitou o calor que a bebida espalhou por suas veias velhas. – Meu Deus, o que você fez para ofendê-la? Os MacNachtans *sempre* exibem aquele kilt matrimonial para todos, queiram vê-lo ou não.

O fogo aquecia o escritório, as velas iluminavam os cantos escuros, o relógio tiquetaqueava sobre a lareira e Hadden repousava com as pernas esticadas, um retrato perfeito do poder e da graciosidade masculinos.

A imagem impecável da masculinidade ferida.

Lady Valéry escondeu o sorriso atrás do cálice. O garoto – ele tinha 31 anos, mas ela o considerava um garoto – não lidava bem com a rejeição.

– Andra MacNachtan é uma pessoa irracional – disparou ele e olhou de cara feia para o próprio cálice. – Uma cabeça-dura de miolo mole, que não se importa com ninguém além de si mesma.

Lady Valéry esperou, mas o jovem não disse mais nada. Ele apenas tomou um longo gole de uísque, a quarta dose desde o jantar e três a mais do que, como um homem comedido com a bebida, costumava consumir.

– Sim. Pois bem. – Ela retomou seu plano. – O kilt matrimonial é exatamente o tipo de tradição que lhe apetece. Trata-se de um velho farrapo xadrez que, segundo dizem, traz boa sorte aos recém-casados se for enrolado nos ombros dos noivos… – Lady Valéry fez uma pausa dramática. – Não, espere, deixe-me pensar… Se eles beijarem o *sporran*, aquela bolsinha que eles penduram na cintura… Não, talvez seja algo relacionado à obediência da mulher. Se conseguisse me lembrar da história, eu lhe contaria, e você poderia incluí-la em seu estudo. Mas estou velha, e minha memória não é mais como costumava ser…

Hadden ergueu os olhos azuis, injetados por causa da bebida, e a fitou com irritação.

Talvez ela estivesse exagerando um pouco. Lady Valéry mudou de tática rapidamente, assumindo um tom brusco e direto:

– Bem, nunca me interessei por essas bobagens antiquadas. Eu me lembro dos "bons velhos tempos": incêndios, antros de bebedeira, doenças venéreas. Não, prefiro minhas conveniências modernas. Vocês, jovens, podem meter o nariz onde não são chamados e afirmar que aqueles dias eram românticos e extraordinários, mas eu discordo.

– Não é apenas a *sua* juventude que estou registrando, Vossa Graça, por mais que queira pensar assim.

Rabugento e sarcástico, observou ela – seu humor usual desde que retornara do Castelo MacNachtan, quase dois meses antes.

– É todo um estilo de vida. Desde a Batalha de Culloden, a Escócia está passando por mudanças. As antigas tradições que existiam desde a época de William Wallace e Roberto de Bruce estão desaparecendo sem deixar rastro. – Ele endireitou os ombros e se inclinou para a frente obstinadamente. – Quero registrar esses frágeis fragmentos de cultura antes que desapareçam para sempre. Se eu não fizer isso, ninguém mais o fará.

Lady Valéry o observou, satisfeita. Ele era assim, categórico e entusiasmado, praticamente desde o instante em que chegara à sua propriedade escocesa, um menino de 9 anos magricela e assustado. Hadden afeiçoara-se aos campos vastos e à névoa das Terras Altas. Crescera e ficara forte, sempre vagando pelos vales e pelas escarpas, e descobrira nos clãs e nos antigos modos de vida uma continuidade inexistente em sua própria vida.

Não que a irmã dele não tivesse lhe dado um lar – ela dera –, mas nada podia substituir a presença do pai, da mãe e de um lugar para chamar de seu.

Quando lady Valéry o enviara para o Castelo MacNachtan, tinha esperança de que o jovem encontrasse seu lugar lá. Em vez disso, ele retornara silencioso e ranzinza, lamuriando-se de uma maneira que não combinava com seu jeito elegante de ser.

Assim que lady Valéry diagnosticara a mazela que o afligia, decidira colocar tudo nos eixos, e seu plano, como sempre, estava funcionando perfeitamente.

– Compreendo agora. Você está me dizendo, de forma respeitosa, que não está interessado no kilt matrimonial dos MacNachtans porque ele não é importante. – Ela colocou o cálice na mesa com mais força que o necessário. – Não o culpo nem um pouquinho. Trata-se de uma lenda obscura e um tanto absurda. Além disso, os MacNachtans são um clã em declínio. Pelo que sei, aquela moça, a tal Andra, é a última da geração. Sim, você tem toda a razão – disse ela, como se as palavras tivessem saído da boca dele. – Se não registrar a história *deles* antes que o clã desapareça, isso não terá a menor importância.

Hadden estava prestes a tomar um gole de uísque, mas parou no meio do caminho, e seus dedos apertaram o cálice lapidado.

– O Castelo MacNachtan fica a dois dias de viagem. E o trajeto é bem difícil – resmungou ele.

– É verdade – concordou lady Valéry.

Seu mensageiro levara dois dias para chegar lá, um para encontrar a governanta de Andra e conseguir uma resposta para sua carta, e mais dois dias para retornar.

– As estradas são lamacentas. Os arrendatários são pobres, o castelo está se desintegrando, sendo que nem é um dos melhores, para início de conversa. E Andra MacNachtan é indigente, porém orgulhosa, e tão convencida de sua honrosa ancestralidade escocesa que não consegue enxergar o que está bem debaixo do nariz dela.

Lady Valéry sorriu para Hadden, ciente de que sua isca fora devida e verdadeiramente mordida.

– Então, meu querido, uma mulher desmiolada como Andra MacNachtan *não* tem mesmo a menor importância?

Hadden se levantou. Com mais de 1,80 metro, era um gigante louro, belo, irresistível e tão irritado com lady Valéry que quase se esqueceu de seu descontentamento com Andra.

– Com certeza não deveria ter.

– Quando você parte?

– Amanhã pela manhã.

Ao se levantar, ele jogou o restante do uísque na lareira e observou as chamas se elevarem.

– E é melhor que essa história do kilt matrimonial seja verdade, Vossa Graça – continuou ele –, pois, se eu for até lá para fazer papel de bobo, tomarei um navio para a Índia e farei uma nova fortuna, e a senhora não me verá por um bom tempo.

– Você partiria o coração de uma velha senhora?

– Não se ela for uma velha senhora honesta. Agora, se me der licença, vou arrumar a mala.

Ela observou enquanto o jovem se afastava, tão dinâmico, dominador e viril que lady Valéry desejou ter cinquenta anos menos.

– Ah, eu sou honesta – murmurou para si mesma. – Pelo menos em relação ao kilt matrimonial.

– Estourou bem no meio, mas não sei como vou consertar, já que não temos outro cano.

O mordomo de Andra parecia sombriamente satisfeito ao anunciar a catástrofe.

– É claro que foi meu ta-ta-ta-tataravô que o instalou, então é um milagre que não tenha estourado antes.

Andra ficou olhando para a ponta do cano, ainda pingando, que levava água do poço à cozinha. Era, de fato, um milagre que não tivesse estourado antes, e sua cota de milagres acabara havia uns dois meses.

– Causou uma baita inundação – acrescentou Douglas sem a menor necessidade.

Andra ergueu o pé dos cerca de dez centímetros de água que cobriam o piso do calabouço que ela chamava de "adega", como um eufemismo.

– Eu percebi.

Percebera mais do que isso. Quando o cano estourou, a água atingiu os barris de carne salgada e encharcou as latas de cevada e centeio. Um barril quase vazio que continha os últimos litros de vinho balançava tropegamente de um lado para outro.

O clã MacNachtan atingira o fundo do poço, e ela não fazia ideia de como reerguê-lo das profundezas da miséria e do desespero. Ou melhor, não sabia como iria se reerguer, pois era a última remanescente da família. Queria desistir e já teria feito isso se não fosse por Douglas, que, com seus 60 anos, era muito bom em reparar os infortúnios, pelo menos depois que parava de se lamentar; pela governanta Sima, a única mãe que Andra tinha desde que a sua morrera, quando ela estava com 11 anos; pela cozinheira e por Kenzie, o homem que tinha uma cegueira parcial e cuidava da estrebaria; e pelos arrendatários e todos os que dependiam dela para mantê-los a salvo dos loucos e dos ingleses.

E quando fizera justamente isso – ao recusar a exigência desprezível de um inglês insano –, eles pareceram decepcionados, confusos ou irritados, dependendo da natureza de cada um. Como se ela, a última dos MacNachtans, devesse realmente se casar com um homem das Terras Baixas. Já era ruim o suficiente que ela...

– Senhorita, como vamos tirar toda essa água daqui?

Andra inspirou, trêmula, sem conseguir responder. Não sabia como tirariam a água dali.

– E como quer que eu conserte o cano?

Andra também não sabia. Só sabia que a vida, sempre solitária e difícil, recentemente se tornara tão complicada que ela não tinha ideia de como conseguia continuar levantando a cabeça do travesseiro todas as manhãs.

Arrancou o lenço suado da cabeça e o usou para secar o pescoço. Estava ajudando a ferver as roupas sujas na cozinha quando a água subitamente cessara. Parecia a arrendatária mais vil e mais pobre que já habitara as antigas terras

MacNachtans, e cada parte de seu corpo doía. Ela odiaria que qualquer um a visse naquele estado, principalmente...

– Aquele bom moço, o Sr. Fairchild, saberia o que fazer – afirmou Douglas. – Ele me pareceu entender bastante de canos.

Andra se virou para Douglas com tanta rapidez que provocou ondas na água.

– O que quer dizer com isso?

O mordomo demonstrou surpresa e assumiu uma expressão de exagerada inocência.

– Nada... Apenas que ele parecia entender de tudo. Até de canos.

Ela fechou os olhos para não ver o ar de deboche no rosto enrugado do mordomo. Não devia ter esboçado reação ao ouvir o nome de Hadden, mas Douglas a estava provocando desde...

– Ele não está mais aqui, está? Então teremos que nos virar sozinhos.

Andra manteve o tom de voz equilibrado e suave, duas coisas que tinha dificuldade em conseguir nessas últimas semanas.

Douglas assentiu.

– Pelo menos desta vez não está guinchando como um Kelpie.

Andra sentiu a irritação crescer ao ser comparada à criatura que, segundo a lenda, habita os lagos escoceses. Ela se virou de costas, supostamente para analisar o cano, e se deu conta do verdadeiro desastre que tinha diante de si. Uma parte inteira estourara, o cobre antiquíssimo desgastado por 150 anos de água corrente.

Explodido. Estourado. Desgastado. Como tudo no Castelo MacNachtan. Ela e todos sob os seus cuidados estavam vivendo em uma relíquia prestes a ruir, e as coisas pioravam a cada dia. Todos esperavam que Andra fosse a salvação, mas o que uma solteirona de 26 anos poderia fazer para reparar as pedras ou fazer crescerem as plantações?

Atrás dela, Andra ouviu o tamborilar dos passos de Sima descendo as escadas e o sibilo dos pés de Douglas caminhando em meio à água. Ouviu vozes cochichando e engoliu em seco para desfazer o nó na garganta. Um nó que sentia com cada vez mais frequência nos últimos dias.

– Senhorita – chamou Sima com a voz mais suave e gentil que emitira em muitos dias. – Não se estafe por conta disso. Teve um dia difícil. Vá para o seu quarto. Preparei um bom banho de banheira, bem quente.

– Um banho de banheira?

Para seu próprio embaraço, a voz de Andra vacilou. Colocando a mão no pescoço, ela se recompôs antes de voltar a falar:

– Ainda nem está na hora do jantar.

– O jantar vai estar pronto quando a senhorita sair do banho, e estamos planejando uma bela refeição. Bolinho de batata da Mary, saído quentinho do forno, e um pouquinho de frango de panela. Talvez eu faça seu prato preferido.

Mais tarde, Andra percebeu que a menção ao frango deveria ter lhe servido de alerta. De modo geral, as únicas vezes que Sima permitia que uma galinha fosse morta eram quando alguém ou a própria galinha estava doente.

Mas, naquele momento, tudo o que Andra queria era água quente e a ilusão de conforto.

– Sopa de frango com alho-poró?

Virando-se, ela fitou a mulher magra e de rosto sisudo que sempre cuidara dela.

– Exatamente – assentiu Sima.

Então Andra permitiu que a levassem até seu quarto para ser banhada com o último pedaço de sabonete francês com aroma de rosas que ainda possuía. Sima lhe entregou seu único par de meias de seda e Andra o calçou, bem como as ligas com uma flor de renda no laço. A anágua branca farfalhava enquanto Sima a prendia na cintura da jovem. Andra ergueu os braços para que a governanta a vestisse com seu melhor vestido de fustão rosado. Os cabelos pretos e lisos foram presos no alto da cabeça em um penteado elegante e, como toque final, Sima envolveu os ombros de Andra com um xale de renda belga.

A jovem permitiu tudo isso sem protestar, imaginando que estava sendo mimada como uma criança.

Na verdade, estava era sendo preparada como um cordeiro para o sacrifício.

E Andra só percebeu isso quando entrou na sala de jantar iluminada pelas velas, com sua mesa intimista e coberta pela toalha de veludo posta para dois, e o viu.

Hadden Fairchild, estudioso, inglês – e seu primeiro e único amante.

DOIS

Andra não chegou a sibilar quando viu os ombros largos de Hadden apoiados na cornija da lareira, mas se permitiu um breve suspiro de exasperação com uma pitada de autodefesa. Ele estava ali, sem dar o menor indício da longa jornada que fizera, vestido de forma impecável com paletó, calça, gravata e colete, a imagem da sofisticação londrina. O homem em si – grande, elegante e forte – parecia atrair o fulgor da lareira e refleti-lo no brilho dos cabelos louros, no calor da pele dourada e na luminescência dos olhos azul-acinzentados.

Maldito. Ele precisava desafiá-la com seu semblante, seu vigor e sua habilidade óbvia de se sentir em casa ali no castelo *dela*?

Sima colocou a mão no meio das costas de Andra e a empurrou, fazendo com que entrasse na sala cambaleando e quase caindo de joelhos.

– Por favor – disse ele com ar de superioridade e um sotaque londrino carregado –, não precisa se ajoelhar. Basta uma breve reverência.

Na mesma hora, ela evocou a entonação comum das Terras Altas, esperando irritá-lo:

– O senhor é insuportável.

– Sim. – Ele conseguia fazer um sotaque escocês ainda mais carregado que o dela. – Tanto quanto uma moça que não demonstra o menor bom senso.

Hadden parecia mais decorativo do que útil, mas era melhor que ela em tudo o que fazia. Trocar uma roda, fazer o parto de um filhote, cavar um poço, acalmar os temores de uma criança, escrever uma carta, amar uma mulher sem hesitação... Sem dúvida, também conseguiria consertar um cano. Mas ela, Andra MacNachtan, das Terras Altas dos MacNachtans, não precisava ficar ali para ser espectadora da competência infinita e exasperante dele.

Com um floreio, Andra enrolou o xale no pescoço e se virou, pronta para voltar para o quarto ou para a adega, ou para qualquer outro lugar onde Hadden Fairchild não estivesse.

Mas se deparou com Sima, que lhe ensinara tudo sobre hospitalidade e boas maneiras e, agora, estava apontando o dedo para ela de forma tão austera que Andra se sentiu acuada. Relutante, obedeceu àquela ordem muda e poderosa e se virou para o hóspede. Esperava ver Hadden sorrindo para Sima, em um agradecimento silencioso por obrigá-la a se submeter às regras da educação. Mas ele não sorria e certamente não olhava para Sima. Sua atenção permanecia fixa em Andra, como um lobisomem farejando sua parceira.

Só porque o corpo de Andra o reconhecia e o apreciava em um nível primitivo, isso não significava que ela fosse sua parceira. Aquela doçura, aquele tremor, aquele desejo de se atirar nos braços dele em busca de abrigo – aquilo tudo não passava de uma leve fraqueza diante do homem que lhe ensinara o que era a paixão. Não importava que ele a dominasse sem precisar abrir a boca; Andra MacNachtan não era boba e não obedeceria.

Afastando a exaustão, ela disse com a voz permeada de falsidade:

– Sr. Fairchild, que bom que veio nos visitar novamente. O que o traz de volta a esta região das Terras Altas tão pouco tempo após sua última visita?

Ele se empertigou, afastando-se da lareira e dando um passo na direção dela.

– Você mentiu para mim.

A acusação direta a abalou. É claro que mentira, pois era uma questão de autopreservação. Mas como ele tinha descoberto?

– De que está falando?

– Do kilt matrimonial.

As mãos cerradas, ocultas nas pregas da saia, relaxaram ao ouvir a resposta.

– O kilt matrimonial. O kilt matrimonial dos MacNachtans?

– A senhorita conhece algum outro?

– Não – respondeu ela, relutante.

– E esse kilt realmente existe?

Com ainda mais relutância, Andra admitiu:

– Existe.

– E a senhorita pode me dizer por que não me contou nada sobre ele, considerando que sabia que eu estava aqui a pedido de lady Valéry para aprender sobre as tradições escocesas e registrá-las?

Hadden se aproximou silenciosamente, sua sombra encobrindo Andra e a fumaça da lareira o seguindo como se quisesse acariciá-lo, e continuou:

– A senhorita me contou sobre a rocha na colina, supostamente ali colocada por gigantes. Também falou sobre o poço dos desejos, do qual os fantasmas emergem no Dia das Bruxas. Coisas tão comuns na Escócia que não são dignas de nota. Mas sobre o kilt matrimonial... a senhorita nada disse.

É claro que não dissera nada. Os quatro dias que ele passara com ela foram um período à parte da realidade e das obrigações diárias. Durante quatro breves e mágicos dias, não se importara com as obrigações que tinha, como uma verdadeira líder deveria fazer. Só tivera olhos para Hadden e para os sentimentos que ele despertara nela.

Não era amor. Andra conhecia o amor. Amor era o que sentira pelo tio antes que ele fosse exilado daquelas terras, pelo pai e pelo irmão antes que fugissem para a América, e pela mãe antes que ela morresse de sofrimento.

Tinha sentido uma emoção diferente – despreocupada, cheia de riso e de paixão inesperada. Pouco importava o fato de que ele inevitavelmente iria embora; só desejara aproveitar o momento perfeito antes que fosse tarde demais e acabasse morrendo velha, virgem e esmagada pelo peso dos próprios fardos.

– O kilt matrimonial...? – insistiu ele.

Ela ergueu o queixo e o encarou. Hadden estava perto demais. Andra conseguia ver cada fio de cabelo bem aparado, penteado e úmido. Conseguia sentir o cheiro de urze, couro e sabonete. Percebia a fúria que ardia dentro dele, alimentada pelo desejo que nutria por ela. Andra sentiu todos os pelos se eriçarem, mas não se afastou nem ousou desviar o olhar. Ela não lembrava que Hadden era tão alto e nunca pensara que um dia teria medo dele.

Mas tinha.

– Não me lembrei.

Uma mentira que ele percebeu.

– Não se lembrou – repetiu Hadden. – Não se lembrou do orgulho dos MacNachtans?

– Não.

Outra mentira.

Mas era melhor do que confessar a própria e leviana decisão de nunca pensar em casamento, de nunca falar em casamento e, principalmente, jamais sonhar com um casamento e pensar em dividir a vida com um homem que estaria ao seu lado para sempre… Ou até que outra perspectiva surgisse.

– Por que eu me lembraria daquela coisa velha? – continuou ela. – Está escondida em algum lugar dentro de um baú. Nunca penso nisso.

– Lady Valéry disse que os MacNachtans exibem o kilt para todos os convidados.

– Eu não exibo.

Teria sido melhor se tivesse dito isso olhando para Hadden. Mas o brilho azul dos olhos dele a queimava e ela acabou desviando o olhar.

– Covarde.

Hadden apenas sussurrou a palavra, mas ela ouviu. Ouvia tudo o que ele dizia, mas não conseguia ouvir tudo o que pensava. Não eram tão sintonizados assim. Ela não permitiria que fossem.

O silêncio se estendeu. Viu quando ele ergueu a mão para tocar o rosto dela, como adorava fazer. Os dedos tremiam, como se estivesse lutando contra o desejo de tocá-la. Lutando tanto quanto ela lutava contra o desejo de ser tocada.

Passos do outro lado da porta fizeram com que se afastassem abruptamente. Sima entrou na sala, seguida por duas criadas sorridentes. Uma carregava uma terrina de sopa, e a outra, uma cesta com os prometidos bolinhos de batata. As criadas colocaram a comida no centro da pequena mesa redonda enquanto Sima assimilava a cena que se desenrolava. Andra pensou ter ouvido um breve suspiro de exasperação antes de a governanta desembestar a falar:

– Sentem agora, os dois, e aproveitem bem a minha sopa de frango com alho-poró. Ainda vai demorar para amanhecer e a subida até o topo da torre é longa.

Perplexa, Andra perguntou:

– A torre? Por que a torre?

– Porque foi lá que guardamos o kilt matrimonial, ora essa!

– Anda ouvindo atrás da porta novamente? – indagou Andra.

– De forma alguma – respondeu Sima, arrogante e desdenhosa. – O Sr. Fairchild estava conversando comigo e me contou o motivo de seu retorno. Fiquei chocada ao saber que não havia mostrado a ele o kilt.

Chocada. Havia anos que nada chocava Sima. Mas, na primeira visita de Hadden, a governanta tinha deixado bem clara sua lealdade a ele. Isso pode ter acontecido porque ele deliberadamente se dedicou a cativá-la – bem como a todas as outras mulheres da propriedade.

– *Eu gosto de mulheres – dissera ele. – Em especial mulheres fortes e hábeis. Minha irmã é assim. Lady Valéry é assim. E a senhorita, lady Andra... A senhorita também é assim.*

– *Vigorosa, essa sou eu – respondera ela com toda a animação que ensinara a si mesma.*

– *Vigorosa? Nem um pouco. – O olhar dele a analisou com o cuidado de um perito. – A senhorita parece quase delicada.*

Sima interrompeu com toda a presunção de que era capaz.

– *Ela trabalha duro demais. Precisa de um homem.*

Andra mal conseguiu conter seu horror.

– *Sima!*

Hadden apenas dera um sorrisinho de canto de boca.

– *Um homem para cuidar dela e fazer o trabalho pesado. Eu concordo plenamente.*

Depois daquilo, Sima não se importou mais com o fato de ele ser estrangeiro. Ela e todas as outras criadas tolas deixaram clara sua adoração.

Então, quando Andra o mandou embora, Sima também deixou clara sua opinião sobre a burrice e a insensibilidade daquela decisão, ousando inclusive insinuar que Andra usava a indiferença para acobertar uma fraqueza.

Um disparate, é claro. Andra era forte. Autossuficiente. Não precisava de ninguém. De ninguém.

– Eu também contei a ele que a senhorita não tem nenhum bebê a caminho. Ele pareceu bastante preocupado com isso. – Com um sorriso forçado, Sima observou o rubor subir pelo rosto de Andra. – Embora por que ele deveria se preocupar, uma vez que a senhorita não é casada, esteja além da compreensão desta velha aqui.

Além de sua compreensão, certamente. Sima entendia a natureza e os desejos humanos com bastante clareza, e Andra não tinha a menor dúvida de que a velha senhora estava tramando alguma coisa. Mas Andra não conseguia entender o plano muito bem. Pensando na escadaria instável em caracol, no salão grande e empoeirado, com as janelas tão sujas que quase não permitiam a entrada de luz, perguntou, desconfiada:

– Por que guardou o kilt na torre?

– Fiquei preocupada com o efeito da umidade.

Sima afastou da mesa a cadeira estofada com encosto alto.

Andra deu um passo em sua direção.

– Sr. Fairchild, pode se sentar aqui – instruiu Sima.

Andra parou e observou, tensa de ressentimento. Antes, ele insistia que ela ocupasse a cadeira mais importante. Ele a puxava para ela, acomodando-a primeiro com charme e cordialidade. Porém, daquela vez ele aceitou a cortesia de Sima com toda a arrogância de uma divindade nobre esquecida e se sentou fazendo apenas um agradecimento sucinto à velha malvada e manipuladora.

Sima sorriu ao puxar outra cadeira, menos formal e sem braços.

– Sente-se aqui, minha querida, e descanse os pés cansados. Ela tem trabalhado demais desde que o senhor foi embora. Se não a conhecesse, eu diria que ela sentiu a sua falta. – Sem pestanejar, continuou: – A senhorita tem que admitir que a torre é seca. Lá conseguimos ver vários quilômetros a distância e bate uma boa brisa quando as janelas estão abertas.

Dividida entre a humilhação e a gratidão, Andra se sentou.

– Acha que o kilt está admirando a vista?

Ao fazer um carinho no braço de Andra, Sima aproveitou para arrancar o xale de seus ombros.

– Ah, que língua afiada ela tem, não é mesmo, Sr. Fairchild?

– Sempre admirei sua... – O olhar dele deslizou pelo colo de Andra, agora exposto no decote profundo – ... perspicácia.

Andra se inclinou para a frente, com uma resposta na ponta da língua.

Os dedos de Sima a apertaram subitamente. Ela puxou Andra de volta para o encosto da cadeira e desembestou a falar:

– Eu e as meninas fizemos a limpeza de primavera por esses dias. É primavera, uma ótima época para uma boa faxina. Arejamos as toalhas, tiramos o pó das antigas recordações e reorganizamos tudo nos baús. E colocamos o kilt lá também.

Sima fez um sinal com a cabeça para uma das criadas, que encheu as tigelas e pôs uma diante de Hadden e outra diante de Andra.

– É melhor estarem de estômago cheio antes de embarcarem nessa aventura – concluiu Sima.

Andra colocou a mão na testa. Não se lembrava de ter visto a governanta tagarelar tanto. Devia ser a influência de Hadden. Outra catástrofe pela qual podia culpá-lo.

– Ela perdeu peso – comentou Hadden com Sima.

Não havia dúvida, no entanto, de que ele estava se referindo a Andra. O olhar dele a queimava do outro lado da sufocante intimidade da mesa que parecia encolher.

– Sim, está magra como um palito – concordou Sima, sem demonstrar nenhum desconforto em falar de Andra como se ela não estivesse presente. – Não tem comido como deveria.

– Por que será? – indagou ele.

– Tenho trabalhado demais – interrompeu Andra.

– Ela anda deprimida – respondeu Sima ao mesmo tempo.

Farta até o limite com Sima e sua ideia estúpida de que uma mulher precisava de um homem para torná-la completa, Andra ralhou:

– Deixe-nos comer em paz.

– É claro, senhorita.

Sima fez uma reverência, as criadas fizeram o mesmo e todas se retiraram com tanta rapidez que Andra teve certeza de que tinha perdido aquela rodada. Mas como poderia vencer, se perguntou, taciturna, quando todos no castelo claramente pensavam que ela perdera a razão?

– Tome a sopa – ordenou Hadden, tão à vontade em bancar o senhor imperioso da casa quanto estivera ao bancar a visita cativante.

Ela queria responder que não estava com fome, mas, pela primeira vez em dois meses, estava. Sentia uma fome voraz, como se o corpo exigisse sustância após um período de escassez. Ao pegar a colher, fitou Hadden rapidamente. A visita dele estimulara aquele súbito apetite – que Deus a acudisse se também estimulasse o outro.

Sabiamente, ele manteve os olhos na própria tigela e se absteve de comentar sobre a avidez com que Andra tomava a saborosa sopa. Mesmo assim, de alguma forma, ele a observava, pois lhe entregou bolinhos toda vez que ela acabava um, até a jovem não aguentar mais. Então ele largou a colher e falou:

– Leve-me à torre agora.

Ela se recostou na cadeira.

– O que o faz pensar que pode me dar ordens nesse tom?

– A comida trouxe sua personalidade de volta – observou ele. – Algo que você já tinha de sobra. Sim, estou ordenando que me leve à torre. Você me deve ao menos isso, Andra.

– Não lhe devo nada!

A mão dela estava sobre a mesa e Hadden a cobriu com a dele. Quando Andra tentou removê-la, ele a segurou com mais força.

– Deve, sim. Lembra-se do que me disse quando me mandou embora? Que eu a esqueceria assim que você estivesse longe dos meus olhos? Bem, não esqueci. Penso em você, sonho com você, anseio por você... E se tudo o que posso conseguir de você é um capítulo para meu estudo, então vou exigi-lo e me regozijar dele até morrer.

A mão dele era áspera e abrasivamente quente… Assim como todo o resto. Ela se lembrava do calor do corpo de Hadden se movendo embaixo dela ou pesando sobre o dela.

Andra faria qualquer coisa para que ele a soltasse. Quando ela se levantou, ele apertou a mão dela de novo até ela dizer:

– Venha, então. Eu o levarei à torre.

TRÊS

Hadden mal conseguia conter a raiva enquanto seguia Andra pela escada escura e íngreme que levava à torre. Aquela mulher o deixara desnorteado por dois malditos meses, e agora tinha a pachorra de subir à sua frente os degraus estreitos e instáveis, atormentando-o com o balanço dos quadris. Até que ponto um homem precisava aguentar aquela provocação involuntária?

Quem dera não fosse involuntária. Quem dera ela o estivesse provocando de propósito, atraindo-o para seus braços. Mas não estava. Ela queria que ele fosse embora.

Ela o *mandara* embora.

Na primeira vez que a vira, ela estava parada no riacho, com a saia amarrada, rindo do comportamento grotesco das ovelhas, que se debatiam para conseguir escapar do mergulho anual. Ela era linda e tranquila, o símbolo da primavera escocesa e tudo o que ele sempre quisera.

Ele tinha acabado de chegar de Londres, onde as mulheres corriam atrás dele por sua fortuna, seus antecedentes de nobreza e sua bela aparência. Lá, passara a desprezar aquelas almas exasperadas, capazes de qualquer coisa, mesmo que desonrosa, para satisfazer o próprio prazer. Apesar de todo o desejo que se espalhava por suas veias, decidiu que não corromperia nenhuma camponesa escocesa virgem que talvez não ousasse rejeitar um nobre inglês, pois isso seria a atitude de um canalha.

Mas ao saber que aquela era a mulher que lady Valéry o mandara visitar, seus princípios foram por água abaixo.

Hadden nunca vira uma mulher trabalhar com tanto afinco, sem parar, como se a perpetuidade de seu povo dependesse dela e apenas dela.

O que, aparentemente, era verdade. Ela supervisionava o banho das ovelhas, conversava com os pastores, motivava as mulheres que enfardavam a lã, falava com os homens que iriam transportá-la até o mercado, discutia com os tecelões sobre quanto era necessário para suas intenções... Tudo isso ao mesmo tempo que administrava o castelo, os criados e o tratava com graciosidade e hospitalidade.

Ela gostava dele. Hadden sabia disso. De fato, quando um Fairchild se esforçava para ser atraente, havia poucas mulheres capazes de resistir. E Hadden tinha a vantagem adicional de poder ajudar Andra nos seus afazeres, pois, ao contrário da maioria dos Fairchilds, era competente e não temia o trabalho duro. Mas de que adiantavam o charme, a boa aparência e a habilidade, se a mulher que desejava não tinha tempo para ser seduzida?

Dessa forma, no terceiro dia de hospedagem no Castelo MacNachtan, ele conspirou com os empregados para afastar lady Andra daquela rotina estafante. Ela estava na estrebaria quando, com a ajuda de todos os homens fisicamente aptos de MacNachtan, ele a colocou em sua sela e a raptou por apenas um dia, enquanto ela ria e protestava, alegando ter trabalho a fazer.

Andra, porém, não protestara com muita firmeza. Assim que se viu longe dos afazeres que a prendiam, ela o ajudou a devorar a comida e a bebida que Sima preparara para os dois. Eles passearam pelas colinas de mãos dadas, colhendo flores. Ela o ouvira cantar as antigas cantigas escocesas cheia de contentamento e depois ficara em silêncio escutando o vento que assobiava por entre os penhascos.

Quando a tarde caiu e eles deram início à viagem de volta, ela se virou na sela e o beijou. Esmagou os lábios de Hadden, na verdade, até ele parar o cavalo e ensinar a ela como se fazia. Ele lhe ensinou a desacelerar, ensinou os prazeres dos sabores, ensinou como abrir a boca e entrelaçar a língua voluptuosamente com a dele.

Hadden parou na escadaria atrás de Andra e pôs a mão na parede para se equilibrar. A lembrança daquele beijo fez seu sangue correr mais rápido nas veias. O cavalo se movia, irrequieto, entre suas pernas. Andra estava sentada no colo de Hadden, pressionando a virilha dele, e ele ardia de desejo por ela. Naquele instante, cada parte do seu corpo clamava pela jovem.

Mesmo ali, naquela escadaria perigosa e desconfortável, Hadden sabia que, se ela o encorajasse, mesmo que só um pouquinho, ele seria capaz de levantar a saia dela e possuí-la. Andra, no entanto, não lhe dera o menor encorajamento. Não percebera sequer que ele tinha parado. Continuou subindo e Hadden seguiu observando-a com uma atenção voraz, ruminando sobre aquela tarde e sobre a excitação quente e vibrante do primeiro beijo dos dois.

Ele não aproveitou a chance para possuí-la durante aquele passeio ao ar livre. Com muito esforço e cuidado, ele a ajeitara na sela antes de retornarem ao Castelo MacNachtan. A lembrança da própria repressão o enfurecia agora, apesar de, mais tarde naquele mesmo dia, ele ter achado que valera a pena, quando ela se esgueirou para a cama dele para seduzi-lo tímida e delicadamente, como apenas uma virgem faria. Sentia-se triunfante, apaixonado, convencido de que travara a campanha mais bem-sucedida para conquistar o coração de uma mulher, pois aquela fora a única campanha *importante* que ele realmente empreendera para ganhar o coração de uma dama.

E, no final, ela o rejeitara.

– *Eu nunca quis... Você não pode... Não posso me casar com você.*

Ela puxara a ponta do cobertor de lã, cobrira-se e se afastara dele na cama, como se ele tivesse ameaçado machucá-la.

– *Por que você pergunta isso? – indagou ela.*

Ele ficou tão chocado quanto ficaria se ela tivesse pegado um machado e partido sua cabeça ao meio.

– *Eu a estava cortejando. Você estava retribuindo. Ontem à noite, você me procurou.*

Ele apontou para a antiga cama acortinada que testemunhara o amor mais doce, mais delicado e mais trêmulo que ele havia vivenciado.

– *Meu Deus, você era virgem! É claro que quero me casar com você! – afirmou ele.*

Ela parou de se afastar e se inclinou para ele com os cabelos bagunçados e os lábios inchados.

– *Porque eu era virgem. Bem, deixe-me dizer uma coisa...*

– *Não. Não quero me casar com você porque era virgem! Eu já queria me casar antes, independentemente do seu estado de castidade. Mas quando uma mulher chega à sua idade e ainda não se deitou com ninguém, o homem com quem ela se deita presume que ela o ama!*

Hadden notou a expressão dela.

E soube na mesma hora que havia defendido sua causa da pior forma possível. Quase conseguia ouvir lady Valéry repetindo: "Uma mulher da sua idade?"

Então apressou-se em acrescentar:

– E eu te amo. Queria me casar ontem. Anteontem. Na primeira vez que te vi!

– Uma paixão passageira – disse ela em tom seco. – Você é um homem bom sofrendo de uma paixonite.

Foi então que ele perdeu o controle.

– Não sou um "homem bom".

Foi como se ele simplesmente não tivesse falado. Ela disse:

– Agora... Você vai ter que ir embora.

Um homem bom. Ele remoera aquela expressão. *Um homem bom.* Ainda a remoía. Ao que tudo indicava, Andra achava que ele tratava todas as mulheres da maneira que a tinha tratado e que se apaixonava e desapaixonava com uma regularidade volúvel. Na verdade, em retrospecto, percebia que ela tinha uma opinião bastante estranha dos homens, mas Hadden ainda não sabia o porquê.

Mas descobriria. Ah, sim, ele descobriria.

Andra olhou para trás, na curva da escadaria, onde tinha desaparecido.

– Está sem fôlego por causa da subida? Devo descer e ajudá-lo a continuar, seu velhote?

Ela nem sequer percebeu o perigo que a sondava. Hadden sorriu, contando com as sombras para esconder a ameaça de sua intenção.

– Sim – convidou ele. – Venha me ajudar.

Alguma coisa – o tom de voz dele, o breve sorriso, ou talvez o conhecimento que ela adquirira quando seus corpos se uniram – deve tê-la alertado, pois ela ficou olhando para ele por mais um instante antes de dizer bruscamente:

– Melhor não.

E desaparecer escada acima.

Hadden ouviu os passos apressados de Andra enquanto ela continuava a subir os degraus da torre. Abriu mais o sorriso, que se tornou malicioso. *Pode fugir, pequenina. Você não escapará de mim.*

A própria valentia de Andra lhe servia de arma, pois jamais ocorreria a ela admitir o receio. Mesmo agora, enquanto seus passos desaceleravam. Hadden sabia que a jovem estava dizendo a si mesma para deixar de ser tola, que ele era um homem civilizado e sempre agiria como um cavalheiro.

Ela não percebia que a camada de civilidade de um homem diminuía na mesma medida em que ele era afastado de sua parceira.

Foi ficando mais quente à medida que avançavam. Ele a alcançou onde a escadaria ficava bem mais íngreme, parecendo mais uma escada de mão. Andra estava parada com a cabeça curvada por causa do pequeno espaço proporcionado pelos degraus, pela parede e pelo teto. Seus dedos seguravam a alça do alçapão e uma arandela na parede mal iluminava o espaço.

– Pode abrir o alçapão? – pediu ela. – Ou prefere que eu abra?

Aquela valentia tola dela devia estar cegando-a, trazendo à tona os instintos de uma mulher primitiva. Andra devia estar afugentando-o, mas, na verdade, acabava por provocá-lo, questionando, sem realmente verbalizar a pergunta, se as boas maneiras dele haviam evaporado quando ela o banira de sua cama. Haviam, sim, mas Hadden não viu motivo para contar isso a ela naquele momento. Não estavam totalmente afastados da parte habitada do castelo e das restrições impostas pela presença de outras pessoas mais civilizadas.

Tomando o cuidado de tocar apenas na ponta do cotovelo de Andra, ele a afastou em direção à parede, para poder abrir o alçapão. Hadden abriu as travas de aço brilhantes e ergueu o robusto painel de madeira. Sob o rangido do metal e da madeira, empurrou o alçapão para cima.

Uma claridade repentina irrompeu da torre e uma lufada de ar fresco aliviou o abafamento da escadaria.

– As criadas devem ter deixado as janelas abertas. Falarei com Sima quando terminarmos aqui.

O tom dela deixou claro seu desejo de que isso acontecesse logo.

A raiva dele cresceu ainda mais.

– É exatamente o que deveria fazer. Suas criadas estão sobrecarregadas.

A irritação de Hadden contaminou Andra. Ele percebeu isso pelo rubor no rosto da jovem e pelo lampejo naqueles olhos escuros. Ela engoliu o ressentimento e ele adorou. Andra não queria se render àquela paixão nem a nenhuma outra, o que indicava que ela temia os resultados.

Ela o amara, Hadden tinha certeza. Ele só precisava descobrir que infelicidade a fizera se afastar dele. E sua missão naquela noite era descobrir isso, não ficar sozinho com ela, o que ele desejava com ardor, nem mesmo ver o kilt matrimonial dos MacNachtans, que ele apenas usara como pretexto.

– Há ratos aqui na torre? – perguntou ele.

– Provavelmente.

– Não gosto de ratos.

– Que medroso.

Ela estava debochando, mas ele apenas baixou a cabeça. Se ela era tola o bastante para acreditar que ele era medroso, merecia o que estava por vir – e até mais.

Hadden desceu os degraus do alçapão e fez um gesto indicando a ela que subisse primeiro. Ele viu o lampejo de desconfiança quando Andra percebeu a delicadeza com que ele a tratava, mas ela hesitou apenas por um instante antes de passar por ele.

Andra o achava um cavalheiro, ou, no mínimo, pensava que conseguiria lidar com ele da mesma forma que lidava com todo o resto em sua vida estéril. Não percebia que as camadas de civilidade de Hadden estavam descamando: no caminho para o castelo, durante o jantar interminável, na longa subida pela escadaria. Ele a observou subir a escada de mão, viu os tornozelos esguios ficarem na altura de seus olhos e percebeu quando ela o fitou. Andra ralhou com ele:

– Pare de espiar minhas pernas e me acompanhe.

– Eu estava espiando? – Ele subiu os degraus de dois em dois até ficar exatamente atrás dela. – Imagine só, um homem apreciando os atributos de sua mulher.

Apoiando as mãos no chão, ela se ergueu de repente.

– Eu não sou…

Hadden colocou a mão nas nádegas dela, erguendo-a e virando-a. Baixou o braço e puxou os joelhos dela, fazendo com que Andra caísse com um baque. Ele se colocou em cima dela e, apoiando o peso do próprio corpo nas mãos, disse:

– Sim, você é a minha mulher. Deixe-me lembrá-la de quanto é minha.

– Sr. Fairchild…

Os olhos dela o observavam com cautela, seus dedos pararam, suspensos, perto do peito dele, mas Andra manteve o tom áspero e impessoal:

– O que aconteceu antes entre nós não tem mais importância.

– Até pouco tempo atrás, eu achava que você era uma mulher perspicaz. – Ele aproximou o corpo do dela, centímetro a centímetro, de forma ardente. – Mudei de ideia.

QUATRO

adden manteve as pernas entre as de Andra, usando os joelhos para prender a saia dela e mantê-la imóvel. Ele arfou, entreabrindo os lábios, quando sentiu o próprio cheiro se misturando com o perfume do sabonete de Andra. Os dedos dela estavam tão próximos do peito de Hadden que podia sentir o calor que ele emanava, mas Andra se encolheu diante da aproximação. Algo dentro dela alertava que não deveria tocá-lo. Não se quisesse se manter fiel à sua decisão de continuar sozinha e não se arriscar...

Conseguia ver, por trás da escuridão das pupilas dele, a determinação que o movia. A respiração dele acariciou seu rosto.

– Andra.

Uma determinação similar a incendiou. Hadden não a intimidaria. Ela o empurrou com força.

– Saia de cima de mim, seu brutamontes. Quem você pensa que é? Uma espécie de pirata inglês?

Ele saiu rolando de cima dela e permaneceu deitado de barriga para cima, cobrindo os olhos com o braço. Andra sentiu uma pontada de satisfação e um alívio inconfesso por perceber que não estava errada em relação ao caráter de Hadden. Ele jamais chutaria um cachorro, nem bateria em um criado, nem beijaria uma garota sem seu consentimento. Ele era um homem bom, um homem complacente.

Com o tempo, ele acabaria esquecendo-a, exatamente como Andra previra meses antes.

Ela se sentou e olhou para ele, deitado no chão. Contudo, Andra acreditara que ele a esqueceria antes mesmo de o Castelo MacNachtan desaparecer às suas costas. E jamais lhe passara pela cabeça que ele ficaria tão irado. Com cuidado, afastou-se dele, adentrando mais no recinto. Poderia haver outras facetas da personalidade de Hadden que ela avaliara de forma incorreta?

– Foi por isso?

Ele parecia cauteloso e calmo, como um jogador decidido a não mostrar suas cartas, mas continuou se escondendo atrás do braço.

– Isso o quê? – perguntou ela com cautela.

– Foi esse o motivo pelo qual você não aceitou meu pedido de casamento? Foi porque sou inglês?

– Não, é claro que não.

– Então é minha família.

– Sua família?

– Talvez a infâmia dos Fairchilds tenha se espalhado até mesmo pelas Terras Altas escocesas. Você ouviu as histórias e está relutante em unir à sua ilustre árvore genealógica uma família tão irrelevante?

Perplexa, ela o observou. Hadden era bonito, honrado e gentil. Andra mal conseguia acreditar naquelas afirmações, mas também não podia contar a ele o verdadeiro motivo.

– Nunca ouvi falar da sua família.

– Então está preocupada com o fato de que foi minha irmã quem me criou, pensando que ela, talvez, não tenha se saído tão bem quanto pais de verdade se sairiam? Mas posso lhe garantir que ela me amou muito e me educou muito bem. Tenho as boas maneiras e os princípios de um homem criado pelo mais severo dos pais.

– Sei disso, pois, nas Terras Altas – contou ela, cheia de orgulho –, julgamos um homem por seu caráter, não por sua história.

Ele tirou o braço do rosto e fitou o teto.

– Sério? E qual seu julgamento sobre o meu caráter?

Ela engoliu em seco.

– O senhor disse que queria se casar comigo, mas eu sabia que não era isso que desejava de verdade… Estava apenas enamorado.

Virando a cabeça, ele a examinou com atenção.

– Francamente.

Andra se distanciou um pouco mais, desejando poder descer a escada, fugir dali para se esconder daquele olhar enigmático e perspicaz. Não gostava da combinação de repressão e atrevimento que via nele. Aquilo a deixava insegura em relação a si mesma e ao seu controle sobre ele. Não estava acostumada a se sentir assim: nervosa, como um cavalo a ser domado e montado contra a vontade. Era uma dama e sempre tinha o controle da situação.

Por que, então, seu coração estava acelerado no peito? Por que sua respiração estava ofegante e uma levíssima camada de suor cobria sua testa? Seria por temer que ele a obrigasse a contar a verdade? Uma verdade que ela mesma fingia não existir?

De forma deliberada, como fizera inúmeras vezes naqueles últimos meses, Andra voltou o pensamento para os afazeres e as obrigações. Não podia pensar naquilo agora, então deu uma olhada à sua volta. Afinal de contas, uma patroa devia supervisionar o trabalho dos criados.

E as condições da torre provaram a ela que podia confiar neles, independentemente da tarefa a ser cumprida. Não havia traço de poeira. As tábuas do assoalho, embora velhas e manchadas, foram esfregadas. Os vidros das janelas brilhavam, e duas delas estavam entreabertas para deixar o ar fresco entrar. Não havia mais teias de aranha pelos cantos. Móveis velhos ou dos quais não precisavam mais estavam espalhados pelo aposento: uma poltrona sem as almofadas, um banco, um aparador alto e antigo.

Baús recolhidos em todo o castelo foram reunidos e levados lá para cima. Andra franziu o cenho ao imaginar quanto os homens deviam ter reclamado. Mas ela sabia, melhor que ninguém, como era inútil discutir com a governanta quando ela traçava um plano, e aquele aposento era, de fato, muito espaçoso e bem iluminado. Talvez Sima tivesse razão. Talvez fosse bom mesmo guardar as preciosidades da família ali.

Embora Andra não estivesse olhando para Hadden, percebeu quando ele se sentou. Mesmo estando do outro lado do alçapão aberto, ele parecia alto demais, musculoso demais e atento demais para o gosto dela.

Não que entendesse muito de homens e seus desejos, mas suspeitava que aquele olhar primitivo significava que era melhor encontrar o kilt bem rápido ou entraria em uma briga com Hadden.

Não foi o que aconteceu antes. Na última vez que ele estivera no castelo, fora ela quem o seduzira – e fizera um belo trabalho, diga-se de passagem, pois Hadden a pedira em casamento antes do amanhecer.

Andra acordou e o viu olhando para ela com um brilho magnífico no olhar, como se ela não estivesse com o rosto marcado pelo travesseiro, a boca não estivesse com gosto de fundo do poço e os cabelos não estivessem uma juba digna de uma bruxa.

– Andra... – Ele afastou os cabelos do rosto dela com um leve toque. – Você é a mulher que amo. Por favor, se case comigo.

Maldito fosse ele, por infiltrar a realidade em sua fantasia. E maldita fosse ela, por ter ficado com vontade de gritar como uma criança assustada quando ele disse aquilo.

Ela engoliu em seco várias vezes, lutando contra a mesma reação agora.

– O kilt. Sima disse que estava no baú. Então procure antes que escureça.

– No baú? – Ele olhou para a fileira de cinco baús, alguns tão antigos que as costuras estavam se desfazendo; outros, embora velhos, ainda se encontravam em bom estado. – Qual baú?

Ele precisava dificultar tanto as coisas? E Sima não poderia ter sido um pouco mais específica?

– Você pode procurar.

– Eu saberei que se trata do kilt matrimonial dos MacNachtans quando o vir?

Ele tinha razão, por mais que Andra odiasse admitir. E ela sabia que precisava ajudá-lo a encontrar o kilt matrimonial para poder mandá-lo embora com a consciência limpa.

– Eu o ajudarei a concluir seu propósito.

Ele emitiu um som que veio do âmago. Não era nem uma risada nem um ronco. Estava mais para um rosnado.

– Ninguém mais pode.

Ao se levantar, Andra sentiu as pernas bambas, mas o objetivo de mostrar a ele o famigerado kilt e se distanciar daquela intimidade indesejada a equilibrou.

– Na verdade, você não precisa fazer nada, seu palerma grande e preguiçoso. Eu procuro para você. – Ela ergueu a mão para impedi-lo, mas a baixou rapidamente para que ele não percebesse que estava tremendo. – Trabalharei melhor se você não ficar me espionando.

Ele parou e disse:

– Graciosa como sempre, lady Andra.

Graciosa? Ela não se importava com graciosidade. Só se importava com a pressa. Ao parar diante do primeiro baú, Andra olhou pela janela. Era julho, auge do verão na Escócia. Eles ainda tinham duas horas de luz solar antes das nove horas.

Mas os baús eram fundos e largos. Cinco deles estavam abarrotados com a história dos MacNachtans, e ela sabia, enquanto se ajoelhava diante do primeiro, que a esperança que nutria de que o kilt estivesse ali era insana.

De toda forma, Andra prendeu a respiração ao erguer a tampa e removeu a primeira camada – um papel comum, colocado ali para proteger o conteúdo da poeira. Debaixo havia cortes de tecido xadrez, metros e mais metros. Por um instante, Andra se permitiu apreciar o cheiro de tecido antigo e das lembranças.

Então, enquanto Hadden andava de um lado para outro, ela tirou as fazendas xadrez com cuidado. O xadrez MacAllister, o xadrez MacNeill, o xadrez Ross. Todos os tecidos das famílias que, em algum momento, se casaram com um MacNachtan.

Mas nada do xadrez MacNachtan nem do kilt matrimonial.

Ela balançou a cabeça para Hadden, que estava de pé ali perto, e ele se afastou. Recolocou com cuidado os tecidos no lugar e os cobriu com o papel.

Então, ao longe, ouviu o som indistinto e sinistro de… vozes? Virando-se, ela perguntou:

– O que foi isso?

– Seus ratos.

Ele estava parado, franzindo o cenho para uma mesa de canto alta, como se sua localização o incomodasse.

Embora tenha se esforçado, ela não conseguiu ouvir mais nada. Uma brisa errante bagunçou seus cabelos, e ela relaxou. É claro. Ela podia ouvir os criados conversando lá fora, no jardim.

Andra seguiu para o próximo baú enquanto, atrás dela, Hadden arrastava algo pelo chão, entretendo-se com algum rearranjo masculino dos móveis. Ela não se importava, desde que ele não ficasse por perto.

Os ruídos cessaram e Andra sentiu um arrepio na nuca. Olhando para trás, percebeu que Hadden estava perto demais para seu gosto e o fulminou.

Ele retribuiu o olhar, então se afastou, e, enquanto abria a tampa do segundo baú, ela ouviu outra coisa sendo arrastada pelo chão.

Homens. Sabia muito bem que eles precisavam de uma distração para se manterem longe de problemas.

Dentro do baú, ela encontrou um pedaço de pele de ovelha curado virado para baixo, para que os pelos protegessem seu conteúdo de impactos. Ela pegou a pele, a estendeu no chão e espiou dentro para ver os objetos de formatos esquisitos, embrulhados em papel, que enchiam o baú. Tirando um item, ela o pesou em sua mão. Leve, oblongo, nodoso. Desembrulhando-o, ela se sobressaltou e largou-o enquanto dava uma risadinha.

CINCO

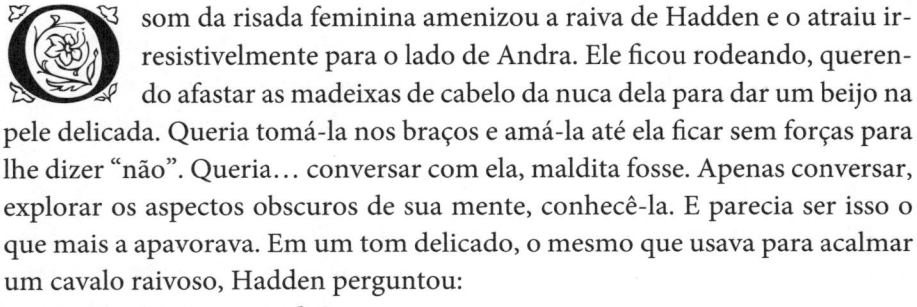

som da risada feminina amenizou a raiva de Hadden e o atraiu irresistivelmente para o lado de Andra. Ele ficou rodeando, querendo afastar as madeixas de cabelo da nuca dela para dar um beijo na pele delicada. Queria tomá-la nos braços e amá-la até ela ficar sem forças para lhe dizer "não". Queria… conversar com ela, maldita fosse. Apenas conversar, explorar os aspectos obscuros de sua mente, conhecê-la. E parecia ser isso o que mais a apavorava. Em um tom delicado, o mesmo que usava para acalmar um cavalo raivoso, Hadden perguntou:

– O que é tão engraçado?

– Meu tio-avô.

Ele nem sequer sabia que ela tinha um tio.

– O que tem o seu tio-avô?

– O homem era um viajante. Deixou a Escócia quando era jovem, depois da Batalha de Culloden. Ele tinha se envolvido até o pescoço na luta contra os ingleses, então parecia a coisa certa a fazer. Viajou o mundo todo. Quando retornou, anos depois, trouxe algumas lembranças peculiares.

Andra falava com desembaraço, algo que não fazia desde que ele pronunciara aquelas fatídicas palavras – *case-se comigo* –, e Hadden se inclinou sobre ela.

– O que é?

Ela pegou uma máscara escura de madeira, pintada com desenhos extravagantes, e, segurando-a pelos buracos nos olhos, a exibiu para ele.

– Da África. Tio Clarence disse que as mulheres locais as penduravam em suas cabanas para se protegerem dos maus espíritos.

Sorrindo, ela passou a máscara para ele.

– Certamente me apavoraria.

Ele virou a máscara de um lado para outro.

– E isto. – Ela desembrulhou um relógio pintado, entalhado com curvas complexas e contendo portinholas misteriosas. – Da Alemanha.

Hadden se agachou, largou a máscara e pegou o relógio.

– Singular.

– Feio – corrigiu ela.

– Bem… Sim.

Hadden ficou sem ar quando Andra compartilhou um sorriso com ele.

– Quando ajustado, informa as horas com perfeição e, nas horas certas, um pássaro sai e canta.

Cautelosamente, ele arriscou um pouco de humor.

– Não acredito que vocês não colocaram isso lá embaixo, no grande salão.

– Ficava lá até meu tio… Até ele ir embora.

O sorriso dela desapareceu. Andra mordeu o lábio inferior.

– Então nós guardamos, pois fazia minha mãe chorar.

O pedaço de um quebra-cabeça, percebeu Hadden. Ela sentia falta do tio e sofria com a dor da mãe.

– Por que ele foi embora?

– As lembranças duram muito tempo aqui nas Terras Altas. Havia uns ingleses que tomaram as propriedades abandonadas dos escoceses banidos e um deles se lembrou de Tio Clarence e ameaçou entregá-lo como rebelde. Meu tio sabia que a família precisava evitar isso a todo custo. – Ela deu de ombros, como se não se importasse, embora estivesse claro que se importava. – Então ele foi embora.

Movendo-se devagar, Hadden se sentou na pele de ovelha, esticou as longas pernas e massageou as coxas, como se estivessem doendo.

– Mas ele devia ser um idoso! O que esse inglês pensou que ele poderia fazer?

Andra olhou para Hadden. Observou enquanto as mãos dele subiam e desciam pelos músculos e, inconscientemente, o imitou, massageando as pernas com movimentos longos e absortos.

– Ele podia seduzir a antiga namorada do inglês, roubá-la do miserável marido e levá-la com ele, é isso que ele podia fazer.

Ela disse aquilo em um tom bem-humorado, mas não estava se divertindo de verdade. O pesar espreitava por trás do sorriso corajoso e das sobrancelhas erguidas.

– Ele era a ovelha negra, então – arriscou Hadden.

– Não na família MacNachtan. Na nossa família, *todos* os homens são ovelhas negras.

Inclinando-se, ela voltou a atenção para o baú, como se pudesse se esconder atrás de seu conteúdo.

Mas não podia se esconder de Hadden.

Não quando ele estava conseguindo as respostas que buscava.

– Quem mais?

– Hum? – Ela o olhou com um ar ingênuo.

Ele não acreditou naquela inocência nem por um segundo.

– Nunca ouvi essa história antes. Quem mais era uma ovelha negra?

– Ah... Meu pai, por exemplo. – O papel farfalhou quando ela desembrulhou o objeto e uma estátua de uma mulher nua e de seios fartos emergiu. Ela riu de novo, mas dessa vez seu divertimento pareceu forçado. – Veja. Da Grécia. Meu tio achava que era uma deusa da fertilidade.

– Sério? – Ele mal olhou para a horrenda estatueta. – O que o seu pai fez?

– Depois que meu tio foi exilado, papai decidiu lutar pela liberdade da Escócia e, em um excesso de patriotismo e de uísque, pegou o cavalo e foi até Edimburgo para explodir a Casa do Parlamento.

Hadden vira a nobre pilha de rochas na última vez em que visitara Edimburgo, e comentou com amargor:

– Ele não foi bem-sucedido.

– Não. Ele e meu irmão se embebedaram em todos os pubs da cidade, contando seus planos a todos.

A perplexidade de Hadden aumentou.

– Seu irmão também?

– Minha mãe dizia que eles fizeram isso de propósito, contar a todos sobre o plano, porque ambos eram bondosos demais para pensar em realmente machucar alguém, inglês ou não.

Andra desembrulhou outro pacote e mostrou a ele uma estátua quase da mesma altura que a primeira, mas feita de bronze.

Ao exibi-la a ele, a mulher em miniatura, vestida com uma saia de veludo cotelê, pareceu cumprimentá-la, seus olhos dourados brilhando.

– Da Escandinávia – explicou Andra. – Meu tio dizia que também era uma deusa da fertilidade. Os nativos acreditavam muito nela.

Hadden arrancou a divindade das mãos de Andra.

– Eles estão na prisão em Edimburgo?

– Quem? Ah, meu pai e meu irmão? – A casualidade deliberada de Andra não o enganava. – Não, eles foram banidos, desterrados, o que era uma questão de muito orgulho para ambos. Por fim, fugiram para a América. Meu pai morreu lá, mas meu irmão escreve de vez em quando. Ele se casou com uma mulher adorável e está bem.

– Quantos anos você tinha quando tudo isso aconteceu?

– Onze.

– Entendo.

Hadden entendia mais do que ela gostaria. Os homens da vida dela, aqueles que deveriam tê-la defendido de todas as dificuldades, a abandonaram em busca de uma glória vã. Ela estava no limiar da vida de uma mulher, pronta para dançar, flertar, ser cortejada pelos lordes locais, mas, em vez disso, precisou se tornar o único pilar de sustentação do clã MacNachtan.

– Coitada da sua mãe – disse ele, testando-a.

Seus dedos tremiam de leve enquanto ela abria outro embrulho.

– Sim. Bem, mamãe já era frágil, e quando os soldados vieram ela ficou muito abalada e acabou acamada... Veja! – Ela mostrou uma delicada estátua de argila, que usava uma saia cheia, estava nua da cintura para cima e segurava uma cobra em cada mão. – De Creta. Achamos... – A voz dela sumiu. Ela franziu a testa para a estatueta seminua, passando os dedos lentamente por suas curvas femininas. Então olhou para Hadden. – Você não quer ouvir sobre isso.

– Sobre as deusas da fertilidade em toda sua glória desnuda? – E então, com uma perspicácia obviamente indesejada: – Ou sobre a sua família?

Ele entendeu muita coisa quando ela engoliu em seco e se afastou bruscamente.

– Não seja estúpido. Sobre as deusas, é claro.

Ela tentou enfiar a deusa de volta no baú, mas ele resgatou a estatueta pintada e a colocou no chão, junto das outras. Andra correu até o baú seguinte, se é que alguém consegue correr de joelhos.

– Andra. – Hadden colocou a mão no braço dela. – Conte-me a verdade.

Ela abriu a tampa com tanto vigor que a madeira envelhecida rachou.

– Vou encontrar aqui – disse, com fervor. – Tenho certeza.

– Encontrar...?

– O kilt matrimonial. – O papel farfalhou quando ela o removeu. – Foi por isso que você veio, não foi?

Não era. Ele sabia. Ela sabia. Mas Andra tremia com uma emoção descontrolada, apavorada pelo que sabia e pelo que ele já supunha. Ela não conseguia encará-lo, não conseguia encarar a verdade, e Hadden achava que entendia isso.

No entanto, não gostava nem um pouco daquilo, e sua raiva floresceu novamente.

Como ela ousava compará-lo àqueles outros homens? Aos covardes e inúteis de sua família?

E como ousava se comparar à mãe, uma criatura frágil arrasada pela perda do marido e do filho? Andra não era frágil; era forte, encarava a vida e todos os seus desafios sem pestanejar. Ele tinha suas suspeitas e, se estivessem corretas, eram os dividendos da vida que ela temia.

– Quer ouvir a história? – perguntou ela.

Voltando à conversa, ele indagou:

– Que história?

Ela bufou como um motor a vapor.

– Do kilt matrimonial!

Andra congelou quando Hadden se aproximou e esperou até ele pegar a pele de ovelha.

– Pode me contar.

Hadden reuniu as deusas e as distribuiu estrategicamente pelo recinto. Retornando ao baú, tirou outros tesouros embrulhados. Sorriu ao ver as preciosidades luxuriosas que encontrou e as espalhou pelo aposento também.

Um homem nunca podia ser minucioso demais.

– O kilt matrimonial é o kilt que foi usado pelo primeiro MacNachtan quando ele se casou. – Ela estava largando os tecidos em uma pilha ao seu lado, procurando com mais vigor do que graciosidade. – Ele era um homem mais velho, um bravo guerreiro, e relutava em desposar uma mulher, pois acreditava que ser exposto a tal doçura o enfraqueceria.

– Então ele era sábio.

Hadden não esperou por uma resposta à provocação, apenas se afastou novamente, para estender a pele de ovelha em um velho banco de carvalho.

– Tão sábio quanto qualquer outro homem – respondeu ela em tom ácido. – Mas um dia ele foi forçado a fazer uma visita aos MacDougalls, pois eles estavam roubando seu gado, e lá, na fortaleza deles, conheceu uma garota.

– Já prevejo sua queda.

O sol do fim de tarde chegara àquele ponto no horizonte em que seus raios atingiam diretamente o aposento, iluminando-o com a gloriosa luz.

– Ela era linda, e ele se apaixonou à primeira vista, mas ela também era orgulhosa e não queria nada com ele nem depois que ele lavou e aparou os cabelos e a barba e começou a cortejá-la como um jovem apaixonado faria com seu primeiro amor. – Hadden percebeu que o sotaque escocês de Andra suavizava à medida que o ritmo da história a envolvia. – Ela não queria nada com ele, então ele fez o que qualquer MacNachtan puro-sangue faria.

– Ele a raptou? – arriscou Hadden, porque, naquele exato momento, o sequestro lhe parecia uma atitude correta e inteligente a se tomar.

E a resposta dela o deleitou.

– Sim, ele a raptou enquanto ela passeava pelas colinas. Mas a jovem não era uma flor frágil. Lutou tanto que ele arrancou o kilt e jogou em sua cabeça para tapar seus olhos e a amarrou para que ela não pudesse atingi-lo, e, assim, a levou embora.

Ela se sentou, segurando um pedaço de tecido xadrez surrado dobrado nas mãos e sorrindo para ele.

Caminhando até ela, Hadden perguntou:

– Qual é o final da história?

– Eles foram muito felizes durante toda a sua vida juntos. – Ela inclinou o pescoço para fitá-lo. – E aqui está. O kilt matrimonial dos MacNachtans. Na nossa família, é tradição que o noivo cubra a cabeça da noiva e a carregue para longe. Diz-se que toda união abençoada dessa forma será uma união feliz.

Abaixando-se, ele pegou o kilt e o abriu. Era antigo, tão antigo que o preto, o vermelho e o azul do xadrez haviam desbotado, formando uma mistura quase indistinguível. As costuras haviam cedido, e a barra era mais uma franja. Mas, no meio, a lã estava bem tecida.

Ele sorriu para o kilt, e depois para Andra.

Ela percebeu a intenção em seu semblante, em seu divertimento, porque o conhecia melhor do que qualquer outra pessoa viva. Levantando-se, Andra se afastou.

– Eu já a raptei uma vez. Foi um dia magnífico que está vivo em minha memória, mas, aparentemente, só na minha. E agora sei o porquê. Eu fui gentil demais, bondoso demais. – Ele ergueu o tecido xadrez. – Não segui a tradição. Não a cobri com o kilt matrimonial.

Ela correu até o alçapão, que agora estava fechado.

– É inútil, milady – disse ele. – Você é minha agora.

SEIS

 ndra agarrou a alça do alçapão e puxou com força.

Nada se moveu.

Ela puxou mais forte.

Estava firme, imóvel. Ela olhou para trás e viu que Hadden continuava avançando implacavelmente em sua direção. A jovem deu um último puxão desesperado e a alça se desprendeu do alçapão. Ela cambaleou, e o kilt matrimonial cobriu sua cabeça.

Hadden a enrolou no kilt e a abraçou enquanto sussurrava com voz grave:

– Renda-se, querida. Seus criados leais nos prenderam aqui dentro.

O velho e bolorento tecido deixava a luz passar como uma peneira. Andra teria arrancado o kilt da cabeça, mas o respeito pelo passado dos MacNachtans a conteve, e Hadden não teve escrúpulos em se aproveitar disso. Ele a ergueu por trás, e a jovem se agitou como uma potranca indomada, contorcendo-se, tentando escapar de um abraço que parecia certo demais para ser evitado.

Hadden a colocou em uma superfície dura e plana, bem acima do chão que os pés dela tanto procuravam. Tirou o kilt da cabeça de Andra e os olhos de ambos se encontraram. Ela estava sentada no tampo da estreita mesa de apoio, com as costas contra a parede e com Hadden encaixado entre as pernas.

– Raptada. Raptada exatamente como o primeiro MacNachtan fez com a esposa. Preenchi os requisitos. Sou seu noivo agora.

Os olhos azuis dele brilhavam enquanto falava.

Se pudesse, Andra teria fulminado Hadden.

– Você não é meu noivo. Não vou viver minha vida guiada por uma maldita superstição antiga…

– Por que não? Você a está vivendo guiada por uns malditos medos antigos.

O ar ficou preso na garganta de Andra. Ele sabia? Ele estava supondo? Ou será que alguém lhe contara algo que não devia? A ideia de tamanha traição atormentou aquela parte privada da jovem, a parte que nem ela mesma ousava encarar, e Andra acusou:

– Você planejou isto.

Ele baixou a cabeça e seu nariz quase encostou no dela. Hadden respondeu em tom grave e intenso:

– Não, milady. Se quisesse levá-la a um lugar de onde você não conseguisse escapar, eu a levaria a locais desertos no charco que seriam mais adequados ao nosso tipo de amor. Não, culpe seus próprios criados de confiança por isso.

O alívio se misturou à indignação. Ele não sabia. Mas…

– O que você quer dizer com "nosso tipo de amor"?

Ousado como nunca, Hadden colocou a mão sobre o calor no meio das pernas de Andra e disparou:

– O tipo sem afeição ou amabilidade.

Ela segurou a mão dele.

– Não foi assim.

– Você me usou.

Uma acusação justa, e ela queria pensar em alguma resposta astuta. Mas como podia pensar quando Hadden ignorava as tentativas dela de se desvencilhar daquela situação e, em vez disso, começava a pressionar os dedos rítmica e delicadamente? Aquele toque despertou o desejo no ventre de Andra, afugentando todos os outros sentimentos.

– Isso não vai resolver nada – disse ela, com fraqueza.

– Vai resolver tudo.

– É tão típico de um homem ser simplista.

– É tão típico de uma mulher complicar uma situação simples.

Em um movimento rápido, Hadden enfiou a outra mão por baixo da saia dela.

– Por favor, você vai…

– Vou – garantiu ele, pressionando-a ainda mais. – Já estou.

Andra largou uma das mãos dele e tentou rapidamente segurar a outra, que subia, sem pressa, por sua perna, coberta apenas pelas ceroulas e pelas meias. Hadden agora acariciava o seio dela. Andra o deteve. Ele mordiscou os lábios da jovem antes de deslizar a língua entre eles. Ela capturou a orelha de Hadden entre os dedos e afastou a cabeça dele. A mão sob a saia deslizou até a pele sensível da parte superior das coxas de Andra.

Ele se movia por todo o corpo dela, atormentando todos os sentidos de Andra com mordidelas leves e beijos suaves. Quando ela tentava proteger alguma parte do corpo, Hadden partia para outra. Ela estava sempre em desvantagem.

Andra nunca fora confrontada com táticas tão engenhosas antes e protestava com gritinhos tolos de desalento.

– Não! Maldito seja. Não! Não me toque aí...

Abrindo caminho com os dedos, ele tocou de leve no sensível botão feminino antes de mergulhar, sem nenhuma sutileza, os dedos dentro dela.

Andra arregalou os olhos e pressionou as costas contra a parede. O desejo – ah, só podia ser desejo – a arrebatou, arrastando-a como um cascalho levado pela corrente de águas turbulentas.

Ela vivera em um misto de raiva, decepção e dificuldades financeiras por tanto tempo que não pensara conscientemente no corpo dela ou no dele, nem em como se encaixaram de forma tão magnífica durante uma noite dois meses antes. No entanto, seus sonhos eróticos eram frequentes, levando-a ao prazer solitário, e deviam manter seu corpo em prontidão, porque agora os dedos dele deslizaram sem dificuldade pela umidade dela.

Umidade. Sim, o simples fato de vê-lo já a excitava, o cheiro dele alimentava seus sentidos. Mas se seu corpo era fraco, sua mente não era.

– Não posso corresponder. Há muitas lembranças perturbadoras entre nós.

Depois de ter falado isso, ocorreu a Andra que ele poderia rir. Afinal de contas, ela estava obviamente correspondendo, independentemente da aflição que a atingia.

Mas ele não riu. Em vez disso acariciou-a bem devagar, deixando-a ainda mais excitada.

– Temos todos os tipos de lembrança entre nós. Os dias em que trabalhamos juntos. As noites que passamos jogando xadrez e rindo. A noite... Meu bem, você se lembra daquela noite?

A voz dele era suave, quente, sincera e atenta a ela e apenas a ela. Ele poderia seduzi-la simplesmente com aquela voz e Andra contraiu as coxas para afastá-lo.

Não adiantou. Na verdade, a pressão resultante intensificou a reação do corpo dela.

E Hadden percebeu, pois sorriu. Um sorriso caloroso, audacioso e masculino que alimentava a ira dela e que a derretia por dentro.

– Para uma mulher que até pouco tempo atrás era virgem, você faz isso muito bem.

Era como se ele estivesse acariciando um gato, deleitando-se com a maneira sensual como ela se esticava toda.

– Não correspondo de propósito.

Ela bateu no braço esquerdo de Hadden, que estava apoiado nas pernas dela, mas ele reagiu envolvendo-a com o outro braço e tocou com o nariz o pescoço de Andra, bem abaixo da orelha. Ela se sobressaltou ao sentir que a respiração dele a arrepiou. Sobressaltou-se novamente ao sentir o toque da língua de Hadden na pele sensível do pescoço.

– Isso não é justo – protestou ela.

Ele não se afastou, apenas fez uma pausa e indagou:

– Por quê?

– Porque você sabe o que eu gosto e agora está usando esse conhecimento contra mim.

Ele riu e seu divertimento provocou um sopro gelado na pele quente de Andra.

– Não estou usando o que sei contra você. – Os dedos de Hadden deslizavam entre as pernas dela, em uma fricção deliciosa. – Estou usando a seu favor. E a meu favor também. Você vai me dar o que eu quero.

– E o que seria isso? – Ela se irritou com ele. – Satisfação?

– Sim. – O polegar dele a acariciou até o calor irradiar por suas terminações nervosas já fervendo de desejo. – A *sua* satisfação.

Andra queria dar uma resposta esmagadora, realmente queria, mas receava gemer se abrisse a boca. Ele a fazia se sentir bem. Ele a fazia se sentir *mais*. Mais do que da última vez, mais do que nunca na vida, mais e fabulosa.

Era chocante se sentir tão zangada e tão excitada ao mesmo tempo.

Ele não estava chocado. Estava excitado. Andra sabia disso pelo ritmo dos movimentos. A mesa acompanhava esse ritmo, assim como os dedos dele enquanto a acariciavam. Ele se movia em um compasso que fazia algo dentro dela acompanhar. Os músculos internos dela se moviam à revelia. Hadden tocou a orelha de Andra com a língua.

Ela se contorceu.

Não sucumbiu ao prazer vertiginoso. Não, ela tentou lutar contra ele, mas nem Hadden nem seu corpo lhe deram escolha. Então ela estremeceu, em silêncio, agarrando a beirada da mesa. Queria que os dedos implacáveis de Hadden parassem de fazer o que estavam fazendo, mas quando pararam e fizeram uma pressão vigorosa ela se contorceu de novo.

– Linda – sussurrou ele. – Exatamente o que eu queria.

Ela estava ofegante.

– O que… *você* queria?

Ele não tinha beijado os lábios, nem tocado os seios, nem acariciado a pele de Andra. Não tinha se demorado, nem feito qualquer uma das coisas que fizera na primeira vez que fora para a cama com ela. Hadden, aquele homem grande, bruto e rude, simplesmente enfiara a mão entre as pernas dela e, em poucos minutos, levara Andra ao êxtase.

Nem mesmo a luz do crepúsculo suavizou o ímpeto do queixo dele ou o atrevimento do olhar. A calidez ilusória deveria tê-la acalmado e ela queria fazer uma declaração, rejeitá-lo de alguma forma.

Mas a investida insolente de Hadden lhe roubou toda a sagacidade. Vê-lo ali a irritava mais do que conseguia suportar e a excitava mais do que poderia desejar. Então ela fechou os olhos.

Hadden afastou os dedos devagar, levando a mão à cintura de Andra enquanto a outra descia pelas costas dela.

Andra reabriu os olhos nesse momento e segurou Hadden pelos pulsos antes de perguntar:

– O que está fazendo?

– Estou abrindo seu vestido.

– Por quê?

– Para poder fazer isso.

Então Hadden puxou o corpete dela para baixo.

– Não!

Andra segurou o vestido pelo decote, mas Hadden já estava abrindo a combinação dela. Ela largou o vestido e tentou preservar sua frágil intimidade.

Tarde demais. Estava seminua. Hadden tocou os seios dela e os pressionou um contra o outro antes de afundar o rosto entre eles. Deslizou a língua por um e passou para o outro, deixando Andra arrepiada enquanto os mamilos dela se enrijeciam, querendo chamar a atenção dele – atenção para o fato de que ainda não tinham sido tocados como deveriam.

Até mesmo os mamilos se voltaram contra Andra, que cerrou as mãos em uma tentativa de golpear Hadden antes que ele percebesse como estava excitada.

Aquilo não ajudou. O vestido escorregou pela cintura. Ele apoiou o pé em uma banqueta, a puxou mais para perto e se ajoelhou diante dela como um mortal diante de uma deusa. A atenção dele, que ela não permitiria que se voltasse aos mamilos rijos, se concentrava agora no abdômen dela. A barba por fazer arranhando a pele delicada.

Antes, Hadden não a tocara de nenhuma maneira afetuosa; apenas enfiara os dedos dentro dela e exigira a resposta. Agora, ele ainda não havia tocado em sua parte mais íntima, mas Andra sucumbiu assim mesmo.

Hadden abocanhou um dos mamilos dela e o chupou, levando-a a um orgasmo incontrolável. Agarrando os cabelos louros dele, Andra o manteve ali e fechou os olhos, abafando pequenos gemidos com o dorso da mão, entregando-se à paixão como se tivesse nascido para aquilo – ou como se ele tivesse nascido para ensiná-la.

Gradualmente, os espasmos cessaram. Repousando a cabeça no peito dela, Hadden murmurou:

– Você é gloriosa, mulher. – Ele a fitou como se estivesse se deliciando com o espetáculo do rosto corado e dos lábios trêmulos. – Quero estar dentro de você, quero vê-la desse jeito todos os dias.

Ela não compreendia muito no momento, mas estava consciente o suficiente para rejeitá-lo.

– Não.

– Eu poderia fazer você se sentir assim sempre que quisesse. O tempo todo. O tempo todo? Como ele achava que ela sobreviveria?

– Não – respondeu Andra com um pouco mais de firmeza.

Os lábios dele, macios, carnudos e generosos, se abriram em um sorriso que lhe dizia que ele sabia o que ela estava pensando.

– Podemos morrer desse jeito, mas seria uma bela maneira de partir. – Levantando-se, Hadden deu um beijo na testa dela. – E na próxima vez em que você se sentar em uma mesa, meu amor, vai se lembrar de mim. Não vai?

SETE

adden levantou Andra pela cintura e a colocou no chão. Com uma das mãos, ele a equilibrou enquanto ela tentava segurar o vestido, ficar de pé e canalizar força para as pernas bambas.

Todas as saias e anáguas escorregaram até os tornozelos de Andra, que apenas olhou para elas. Como aquilo tinha acontecido?

– Esse vestido não lhe servirá de muita coisa, desabotoado como está. – Ele puxou o vestido pelo decote, por entre os dedos dela, e o deixou cair. Hadden afastou as mãos dela para as laterais do corpo. – Você parece uma mártir em uma daquelas pinturas antigas. Está preparada para ser uma mártir, minha querida? – Os olhos dele passearam pelo corpo feminino, pouco protegido pela combinação torta, pelas meias de seda e pelas ligas bordadas com flores – Para mim?

Ele estava completamente vestido, e ela, quase nua. Hadden a levara ao êxtase duas vezes e ainda mantinha o controle. Enquanto a olhava, começou a surgir no rosto dele um rubor que foi logo controlado. Hadden a encarava com tanta intensidade que ela quase conseguia sentir o fogo daquele olhar queimar o mamilo, intumescido sob a combinação, e a pele desnuda da coxa, acima das meias. Ah, sim, ele mantinha o controle, mas bastaria uma leve provocação para que a possuísse.

Ela quase cedeu à tentação.

Mas isso significaria mais que uma mera relação sexual. Em alguma parte sombria e ainda funcional da mente, Andra sabia disso. Poderia ceder ao que seu corpo tanto queria e ao que Hadden tão obviamente desejava, unindo seus corpos em uma celebração do desejo que confundia suas defesas quando aquele homem estava por perto. Mas se ela o atraísse para si, estaria aceitando mais do que apenas o desejo. Estaria dizendo "sim" para tudo o que ele queria: casamento, filhos, uma vida de intimidade até que um dia, de alguma forma, a mágoa os separasse.

Não. Andra estremeceu. Não podia fazer isso.

Hadden percebeu a recusa dela de ceder ao que havia entre eles, pois contraiu o maxilar e seus olhos flamejaram uma chama azul colérica. Ele queria mais do que ela podia lhe dar e, por um instante, Andra pensou que ele fosse lhe dar as costas.

Então ele piscou e toda a animosidade desapareceu. Hadden sorriu e ela correspondeu, hesitante. Ele fez um breve aceno com a cabeça e ela o imitou. Era, como Andra entendia, um acordo implícito de que poderiam sucumbir ao desejo sem compromisso. Felizmente ele decidira ser racional.

Quando a tensão se esvaiu do corpo de Andra ela cambaleou, e Hadden interpretou aquilo de forma premeditadamente equivocada.

– Não consegue andar, pobrezinha.

Ele a pegou no colo, tirando-a da poça de roupas descartadas a seus pés, e a carregou pelo recinto. Quando passou por um trecho iluminado pelo sol poente, foram banhados por uma luz dourada. Continuaram atravessando o aposento e a sombra taciturna os envolveu. Logo escureceria, e a escuridão chegaria com todos os seus pesares e suas necessidades.

Sim, ela precisava de Hadden naquela noite. Apenas naquela noite.

A parte da frente da camisa e do colete dele pinicava a pele de Andra, mas ela colocou as mãos no pescoço dele e torceu para que ele entendesse aquele gesto como disposição, não submissão.

– Vê como sou útil agora? – perguntou ele. – Sou seu valete, seu cavalo, sua carruagem. Qualquer tarefa que deseje, eu a cumprirei, pois você é minha mulher, Andra.

A declaração extravagante alimentou uma carência na alma de Andra, uma carência que ela não queria reconhecer.

Ela corou. Quando chegaram ao banco que ele cobrira com a pele de ovelha, indagou-se por que Hadden não havia tirado as chinelas de couro dela, as meias de seda e as ligas floridas. Não queria perguntar. Pareceria ansiosa para ficar nua. Mas ela já estava nua, exceto por...

– Sente-se aqui.

Os olhos dela se estreitaram quando Hadden a colocou no banco. Será que ele *tinha* planejado aquilo? Sim, seus criados, liderados pela astuta Sima, os trancaram ali dentro, mas será que ele fizera um pacto com aqueles impertinentes?

Sentiu então o toque quente e macio da lã nas nádegas e se esqueceu de suas suspeitas. Curiosa agora, Andra afundou ainda mais na coberta felpuda. A pele cedeu sob o peso do corpo da jovem e as fibras a envolveram. Ao se mover, sentia cócegas enquanto a lanolina fazia seu corpo deslizar.

– Você está gostando – observou Hadden.

O tom dele a fez parar. Ele a colocara ali por uma razão, para excitá-la. Se admitisse que Hadden havia conseguido, mais um pedacinho da sua resistência seria fragmentado.

Abaixando-se, ele abriu a combinação dela e a tirou, deixando Andra apenas de meias. Hadden empurrou de leve o ombro dela para que se deitasse e sentisse a lã acariciar seu pescoço, suas costas, suas nádegas. Os pés dela ainda estavam no chão, como uma mulher cavalgando em um silhão.

Mesmo sem que Hadden lhe dissesse, Andra sabia exatamente o que ele queria que ela fizesse em seguida.

Ele queria que ela abrisse as pernas, colocando uma de cada lado do banco. E enquanto Andra fizesse isso ele ficaria olhando.

Hadden ia gostar disso, ela sabia. Já estava gostando. Ele emanava satisfação por vê-la obedecendo-o. Satisfeito porque era homem e vislumbrava a vitória, mas ele provara, na mesa, que só considerava vitória se ela também ganhasse.

– Você ainda está com todas as suas roupas.

Ele estava blindado. Ela estava quase totalmente desprotegida. Se Hadden tirasse a roupa, ficaria tão inibido quanto Andra.

Ao menos era isso que ela esperava até ele parar ao seu lado e dizer:

– Desabotoe minha calça e me liberte. Toque em mim. Faça com que eu sinta o mesmo que você.

– Constrangimento? – perguntou ela, sarcástica.

Um sorriso apareceu no canto da boca de Hadden.

– Isso é *tudo* o que está sentindo?

Claro que não era. Emoções conflitantes a dilaceravam. Ela o queria nu, mas, ao mesmo tempo, temia a nudez de Hadden. Queria se render, mas resistia de forma irracional.

E por que ela resistia? Aquilo era apenas desejo.

– Se você quer alguma coisa, Andra, terá que vir pegar. Se me quer, terá que dar ao menos um passo em minha direção. Apenas um.

Ela abriu a calça de Hadden, atrapalhando-se com um botão de cada vez. Ele ficou parado, paciente, esperando, observando. Não estava usando ceroulas, o que a chocou e a fez se perguntar se ele costumava usá-las ou se estava tão certo de que ela cederia que não as colocara.

Talvez não fosse uma questão de certeza, mas de autoconfiança. Talvez ele pudesse se doar plenamente porque não tinha pontos sombrios na alma, nenhuma cicatriz feia que temia exibir, nenhum motivo para que os fantasmas o assombrassem como os homens da família dela a assombravam.

Andra precisou se esforçar ao máximo para abaixar a calça dele e foi quando percebeu que Hadden não escondia nada. Ele sentia muito orgulho de si mesmo, por inteiro, e acreditava que, quando conseguisse tirar Andra da sua concha de inibição, ela sentiria aquele mesmo orgulho.

Bem, talvez ela pudesse se orgulhar – do próprio corpo pelo menos. Mas não da alma. Ela manteria essa parte inviolável. Mas se ele se satisfizesse com o corpo dela, Andra estava disposta a lhe dar isso.

Com essa decisão, Andra deslizou os dedos pelo membro dele. Não sabia se estava fazendo com que ele sentisse o mesmo que ela sentira, mas o modo como Hadden semicerrou os olhos e arfou lhe deu confiança. Enquanto ele estava distraído, Andra colocou um pé em cima do banco, mantendo o joelho dobrado, tentando fazer uma pose casual.

Mas ele reparou.

– Adoro essas florezinhas. – Enquanto se ajoelhava ao lado dela, os dedos de Hadden brincaram com as rosetas na liga de Andra. – Dão um indício do que há mais para cima.

Com delicadeza, ele acariciou o centro do botão de rosa e o toque reverberou no cerne de Andra. Quase involuntariamente, seu quadril se mexeu em resposta.

– Isso – disse ele. – Só de ver você se mexer assim, eu fico…

De repente, cheio de pressa, ele arrancou a roupa da cintura para baixo.

Daquela distância e daquele ângulo, tudo nele parecia ainda mais forte e musculoso. As coxas com poucos pelos atestavam os anos de cavalgadas; o abdômen definido mostrava que ele era um homem de ação; e… ela acariciou o longo músculo que se estendia da virilha até o joelho.

– Não vai tirar o casaco?

– O quê?

Ele parecia distraído pelo toque feminino.

Andra deu um sorriso reservado e ousou pedir outra lembrança para guardar.

– Se eu tirasse, seria seu valete.

Aquilo fez com que ele afastasse a atenção da própria gratificação e olhasse para ela.

– Mais um passo?

Um grande passo, pensou ela enquanto se sentava com cuidado. O primeiro passo ela tinha dado sem nenhuma insinuação ou adulação. Hadden parecia particularmente fascinado, seus olhos acompanharam cada movimento que ela fez até que tirasse o casaco dele com força. Depois disso, Andra voltou a atenção para a gravata, o colete e a camisa. Segurando a gravata, ela disse:

– Espero receber uma ótima gorjeta por esse serviço.

– Você receberá – prometeu Hadden enquanto ela o despia por completo.

Ele não estava falando de dinheiro. Quando Andra atirou as roupas pelo recinto e ele ficou nu como ela, Hadden falou:

– Eu gostaria de tentar algo diferente.

– Diferente?

Tudo aquilo era diferente.

– Quando você se deitar, deite-se de bruços e sinta como a lã acaricia seus seios e sua barriga.

– De bruços? Mas isso não vai funcionar.

Ele tentou conter um sorriso, e ela soube que tinha dito algo estúpido.

– Há mais maneiras de fazer amor do que noites para experimentar todas. Mas eu lhe asseguro que faremos o melhor possível para testar todas.

– Ah. – Enquanto pensava naquilo, Andra deslizou as mãos pelo peito dele e até chegar à ereção. Ele estava pronto, totalmente pronto e no ângulo certo…
– Está bem – concordou ela. – Talvez seja possível.

Poderia ser prazeroso, também. Com uma displicência rebuscada, ela se deitou de bruços no banco.

– Quero que você se mexa para mim. – Ele alisou as nádegas de Andra antes de afastar suas pernas. Quando os pés dela tocaram o chão, ele a incitou novamente: – Mexa-se para mim. É bom.

Ela parecia uma garotinha indefesa, exposta ao olhar dele, mas não se sentia uma garotinha, especialmente quando obedecia às instruções. Sua barriga apreciava o conforto da lã, enquanto os mamilos se intumesciam com o estímulo. Com os olhos fechados, ela se concentrou nas sensações. Ouviu a risada suave de Hadden atrás dela.

– Assim mesmo.

Os dedos dele a exploravam, tocando nos pelos curtos e encaracolados que cobriam o sexo dela, abrindo-o languidamente enquanto ela aguardava em um suspense de excitação. Quando gemeu, ele a puxou pelo quadril, aproximou-se e a imobilizou. Debruçando-se sobre ela, Hadden a penetrou com um movimento lento, firme e implacável e, quando já estava totalmente dentro dela, declarou:

– Você é minha.

– Não.

Mas teria ele ouvido? Andra mal conseguia falar. Seu corpo vibrava, dominado por uma sensação de abundância, de ser mais, do prazer que sentia por ele estar dentro dela.

– Consegue me sentir? – perguntou ele.

– Consigo.

– Consegue mesmo? Não estou em cima de você, nem você está em cima de mim. Apenas uma parte dos nossos corpos está se tocando. – Ele se moveu dentro dela. – Esta parte. É a única que pode despertar a sua paixão agora.

Ele criava atrito no corpo dela, entrando e saindo com movimentos rápidos. Mas também criava atrito em sua mente com o que dizia.

– Fica melhor se eu a tocar?

Hadden pressionou a barriga contra as nádegas de Andra e a ergueu um pouco, mergulhando os dedos nos pelos que protegiam a abertura dela, até encontrar o ponto exato que buscava e tocá-lo.

Sensível por conta da expectativa, do desejo e dos dois orgasmos que já atingira, ela se debateu e quase conseguiu escapar daquele toque.

– É demais para você, Andra? – Ele suavizou o toque, tornando-o tão leve quanto um sussurro, porém mais intenso que um tambor. – Prefere assim?

– Não preciso... – Ela não conseguia sequer articular uma frase completa, e tentou de novo: – Eu não...

Pegando a mão de Andra, ele a enfiou por baixo dos corpos unidos e a colocou no lugar da sua, e pediu:

– Quero que você se toque e me mostre do que gosta.

O toque de Hadden fazia com que Andra se sentisse viva. O modo como ele aprovava suas reações fazia com que o desejo dela aumentasse como uma flor sedenta ao receber um pouco de água.

– Não preciso de mais – ela conseguiu dizer.

Agarrando-se à lã, ela estremeceu por inteiro, arrebatada por ter se rendido à sensualidade.

– Consigo sentir… tudo. Seus músculos internos. – Ele ofegou. – Sinto quando eles me apertam, me pressionam. – Os dedos de Hadden deslizaram pelas nádegas de Andra, guiando o movimento e mergulhando mais fundo, chegando a lugares que ela não alcançava. – Faça de novo.

A voz rouca dele dizia tudo. Estava tentando satisfazê-la ao mesmo tempo que mantinha o controle.

Hadden a enfurecia. Como ousava manter o controle quando toda a disciplina de que ela tanto se orgulhava desaparecia no instante em que o via?

Vingativa, decidiu não voltar a se tocar, mas tocar nele. Envolveu a base do membro rijo com os dedos e pressionou.

Ele rugiu como um garanhão no cio, puxando-a consigo ao se erguer para atingir o clímax.

O movimento a deixou frente a frente com uma estatueta de um garanhão em estado de excitação exacerbada. Por um instante pavoroso, Andra ficou olhando, pasma, para aquele símbolo da fertilidade.

Então outro clímax cataclísmico a arrebatou. Abaixando a cabeça, enterrou o rosto na lã para abafar os gritos.

OITO

adden era um homem comum, com necessidades comuns e um temperamento comum. Isso queria dizer que era bondoso, compreensivo, trabalhador, bem-humorado e racional. Especialmente racional.

Mas quando ambos desabaram sobre a pele de ovelha, ficou nitidamente claro para ele que, quando se tratava de Andra, sua racionalidade falhava. A insistência teimosa em independência dela provocava nele uma mistura de frustração, raiva e insanidade sexual.

Na verdade, provocava todo tipo de insanidade. E não era de admirar, pois embora Andra fosse generosa, escrupulosa e meiga, era também a criatura mais irracional, emotiva e imatura da face da Terra.

Eles montaram no banco, com a lã os aninhando, e Andra respirou fundo algumas vezes à medida que a tensão do orgasmo lentamente amainava. Hadden passou a mão pelas costas dela.

– Tudo bem, querida?

Ela esfregou o rosto na lã.

– Hum?

Ele sorriu. Andra estava exausta, e ele quase sentiu pena e arrependimento por tê-la sujeitado a tamanho bombardeio de estímulo carnal.

Mas, maldição, de que outra forma ele conseguiria fazê-la ficar sentada por tempo suficiente para ouvi-lo senão provocando-a e estimulando-a até que ela ficasse inerte demais para fugir correndo? Com os céus como testemunha, ele havia tentado de tudo na primeira visita. Ele a beijara. Ele a bajulara. Ele prometera. Ele implorara. Tentara a pura razão. Embora, em toda a história da civilização, tal tática nunca tivesse funcionado com uma mulher. Nada funcionara. Andra fugia do compromisso como um coelho foge de um falcão.

E qual mulher, em sã consciência, fugiria de um compromisso com ele? Ela devia ser tão insana quanto o deixava.

Com delicadeza e remorso, Hadden separou seus corpos. Se dependesse dele, ficaria dentro dela para sempre, volta e meia levando os dois ao alívio explosivo da paixão. Mas o sol havia se posto. A luz estava esmaecendo rapidamente. Ele olhou para o alçapão fechado. Não sabia qual era o plano de Sima – nem sequer sabia se ela tinha um –, mas supunha que a governanta não tinha a menor intenção de deixá-los sair dali naquela noite. O que foi que ela dissera quando os impeliu a comer com vigor? *Ainda vai demorar para amanhecer, e a subida até o topo da torre é longa.*

Ele estava zangado demais naquela hora para perceber o plano... Mas se tivesse percebido, teria sido um coparticipante bem-disposto. De alguma forma, independentemente da veemência com que Andra o rejeitava, ele estava decidido a descobrir o que tinha feito – ou dito – que a assustara.

A mão de Hadden apertou a doce curva da nádega da jovem. Ele descobrira, é verdade.

Ele assumira boa parte das responsabilidades dela. Fora estúpido o bastante para tentar se mostrar indispensável.

Agora, enquanto o calor do dia esmorecia, ela tremia e Hadden sabia que não importava quanto quisesse resolver aquela questão matrimonial antes que Andra recobrasse a compostura, precisava primeiro cuidar da amada enquanto ainda conseguia enxergar bem o bastante o que precisava ser feito.

– Descanse, querida, e me deixe cuidar de você.

Andra ergueu a cabeça de leve no banco, em uma rejeição instintiva.

Ele estava assumindo o controle de novo. Bem, ela simplesmente precisaria se acostumar com aquilo. Pressionando a mão no rosto da jovem, Hadden repetiu:

– Descanse.

Ela suspirou e relaxou. Talvez porque tivesse começado a aceitá-lo como seu consorte. Porém o mais provável era que estivesse cansada demais para resistir.

Passando uma perna por cima do banco, ele se levantou, caminhou até o alçapão e o puxou. Como imaginava – e esperava –, estava trancado. Eles precisariam dormir ali. Ele teria a noite toda para convencê-la de que ela era sua.

Trabalhando com rapidez, Hadden juntou os pedaços de tecido que Andra largara ao lado do baú. Em um dos cantos, montou um colchão de tecidos xadrez e uma almofada para usarem como travesseiro. Dobrou mais dois pedaços de tecido para serem usados como coberta. Pressionando a maciez da cama improvisada, ele decidiu que assim que colocasse Andra entre ele e a parede, ela não poderia sair até resolverem aquela pendência – com o resultado que *ele* esperava, dessa vez.

Voltando para perto de Andra, ele a encontrou sentada, cambaleando de leve, enrolada na pele de ovelha.

– Muito bem. – Ele deslizou um braço por baixo dos joelhos dela e o outro pelas costas, e a ergueu. – Vamos usar isto aqui também.

Deitando-a no meio da cama improvisada, ele estendeu a pele de ovelha e se acomodou ao lado dela.

Hadden percebeu que ela estava tentando se recompor para fazer alguma coisa –não fazia ideia do quê, mas sempre era assim quando se tratava de Andra. Qualquer coisa que ele não conseguia imaginar, ela conseguia. Hadden não permitiria que as rédeas mudassem de comando agora. Então puxou as cobertas e disse:

– Era exatamente o que você suspeitava.

– O quê?

Enfiando o braço por baixo do pescoço dela, Hadden a puxou para si para que a cabeça dela descansasse no seu peito.

– O kilt matrimonial era apenas uma desculpa para vê-la. – Ela arfou, mas ele continuou sem pausar: – Sou grato a lady Valéry por isso, apesar de achar que ela me mandou para cá por nenhum outro motivo além do fato de que estava farta de me ver pisando duro pela casa. Sabe, o registro das tradições escocesas é a única coisa que me move à paixão. – Colocando a outra mão nas costas de Andra, ele a puxou mais para perto. – Ou, eu deveria dizer, a única coisa que *costumava* me mover à paixão.

Andra pigarreou antes de falar, e sua voz pareceu trêmula e incerta:

– Eu ainda não disse, mas acho uma atitude muito nobre.

Ele não se surpreendeu pelo fato de Andra evitar mencionar o fervor que ele sentia por ela e ficou bastante satisfeito por ela ter se aninhado ao corpo dele sem discutir. A mente de Andra ainda não havia aceitado a verdade de suas novas circunstâncias, mas seu corpo compreendia muito bem.

– Não sei se amá-la é uma atitude nobre, visto que não tenho escolha, mas certamente é desafiador.

A mão dela pairou sobre o peito dele, tocando vários pontos antes de se acomodar sobre o coração.

– Eu quis dizer…

– A questão é: não conseguia compreender por que você havia me rejeitado de forma tão insensível, mas agora que explicou, eu entendo o problema.

– Expliquei?

Ela começou a puxar os pelos do peito de Hadden.

Ele segurou a mão de Andra com delicadeza.

– Então… Referências. Estou disposto a lhe fornecer referências.

– De quê?

A voz dela estava mais aguda.

– Que atestem que sou um homem estável, que não sou de devaneios, nem de me entregar a paixões fugazes.

A escuridão de uma noite escocesa nas Terras Altas era mais intensa do que Hadden já vira na vida, e tal escuridão encobria a torre naquele momento. Ele não conseguia enxergar nada além do quadrado de céu estrelado visível pela janela, mas não teve a menor dificuldade para perceber a confusão e o medo que Andra sentia.

– Lady Valéry, que me conhece desde que fui morar com ela, aos 9 anos, poderia fornecer essas referências.

– Lady Valéry – repetiu a jovem.

A encarnação de papagaio de Andra o fez sorrir. Ele a virara de cabeça para baixo. Agora a estava chacoalhando e, se tivesse sorte, quando ela acordasse veria o futuro deles como Hadden via.

Discretamente afastando qualquer divertimento da voz, ele disse:

– Creio que você conheceu lady Valéry em uma de suas excursões às Terras Altas e deve admitir que ela é uma mulher honrada.

Andra se contorceu.

– É claro, mas não entendo por que você acha que essas referências seriam importantes para mim.

Ele ignorou o comentário. Por certo ela sabia e, se queria bancar a tola, então ele podia fazer o mesmo.

– Também posso indicar Sebastian Durant, o visconde de Whitfield. Talvez você não o conheça, mas lhe garanto…

– Eu o conheci no batizado do filho de MacLeod.

– Ah. – Ela conhecia Ian e Alanna. Outra conexão entre eles. – Ian MacLeod é meu primo.

– Ele é encantador.

Hadden detectou um tom de sorriso na voz dela e não gostou daquilo. Não gostou nem um pouco.

– Só se você gostar de homens morenos e bem-apessoados e exageradamente sedutores.

Ela posicionou uma perna entre as dele.

– Não o achei *tão* sedutor assim.

– Uma vez, precisei dar uma surra em Ian porque ele tentou se aproveitar de minha irmã. – Hadden segurou a coxa de Andra e a pressionou contra seu corpo. – Posso surrá-lo de novo.

– Então você é inclinado à violência.

Ele percebeu que ela ainda usava as ligas, e desamarrou uma delas.

– Defendo minha família.

Andra soltou um gorjeio engraçado, e Hadden percebeu que ela estava rindo.

– Ele é casado, Hadden, e não consegue tirar os olhos da esposa. Se você surrá-lo, ele provavelmente ficará se perguntando o porquê.

– Hum.

Ele sabia que ela tinha razão. Ian não se importava com mais nada além de Alanna, dos filhos e do Solar dos Fionn-alguma-coisa.

– O visconde de Whitfield? – retomou ela.

Hadden não podia se permitir ser distraído por uma onda absurda de ciúmes. Não quando seu objetivo estava tão próximo.

– Sebastian. – Ele esfregou o queixo no topo da cabeça dela e tentou se concentrar. – Basta ser apresentada a Sebastian e você perceberá que ele é um homem turrão, com pouquíssima tolerância para injustiça.

– Ele me assusta – confessou Andra. – É intenso demais, e olha para a esposa…

– Minha irmã.

Andra levantou a cabeça tão rápido que atingiu o queixo de Hadden.

– Ela é sua irmã? – Andra massageou a cabeça. – Ai.

– É. Ai.

Hadden esfregou o queixo. Ela estava se comunicando, falando sobre a família dele, sobre seus amigos, sem resistir a ele com cada fibra do seu ser. Um maxilar rachado era um preço baixo a pagar.

– É claro. – Ela parecia animada. – Você se parece com ela! Os cabelos e os olhos e o... Vocês dois são bem-apessoados.

– Bem-esculpidos?

– Extremamente – respondeu ela. – Mas, ao contrário de você, sua irmã não é convencida.

– Ai – disse ele novamente, apesar de não estar ofendido.

Ela estava provocando, como costumava fazer antes de ele ter proferido aquelas palavras fatais – *case-se comigo*. Ele estava conseguindo derrubar as defesas de Andra. Hadden começou a pensar que talvez o plano fosse dar certo.

–Sebastian é meu cunhado – continuou ele –, e talvez você possa pensar que ele será parcial em relação a mim. Mas lhe garanto que ele odeia os Fairchilds. Lembra-se de que contei que a família é composta pelo bando mais devasso de salafrários que você encontrará deste lado do inferno? E se eu fosse como eles, Sebastian não teria compaixão alguma por mim. Ele lhe diria que sou indigno e me reprimiria por cortejar uma dama íntegra. Mas ele me ajudou a ir para a universidade, e desde então trabalho com ele e para ele. Você pode acreditar que Sebastian lhe dirá a verdade.

Ele fez uma pausa e aguardou a resposta dela.

– Tenho certeza de que ele não diria nada além da verdade.

– Exatamente. E, por fim, posso indicar minha irmã. Não existe outra pessoa viva no mundo que me conheça desde que eu nasci, então precisa ser ela.

– Por qual motivo?

– Mary ficará contente em testemunhar que nunca pedi uma mulher em casamento antes, nem mesmo quando tinha 5 anos e me julgava um belo garanhão.

– Ah.

Foi um som bem baixo, mas que ele julgou bastante satisfatório.

– Também posso pedir a Ian e Alanna que me escrevam uma carta de referência. E os homens e mulheres que conheci e com quem trabalhei na Índia, embora essas cartas demorem para chegar até nós, mas todos dirão basicamente a mesma coisa.

– Que você não é leviano quanto aos assuntos do coração e que é um homem confiável?

– Exatamente.

Ele a aninhou nos braços, abraçando-a o mais apertado que podia, na esperança de que, se suas palavras não a comovessem, a proximidade o fizesse.

Hadden continuou:

– Não a abandonarei, não importa quanto você tente me afastar. Não sou seu pai, nem seu irmão, nem seu tio. Sou Hadden Fairchild e nunca amei outra mulher, Andra, e jamais amarei.

Ela não disse nada. Não retribuiu seu voto de amor, nem falou que analisaria suas referências, nem que acreditava que ele ficaria com ela para sempre.

Todavia, também não se queixou da percepção dele de que o abandono cometido pelos homens de sua família dera origem ao medo que ela sentia dos laços de afeição.

Ele não ficou satisfeito, é claro. O que queria era que Andra se rendesse por completo. Mas não podia forçá-la e sabia que havia plantado um novo pensamento na cabeça da amada: o de que ele era o homem no qual ela podia confiar.

Andra ouviu a respiração de Hadden ficar mais pesada à medida que ele adormecia. Reparou que ele continuou abraçando-a apertado e se lembrou da outra noite que passaram juntos. Mesmo em meio às profundezas do sono, aquele homem se agarrava ao que lhe era precioso. Poderia acreditar que ele faria o mesmo à luz do dia, quando tivesse de enfrentar as dificuldades da vida que ela levava? Ele era um cavalheiro inglês fino e viajado, acostumado com o conforto. Mesmo que investisse sua fortuna no Castelo MacNachtan, levaria anos até que as condições deixassem de ser meramente toleráveis. Poderia acreditar que ele permaneceria ao lado dela, apesar da precariedade da vida? Mais importante ainda: Hadden conseguiria suportar a responsabilidade de ser seu marido sem fugir do trabalho? E quando brigassem, como todos os casais provavelmente faziam, poderia acreditar que ele não fugiria para Londres? Que ainda se deitaria em sua cama e lhe daria um beijo de boa-noite?

Ela não sabia as respostas. Não tinha como saber exatamente. Nem mesmo se aceitasse as referências que ele sugeriu fornecer. Nem mesmo se analisasse o homem em si e o que sabia dele. Não importava que decisão tomasse, ela poderia sair perdendo.

Seria ela capaz de suportar isso? A possibilidade de ver outro homem que amava lhe dando as costas para pegar a estrada e ir embora?

Mas uma coisa era certa: se ela rejeitasse seu pedido, ele lhe daria as costas de toda forma.

Suspirando, ela se desvencilhou do abraço de Hadden e deslizou por cima dele.

Ele despertou na hora e a segurou.

– Aonde você vai?

Talvez rejeitá-lo não fosse ser tão fácil assim, Andra percebeu. Na verdade – ela mordeu o lábio para conter o riso –, ele chegara ao ponto de espalhar as deusas da fertilidade pela torre. Se elas funcionassem...

– Andra, aonde você vai?

– Estou com frio. Vou pegar mais uma coberta.

Ele continuou segurando-a enquanto refletia, mas deve ter concluído que ela não podia escapar, pois diminuiu a pressão dos dedos e a largou antes de lhe dar, de má vontade, permissão:

– Não demore.

– Que amável – resmungou ela enquanto atravessava o aposento.

Ao voltar, com mais tecidos xadrez, não se surpreendeu quando as mãos masculinas vieram ao seu encontro.

O sol da manhã e o burburinho de vozes acordaram Hadden, mas ele permaneceu deitado com os olhos fechados tentando ignorar os sons. Não ficou nada satisfeito por ser agredido daquele jeito após uma noite no chão, em uma cama improvisada, tentando dormir, mas alerta para o caso de Andra tentar escapulir.

Ela não tentara. Depois daquela única saída para pegar mais uma coberta, ela se encolhera ao seu lado e dormira o sono dos inocentes.

Maldita mulher. Após ter acordado umas dez vezes durante a noite, ele até ficaria satisfeito se tivessem uma discussão.

Agora estava com fome e de mau humor. Andra ainda dormia, quente, ao seu lado, então quem diabo estava subindo a escada correndo e falando alto daquele jeito?

Ele abriu os olhos... E puxou rapidamente as cobertas.

– Mary, o que você está fazendo aqui?

– Eu poderia lhe fazer a mesma pergunta – respondeu sua adorável irmã.

Seus olhos azuis críticos o deixaram ciente de que estava com o peito desnudo à mostra, e ele a fitou, irritado, enquanto puxava as cobertas para cima. Então seu olhar se desviou e avistou Sebastian e Ian. Prudente, ajeitou os tecidos xadrez em cima de Andra, que já estava devidamente coberta, cobrindo-a até o queixo.

– De onde veio todo mundo? – A mente dele saltava de uma suspeita para outra. – É algum plano de lady Valéry?

– Uma mulher da idade dela não conseguiria subir essa escada. – Alanna tomou o braço de Ian e acariciou a protuberância da própria barriga. – Mas ela lhe mandou seus cumprimentos e pediu que encaminhasse suas reclamações a ela.

– Se eu fosse o irmão de lady Andra, seria forçado a surrá-lo por desmoralizar uma donzela tão bondosa – disse Sebastian coçando o queixo, como se estivesse se lembrando de alguma antiga briga.

– Eu ajudaria – reforçou Ian, esfregando o punho cerrado, como se a ideia lhe apetecesse.

Ambos os homens lhe deviam uma surra, mas Andra estava cutucando seu ombro e ele não tinha tempo para desafios masculinos idiotas.

– Hadden – sussurrou ela –, o que todas essas pessoas estão fazendo aqui?

Ele quase grunhiu. Como explicaria a ela se não conseguia sequer explicar a si mesmo? A torre mal acomodava todo aquele bando; seus parentes, alguns dignitários escoceses que ele mal conhecia, além de Sima, Douglas e os criados da casa.

– Não me arriscaria a palpitar – murmurou ele.

Analisando a cena, Andra decretou:

– Precisamos de um pouco de privacidade.

A jovem esticou o braço de forma cuidadosamente deliberada, segurou a ponta de um dos tecidos xadrez e o puxou para cima de suas cabeças.

O tecido era tão fino que a luz passava por ele, e Hadden podia ver Andra com os cabelos bagunçados, olhos sonolentos e sorriso travesso no travesseiro ao seu lado.

– Aí está – disse ele com leveza.

Ela pareceu confusa.

– O quê?

– Seu sorriso. Eu temia que você o tivesse perdido.

O sorriso dela estremeceu e se alargou, e seus olhos começaram a reluzir com o tipo de brilho que dava a Hadden um pouquinho de esperança.

– Eles estão aqui para o casamento? – sussurrou ela.

Meu Deus, será que ela estava falando o que ele achava que estava?

– O nosso casamento – esclareceu ela. – Casamentos costumam ser o único motivo pelo qual se vê meu primo Malcolm em qualquer lugar perto do Castelo MacNachtan. Ele receia que eu lhe peça dinheiro. E, em um casamento, há comida e bebida de graça. – Hadden ainda estava perplexo demais para falar, então ela complementou: – Vi a família inteira dele lá fora. Ele é bem frugal, sabe?

Hadden segurou a mão da amada.

– Andra, juro que nunca planejei isso.

– Eu o absolvo.

– Aproveitei a chance quando tive a oportunidade, e sem remorsos, também, para lhe dizer…

Ela colocou o dedo nos lábios dele.

– E você certamente me disse, de várias maneiras. E o que você disse fez muito sentido, Hadden Fairchild, e embora eu ainda esteja com medo, eu te amo o suficiente para arriscar.

O coração de Hadden, que ficara congelado e constrito por tempo demais, se encheu de alegria. Segurando os pulsos de Andra, ele a puxou para si.

– Andra…

– Se você tivesse prestado atenção, teria visto que eu já aceitei seu pedido de casamento.

Ele deu uma olhada em volta, mas não conseguiu ver nada. Nada exceto – e ele riu alto – o preto, o vermelho e o azul do kilt matrimonial dos MacNachtans cobrindo sua cabeça.

Em uma viagem recente à Escócia, minha família e eu procuramos Brigadoon.

Não encontramos. A vila mística que surge em meio à névoa apenas uma vez a cada cem anos se mostrou ilusória para nós, mas a Escócia abriga muitos tesouros. Nas Terras Baixas, encontramos o solar do século XVIII de lady Valéry (ou um outro muito parecido com o que eu imaginava), o cenário original da história de Mary Fairchild em *A Well Pleasured Lady*. Na selvagem costa oeste, exploramos uma propriedade muito parecida com a que Ian Fairchild conquistou – juntamente com sua esposa – em *A Well Favored Gentleman*. Por fim, no coração das Terras Altas, descobrimos um castelo caindo aos pedaços, e me lembrei do irmão de Mary, Hadden, um homem que precisava de uma história. Quando cheguei em casa, no Texas, as pedras daquele castelo se edificaram na minha mente, e criei Andra para ser a parceira do incomparável Hadden.

Espero que você tenha gostado desta história, bem como dos contos dos Fairchilds.

Vejo você em Brigadoon.

Christina Dodd

Stephanie Laurens

O desabrochar de Rose

UM

Ballynashiels, Argyllshire
17 de junho de 1826

Que diabo você está fazendo aqui?

— Duncan Roderick Macintyre, terceiro conde de Strathyre, olhou, perplexo, para a figura esbelta debruçada sobre o piano no salão de visitas. O choque completo, permeado pela absoluta incredulidade, o fez congelar à porta. Qualquer homem mais fraco teria esbugalhado os olhos.

Rose Millicent Mackenzie-Craddock, a perdição da sua vida, o espinho mais insistente e persistente fincado em sua carne, ergueu a cabeça e abriu o mesmo sorrisinho que usara para insultá-lo durante décadas. Os grandes olhos castanhos brilharam.

– Bom dia, Duncan. Fiquei sabendo que você chegou.

O sotaque suave e cadenciado o envolveu, uma carícia quente na pele. O olhar dele se fixou na vastidão daquele colo alvo que estava à mostra. Duncan enrijeceu por inteiro. A reação era tão surpreendente e igualmente indesejada quanto ter encontrado Rose ali. Ele contraiu o maxilar. Hesitante, apertou a maçaneta com força e, franzindo o cenho, entrou no salão e fechou a porta.

Marchou na direção de sua nêmesis como um predador.

Segurando as partituras que estava escolhendo, Rose se endireitou quando ele se aproximou e se perguntou por que diabo não conseguia respirar. Por que não conseguia afastar os olhos do rosto de Duncan, desviar o olhar do dele. Era como se estivessem brincando de pega-pega e ela precisasse ler as intenções dele naqueles olhos azul-claros, ainda tão gélidos quanto as águas do lago ondulante que se avistava pelas janelas do salão de visitas.

Eles não eram mais crianças, mas Rose tinha a sensação de que ainda estavam competindo em alguma espécie de jogo.

Sentiu a excitação descer por sua espinha. A expectativa a deixou com os nervos à flor da pele. O salão era amplo e comprido e, mesmo com os olhos fixos no rosto dele, Rose teve tempo suficiente para examinar as mudanças que os últimos doze anos haviam provocado. Para começar, Duncan estava mais alto, bem mais alto. Os ombros estavam mais largos. Ele crescera pelo menos uns 5 centímetros. Dava para ver que estava mais robusto também, do rosto aos longos músculos das pernas. Parecia perigoso – ele transmitia uma *sensação* perigosa. Uma aura de agressividade masculina o envolvia, tangível nos passos dele, na tensão que transparecia na figura esguia.

O cacho de cabelos negros que descia displicentemente pela testa, os ângulos marcados do semblante e o queixo teimosamente quadrado – bem como a arrogância masculina nos olhos azuis – eram os mesmos, embora muito mais acentuados e definidos. Como se os anos tivessem usurpado a maciez superficial e exposto o granito subjacente.

Ele parou a poucos passos de distância. As sobrancelhas pretas estavam franzidas em uma expressão de raiva.

Forçada a erguer os olhos, Rose inclinou a cabeça e se permitiu sorrir novamente.

Duncan se enfezou ainda mais.

– Vou repetir – rosnou ele –, o que *diabo* está fazendo aqui?

Rose abriu ainda mais o sorriso e permitiu que o bom humor permeasse sua voz:

– Estou aqui para o solstício de verão, é claro.

Os olhos dele permaneceram fixos nos dela. A expressão raivosa se suavizou.

– Minha mãe a convidou.

Não era uma pergunta, mas ela respondeu mesmo assim:

– Sim. Embora eu venha visitá-la todo verão.

– Você vem?

Rose emitiu um ruído de confirmação. Baixando o olhar, fechou o tampo do piano, ajeitou as partituras e as colocou sobre o instrumento.

– Devemos ter nos desencontrado – comentou ele.

Ela ergueu novamente os olhos.

– Você não esteve muito por aqui nesses últimos anos.

– Estive fora tratando de negócios.

Rose assentiu e reprimiu um impulso ávido de se aproximar da janela para aumentar um pouco a distância entre eles. Nunca sentira medo de Duncan. Então não devia ser medo o que estava sentindo naquele momento. Ergueu a cabeça e o encarou.

– Foi o que ouvi. Esteve em Londres, salvando a fortuna dos Macintyres.

Ele deu de ombros.

– A fortuna dos Macintyres está devidamente salva. – O olhar de Duncan ficou mais incisivo. – E não esqueci o que você fez doze anos atrás.

Doze anos atrás, quando eles se viram pela última vez. Ele era um jovem de 23 anos absurdamente elegante, usava o colarinho mais alto e engomado de toda a região ao norte da fronteira e até mesmo ao sul da divisa. Ela não conseguira resistir. Meia hora antes de ele subir para se arrumar para o Baile da Caça que a mãe dele organizava, Rose entrara sorrateiramente no quarto de Duncan e vaporizara o colarinho de todas as camisas que encontrara. Ele fora obrigado a aparecer em condições levemente inferiores à perfeição. Impertinente, Rose deu um sorriso torto.

— Queria que você tivesse visto a cara que fez...

— Não me lembre. — Os olhos dele estudaram o rosto de Rose, então se fixaram nos olhos dela. Ele estreitou o olhar. — Você já está com 27 anos, por que não se casou?

Rose o encarou, erguendo as sobrancelhas com indiferença.

— Porque ainda não encontrei um cavalheiro com quem deseje me casar, é claro. Mas você está com 35 anos e também não se casou ainda, embora, pelo que eu saiba, isso esteja prestes a mudar.

A exasperação o fez enrubescer. Ele contraiu os lábios.

— É possível. Ainda não me decidi.

— Mas convidou sua pretendente para vir aqui com os pais dela, não é?

— Sim... Não. Minha mãe os convidou.

— A seu pedido.

Como ele não respondeu e apenas contraiu ainda mais os lábios, Rose ousou dar um sorriso provocativo. Não sabia ao certo se era seguro usar suas velhas artimanhas, mas os antigos truques ainda pareciam funcionar. A mudança foi ínfima, mas, mesmo assim, ele se mostrou tenso em resposta ao sorriso dela.

Conhecia Duncan desde sempre. Filha única de pais ricos e já de idade avançada, sua infância fora não só de complacência e mimos como também de restrições severas. Sendo herdeira do pai, era acompanhada e observada aonde quer que fosse. Apenas no verão, durante as longas e abençoadas semanas que passava ali, em Ballynashiels, podia ser ela mesma. Rebelde, descontraída, impetuosa. Sua mãe era amiga próxima e prima da mãe de Duncan, lady Hermione Macintyre. Junto dos pais, Rose passara todos os verões da infância ali, gozando daquela liberdade preciosa. Depois da morte da mãe, cinco anos antes, era natural continuar com as visitas, acompanhada ou não do pai. Lady Hermione era uma segunda mãe para ela e um porto seguro muito amado de sensatez em um mundo que era, com demasiada frequência para o gosto de Rose, governado pela suscetibilidade.

Ela não tinha uma gota de sensatez, um fato que Duncan podia atestar. Oito anos mais velho que Rose, ele era a única outra criança por ali durante aqueles longínquos verões. Naturalmente, Rose se apegara a ele. Por ser insensata – ou, mais precisamente, teimosa, obstinada e difícil de acuar –, ela ignorava todas as tentativas de Duncan de se livrar dela. Seguia cada passo dele e tinha bastante certeza de que sabia mais sobre ele do que qualquer outra pessoa viva.

O que significava que, mais que qualquer outra pessoa, ela tinha ciência de sua obsessão motriz, de seu desejo de ser o melhor, de atingir os patamares mais altos, de conquistar tudo o que havia de melhor – o perfeccionismo o movia. E, sendo irreverente como era, Rose nunca conseguira resistir à tentação de provocá-lo, atormentá-lo e importuná-lo toda vez que a obsessão dele ultrapassava os limites de seu rigoroso bom senso.

Provocar "Duncan, o perfeito" se tornou, em um primeiro momento, uma brincadeira e, depois, um hábito. Com o passar dos anos, aperfeiçoara a técnica, guiada pela compreensão que ninguém mais tinha da personalidade dele. A habilidade dela de penetrar as defesas de Duncan com sucesso era, agora, a lembrança mais forte que um tinha do outro.

O que explicava a expressão de raiva e desconfiança vigilante no rosto dele. Rose não conseguia, contudo, explicar a tensão que o envolvia, que deixava seus próprios nervos à flor da pele, dificultando sua respiração e fazendo sua pele flamejar. *Aquilo* era totalmente novo.

Ele permanecia parado à sua frente, com o cenho franzido. Ela ergueu uma sobrancelha, arrogante.

– Parece que seus últimos anos foram coroados pelo sucesso. Até onde sei, você tem motivos para se sentir bastante satisfeito consigo mesmo.

Dando levemente de ombros, Duncan dispensou o comentário sobre o empreendimento ao qual Rose sabia que ele tinha devotado todas as energias nos últimos dez anos.

– Tudo se resolveu. O futuro de Ballynashiels está garantido agora. Era isso que eu queria e foi isso que conquistei.

Rose deu um sorriso caloroso e sincero.

– Você deveria desfrutar de seu sucesso. Não há muitas propriedades nas Terras Altas tão bem asseguradas.

Ao herdar tanto o título quanto a propriedade, Duncan tinha aceitado, como poucos outros nobres, o fato de que a região montanhosa de Argyll não proveria mais do que sua subsistência. Agindo como era típico da sua personalidade, motivado pela necessidade de superação, mergulhou de cabeça nos negócios. Segundo os mais bem informados, ele estava fabulosamente rico, com uma renda sólida proveniente do comércio com as Índias e uma bela reserva monetária oriunda de suas especulações perspicazes. Rose não ficara nem um pouco surpresa. Conhecendo a devoção dele para com sua herança e as responsabilidades inerentes, ela sentia uma pontinha de orgulho por tudo o que Duncan conquistara. Em uma época de vacas magras para as propriedades das Terras Altas, Ballynashiels estava a salvo.

Por isso ela era verdadeiramente grata.

Com os olhos ainda fixos nos dele, ignorando teimosamente a vozinha interior que avisava que estava diante de perigo, Rose inclinou a cabeça e permitiu que uma compreensão divertida iluminasse seus olhos.

– Então, agora que Ballynashiels está segura, é hora de arranjar uma esposa?

Ele contraiu o maxilar e estreitou os olhos.

Lutou para se concentrar no que ela dizia, se esforçou para encontrar algum gracejo que a colocasse no devido lugar ou, melhor ainda, que a fizesse desaparecer da casa. Sua mente ébria não conseguiu prover nem um nem outro. Nunca havia compreendido a expressão ser "pego de calças curtas". Agora, porém, entendia perfeitamente.

E fora Rose quem o fizera entender.

Não sabia ao certo se deveria se sentir apavorado com a descoberta ou, dado o histórico deles, se já deveria estar esperando por um momento como aquele. No instante em que, debruçada sobre o piano, ela o olhara, sua firmeza se despedaçara. O que não era, talvez, surpreendente, considerando a imagem com que ele se deparava. Duvidava que outros homens conseguissem pensar direito diante de uma visão daquelas.

Rose, o pequeno espinho fincado na sua carne, havia crescido. Desabrochado. Da maneira mais maravilhosa possível.

Desde o momento em que soltara a maçaneta da porta, mantivera os olhos fixos nos dela. Isso não ajudara em nada. Estava bem consciente da curva macia dos seios da jovem e da pele marfim quente e provocantemente exibida pelo decote do vestido matinal que ela usava. O traje, de musselina verde-clara salpicada de pequenas folhas douradas, se ajustava ao quadril escultural e às pernas esguias. Duncan precisou se esforçar muito para não olhar e avaliar o comprimento daquelas pernas. A mente traiçoeira insistia em lembrá-lo de que Rose sempre fora alta.

Ela era desengonçada. Esquisita. Um patinho feio magricela com olhos castanhos ternos e enormes, grandes demais para o rosto. Os lábios eram igualmente grossos, os cabelos emaranhados lembravam um ninho de passarinho e as sobrancelhas castanhas eram retas e severas demais para uma garota. O nariz era muito empinado e empertigado para ser considerado belo. Além de tudo, Rose ainda tinha uma língua bastante afiada, que o alfinetava com demasiada frequência.

Sem alterar a expressão, Duncan praguejou por dentro. Quem poderia imaginar que todas essas partes estranhamente díspares se transformariam, com o passar dos anos, na beldade que estava diante dele? Os olhos continuavam os mesmos, mas agora eram proporcionais ao rosto – transmissores perfeitos para o olhar sempre direto. As sobrancelhas ainda eram retas, rigorosas, mas agora eram suavizadas pelos cabelos, ainda levemente frisados, mas tão abundantes e de uma cor tão viva que faziam qualquer homem com sangue nas veias ansiar por mergulhar as mãos ali. Os cabelos estavam presos em uma trança frouxa e enrolada. Duncan se perguntou até onde chegavam quando estavam soltos.

E apesar da insistência de seu bom senso, que suplicava que ele se afastasse, que aumentasse a distância entre ambos para que não pudesse mais sentir o perfume dela – uma mistura sutil de violetas e rosas –, duvidava que conseguisse resistir à tentação de permitir que seus olhos se banqueteassem no corpo dela, que já não era nem um pouco magricela. Todas as curvas eram plenas, maduras, sedutoras. E aquelas pernas... sua imaginação corria solta, mas ele tinha a sensação fugaz de que a realidade poderia se mostrar ainda mais interessante.

Ainda mais excitante.

O que era a última coisa de que Duncan precisava. Já estava sofrendo o suficiente.

No entanto, estar tão próximo de Rose a ponto de poder tocá-la não era alento algum. Os lábios da jovem, apesar do sorriso torto e provocativo, eram uma tentação ferrenha. Já não eram grandes demais mas, sim, carnudos. Não eram apenas femininos, mas maduros, com curvas bem-formadas que prometiam todos os deleites sensuais possíveis. E quanto ao brilho instigante, provocativo dos olhos dela... Duncan foi tomado por um desejo ardente de erguer a mão, segurar o rosto dela e beijá-la, prová-la...

Aquilo era loucura. Aquela era Rose, o espinho fincado na sua carne.

As palavras dela finalmente penetraram a névoa de desejo que dominava a mente de Duncan. Ele gemeu por dentro. Nada havia mudado.

Ele se sentia extremamente desconfortável e ficava ainda mais a cada segundo que passava.

O que significava que estava em apuros. Em grandes apuros.

Ele retornara a Ballynashiels com uma pretendente em vista, apenas para descobrir...

– Mas que diabo, por que *não está* casada? – E a salvo, longe de seu alcance, sendo problema de outro homem, não dele? – Onde foi que passou todos esses anos, em um convento?

Como previsto, ela deu um meio sorriso – uma leve contração dos lábios que poderia fazer um homem cair de joelhos – e se moveu lentamente, passando por ele.

– Ah, estive bastante ocupada nessa esfera, mas ninguém atraiu meu interesse.

Duncan se conteve para não bufar. Podia muito bem imaginar. Rose era herdeira e devia ter muitos pretendentes. Ele se virou para observá-la quando a jovem parou diante da janela. Ah, sim, as pernas dela eram bem longas... Ele engoliu em seco e franziu o cenho.

– Seu pai é leniente demais. Deveria tê-la casado há anos.

Ela deu de ombros com delicadeza.

– Passei as últimas nove temporadas em Edimburgo e Glasgow. Certamente não é culpa minha se os cavalheiros não estão à altura.

Virando a cabeça de leve, ela lançou um olhar perspicaz para ele e começou sua inspeção pelas botas, foi subindo devagar, bem devagar... Quando seu olhar chegou ao rosto dele, Duncan queria estrangulá-la. Depois de possuí-la.

Ele se virou, de forma abrupta, rezando fervorosamente para que ela não tivesse percebido sua reação, que por infelicidade estaria visível por conta da calça justa.

– Vou ver minha mãe – declarou Duncan e, ao olhar para trás, viu as sobrancelhas de Rose se erguerem de imediato. – Até quando ficará aqui?

Ela o estudou. Ele rezou com ainda mais fervor. Então Rose deu de ombros.

– Ainda não decidimos. Pelo menos até o solstício.

Duncan franziu o cenho.

– Seu pai também está aqui?

Rose hesitou, então assentiu.

Duncan concordou brevemente e marchou na direção da porta.

– Até mais tarde – falou ele ao deixar o salão de visitas.

Preferiria nunca mais vê-la novamente, mas sabia que isso era improvável. Quando se tratava de Rose, o destino jamais fora gentil com ele.

– Que inferno, mãe! *Por que* a senhora tinha que convidar Rose?

Duncan bateu a porta do quarto de vestir da mãe com força desnecessária.

Lady Hermione Macintyre, que estava sentada diante da penteadeira e passava ruge, piscou para o filho pelo espelho.

– Francamente, meu querido! Que pergunta mais tola! Os Mackenzie-Craddocks sempre nos visitam no verão, você sabe disso.

Ela voltou sua atenção para a maquiagem, sem se perturbar com a visão do único filho andando de um lado para outro, atrás dela, como uma fera enjaulada. Depois de um instante, lady Hermione murmurou:

– Além do quê, pensei que você quisesse um bom número de parentes e amigos aqui, para que a chegada da Srta. Edmonton e dos pais dela não parecesse íntima demais.

– Estou perfeitamente ciente de que lhe dei carta branca. Apenas não esperava encontrar Rose adornando o salão de visitas.

Debruçada por sobre o banquinho do piano.

A mãe soltou um suspiro apreciativo.

– Ela foi muito gentil em se oferecer para organizar as partituras. Estavam uma bagunça.

– Ela já as organizou – disse Duncan, irritado. Além de lhe tirar toda a calma e arruinar os planos dele.

– Eu realmente não estou entendendo – continuou lady Hermione, levando um pincel à boca. – Por que você está tão exasperado com a presença de Rose?

Duncan fez uma prece silenciosa de gratidão pelas pequenas misericórdias e não percebeu o olhar perspicaz que sua mãe lhe lançara.

– Além disso – continuou ela –, dadas as circunstâncias, eu queria conhecer o Sr. Penecuik.

– Penecuik? – Franzindo o cenho, Duncan parou de andar. – Quem é esse?

Lady Hermione arregalou os olhos.

– O cavalheiro com quem Rose está considerando se casar, ora. Ela não lhe contou?

Duncan sentiu o rosto empalidecer. Suas emoções também empalideceram, como se tivessem sido sugadas pelo vazio. Então se lembrou das palavras de Rose sobre o casamento e lançou um olhar incisivo à mãe.

– Ela está considerando aceitar?

– Certamente – assentiu lady Hermione. – Seria uma tola se não aceitasse, e Rose nunca foi tola.

– Hum. – Duncan voltou a andar de um lado para outro. Após um longo silêncio, perguntou: – Então quem é esse tal Penecuik?

– O Sr. Jeremy Penecuik é filho de Joshua Penecuik e primo de primeiro grau do duque de Perth. Ele é o primogênito e único herdeiro do duque, o que significa que, em seu devido tempo, Jeremy herdará o ducado. Assim, Rose tem uma decisão e tanto a tomar. Não é todo dia que uma garota recebe a oferta de um ducado com fortuna e propriedades, ambas intactas. Perth está muito bem, pelo que sei.

– Hum.

Com o olhar fixo no tapete, Duncan continuou andando.

Lady Hermione largou o pincel e olhou para o próprio rosto no espelho.

– Não precisa recear ser chamado para emitir um julgamento sobre o Sr. Penecuik. Rose é perfeitamente capaz de tomar uma decisão por conta própria.

– Visto que já está com 27 anos e ainda não se casou, fico surpreso por a senhora achar que ela não precisa de um empurrão.

Duncan olhou para a mãe.

Virando-se no banquinho, ela o fitou com olhos calmos.

– Que disparate, meu querido. Rose pode ter 27 anos, mas certamente não está preterida. Além disso, se estou interpretando os sinais de forma correta, não permanecerá solteira por muito tempo.

Duncan sentiu um aperto no coração, mas disse a si mesmo que era a expectativa de Rose logo se tornar o espinho fincado na carne de outro homem.

– Mas basta de falar de Rose. – Lady Hermione sorriu. – A moça que você está considerando tornar sua condessa chegará a qualquer momento. É nisso que deveria se concentrar.

E *era* nisso que ele estava se concentrando: na chegada da Srta. Clarissa Edmonton e em todos os desastres que poderiam decorrer disso. Que muito provavelmente *iriam* decorrer agora que Rose estava ali. Agora que Rose desabrochara. Talvez ela finalmente tivesse êxito em suas tentativas de enlouquecê-lo. Afinal, esse sempre fora seu principal objetivo na vida.

Com os dentes cerrados, Duncan caminhou até a janela, abriu a cortina de renda e avistou um rápido reflexo. Um segundo depois, viu uma pesada carruagem contornando a margem mais afastada do lago.

– Eles chegaram.

Proferiu aquelas palavras como se estivesse profetizando uma condenação. Sua mãe se virou calmamente na direção do espelho.

Duncan observou a carruagem se aproximar e dispensou os planos insanos que estava formulando para se livrar de Rose e de sua presença perturbadora. O destino não lhe poupara tempo algum, não lhe dera espaço de manobra. Teria que cumprimentar sua pretendente e decidir se ela era, de fato, a moça que queria como esposa. Teria que decidir isso tendo por perto Rose Millicent

Mackenzie-Craddock, dez vezes mais distrativa do que costumava ser. E exultante, ele não tinha dúvida.

Não fazia ideia do que tinha feito para merecer tal destino.

Quando a carruagem finalmente parou com um chacoalhão diante da escadaria de entrada da casa, Duncan estava na varanda da frente. Ele desceu os degraus de mármore e encontrou o Sr. Edmonton.

Charles Edmonton, um cavalheiro baixo e robusto, apertou a mão de Duncan, e sua expressão ficou visivelmente aliviada enquanto ele admirava a magnificência de Ballynashiels. Disfarçando o cinismo, Duncan o cumprimentou de modo cortês antes de oferecer o braço à Sra. Edmonton para ajudá-la a descer da carruagem.

A senhora matronal, trajada de acordo com a última tendência da moda, ergueu os olhos antes pisar no mármore. A expressão dela era ainda mais transparente que a do marido. Após uma breve análise da ampla fachada, ela sorriu para Duncan.

– Preciso dizer, milorde, que sua residência é a casa mais imponente que já vi.

– Quanta gentileza sua.

Duncan delicadamente a entregou ao marido e se virou para oferecer o braço à figura que apareceu em seguida no vão da porta da carruagem.

Tal qual uma princesa, vestida de azul-claro, a Srta. Clarissa Edmonton era a epítome da perfeição feminina. Magra e esguia, trazia os cabelos louros e lisos presos com esmero em um elegante coque. De altura mediana, tinha uma beleza clássica, com traços regulares, perfeitamente simétricos, dispostos em um rosto oval. Seu semblante era imaculadamente alvo. Os olhos eram do mesmo azul-centáurea do vestido.

Ela fitou os olhos de Duncan e, de forma recatada, deu um sorriso afável. Colocando a mão sobre a dele, permitiu que ele a ajudasse a descer da carruagem. Então olhou para a casa. Sua análise durou bem mais tempo que a de seus pais. Duncan se perguntou se ela estaria contando as janelas.

Depois Clarissa sorriu para ele.

– Ora… É tão grande, eu não tinha imaginado…

Um gesto gracioso completou a frase inacabada.

Ele retribuiu o sorriso da jovem e lhe ofereceu o braço.

– Minha mãe está aguardando no salão de visitas.

Lady Hermione estava de fato no salão e com pelo menos metade da comitiva que reunira para celebrar os festejos do solstício de verão.

– Fico muito contente que tenham podido se juntar a nós – disse a matriarca aos Edmontons e sorriu graciosamente para Clarissa. – Depois de tudo o que Strathyre me contou, eu estava ávida por conhecê-los. Espero que aproveitem a estadia. Daremos um baile na véspera do solstício. É uma celebração importante nesta região.

Duncan observou a mãe continuar tagarelando, se sentindo grato por ela ter se abstido de descrever os detalhes dos festejos. Dançar ao redor da fogueira na véspera do solstício era uma atividade tradicional para todos os jovens e se, à medida que o fogo se extinguia, alguns escapulissem para as sombras, bem... Assim era a vida. Esperava-se que em agosto e setembro houvesse um turbilhão de casamentos inesperados. Assim também era a vida. A vida nas Terras Altas: impetuosa, elegante e simples.

O solstício de verão era uma época de unir pares, uma época em que casamentos eram arranjados pelo critério mais simples possível.

Não era assim, contudo, que o casamento de Duncan seria arranjado. O fato de estarem perto do solstício era mera coincidência.

Sua mãe apresentou os Edmontons a diversos parentes e amigos da família. Duncan ouvia sem prestar muita atenção até a chegada de Rose. Concentrando-se abruptamente, viu Rose sorrir, segura e confiante, para Clarissa.

– É um prazer inesperado conhecê-la, Srta. Clarissa. – O sorriso de Rose se alargou enquanto ela soltava os dedos da outra. – Embora talvez eu devesse chamá-la de Clarissa e você devesse me chamar de Rose, visto que, aparentemente, somos as únicas damas solteiras no recinto.

Rose se virou para olhar para Duncan e apenas ele percebeu o brilho risonho e provocativo naqueles olhos. Desviando o olhar, ele examinou o salão e ouviu, ao seu lado, Clarissa responder:

– Sim, de fato. Ficaria muito grata por sua companhia, Srta... Digo, Rose.

Perplexo com a revelação de que sua mãe, que certamente sabia o que fazia, deixara de convidar seus parentes mais jovens para fazer companhia a ele próprio e a Clarissa, Duncan baixou os olhos a tempo de ver Clarissa sorrir docemente para Rose.

– Suponho que você conheça a casa bastante bem. Pedirei sua ajuda para me localizar, se me permitir.

Rose sorriu.

– De fato...

– Clarissa... – interrompeu Duncan.

– Rose?

A voz diferente fez todos se virarem quando um cavalheiro esguio, na casa dos 30 anos, se juntou a eles. Era singelamente elegante, com cabelos castanhos ondulados, boca delicada, quase feminina, e uma expressão tranquila.

Rose se virou e sorriu para o recém-chegado.

– Jeremy. – A jovem permitiu que ele pegasse sua mão e a colocasse no braço dele. – Permita-me apresentá-lo a Strathyre. – Ela ergueu os olhos e encarou Duncan. – Este é o Sr. Jeremy Penecuik.

Compelido a cumprimentá-lo e trocar um aperto de mãos educado, Duncan lutou contra a vontade de mandá-lo embora. Já tinha distrações suficientes para lidar sem a irritação adicional de ver Jeremy Penecuik puxando Rose mais para perto, como se tivesse algum direito legítimo sobre ela.

Ciente de que, na presença de tais companhias, não podia expressar sua insatisfação – nem a Rose nem a Penecuik –, foi obrigado a permanecer em silêncio enquanto as duas damas conversavam. Penecuik contribuía com uma ou outra observação e Duncan não falava absolutamente nada. Enquanto parte de sua mente teria adorado comandar a conversa e extrair Clarissa da órbita de Rose, a outra – a parte dominante – estava absorta em mais uma descoberta.

Era impossível observar Clarissa se Rose estivesse por perto, pois mesmo que a segunda estivesse em um raio de 6 metros dele, sua atenção ainda se voltaria para ela.

Clarissa, com seus 19 anos, sendo a princesa perfeita que era, não tinha chance alguma contra o fascínio que Rose exalava, a sensualidade terrena de uma mulher madura e, nesse caso, potencializada por uma legião de memórias, pelas infâncias compartilhadas e por uma lembrança marcante do timbre de sua voz.

Sempre tivera aquela rouquidão, suave e intensa, como a carícia de uma amante. A idade havia aperfeiçoado o canto da sereia, os anos haviam apurado a sensibilidade de Duncan.

Então ele permaneceu ali, em silêncio, ouvindo a voz de Rose, o sotaque cadenciando que, percebeu de súbito, era o som que representava seu lar.

O mordomo, Falthorpe, o resgatou da confusão generalizada anunciando que o almoço estava servido.

O almoço, com Rose e Penecuik na outra ponta da mesa, permitiu que Duncan voltasse a se concentrar no assunto em questão: Clarissa Edmonton. Como ela e os pais ficaram claramente admirados com a casa, aproveitou a oportunidade para oferecer uma visita guiada. Eles partiram diretamente do salão de refeições.

Duncan se demorou na visita. Quando estavam todos retornando pela ala leste, a Sra. Edmonton comentou:

– É uma construção tão imensa, deve ser difícil mantê-la aquecida no inverno.

Duncan deu de ombros de leve.

– Há lareiras em todos os cômodos.

– De toda forma, mamãe – Clarissa deu um sorriso à mãe –, não é como se Duncan passasse muito tempo por aqui no inverno. Afinal de contas, tem a temporada e todos os negócios de que ele cuida em Londres.

Clarissa olhou para ele com a expressão alegre, um tanto ansiosa, e Duncan respondeu com um sorriso calmo e evasivo.

Ele se perguntou se deveria explicar que, ao contrário das expectativas da jovem, agora que havia assegurado o futuro de Ballynashiels, ele esperava passar todo o tempo – não apenas o inverno – nos braços do vale estreito que abrigava sua casa.

Eles passaram por uma grande janela e Duncan olhou para fora. Viu o lago azul e ondulante sob o vasto céu, viu os penhascos imensos circundando a planície fértil, dividida pela faixa estreita do rio que tanto alimentava quanto drenava o lago. No meio do lago havia uma ilha na qual as ruínas de um castelo – a primeira casa dos Macintyres – se mantinham, rodeadas pelo verde das bétulas e das aveleiras.

Seus antepassados viveram naquele vale por gerações. Ele também viveria ali, com sua esposa e a nova família que iniciariam.

A paisagem ficou para trás à medida que continuaram andando. Duncan olhou para Clarissa, que observava, com os olhos arregalados, as antigas tapeçarias, as cortinas de veludo, os retratos dos Macintyres falecidos tanto tempo antes. Ele a havia escolhido porque era perfeita: no rosto, no corpo, no comportamento, nas relações, no berço, na habilidade de ser a melhor esposa possível. Duncan a escolhera em Londres e ela parecera perfeita lá.

E ali?

Olhando para a frente, ponderou que não dissera nada, não fizera promessa alguma e não assumira nenhum compromisso. Casais como os Edmontons, bem-relacionados, porém não abastados, sabiam como as coisas funcionavam: quando a visita terminasse, se Duncan não fizesse proposta alguma, eles dariam de ombros e partiriam para o próximo provável pretendente.

Não haveria drama. Sabia, sem sombra de dúvida, que não haveria ressentimentos nem da sua parte nem da de Clarissa. Quando ele a escolhera, tinha considerado um ponto a favor da moça o fato de que seus sentimentos jamais passariam de mera afeição, de modo que ela não interferiria demais na vida dele.

Duncan suspirou em silêncio. Havia aprendido, ao longo dos anos de negócios, a lidar com os erros de forma determinada, a reconhecê-los rapidamente, admiti-los e seguir adiante. Eles chegaram ao topo da escadaria. Com a expressão impassível, Duncan olhou para baixo e disse:

– Todos os salões de visitas, à exceção do salão de baile, ficam no térreo.

Mostrou a eles o salão de refeições formais, então os conduziu até a bem-equipada biblioteca. Saindo por uma das portas menores, os guiou por um corredor secundário e ouviu risos que vinham de trás da porta ao final do corredor.

A risada, calorosa e contagiante, era de Rose. Ele reconheceu instantaneamente. Aquela risada foi seguida pelo som de uma voz masculina.

Duncan dobrou à esquerda e levou os Edmontons, completamente alheios, à estufa.

– Oh! – Clarissa bateu palmas ao ver as samambaias, as palmeiras e as flores exóticas que estavam artisticamente espalhadas pelo recinto. – Isso é perfeito. Tão lindo!

Tentando imaginar o que Rose estaria aprontando no salão de bilhar, Duncan não sorriu.

– Receio não poder assumir crédito algum. Este território é de domínio da minha mãe.

– Preciso me lembrar de congratular a condessa – comentou a Sra. Edmonton, passeando pela longa estufa para admirar o espetáculo. Clarissa seguia logo atrás, mais devagar.

Duncan se voltou para o Sr. Edmonton e falou:

– Se não se importa, eu os deixarei aqui. Tenho negócios a tratar.

O Sr. Edmonton sorriu.

– É claro, milorde. Foi muita gentileza sua reservar esse tempo para nós.

– De modo algum. – Duncan inclinou a cabeça. – O jantar será servido às sete.

Seus "negócios" o levaram diretamente ao salão de bilhar. Ele abriu a porta e se deparou com uma visão similar à que o tinha alarmado naquela manhã. Dessa vez, Rose estava debruçada sobre a mesa de bilhar, o riso transbordava de seus olhos brilhantes e os seios marfim quase escapuliam pelo decote do vestido. Jeremy Penecuik estava ao lado dela, com as mãos cerradas no taco que Rose usava.

O sorriso de Rose, como era de esperar, se alargou quando ela percebeu a presença de Duncan. Para o alívio dele, Rose endireitou a postura.

– Duncan, *perfeito*. Era de você que precisávamos.

Com um gesto imperioso, ela indicou a Duncan que entrasse. Com cautela um tanto tardia, ele obedeceu. Se Penecuik não estivesse ali, teria se sentido tentado a recuar. Aprendera a desconfiar daquele brilho específico nos olhos de Rose.

– Jeremy não sabe jogar e não estou conseguindo ensiná-lo, pois ele é canhoto.

Enquanto falava, Rose foi até o suporte dos tacos e tirou mais um. Virou e encarou Duncan, inclinando ligeiramente a cabeça para o lado.

– Se eu e você fizermos uma demonstração, Jeremy poderá ver como se joga. – Os olhos dela brilharam ainda mais. – Está disposto?

Duncan contraiu o maxilar. Atravessou o salão e se aproximou de Rose antes de parar para pensar. Mas percebeu que isso não fazia a menor diferença, pois não seria capaz de refutar o desafio proposto.

Parou ao lado de Rose e, olhando para ela, pegou o taco.

– Qual modalidade?

Ela sorriu, mostrando as covinhas no rosto.

– A usual.

Começaram a jogar. Duncan sabia que ela jogava bem. Ele mesmo a tinha ensinado, certo dia, muito tempo atrás, quando Rose ainda não o distraía. Já agora… Ele a observava do outro lado da mesa e tentava se lembrar de respirar enquanto ela fazia sua jogada.

Rose encaçapou duas bolas e contornou a mesa. Inspirando profundamente, Duncan permaneceu onde estava, apoiado no seu próprio taco. Acabou sendo presenteado com outra visão hipnotizante: os contornos arredondados das nádegas voluptuosas de Rose, delineadas sob o tecido fino do vestido enquanto ela se debruçava sobre a mesa. Sentiu a boca ficar seca como o deserto.

Rose errou e praguejou discretamente. Obrigando-se a se concentrar no jogo, Duncan se aproximou da mesa para dar sua tacada. Rose apoiou o quadril na mesa, ao lado dele. Duncan se abaixou, cerrou os dentes e se concentrou na bola – tentando ignorar o perfume feminino e o cheiro sutil que era característico de Rose. Ele inspirou como dificuldade e aquele cheiro suave envolveu seu cérebro.

Sentiu o estômago se contrair e um tremor nas mãos.

Errou a tacada.

Rose arqueou as sobrancelhas.

– Hum. – Ela lançou um olhar implicante a Duncan. – Acho que não anda praticando muito em Londres.

Rose deu a volta na mesa e escolheu uma bola. Quando se debruçou sobre o taco, percebeu, com o canto do olho, a tensão de Duncan. Controlando-se para não fazer uma careta, olhou para os lados, tentando descobrir o que havia provocado aquela reação nele. Ela não estava implicando com Duncan naquele momento, então por que ele parecia tão tenso?

Quando já havia encaçapado três bolas, chegou a uma conclusão que ainda não fazia muito sentido. Duncan tinha 35 anos e Rose tinha bastante certeza de que ele já vira muitos seios na vida, todos consideravelmente mais despidos que os dela. Ela estava muito mais próxima de ser uma freira do que ele de ser um monge. Mesmo assim, a conclusão era inescapável.

Interessantemente, Jeremy, embora a estivesse observando com atenção, não demonstrava qualquer sinal semelhante.

Ela errou a tacada e Duncan retomou o controle da mesa, contraindo todos os músculos quando Rose parou perto dele.

Aquela descoberta era curiosa e totalmente fascinante.

Ela teve uma vitória retumbante no jogo.

Rose vivia ouvindo que a curiosidade era seu pior pecado. Essa observação nunca a detivera antes e não a deteria agora. Mas o tamanho do festejo e o consequente comprimento da mesa de jantar a obrigaram a controlar a curiosidade até os cavalheiros se juntarem às damas no salão de visitas após tomarem o vinho do porto, como era costume.

Sua intenção mordaz – continuar sondando a suscetibilidade repentina e surpreendente de Duncan – foi, para sua surpresa, auxiliada e facilitada por Clarissa Edmonton. A menina, Rose não conseguia pensar nela de outra forma, visto que ela parecia tremendamente jovem, enganchou o braço no seu assim que os cavalheiros chegaram e a levou na direção de Duncan, que, por sorte, tinha entrado ao lado de Jeremy.

Clarissa sorriu docemente enquanto elas encurralavam sua vítima. Já o sorriso de Rose era permeado por uma promessa diferente.

– Penso que deveríamos planejar o que faremos amanhã – sugeriu Clarissa inocentemente.

Duncan olhou para ela com uma expressão impenetrável e desviou o olhar para as janelas, cujas cortinas ainda estavam abertas e pelas quais era possível avistar o lago, com os picos escarpados ao fundo.

– O nevoeiro está descendo. Provavelmente o tempo vai ficar úmido, com garoa ou até chuva. Pelo menos durante boa parte da manhã. Não seria o melhor clima para cavalgar.

– Ah. – Clarissa seguiu o olhar dele. – Mas eu não estava me referindo… – Voltando-se outra vez para Duncan, ela sorriu. – Preciso admitir, não cavalgo muito bem, então não pense que precisa organizar um passeio a cavalo apenas por minha causa. E a paisagem da região é um tanto desoladora, as montanhas parecem nos sufocar, você não acha? Portanto pensei que talvez pudéssemos fazer um jogo de charadas ou organizar uma manhã musical, cantando canções.

Ela ergueu os olhos e fitou o rosto de Duncan com uma expressão graciosamente ávida. Rose mordeu a língua, engoliu o riso e fixou os olhos, com a mesma avidez, em Duncan e esperou, prendendo a respiração, pela reação dele.

Ele apertou os lábios, contraiu o rosto, mas manteve a voz cordialmente estável:

– Receio ter chegado tarde da noite ontem, de modo que tenho negócios urgentes a tratar pela manhã. Você precisará me desculpar. – Ele olhou para Rose e Jeremy. – Mas não tenho dúvida de que os demais ficarão contentes em se juntar a você.

Rose não estava disposta a aceitar.

– Para falar a verdade – ronronou ela, olhando para Duncan e sorrindo de modo perspicaz –, tenho bastante certeza de que lady Hermione pretende sugerir um pouco de música agora mesmo.

Aquelas palavras se provaram proféticas. Todos olharam para lady Hermione, que percebeu e acenou imperiosamente para eles. A Sra. Edmonton estava sentada ao lado da matriarca em uma espreguiçadeira.

– Clarissa, minha querida, sua mãe estava me contando que você toca piano muito bem. Sou grande apreciadora de uma bela apresentação musical. Não posso deixar de pedir que você nos entretenha. Apenas algumas peças para avivar a noite.

– Ah. Bem…

Clarissa corou e se acanhou.

Impelido pelo olhar da mãe, Duncan foi obrigado a reforçar educadamente o pedido:

– Todos ficaremos honrados. – Ele ofereceu o braço à garota. – Venha, eu abrirei o piano para você.

Clarissa o presenteou com um olhar excessivamente doce. Com uma expressão impassível, Duncan a acompanhou até o piano, localizado entre duas grandes janelas com vista para o terraço. Ele a ajudou a se sentar e Jeremy abriu o piano enquanto Rose entregava a Clarissa a pilha de partituras. Os demais se reuniram, ansiosos, ao redor deles, arrastando poltronas e espreguiçadeiras para vê-la melhor. Depois de analisar as partituras, Clarissa escolheu duas peças. Rose colocou as demais folhas sobre o piano e se juntou a Jeremy e Duncan, do outro lado do salão.

Franzindo o cenho de leve, Clarissa moveu o banquinho, reajustou a partitura, moveu novamente o banquinho e, por fim, pousou as mãos nas teclas.

E tocou.

Com perfeição, como era de esperar.

Após três minutos, duas tias de Duncan voltaram a conversar, sussurrando baixinho. Ao lado de Rose, Jeremy se remexeu uma vez, depois outra. Por fim, se empertigou e, murmurando um "com licença", se afastou para examinar um armário repleto de bibelôs.

Rose, tão afeiçoada à boa música quanto lady Hermione, forçou-se a se concentrar, mas acabou se distraindo. A interpretação de Clarissa era tecnicamente perfeita, porém emocionalmente árida. Ela tocava todas as notas de maneira correta, mas não colocava o coração nem a alma – não havia emoção naquilo – para dar vida à música.

Rendendo-se ao inevitável, Rose parou de tentar ouvir a apresentação e se deixou levar pelos próprios pensamentos. Observou os presentes, a maioria dos quais estava agora distraída. Olhou, então, para Duncan.

Bem a tempo de vê-lo evitar um bocejo.

Rose conteve um sorriso e se aproximou dele.

– Com toda a seriedade, você não vai se casar com ela, vai?

Duncan a encarou, então respondeu por entre dentes cerrados:

– Cuide da própria vida.

Rose se permitiu sorrir e a expressão dele ficou ainda mais severa. Ela desviou o olhar para o outro lado do salão – a primeira peça de Clarissa estava chegando ao penúltimo crescendo. Deliberadamente, Rose se inclinou de leve para Duncan, deixando seus corpos se tocarem por uma fração de segundo enquanto ela passava por ele e seguia na direção da espreguiçadeira de lady Hermione.

Sentiu o sibilar célere da respiração de Duncan, sentiu também a contração repentina e brutalmente poderosa daqueles músculos masculinos.

Com uma leve curva nos lábios, Rose caminhou na direção da segurança da companhia da condessa. Ao chegar à espreguiçadeira, fez um gesto educado com a cabeça para lady Hermione, se virou e observou o salão inocentemente, tendo o cuidado calculado de não permitir que seus olhos se voltassem para Duncan, que permanecia parado, imóvel, perto da parede.

Do canto do olho, conseguia ver que as mãos dele estavam cerradas e que ele a seguira com o olhar, que permanecia fixo e atento nela. Desconfiava que ele estivesse pensando em estrangulá-la, fechando os dedos longos e fortes em torno do pescoço dela – sua resposta de costume às provocações de Rose.

Para sua grande surpresa, ele se empertigou, relaxou os punhos e começou a andar em sua direção como um predador.

Rose reprimiu a vontade de franzir o cenho. Quando o provocava, Duncan costumava evitá-la. Ele fugia e ela o perseguia. As coisas sempre foram assim.

Mas não dessa vez.

Quando Clarissa concluiu a primeira peça, Duncan chegou à espreguiçadeira e parou bem atrás de Rose, um pouquinho para o lado. Prendendo-a entre o móvel e ele. O andar arrastado pareceu indiferente, mas Rose conseguiu sentir a tensão que emanava, o controle ferrenho por trás de cada movimento.

Clarissa tocou os últimos acordes e afastou as mãos das teclas. Todos aplaudiram educadamente e Rose os acompanhou, distraída. As palmas de Duncan foram lentas, delicadas e deliberadas, bem atrás do ombro direito de Rose. Ela teve a distinta impressão de que ele estava aplaudindo a proeza *dela*, não a de Clarissa.

Depois de abrir um sorriso encabulado para os presentes, Clarissa olhou para a mãe, depois para lady Hermione e só então para Rose e Duncan. Rose lhe deu um sorriso encorajador. Sabia, sem precisar olhar, que Duncan fitava Clarissa por cima de sua cabeça. Clarissa sorriu e voltou a atenção para o piano, dando início à segunda peça.

Rose estava com dificuldade para respirar, para ignorar o aperto que voltou a sentir no peito. Com os sentidos à flor da pele, em estado de alerta, próximo ao pânico, não conseguia se concentrar na música, apenas na presença de Duncan atrás dela, tão perto, tão imóvel, tão silencioso.

Foi pega de surpresa por uma sensação de calor na lateral do pescoço e no ombro, expostos pelo vestido. Franziu o cenho de leve, então se recompôs à medida que a sensação ia embora.

Um instante depois, sentiu de novo. Agora, a sensação ainda mais quente e mais forte se estendia por seu corpo, do ombro à protuberância dos seios desnudos acima do decote do vestido.

Então foi sua vez de inspirar profundamente e prender a respiração, ao perceber que era o olhar de Duncan que ela conseguia sentir. Ele estava...

Rose praguejou e cerrou os dentes para afastar aquela sensação que a inundava, empoçando o calor dentro dela...

Desesperada, buscou salvação. Lady Hermione estava sentada diante dela e não podia vê-la, e todos os outros convidados estavam ocupados conversando. Até mesmo Jeremy, que agora conversava animadamente com o Sr. Edmonton, a abandonara.

Duncan se aproximou.

Rose sentiu as pernas bambas. Segurou o encosto da espreguiçadeira enquanto uma vertigem sem precedentes a ameaçava.

Clarissa finalizou a curta peça. Tirou as mãos das teclas e ergueu os olhos. Rose estava salva. Todos aplaudiram e Rose voltou a respirar, livre do olhar de Duncan.

Ele se afastou quando Clarissa, acompanhada por Jeremy, se aproximou. Antes que Rose pudesse se recompor e escapulir para a ponta oposta da espreguiçadeira, Duncan se virou e sorriu languidamente para ela e para a mãe.

– Talvez Rose possa tocar em seguida?

Lady Hermione se virou na mesma hora para Rose e sorriu.

– Certamente. Rose, minha querida, não a ouço tocar há eras. Por favor, nos dê esse presente.

Rose sabia reconhecer uma armadilha mas, como os outros se voltaram para ela e reforçaram o pedido, foi obrigada a sorrir e concordar. Ela olhou para Jeremy:

– Você viraria as páginas para mim?

Ele abriu um sorriso caloroso e ofereceu o braço. Rose aceitou, reprimindo uma pontada de culpa. Só o chamara para garantir que Duncan não ficaria espreitando por cima de seu ombro enquanto ela tocava. Se ele o fizesse, tinha certeza de que seus dedos se emaranhariam em nós. Se aquele era o plano dele, Rose havia lhe jogado um balde de água fria.

Com um orgulho quase palpável, Jeremy a acompanhou até o banquinho do piano. Duncan, de braço dado com Clarissa, os seguiu mais devagar. Rose rapidamente escolheu a peça que tocaria: uma sonata, uma das preferidas de lady Hermione. Colocou a partitura no atril e Jeremy se posicionou ao seu lado.

Rose respirou fundo, pousou os dedos sobre as teclas e deixou que alçassem voo. Manteve os olhos fixos na partitura, embora soubesse a peça de cor. Não precisava das notas para guiá-la. O que foi muito bom.

Duncan havia levado Clarissa até o outro lado do piano. Estavam parados exatamente diante de Rose, vendo-a tocar.

Para o imenso alívio de Rose, a partitura a protegia como um escudo enquanto ela se perdia na música. A atmosfera delicada e devastadora, tão evocativa da natureza silvestre que os rodeava, elevou-se e circundou-a, envolvendo-a em seu feitiço. Ela deixou os olhos se fecharem e se entregou à magia campestre, à beleza irresistível daquele som.

No salão, não se ouvia nem um sussurro. Ninguém tossia nem se mexia, para não arruinar a magia. Rose enfeitiçou todos os presentes, explorando, sem esforço algum, o poder que Clarissa, a despeito de sua perfeição técnica, não conseguira dominar.

Para Duncan, cujo olhar estava fixo em Rose, a comparação era inescapável. Sem pensar ou refletir, Rose se entregava de corpo e alma, tocando com um desembaraço emocional que, como Duncan reconheceu para si mesmo, era parte inerente dela, da Rose que ele conhecia desde o nascimento. Aquela percepção o afetou com força.

Sentiu o maxilar se enrijecer e depois o corpo todo acompanhar. Foi tomado por um desejo possessivo. Ele a queria – a desejava –, um desejo fomentado pela certeza de que Rose o amaria exatamente da mesma forma. De corpo e alma. Entregando-se inteira e por completo.

Respirou fundo e percebeu que o ar não era suficiente para apaziguar a palpitação repentina em suas veias. Cerrou os dentes e tentou parar de olhar para Rose. Fracassou. Superando sua força de vontade, seus olhos a devoravam: a rica abundância dos cabelos encaracolados, a alvura calorosa do rosto, as curvas macias e sugestivas, tão tentadoramente delineadas pela seda âmbar.

Perplexo, permitiu que seu olhar se demorasse ali. Sob o tecido fino, via os mamilos entumecidos. Ergueu os olhos e percebeu que os cílios de Rose tremiam. O desejo rugiu outra vez. Praguejando, engoliu em seco e se forçou a desviar o olhar. Estavam no salão de visitas da mãe dele, sob os olhares de mais de trinta parentes, bem como de sua "não mais" pretendente e os pais dela, além do possível futuro marido de Rose e do pai dela.

Ela o estava enlouquecendo, mas, pela primeira vez em suas vidas, não era – totalmente – culpa dela.

Duncan cerrou os dentes e resistiu.

Por fim, a sonata terminou. Rose tocou os últimos acordes lindamente e os ouvintes suspiraram no salão. Quando ela tirou os dedos das teclas, todos voltaram à vida.

Bem como Rose, que se sentia grata por não corar com facilidade. Ela sorriu e olhou para todos, menos para Duncan. Até conseguiu trocar um olhar amigável com Clarissa sem focar nele.

– Rose querida!

Ela se virou no banquinho para olhar para lady Hermione, que sorria calorosamente.

– Será que você poderia, minha querida, tocar *A Canção do Corvo*? Vocês estão em quatro e podem cantá-la.

Rose piscou e então inclinou a cabeça.

– Sim, é claro. – Voltando ao piano, olhou para Jeremy. – Vocês conhecem essa canção?

Seu olhar incluiu Clarissa na pergunta e ambos confirmaram. Ela não se deu o trabalho de perguntar a Duncan. A canção preferida da mãe dele já estava gravada em seu cérebro tanto quanto estava no dela. De sua visão periférica, onde ela o mantinha cautelosamente, viu quando Duncan se mexeu, dando a volta no piano para ficar à sua esquerda. Clarissa se moveu para a direita, até se posicionar ao lado de Jeremy.

Rose cerrou os dentes e pousou as mãos sobre as teclas. Se Duncan ficasse de olho em seus seios outra vez, bateria nele. Um segundo depois, começou a tocar a introdução. Todos entraram no tempo certo e cantaram com cuidado o primeiro verso, ouvindo e aferindo as vozes dos demais. Jeremy era um tenor moderado, contido e ágil. A voz de soprano de Clarissa era suave e fina, oscilando de leve nas notas agudas.

A voz de Duncan era como ela se lembrava: um barítono grave, melodioso e poderoso, capaz de transmitir uma cadência crescente que lembrava o mar. Rose a ouviu e, nem que sua vida dependesse disso, não conseguiu impedir que sua própria voz, um contralto caloroso, se fundisse, se entrelaçasse, se elevasse e depois se encaixasse na ressonância da voz dele.

Eles cantaram aquela canção, naquele mesmo salão, por anos. À medida que a lembrança era sobreposta pela nova experiência, Rose conseguia perceber a diferença, a intensidade e o vigor adicionais na voz de Duncan. Os tons mais suaves, mais lapidados, mais sensuais de sua própria voz fundindo-se em uma tapeçaria auditiva ainda mais refinada, melodiosa e envolvente do que a que eles costumavam criar.

Ela se concentrou nas notas e sentiu que ele a acompanhava. Quando começaram o verso final, suas vozes dominaram, mais fortes, mais seguras, mais resistentes.

Eles sustentaram a nota final, em um acordo mútuo e não verbalizado perfeito, até que morresse.

O salão explodiu em aplausos eufóricos.

Rose deu uma risada e, sorrindo, ergueu o olhar e encontrou o de Duncan. Os lábios dele estavam curvados, mas os olhos não sorriam – pareciam totalmente concentrados. Ela sentiu uma excitação se espalhar pelo corpo, deixando-a avoada. Disse a si mesma que não passava de euforia combinada com a falta de fôlego. Virou-se para Jeremy e levantou-se do banquinho.

Ficou tonta e cambaleou.

E Duncan estava ali, ao seu lado, segurando-a, protegendo-a do restante do salão. Os dedos dele seguraram seu cotovelo e a queimaram como ferro em brasa. Rose suspirou e ergueu os olhos. Ficou presa no olhar dele, no azul-claro que agora ardia em um milhão de minúsculas chamas.

Chamas?

Rose piscou e desviou o olhar. Nunca vira fogo nos olhos de Duncan antes. Respirando com determinação, ela se endireitou e olhou novamente.

Ele a fitou com uma expressão de inocência límpida.

Não havia chama alguma para ser vista.

Rose resistiu à vontade de olhar com mais atenção. Em vez disso, tentando controlar a própria curiosidade, desvencilhou o braço e, fingindo total indiferença, se afastou dele.

Tentou não reparar em como seu coração estava acelerado.

DOIS

 previsão de Duncan se mostrara correta e o dia seguinte amanheceu chuvoso e cinzento. Uma neblina fina encobria as montanhas, intensificando a aura de isolamento, de estar apartado do mundo.

Olhando pela janela, Rose absorveu aquela visão, a atmosfera, a sensação intensa de paz. Atrás dela, na aconchegante sala de estar, as senhoras haviam se reunido para passar a manhã na agradável companhia umas das outras. Algumas bordavam, outras estavam ociosas demais até mesmo para fingir. Conversinhas murmuradas oscilavam pelo salão, refletindo o movimento das nuvens do lado de fora.

Para Rose, aquela era uma situação confortável. Conhecia todos os presentes havia anos, a maioria desde que nascera, exceto por Jeremy e os Edmontons. Apenas naquela manhã, já tinha conversado com cada uma das seis tias de Duncan e ouvido as últimas novidades sobre os primos dele. As mulheres mais velhas agora compartilhavam fofocas sociais, em sua maior parte sobre a alta sociedade de Edimburgo, com algumas poucas histórias relevantes sobre Londres. Rose não se interessava muito por esses mexericos. Para ser bem sincera, tinha pouquíssimo interesse pela sociedade em geral.

À sua esquerda, a certa distância da casa, avistou um grupo de cavalheiros que saíam para uma caminhada na trilha em torno do lago. Seu pai estava entre eles, bem como Jeremy – não era difícil encontrá-lo. Ele usava um chapéu de feltro novinho em folha e um capote de várias camadas. Apesar de sua relação com o ducado de Perth, Jeremy passara a vida toda em Edimburgo.

Rose observou os homens sumirem em meio às árvores. A imagem de Jeremy, caminhando entre eles, era um grande lembrete do motivo pelo qual ela fora a Ballynashiels naquela época específica, levando-o consigo. Ele queria se casar com ela. Aos 27 anos e já tendo recusado diversos pretendentes, ter alguém do calibre de Jeremy pedindo sua mão não era algo que pudesse dispensar com um sorriso. Jeremy merecia ser considerado. À parte de todo o resto, ela realmente gostava dele, de um jeito ameno. Rose supunha que conseguia imaginar uma vida com ele. Jeremy seria um marido gentil e atencioso. Disso ela não tinha dúvida, mas, mesmo assim…

Ela dera uma resposta sincera a Duncan: não havia se casado porque ainda não encontrara um homem com quem de fato quisesse se casar. Tinha uma ideia bastante clara de como se sentiria quando o pretendente certo aparecesse – seria arrebatada por uma força maior que a própria vontade. Durante anos, concluiu que isso não havia acontecido ainda porque ela era obstinada demais, enérgica demais. Ainda não tinha acontecido e não aconteceria com Jeremy. No entanto, aos 27 anos, precisava considerar suas opções. E era por isso que estava ali.

O convite de lady Hermione fora uma bênção, pois lhe dera um motivo para levar Jeremy a Ballynashiels, o único lugar no mundo onde se sentia mais viva do que nunca, onde podia ser ela mesma da forma mais clara e segura. Concluíra que se havia alguma possibilidade de que ela e Jeremy pudessem formar um casal, era ali que descobriria isso, em Ballynashiels.

Rose deu um sorriso irônico e resignado. Prometera a Jeremy que lhe daria uma resposta no dia do solstício de verão, mas já tinha se decidido: ele a impressionara menos ali do que nos salões de baile de Edimburgo. Não era Jeremy que viera a cativar seu interesse e a capturar sua atenção.

Permaneceu parada à janela, olhando distraidamente para fora, por uns bons cinco minutos, até perceber para onde seus pensamentos tinham ido. Para quem tinham ido.

Duncan, o perfeito.

Ele sempre capturara sua atenção sem o menor esforço. Ainda capturava. Rose sempre se interessara pelas façanhas dele, por seus pensamentos e suas conquistas. Agora, após doze anos afastado da vida dela, Duncan despertava sua curiosidade.

Depois da noite anterior, contudo, a curiosidade era permeada pela precaução. Ele a deixara bastante nervosa. Ao se deitar, Rose prometeu a si mesma que o evitaria durante o resto da estadia ali. Ele tinha mudado. Não era mais o garoto com quem ela costumava implicar, o jovem que ela costumava atormentar – tudo na mais absoluta impunidade. O garoto, o jovem, nunca revidara. O Duncan de agora era diferente. Com uma arma que ela não conseguia compreender muito bem e da qual, aparentemente, não conseguia se defender.

O que com certeza não era justo.

Tinha tomado essa decisão na noite anterior. Naquela manhã, ela estava entediada.

Implicar com Duncan sempre animara sua vida. Sentia-se permanentemente eufórica na presença dele. Como na noite anterior. Rose ficou olhando para os penhascos ocultos pela neblina. Talvez precisasse apenas de um pouco de experiência para se acostumar com o tipo de euforia que ele provocava agora.

Quando se deparava com um novo desafio, sua resposta usual era enfrentá-lo, superá-lo. Lidar com o Duncan de 35 anos certamente era um novo desafio, mas talvez tudo o que precisava fazer para superar sua estúpida suscetibilidade, para dominar aquele sentimento irritante que a assolara na noite anterior, era confrontá-lo. Encará-lo.

Provocá-lo, como ela costumava fazer.

Só que não eram mais crianças.

Rose se mexeu e olhou para o local onde Clarissa estava acomodada em uma poltrona, bordando diligentemente. Ela era a única mulher absorta em todo o salão, a personificação da dedicação virginal.

Rose fez uma careta por dentro. Não era o tipo de mulher que interferia na vida dos outros, mas estava claro que Clarissa não era uma esposa adequada para Duncan. Se ele já não soubesse disso, deveria saber, para que ela pudesse provocá-lo com a consciência limpa. Talvez, fora da casa, sua provocação pudesse ser vista como algo diferente; no entanto, todos os convidados ali presentes saberiam que não havia nenhuma segunda intenção – que era apenas a maneira como ela e Duncan sempre se trataram.

Lembranças vívidas da euforia que experimentara na noite anterior, da tensão aguda e formigante que tomara conta dos seus nervos, passaram por sua mente e acenaram para ela. Abandonando seu posto junto à janela, Rose atravessou o salão até o local onde lady Hermione estava recostada em uma espreguiçadeira. A condessa ergueu os olhos, curiosa.

– Preciso de uma distração. – Rose deu um sorriso ingênuo. – Acho que vou pegar um livro.

O sorriso de lady Hermione foi sereno.

– É claro, minha querida. É uma excelente ideia.

Duncan estava profundamente compenetrado em um livro-razão quando a porta da biblioteca se abriu. Supondo que fosse um dos convidados à procura de um livro, não levantou o olhar. Então percebeu quem era o convidado em questão e ergueu os olhos na mesma hora.

O coração dele parou apenas por um segundo – tempo suficiente para fazê--lo perceber o perigo. Rose sentiu o olhar dele. Virou a cabeça e abriu um sorriso provocativo. Assim, com uma graciosidade distraída, caminhou olhando para a parede coberta de prateleiras, tocando de leve, com a ponta dos dedos, nas lombadas dos livros.

Duncan cerrou os dentes e se remexeu na poltrona. Tentou não pensar em como seria a sensação daqueles dedinhos provocadores acariciando o peito desnudo dele. Rose usava um vestido matinal de musselina. O tecido se ajustava de forma adorável ao quadril e às coxas dela à medida que atravessava a biblioteca bem devagar. Durante longos e silenciosos minutos, Duncan a observou procurar um livro e se perguntou se ela queria ler de fato ou se queria apenas provocá-lo. Ele não sabia ao certo se uma alternativa excluía a outra.

De qualquer forma, não conseguia tirar os olhos da jovem. Ao menos parte daquela compulsão derivava de seu passado, de uma autopreservação profundamente enraizada. Ele aprendera, por experiência, que Rose poderia ser deveras criativa, e por isso tomara a sábia decisão de ficar de olho sempre que ela se aproximava.

Talvez ficar de olho em Rose agora não fosse uma decisão tão sábia assim, mas Duncan não conseguia evitar, não conseguia desviar os olhos dela. Ainda não assimilara quanto ela havia mudado. Em anos anteriores, ficar atento a Rose era uma tarefa necessária. Já agora não requeria esforço algum. O único esforço envolvido nisso era manter as mãos longe dela. Duncan mal conseguira se manter na linha até então. Que os céus o acudissem, se perdesse essa batalha.

Só Deus sabia o que Rose faria com ele, nesse caso.

O pensamento congelou a mente e libertou a imaginação de Duncan.

Estava imerso em fantasias obscenas quando o ruído de uma folha de papel o trouxe de volta ao presente. Olhou rapidamente para Henderson, seu feitor e amigo de longa data, sentado em uma cadeira ao lado da mesa. O amigo estava imerso em outro livro-razão. Eles estavam ali havia duas horas e todo o trabalho importante já havia sido feito.

Henderson mal erguera os olhos quando Rose entrou. Como ela visitava a casa todo verão, seus funcionários já deviam estar acostumados com a aparência atual da jovem. Duncan era o único arrebatado.

Olhou mais uma vez para sua antiga-nêmese-agora-musa e se remexeu de novo.

Passara a noite toda pensando nela e em tudo aquilo em que ela se transformara. Desejou tudo o que Rose era agora e refletiu sobre aonde isso poderia levá-lo. Pois, apesar de todo o resto, ainda era a mesma Rose: a mulher que tornara sua vida um inferno no momento em que a adentrara.

Ela era e sempre fora um espinho fincado na carne de Duncan. Conseguiria ele exorcizá-la ao vencer a compulsão que o dominava toda vez que ela aparecia, arrancando-a de sua vida para sempre, ou simplesmente a enterraria com ainda mais força na sua carne?

Observando-a folhear as primeiras páginas de um romance, Duncan praguejou por dentro. Ele já estava agonizando o bastante, poderia muito bem descobrir o que o destino o havia reservado. A dor não poderia ser pior.

Afastando a poltrona da mesa, olhou para Henderson e falou:

– Terminaremos amanhã. – Duncan se levantou e refletiu. – Pensando bem, vamos esperar até o solstício passar.

Até que sua mente estivesse livre da distração presente.

Henderson obedeceu de imediato, juntando os livros. Duncan esperou que o amigo passasse pela porta antes de dar a volta na mesa e seguir na direção de sua nêmesis.

Sob qualquer circunstância racional, ele deveria ter passado ao menos algum tempo nas últimas doze horas pensando em Clarissa, elaborando seus argumentos e tomando sua decisão final. Em vez disso, parecia que a decisão já havia sido tomada por ele, por alguma parte de sua mente que não conseguia anular. Duncan não se casaria com Clarissa.

Com *quem* de fato se casaria era outra questão sobre a qual ainda não refletira muito. Com Rose por perto, distraindo-o, atraindo-o, não conseguia pensar com clareza suficiente nem mesmo para se concentrar nesse ponto.

A porta se fechou suavemente após a saída de Henderson. Um segundo depois, Rose ergueu os olhos – rápido demais – do livro. Duncan suprimiu um sorriso feroz. Ela se virou para olhá-lo e Duncan parou bem diante dela. Baixando a cabeça de leve, ele checou o título do livro que a jovem segurava como um escudo entre eles.

– Você já leu esse.

Ela piscou para ele.

– Há anos. – Ela fez uma pausa e complementou, sem tirar os olhos dos dele: – Pensei em revisitar antigos cenários.

Duncan a encarou.

– Ah, é? – Apoiando um ombro nas prateleiras, ele a observou. – É melhor tomar cuidado com os antigos cenários.

– É mesmo?

Havia uma pitada de provocação na voz dela, suficiente para fazer o corpo de Duncan flamejar. Ele permitiu que sua intenção infundisse em seus olhos.

– Talvez o palco seja outro. E mesmo que você continue na peça, é possível que descubra que o roteiro está diferente – declarou ele.

Um leve rubor tingiu as bochechas da jovem. Duncan chegou a esperar que ela se alvoroçasse, mas, em vez disso, apenas arqueou a sobrancelha para ele antes de dizer:

– Sempre aprendi rápido. – O ronronar rouco da voz de Rose penetrou a pele dele, aquecendo-o. Ela examinou os olhos de Duncan, então arqueou ainda mais a sobrancelha, provocativa. – E duvido que haja algo que eu precise temer.

Ela se virou após aquele comentário – que ele acreditava ter sido muito bem pensado para tentá-lo a tomar alguma atitude desvairada. Só que Rose não o conhecia mais. Ela não sabia quem ele era, o que havia se tornado, como havia mudado nos últimos doze anos. Ela não sabia qual era a principal atividade recreativa de Duncan atualmente. Se ele lhe dissesse que eram as cavalgadas, ela talvez pensasse em cavalos.

Duncan a observou devolver o livro à prateleira e pensou em qual seria a melhor maneira de dar a notícia a ela.

Rose pegou outra obra e lançou um olhar a ele.

– Seu trabalho com Henderson terminou? Tenho certeza de que Clarissa ficaria extasiada em vê-lo. Ela está na sala de estar, absorta em seu bordado.

– Se ela está ocupada, acho que não precisamos perturbá-la.

Rose arregalou os olhos castanhos.

– Mas você não acha que deveria passar mais tempo com ela?

Ele encarou o olhar inocente de Rose por uma fração de segundo, então olhou rapidamente para o relógio sobre a cornija da lareira e soltou um suspiro dramático.

– Há tempo suficiente para um jogo de charadas.

Duncan voltou seu olhar para Rose, que havia compreendido a ironia.

– Você detesta charadas – declarou ela.

Duncan sorriu.

– Você também.

Rose o estudou, então deu de ombros de leve e, pegando o livro que selecionara, caminhou na direção de uma das amplas janelas. Duncan a seguiu, muito satisfeito em fazer isso. Com os olhos grudados no quadril dela, observou o gingado sedutor. Ela parou bem diante da janela. Ele continuou andando até apoiar os ombros no caixilho e enfiar as mãos nos bolsos da calça para impedi--las de apalpar as curvas de Rose.

– Ouso dizer que Clarissa é uma escolha boa o suficiente. – Apertando o livro contra o corpo, Rose observava a paisagem. – Embora eu deva confessar que não entendo por que ela acha as montanhas opressoras.

– Hum.

– E não é só porque você cavalga todos os dias que ela precisaria acompanhá-lo.

– Aham.

– E, dados o tamanho da casa e a quantidade de criados, sei que ela está se sentindo um tanto sobrecarregada, mas tenho certeza de que se acostumará.

– Clarissa não precisará se acostumar.

– O quê?

Rose virou a cabeça tão depressa que Duncan teve dificuldade em conter o riso. Ele baixou o olhar.

– Vocês vão viver a maior parte do tempo em *Londres*? – perguntou ela.

Duncan ergueu os olhos e engoliu a negação desdenhosa bem a tempo. Os olhos de Rose estavam arregaladíssimos; a expressão, horrorizada. Ela ficara pasma com aquela ideia e isso a desequilibrara. Duncan estreitou os olhos.

– Você aceitou o pedido de Penecuik? – ele indagou.

Rose piscou e se retraiu. Com um olhar orgulhoso, voltou a observar a paisagem.

– Ainda estou considerando.

O alívio atroz que o inundou era enervante. Franzindo o cenho, Duncan se empertigou antes de perguntar:

– Considerando o quê? As perspectivas futuras dele?

– Perspectivas futuras, segundo lady Hermione, devem ser consideradas com muita cautela em relação a um possível futuro marido.

A maneira como Duncan bufou de leve transmitiu sua opinião sobre a sabedoria de sua mãe.

– Você mandará e desmandará nele durante toda a vida. É esse tipo de marido que deseja?

Com o olhar fixo nas montanhas, Rose realmente ponderou. Enquanto o fazia, Duncan estendeu a mão para o livro que ela segurava. Rose o entregou a ele, distraída. Duncan leu o título e largou a obra em uma mesa próxima.

Rose ouviu o barulho e se virou quando Duncan voltou a se aproximar. Seus olhares se encontraram. Ele arqueou uma sobrancelha e ela respondeu com um olhar provocativo antes de dizer:

– Acho que seria muito agradável ter as opiniões reverenciadas.

Ele a encarou.

– A maioria das esposas preferiria que seus maridos venerassem algo diferente de suas opiniões.

O tom de Duncan era ainda mais provocativo que o olhar dela.

– Ah, é? – Rose abriu um largo sorriso. – Preciso me lembrar de discutir essa questão com Jeremy. – Com os olhos ainda fixos em Duncan, fez um gesto distraído. – Quem sabe o que mais ele pode se sentir incitado a venerar?

Algo mudou nos olhos de Duncan. Por um instante, ela pensou ter visto as chamas novamente, mas, antes que pudesse ter certeza, ele baixou o olhar e Rose o sentiu tocar seu corpo como uma brisa quente de verão.

Seus nervos ficaram à flor da pele e ela percebeu a euforia se espalhar pelo corpo.

Ele falou em tom grave e com a voz arrastada:

– Acho que posso fazer uma suposição educada.

O olhar de Duncan subiu lentamente e, ao chegar ao rosto de Rose, se ateve aos olhos dela. Ele deu um passo em sua direção.

Arregalando os olhos, Rose recuou e se deparou com o caixilho da janela. Duncan continuou a avançar. Ela inspirou desesperadamente.

– Ah, sim?

Foi difícil para Rose manter a voz estável.

O olhar de Duncan baixou para o corpete dela, que estava apertado, visto que ela não conseguia soltar o ar que tinha prendido.

– Aham.

Duncan parou bem diante dela, a poucos centímetros de distância. Com as costas coladas ao caixilho da janela, Rose lutou para não tremer.

– E então? O que é?

Lentamente, ele ergueu a cabeça até seu olhar se fixar novamente no dela. Rose se esqueceu da dificuldade para respirar, se esqueceu de não tremer e perdeu toda a habilidade de pensar. A masculinidade de Duncan, aquela força tangível, a tocou, a envolveu, a prendeu e a deixou totalmente subjugada. Ela não conseguia piscar nem se desvencilhar. Como uma presa perplexa, tremendo até os ossos, viu os olhos dele escurecerem e o lampejo que antes confundira com chamas.

Então os lábios dele se curvaram de maneira provocante.

– Já me esqueci da pergunta.

Ele baixou os olhos – fixando-os nos lábios dela, que se entreabriram em resposta.

Devagar, Duncan também baixou a cabeça...

Ambos ouviram passos do outro lado da porta um instante antes de ela se abrir e Jeremy entrar.

– Ah! – O rosto do recém-chegado se iluminou. – Aí está você.

Apoiando-se no caixilho da janela, Rose reprimiu a vontade de colocar a mão no peito ofegante.

– Sim... – As cordas vocais dela travaram. Assentindo, Rose pigarreou e tentou outra vez. – Aqui estou.

Ela ignorou com firmeza a presença imponente da figura que permaneceu apoiada na janela.

– Estávamos apenas conversando sobre a ideia de sair para cavalgar – interveio Duncan e Rose lhe lançou um olhar escandalizado. Ele sorriu para ela. – Não hoje, receio. Talvez amanhã?

A pergunta foi tão incisiva que Rose foi obrigada a responder.

– Acho melhor não – ela conseguiu dizer.

– Ah, não sei – comentou Jeremy. – Nada como uma boa galopada para esquentar o corpo.

– De fato – concordou Duncan.

– Você estava procurando por mim? – interrompeu Rose com determinação. Ela conseguiu manter o tom de voz suave, embora instável.

Jeremy abriu um sorriso cativante.

– Começou a chover, então tivemos que encurtar nosso passeio. Estava pensando se poderíamos ocupar o tempo até o almoço jogando um pouco de bilhar.

Rose sorriu.

– Uma excelente ideia.

Decidindo que as pernas agora estavam firmes o suficiente para arriscar caminhar, ela começou a atravessar a biblioteca.

– Rose.

A voz de Duncan provocou arrepios na espinha dela, fazendo-a parar e se virar, devagar.

– Você esqueceu o livro – disse ele, lhe entregando o volume.

Rose olhou para a mão de Duncan, que segurava o livro com dedos longos e fortes, antes de encará-lo. Ele não se moveu para ir até ela e Rose inspirou rapidamente.

– Não estou mais interessada em lê-lo.

Com isso, ela se virou e viu Jeremy sorrir para Duncan.

– Gostaria de se juntar a nós, Strathyre?

Rose congelou. Conseguia ouvir seu coração bater. Depois do que pareceu um tempo interminável, escutou a voz de Duncan, calma, mas naquele meio-tom que era exclusivo para ela:

– Acho que não. Há outras habilidades que preciso lapidar.

Quase zonza de alívio, Rose acenou vagamente com a cabeça na direção dele e escapou antes que Duncan pudesse mudar de ideia.

Quando chegou a hora do jantar, Rose estava convencida de que havia se alvoroçado demais acerca de todo aquele episódio. Apesar das circunstâncias e da provocação – ou do que sua mente febril pudesse ter imaginado –, Duncan jamais encostaria um dedo nela, muito menos em seus lábios. Por certo não a desejava. Não Duncan. Ele podia ameaçar quanto quisesse, mas nunca, em todos os anos desde que se conheciam, havia retaliado fisicamente.

À exceção de uma única vez, mas aquilo tinha sido uma espécie de erro.

Enquanto aguardava que os cavalheiros retornassem ao salão de visitas, ocultando a impaciência por trás de uma máscara de serenidade, Rose revisou tudo o que havia visto em Duncan desde a hora do almoço.

As nuvens já haviam se dissipado e o tempo melhorara progressivamente. Quando ela e Jeremy se levantaram da mesa do almoço, Duncan apareceu, com Clarissa a tiracolo, e sugeriu que saíssem para uma caminhada pelos jardins. Ela sorrira e mantivera a mão firme no braço de Jeremy. Duncan estava sendo atencioso e nada além disso. Em momento algum durante o longo e adorável passeio, nem durante o demorado chá da tarde na sala de estar quando retornaram, ela não sentira sequer um lampejo fugaz do predador que a encarara na biblioteca.

O que significava que ele só a estava provocando, assustando, armando um espetáculo para intimidá-la e despistá-la, além de mantê-la longe e calada, ao menos em relação a seu futuro casamento.

Rose engoliu um "hum" indignado quando Clarissa se juntou a ela perto da janela aberta.

Clarissa franziu o cenho diante do delicado entardecer e estremeceu de leve.

– É um tanto sinistra, não é? Essa luz estranha. Não é dia de verdade, mas também não é noite. – Ela deu um sorriso gentil a Rose. – Receio ser sensível demais para este ambiente. Acho tudo isso – ela apontou para os picos das montanhas que se elevavam sobre o vale – pavorosamente frio.

Rose mordeu a língua, engolindo o conselho de que Clarissa não revelasse a Duncan que achava seu lar "pavorosamente frio".

– Por sorte, não parece haver nenhum motivo real para que Strathyre precise ficar por aqui. A propriedade contribui com muito pouco para a fortuna dele, pelo que sei. – Clarissa se virou e examinou o longo e elegante salão. – A casa, claro, é magnífica. É uma pena que não seja em Kent, ou em Surrey, ou mesmo em Northamptonshire. – Clarissa lançou outro de seus olhares graciosos e confidentes a Rose. – De todo modo, ouso dizer que, visto que se trata de uma residência tão grandiosa, não será difícil encontrar um locatário.

Rose quase engasgou e "hum" foi tudo o que achou seguro dizer. Clarissa permaneceu ao seu lado, tagarelando sem parar até os cavalheiros se juntarem a elas. Rose refletiu por bastante tempo, mas, no fim das contas, não disse nada.

Não cabia a ela estourar a bolha de Clarissa e, dada a clara falta de apreciação da garota pelo lar de Duncan – seu território ancestral –, Rose não achava que ele seria tolo a ponto de pedir a mão de Clarissa em casamento. Em qualquer questão lógica, Rose tinha total confiança no bom senso dele. No mínimo, sua obsessão pela perfeição – particularmente forte quando se tratava de seu lar – garantiria que ele e Ballynashiels permanecessem a salvo de um casamento com Clarissa. Ela não precisava dizer nada sobre o assunto.

O que deveria tornar as coisas mais simples. Não era por causa de Clarissa que ela pretendia enfrentar o leopardo predador aquela noite.

Do canto do olho, Rose observou a movimentação perto da porta. Juntamente com Clarissa, ela se virou quando os cavalheiros chegaram. Duncan foi o último, acompanhado pelo pai de Rose. Sorrindo por dentro, ela se virou para o lado. Um sorriso apareceu em seus lábios quando Jeremy se aproximou.

Ela não olhou nem sorriu para Duncan. Queria pegá-lo sozinho e tinha uma ótima ideia de como conseguir isso.

Clarissa se afastou, parando ao lado da espreguiçadeira na qual os pais estavam acomodados. Duncan se juntou a ela. Rose aguardou até o chá ser retirado e alguns dos convidados mais velhos se recolherem antes de se aproximar de Jeremy e sugerir:

– Vamos caminhar no terraço. Está abafado aqui e há uma brisa tão suave.

Ela fez um gesto em direção às portas duplas abertas para o crepúsculo cada vez mais intenso. A brisa soprava as cortinas finas.

– O terraço se estende pela lateral da casa, proporcionando uma linda vista do lago ao longe.

Ela começou a caminhar, arrastando-o, sem resistência alguma, na direção das portas.

– Suponho que... – Jeremy olhou para ela. – Desde que você não ache inadequado.

Rose abriu um sorriso muito caloroso.

– Por certo ninguém imaginará que temos qualquer intenção indecorosa.

À exceção de Duncan.

O casal passou por ele, que estava com Clarissa a tiracolo e conversava com a Sra. Edmonton e uma das tias. Sem sequer olhar na direção de Duncan e com toda a atenção aparentemente fixa em Jeremy, Rose permitiu que seu acompanhante segurasse as cortinas e a conduzisse ao terraço.

O ar estava fresco, e a brisa, suave, como ela previra. O céu era uma aquarela de tons pastel, com nuvens leves que se acumulavam ao redor dos picos montanhosos. Caminhando pelos ladrilhos, Rose fechou os olhos e inspirou fundo, aspirando o aroma dos pinheiros e abetos e se perguntando como Clarissa podia não apreciar a magia de Ballynashiels.

– É um lugar tão pacífico.

Rose abriu os olhos e sorriu para Jeremy. Juntos, pararam perto da balaustrada e observaram a relva bem-cuidada, moradia de um agrupamento de antigas árvores. Além delas estavam os arbustos, um conglomerado de sombras ainda mais intensas.

– Você parece... – Jeremy gesticulou. – Em casa aqui.

Rose sorriu.

– Sim. – Largando o braço dele, ela se apoiou na balaustrada. – Ballynashiels é como se fosse meu lar.

– Mas você vive em Edimburgo com seu pai, não é?

– Sim, mas...

Rose parou de falar. Ela e Jeremy se viraram ao ouvir o som de passos.

A jovem encarou o olhar sombrio de Duncan e sorriu serenamente.

– Veio também tomar um ar? Junte-se a nós. – Ela gesticulou para indicar que Duncan se aproximasse. – Estava contando a Jeremy que eu costumava passar o verão aqui.

Duncan hesitou, então se aproximou.

– Entendo.

– Sim. – Exalando uma inocência ingênua, Rose sorriu para ele. – Até mesmo você deve se lembrar. – Ela voltou o olhar risonho para Jeremy. – Eu vivia no encalço de Duncan.

Ela começou a contar, em palavras tanto bem-humoradas quanto breves, uma história resumida porém verdadeira de suas visitas. Jeremy ficou fascinado, como era a intenção de Rose. Duncan ouviu em silêncio. Apenas ela conseguia ver o cinismo desconfiado em seu olhar.

– É por isso que conheço Ballynashiels tão bem.

Jeremy sorriu, assentindo, e então olhou para Duncan:

– Ela deve ter sido um osso duro de roer.

Duncan retribuiu o olhar, então se voltou para Rose:

– Não tanto quanto parece.

Rose respondeu com uma expressão levemente surpresa, deu as costas para Duncan e se virou novamente para as montanhas. Com um gesto gracioso, estendeu o braço e apontou para a paisagem.

– É tudo tão selvagem, bonito e indomado.

Com o olhar fixo nas montanhas, Jeremy murmurou em concordância.

Com o olhar fixo em Rose, Duncan não disse nada.

De repente ela estremeceu, bem quando Jeremy se virou para ela.

– Veja – disse ele. – Você está com frio. É melhor entrarmos.

– Ah, não! – Esfregando os braços desnudos, Rose sorriu. – Está tão agradável aqui fora.

Jeremy franziu o cenho.

– Mas você pode se resfriar.

Rose inclinou a cabeça e pediu:

– Talvez você pudesse buscar meu xale...

– É claro. – Jeremy se endireitou. – Onde está?

– Eu acho... – Rose franziu o cenho. – *Acho* que o deixei no salão de visitas.

Jeremy sorriu.

– Nada tema, vou encontrá-lo.

Abrindo um sorriso, ele atravessou as portas duplas e desapareceu dentro da casa.

Duncan o observou se afastar, então voltou sua atenção para Rose.

– O que está tramando?

– Tramando?

Por um instante, o rosto de Rose permaneceu o reflexo da mais perfeita inocência, então ela deixou a máscara cair e sorriu para Duncan, com aquele sorriso provocador reservado apenas para ele. Ela se virou, ainda sorrindo e deslizando os dedos levemente pela balaustrada, e caminhou pelo terraço.

– Por que você acha que estou tramando alguma coisa?

Duncan observou-a se afastar, então deu de ombros e a seguiu.

– Selvagem, bonita e indomada. Você pode enganar todos os outros com sua máscara social, mas eu a conheço, lembra?

– Você perdeu doze anos... Não sabe nada sobre mim.

– Poderia dizer o mesmo de você, com uma precisão ainda maior, mas algumas coisas nunca mudam.

– Ah, não?

Rose parou no final do terraço, onde a balaustrada fazia um semicírculo, e se virou para encará-lo.

Duncan diminuiu o passo ao se aproximar, perplexo com a imagem dela diante das montanhas sob o crepúsculo e das águas acinzentadas do lago. Uma tensão familiar havia se infundido em cada músculo de seu corpo quando ele por fim parou, bem diante de Rose. Ele a fitou, estudando seus olhos antes de dizer:

– Você continua negligentemente impetuosa, como sempre.

Rose sorriu e se perguntou, agora que Duncan estava onde ela queria, o que deveria fazer em seguida. Como deveria incitar o leopardo a revelar suas artimanhas.

A tentativa dele de intimidá-la na biblioteca havia atiçado sua curiosidade, elevando-a a níveis impossíveis. Jamais se deparara com o poder peculiar que ele agora exibia. Queria saber mais, ao menos o suficiente para rebater ou, melhor ainda, para ela mesma usar esse poder. Naquele momento, se sentia em desvantagem, como se ele tivesse encontrado algum refúgio no campo e ainda não o tivesse compartilhado. Rose pretendia arrancar esse segredo dele.

Ela olhou novamente para a paisagem, depois lançou um olhar reflexivo a Duncan.

– Preciso confessar que fiquei surpresa com sua escolha. Clarissa parece tão serena, tão reservada. Não é nem de longe o tipo de mulher que imaginava para você.

Uma vez que Duncan não respondeu, ela arriscou espiar o rosto dele. Os olhos azuis estavam fixos nela, e a expressão do rosto dele era indecifrável. Ele parecia, para seu desgosto, estar bem à vontade. Não exatamente relaxado, mas controlado, com a máscara de senhor da casa firme no semblante.

Com os olhos fixos nos dele, Rose arqueou uma sobrancelha deliberadamente e permitiu que a diversão provocativa permeasse seu tom de voz:

– De alguma forma, eu imaginava que as mulheres com quem você se engraçaria teriam um pouco mais de malícia.

– As mulheres com quem me engraço geralmente têm mais malícia.

Aquela afirmação seca era uma negativa clara a se deixar vencer. Rose mudou de tática depressa. Aproximando-se e baixando o tom de voz, disse:

– Para falar a verdade, queria me sujeitar a você. – Com um sorriso alegre, ela o encarou. – Aprender com sua experiência.

Ele arqueou uma sobrancelha.

– Minha experiência?

O sorriso dela se abriu.

– Em se tratando de... romance. – Ela semicerrou as pálpebras antes de desviar o olhar. – Queria saber sua opinião.

Duncan franziu o cenho.

– Opinião?

– Aham. Quanto aos meus aspectos que Jeremy talvez pudesse vir a venerar.

Virando-se de leve, a jovem o encarou, a menos de 30 centímetros dele. E sorriu de maneira calorosa, tentadora e provocante antes de continuar:

– Quero saber o que, em sua opinião, um cavalheiro poderia achar mais atraente em mim.

Os olhos dela, quando encontraram os dele, não apenas brilharam, mas arderam. Duncan inspirou lentamente e controlou com firmeza o impulso de reagir, de permitir que a tensão que eclodia dentro dele transparecesse, transmutasse em uma expressão física em seus olhos, em seu rosto ou em seu corpo. Rose era tão transparente quanto água corrente. Estava tramando algo, mas ele não conseguia entender o quê. Ela o provocava de forma intencional e estava se saindo muito bem – disso ele sabia. Por sorte, Duncan estava no controle. Estavam no terraço aberto, não na biblioteca. A poucos metros dali encontravam-se diversos parentes seus, o pai de Rose, o futuro marido dela e a própria futura noiva de Duncan com os pais. Além disso, Jeremy voltaria a qualquer segundo com o xale dela. Rose não fazia ideia de como conduzir a sedução. Ele precisaria ensiná-la, mas não ali, não naquele momento.

– Não arriscaria supor o que Penecuik poderia achar atraente.

Rose lhe lançou um olhar ardente.

– Você faz alguma ideia... Você mesmo disse. – Ela se aproximou e o seu cheiro envolveu os sentidos de Duncan, suas curvas quentes a um palmo de distância. Ela ergueu a cabeça e o encarou. – Então o que seria? Meus olhos? Meus lábios? Meu corpo?

Tudo isso e muito mais. Duncan enrijeceu e se recusou a libertar seus demônios. Ele se lembrava, vividamente, da única vez que tocara Rose com alguma intenção física, quando, à tenra idade de 14 anos, ele reagira a uma de suas provocações. Juntamente com dois amigos de Eton, ele tinha ido caminhar pelo bosque, com Rose em seu encalço, impiedosamente atrevida, como sempre. Um de seus comentários o irritara demasiado, então ele se virara e dera um leve tapa na lateral da cabeça de Rose, bem acima da orelha. Não havia batido com força, mas ela caíra no chão, mais por conta do choque do que do safanão. Foi naquele momento, para seu horror, que descobriu que Rose não chorava como as outras garotas. Ela não retorceu o rosto nem berrou. Em vez disso, seus olhos enormes se encheram de lágrimas silenciosas até transbordarem. Ela ficou sentada ali, com a mão na orelha e um olhar que o devastara, enquanto as lágrimas escorriam pelo rosto.

Ele se ajoelhara ao lado dela, gaguejando um pedido incoerente de desculpas, tentando, sem jeito, reconfortá-la. Tudo diante de seus amigos perplexos.

Depois daquilo, ele jurara nunca mais se deixar controlar por ela. Duncan não voltaria a responder fisicamente às provocações dela.

Ele olhou nos olhos de Rose, de um castanho dourado e quente, tentadores e provocantes, e rapidamente lembrou a si mesmo que era forte o suficiente para suportar qualquer coisa que ela lhe fizesse.

Rose se aproximou, eliminando os poucos centímetros que ainda os separavam. Os seios dela roçaram o peito de Duncan sobre o casaco, pressionando de leve. Então ela apoiou o quadril, um peso cálido, na coxa dele. O brilho nos olhos de Rose quando o encarou e ergueu a mão, com os dedos finos esticados, para apoiá-la no peito dele era mais que provocador. A tentação pura e inadulterada brilhava nos olhos dela.

O calor da mão dela penetrou a camisa fina de Duncan e ele estremeceu.

– Você sabe – sussurrou ela, com a voz suave como uma carícia. – Então... pode me contar.

Ele a fitou, inspirou com dificuldade e dispensou toda a cautela. Precisava pôr fim naquele jogo. Ela o estava enlouquecendo. De novo. Deixando de lado a máscara da impassividade, ele a fitou com os olhos semicerrados.

– O que você quer com tudo isso?

O tom incisivo teve o efeito desejado. Rose piscou e se afastou. Duncan lutou contra a vontade de puxá-la novamente para si, de pressionar o calor macio do corpo dela contra o dele.

Rose estudou os olhos de Duncan, examinou seu rosto e franziu o cenho. O ataque não estava funcionando. Ele parecia imune à sua provocação, aos seus gracejos e a cada um de seus movimentos. Não que ela tivesse qualquer experiência em atiçar os homens, mas seu fracasso a aborreceu de toda forma. Descontente, passou os olhos pela longa figura dele, desceu até os sapatos e subiu lentamente. Quando chegou ao rosto de Duncan, meneou a cabeça.

Não havia *qualquer* indício da tensão que ela queria provocar e era isso que ela queria compreender: a estranha tensão dele que se transferia para ela, deixando seus nervos à flor da pele e fazendo seu corpo formigar com uma sensação que ela só podia chamar de excitação.

Rose encarou aqueles olhos azuis – profundamente pungentes sob o luar – e suspirou de desgosto.

– Se quer mesmo saber, eu queria entender o que... o que se passou com você na biblioteca. – Como ele não reagiu de pronto, ela pressionou um dedo contra o peito dele. – O que o deixou tão tenso. – Ela envolveu os músculos rijos do braço dele e tentou apertar. – O que foi aquilo que... que fez eu me sentir como se você fosse me devorar!

Duncan conseguiu conter um grunhido, somente porque seus dentes estavam cerrados.

– Essa resposta em particular – informou ele entre dentes – é perfeitamente esclarecida com uma palavrinha que começa com D. – Ele refletiu sobre o que acabara de dizer e acrescentou depressa: – De-se-jo.

Rose o encarou.

– *Desejo*? – conseguiu dizer, por fim. – Aquilo era *desejo*?

– Correto. O desejo avassalador de tê-la, preferencialmente nua, na minha cama.

Ele estava perdendo a batalha, as rédeas lhe escapavam por entre os dedos. Duncan conseguia sentir a tensão crescer e o calor se espalhar pelo corpo. Os olhos arregalados de Rose não ajudaram. Ele apontou um dedo para o nariz dela.

– E não precisa parecer tão chocada. Você sentiu o mesmo.

Ela enrijeceu.

– Que disparate! – Rose desviou o olhar, fixou-o em um ponto além do ombro de Duncan e fez um gesto nervoso. – Eu estava meramente curiosa...

– *Nisso* eu acredito.

– Não havia nada além disso.

– Mentirosa.

Com aquela provocação suave e ronronada, ela voltou seu olhar para encará-lo.

– Não quero... – Inspirando fundo, ela ergueu a cabeça. – ... sentir *desejo* por você.

Com isso, ela tentou passar por Duncan. Ele ergueu a mão para detê-la, mas Rose não percebeu a tempo e acabou se chocando contra ele, o seio esquerdo indo de encontro à mão de Duncan.

Em um reflexo, os dedos de Duncan se fecharam em torno da curva macia.

Os joelhos de Rose cederam.

Instintivamente, ele a segurou, a escorou com o corpo e sentiu o tremor intenso – de redenção, de puro desejo – que se espalhou por ela. Ele não tirou a mão. Em vez disso, usou o polegar para acariciar a carne quente, encontrando e circundando o mamilo enrijecido.

Ele ouviu a respiração dela ofegar e sentiu o desejo ardente crescer dentro de Rose. Ela se manteve imóvel por mais um instante, então se apoiou nele, encostando a testa em seu ombro.

– Não – sussurrou ela sem convicção.

– Por quê? – Ele apertou o seio dela e acariciou a carne firme. – Você gosta.

Rose estremeceu e se juntou ainda mais a ele, seu corpo expressando o que ela se recusava a dizer. Duncan deu um beijo na testa da jovem, que por instinto ergueu o rosto. Então ele cobriu os lábios dela com os dele.

Duncan não lhe deu escolha nem chance de pensar. Nenhuma chance de provocá-lo e enlouquecê-lo. Os lábios dela eram tão deliciosos quanto ele imaginara: macios, devastadoramente doces e impressionantemente voluptuosos. Ele os provou por inteiro, então quis mais. Movendo-se um pouco, deslizou a mão pelas costas de Rose, passando pelo quadril, pelas nádegas abundantes e então a encheu com a carne ardente da jovem e a puxou mais para si.

Ela arfou e seus lábios se abriram. Ele deslizou a língua por entre os dentes de Rose e a saboreou. Duncan sentiu o coração palpitar, o desejo rugir e a excitação esfomeada tomar conta de seu corpo. Ele inclinou a cabeça, intensificou o beijo e a devorou com voracidade.

E ela correspondeu. Hesitante, a princípio, depois com mais urgência, exigindo cada vez mais. Quente, selvagem, incontida, arrebatada, a paixão dela transbordava entre eles. Duncan sentiu as mãos de Rose subirem pelo peito dele, passarem pelos ombros, até os dedos se fecharem nos cabelos dele. Como sempre, ela atiçava e provocava, e, embora ele soubesse que a jovem não tinha ideia do que estava fazendo – ou talvez justamente por isso –, ele não tinha poder algum para controlar a própria resposta, um desejo urgente, implacável e primitivo de possuí-la, de reivindicá-la. De torná-la sua.

Rose sentia isso, sabia disso e se deliciou com isso. Sem pensar, sem racionalizar, apenas seguindo a sensação e a emoção, ela mergulhou naquele beijo, desfrutou do momento e de Duncan e se rendeu ao prazer, ao desafio, ao desejo insaciável de satisfazê-lo, de apaziguar sua ânsia, de aplacar e acalmar a tempestade feroz que os rodeava.

Era um redemoinho de proporções lendárias, uma força cataclísmica que tensionou todos os músculos de Duncan e fez Rose se derreter nos braços dele. O calor se intensificou entre eles e ela arfou com as chamas. Duncan assimilou aquele ruído, engolindo-o juntamente com a respiração dela. Ela retribuiu o prazer, excitando-se por completo quando sentiu a respiração dele oscilar.

Ela estava absorta no beijo, imersa no prazer, refém da sensação arrebatadora quando ouviu outra pessoa arfar perto deles.

– Oh! Minha nossa!

Era a voz de Jeremy.

Tremendo, Rose se afastou. Duncan descolou os lábios dos dela devagar e tirou as mãos do corpo de Rose ainda mais devagar, apertando a cintura da jovem antes de soltá-la de vez. Empertigando-se, ele se virou. Rose baixou os braços, ainda zonza e quase atônita. Ela piscou ao olhar Jeremy e Clarissa.

Com os olhos arregalados e o queixo caído, eles a encaravam.

– Ah… – pigarreou Rose e se apressou em falar: – Duncan e eu somos primos, vocês sabem… Foi apenas um beijo entre primos. Como um… agradecimento.

Ela deu uma olhada em Duncan, que a encarava com uma expressão inescrutável. Rose resistiu à vontade de torcer os dedos ou o pescoço dele. Respirando fundo, ela se recompôs e olhou diretamente para Jeremy e Clarissa.

– Estava apenas agradecendo a Duncan por encontrar um livro para eu ler. Gosto de ler antes de dormir.

– Ah. – A expressão de Jeremy se suavizou e ele sorriu com ingenuidade. Então estendeu o xale na direção de Rose. – Tive que pedir à sua aia que o pegasse em seus aposentos. Você deve tê-lo esquecido lá em cima quando desceu.

Rose se sentiu grata pela pouca luz, fraca demais para expor seu rubor. Ignorando o arqueio cínico da sobrancelha de Duncan, ela sorriu graciosamente, deu um passo adiante e se virou. Jeremy colocou o xale nos ombros dela. Estava claro que ele acreditara em sua desculpa. Também ficou bem claro que Clarissa, que ainda lançava olhares incisivos para ela e Duncan, não havia acreditado.

Evitando o olhar de Duncan, ainda avoada e torcendo para não desmaiar, Rose sorriu para Jeremy e falou:

– Acho que deveríamos entrar.

Eles entraram. Duncan e Clarissa seguiram logo atrás. Restavam apenas alguns convidados no salão de visitas. Eles os olharam, sorriram e deram boa-noite.

Os quatro subiram a escada juntos. Rose conseguia sentir o olhar pungente de Clarissa em suas costas. No corredor, cada um seguiria seu caminho. Rose deu boa-noite calmamente a Jeremy e Clarissa, então se voltou para Duncan.

Ele se virou para ela e inclinou a cabeça.

– Não se esqueça do meu presente. – Os olhos dele se fixaram nos dela, o olhar límpido, inofensivo e nem um pouco confiável. – Entretenha-se com ele assim que estiver sob os lençóis, mas não se surpreenda se não conseguir adormecer.

Ela precisou sorrir de forma serena e inclinar a cabeça com graciosidade. Do canto do olho, viu Clarissa piscar, viu o olhar rápido que ela lançou a Duncan e viu sua desconfiança se esvair. Exercitando a sabedoria de Salomão, Rose se recusou a tentar o destino – ou Duncan – ainda mais.

– Boa noite, milorde. – Ela desviou o olhar. – Durma bem.

Duncan a observou se afastar, percebeu o leve gingado do quadril de Rose. Apenas a presença de Jeremy Penecuik – e de outras trinta e tantas pessoas que ele mentalmente desejou estarem bem longe dali – o impediu de segui-la.

TRÊS

ose começou o dia seguinte decidida a manter distância de Duncan, ao menos até conseguir entender o que estava acontecendo. O desejo – especialmente por ele – não era algo que estava preparada

para sentir. Passara boa parte da noite em um alvoroço mental, um estado que nunca a afligira antes.

Por outro lado, nenhum homem já a havia beijado daquele jeito.

Ela entrou no salão de café da manhã mais atenta e mais incerta do que em toda a sua vida. Sentou-se ao lado de Jeremy, perto da cabeceira da mesa, não muito longe da presença reconfortante de lady Hermione – e bem longe de Duncan.

Mas então Duncan veio até ela, trazendo Clarissa, outra vez sorrindo docemente, apoiada em seu braço. Ele apenas lançou um olhar com um brilho feroz e foi Clarissa quem falou:

– Pensamos, ao ver que o tempo está agradável, em fazer um passeio de chata pelo lago. – Clarissa sorriu para Duncan, de um jeito tímido e carente. – A atividade me agrada muito. – Ela voltou o olhar ingênuo para Jeremy e Rose. – No entanto, realmente precisamos de um grupo de pessoas, caso contrário não será tão divertido assim.

Sua ingenuidade impedia qualquer insulto a suas palavras. Jeremy abriu um sorriso alegre.

– Parece uma excelente ideia.

Ele olhou para Rose, que pegou a xícara de chá e tomou um longo gole. Rose percebeu o olhar de todos, mas conseguiu *sentir* ainda mais o olhar de Duncan. Apenas uma pequena parte do lago era adequada para passear de chata, o restante era fundo demais. Um passeio de chata significava ladear, dentro de um pequeno barco, os baixios com arbustos e árvores e ter a superfície do lago como paisagem em vez das montanhas elevadas, dos picos silvestres. Para admirar os morros, era necessário um barco a remo, era necessário adentrar o lago ou, melhor ainda, ir até a ilha.

Passeios de chata eram entediantes e possivelmente perigosos, embora Rose não conseguisse imaginar como. Mas Jeremy não iria sem ela e Clarissa não podia ir somente com Duncan.

– A chata nova comporta quatro pessoas com facilidade.

O comentário matronal de lady Hermione enviou uma mensagem clara e Rose não tinha como ignorá-la. Reprimindo um suspiro, ela ergueu os olhos e sorriu.

– Sim, é claro. Vamos passear de chata.

Ela olhou para Duncan. Não conseguiu ler nada nos olhos dele ou em sua expressão além de certa presunção que a deixou ansiando por…

Decidida, ela se levantou e apontou para a janela, para o lago lustroso e vítreo sob o céu cinza-claro.

– Vamos?

Eles saíram, atravessaram o gramado e depois cruzaram o extenso bosque de pinheiros. A chata os aguardava em um pequeno píer logo abaixo da casa. Duncan devia ter ordenado que a embarcação fosse trazida do galpão.

Foi então que descobriram que Clarissa, embora estivesse animada com o passeio, morria de medo de entrar na embarcação, que oscilava delicadamente. Duncan tentou ajudá-la, estendendo a mão. A jovem se acanhou e se afastou, como um cavalo prestes a encarar uma travessia de barco pela primeira vez. Rose refreou a comparação nada lisonjeira e tentou encorajá-la. Com os olhos ariscos fixos não na chata, mas nas águas extensas do lago, Clarissa meneou a cabeça.

– É tão grande! – arfou ela.

Jeremy desceu até o píer, soltou a corda que segurava a chata e a puxou para mais perto, segurando a embarcação estreita com firmeza.

– Tente agora.

Duncan incentivou Clarissa com delicadeza. Ela deu um sorriso tenso. Caminhando para a frente, a jovem parou na beirada do píer, inspirou fundo uma vez e mais outra e se virou para Rose:

– Talvez... Se você entrar primeiro?

Rose deu um sorriso encorajador e estendeu a mão. Duncan a segurou e a ajudou a entrar na chata sem qualquer dificuldade. Ela sorriu para Clarissa.

– Está vendo? É como embarcar em um rio.

Após dizer aquilo, Rose passou com cuidado por cima dos bancos até chegar ao lugar na proa da embarcação. Acomodando-se, ajeitou as saias e se recostou graciosamente nas almofadas. Ainda sorrindo, fez um gesto indicando que Clarissa entrasse.

Duncan tentou oferecer-lhe a mão e outra vez a jovem resistiu.

– Só um minuto – disse Clarissa, sem fôlego. – Vou tirar meu chapéu.

Erguendo o braço, ela tirou o grampo dos cabelos e removeu seu estiloso *bonnet* camponês. E o derrubou prontamente.

– Ah!

Ela se virou para pegá-lo, mas acabou chutando-o para mais longe. Do outro lado dela, Duncan não podia ajudar. O chapéu deslizou pelo píer na direção da água. Largando a corda da chata, Jeremy saltou para a direita e o apanhou.

– *Não!*

O grito de advertência partiu ao mesmo tempo de Duncan e Rose. Perplexos, tanto Jeremy quanto Clarissa se viraram para Duncan, sem compreender.

Então seguiram o olhar dele para o local onde a chata sacolejava com vontade, capturada por uma corrente poderosa. Enquanto eles assistiam, o barco revolveu uma vez, então flutuou calmamente pelo lago.

E levou Rose embora. O rosto dela, livre de qualquer sombra de chapéu, estampava uma incredulidade aterrorizada que Duncan provavelmente jamais esqueceria.

– Oh, céus! – Ao lado dele, Clarissa reprimiu um riso nervoso. – Que infortúnio – disse ela, sem parecer muito preocupada.

Ao contrário de Jeremy, que se levantou do píer ainda segurando o chapéu de Clarissa.

– Minha nossa! – A consciência de que fora ele quem soltara a corda, para resgatar o chapéu de Clarissa, transparecia em seu rosto. Ele se virou para Duncan. – Ela corre algum perigo?

Com o olhar pensativo fixo na chata e na figura de Rose, que se afastava depressa, Duncan não respondeu.

– Não seja tolo. – Clarissa colocou a mão no braço de Jeremy e apertou de leve. – A chata simplesmente continuará flutuando e depois retornará à margem, em algum outro ponto. – Ela olhou para Duncan. – Não é?

– Na verdade, não. – Duncan se virou para encará-los. – Mas Rose sabe onde a chata atracará. Ela não ficará preocupada quanto a isso.

Jeremy franziu o cenho.

– E onde ela atracará?

Duncan olhou para o lago.

– Na ilha.

– Ah. – Jeremy estudou a pequena ilha, coberta por árvores, localizada no centro da parte mais larga do lago. – Precisaremos resgatá-la, então.

– Por quê? A vara está na chata. – Clarissa parecia prestes a choramingar. – Tudo o que Rose precisa fazer é se esforçar um pouquinho e logo remará até a margem.

– Não. – Com os olhos ainda fixos em Rose, que estava sentada ereta e olhava para a margem, Duncan se perguntou quanto tempo levaria para que ela compreendesse, para que visse o que aconteceria a seguir. – A parte principal do lago é funda demais para a vara e não há remos na chata. Precisamos pegar o barco a remo e ir atrás dela.

– Muito bem, então. – Endireitando os ombros masculinamente, Jeremy examinou a margem do lago. – Onde fica o galpão?

– Não posso navegar em um barco a remo! Não nesse lago imenso! – O pânico na voz de Clarissa era claro. Duncan e Jeremy olharam para ela. Com os olhos arregalados, Clarissa os encarou. – É largo demais. Grande demais. – Ela olhou para o lago e estremeceu. – Eu *jamais* conseguiria.

– Bem, não tem problema – garantiu Jeremy calmamente. – Strathyre e eu iremos atrás dela. Você pode voltar para casa.

Clarissa lançou um olhar petrificado para o morro.

– Pelo bosque? – Ela estremeceu. – Eu não poderia… Pode haver alguém nas sombras. E, de toda forma – o queixo dela tremeu –, minha mãe não gostaria que eu andasse sozinha por aí.

Jeremy franziu o cenho para ela.

– Penecuik, se puder acompanhar a Srta. Edmonton de volta para casa, eu pegarei o barco e buscarei Rose – falou Duncan com determinação.

Jeremy ergueu os olhos.

– Se puder me mostrar onde fica o galpão, eu mesmo a buscarei. Afinal de contas, fui eu que soltei a corda.

Duncan meneou a cabeça.

– Não. O lago não é um rio. As correntes são complexas. – Ele olhou para a chata, que ficava cada vez menor. – Eu irei atrás de Rose.

– Ah.

Jeremy fez uma breve carranca, mas aceitou seu destino. Então ofereceu o braço a Clarissa, que se apoiou nele como se houvesse o perigo iminente de um colapso.

Ela deu um sorriso fraco para Jeremy e Duncan.

– Quanta agitação! Receio que terei que descansar assim que chegarmos à casa.

Duncan apenas assentiu e eles partiram por entre as árvores. Duncan se virou e analisou a figura minúscula de Rose. Ela ainda estava olhando para a margem. Com os lábios tremendo, ele deu a volta e partiu em direção ao galpão.

E ouviu, ao longe, sobre a água, um lamento angustiado.

– *Nããããão!*

Ele olhou para a chata, mas Rose desabou outra vez nas almofadas, sumindo de vista. Duncan sorriu, irremediavelmente triunfante, e apressou o passo.

A areia estalou quando ele atracou com o barco na ilha, quarenta minutos depois. Entrando nas sombras, ele puxou a embarcação pela pequena praia, um morro de cascalhos em uma estreita enseada, até estar a salvo de qualquer corrente. A chata, vazia, sacolejava ali perto. Duncan foi até ela, segurou a proa e a arrastou até o barco a remo. Depois de prender a chata à popa do barco, ele se virou e vasculhou as árvores.

Que eram tudo o que ele conseguia ver. Nem sinal de Rose.

Duncan refletiu e subiu pelo morro da praia até a trilha que levava ao castelo de seus antepassados. Não pisava naquela ilha havia anos. Parando para pensar, desde a época em que ele e Rose brincavam de desbravar as terras dos Strathyres. Os anos não haviam alterado a geografia básica, mas as árvores que ele lembrava serem apenas pequenas mudas agora estavam plenamente crescidas. Os arbustos de aveleiras haviam se transformado em um matagal. As trilhas, contudo, embora repletas de pedras, permaneciam facilmente transitáveis.

Dez minutos depois, contornou a antiga masmorra e encontrou Rose exatamente onde esperava que estivesse. Estava sentada em um bloco de pedra enorme, desgastado pelo tempo, que antigamente fazia parte do parapeito da construção. Quando eles eram crianças, aquele ponto era o lugar especial deles. No passado, ela costumava subir na rocha, com as saias erguidas até os joelhos, para se sentar de pernas cruzadas – um diabinho atraente, embora irritante – e observar o domínio deles. Aquela era a brincadeira corriqueira dos dois: começavam pela extrema direita e nomeavam todos os picos, reparavam em todas as mudanças que as estações tinham provocado e passeavam o olhar pelo horizonte até a extrema esquerda.

Ela parecia estar fazendo isso naquele momento, só que agora suas pernas eram tão compridas que ela conseguia sentar direito na rocha. Suas mãos estavam unidas sobre o colo e, embora Duncan não tivesse feito barulho, Rose sentiu sua aproximação e se virou.

– Acabei de chegar no Mackillanie.

A voz dela, suave, cadenciada, com a rouquidão cativante das Terras Altas, era uma lembrança que ele jamais esqueceria. Ela sorriu – com delicadeza, tranquilidade, sem provocação ou restrição – e o tempo parou. Como uma presa voluntária na teia que ela lançara sobre ele sem esforço algum, Duncan retribuiu o sorriso, então se sentou ao lado dela na pedra e admirou as montanhas distantes, tudo parte de suas terras.

– Gilly Macall reconstruiu a cabana. Em um local um pouquinho diferente.

Ambos examinaram o morro em questão.

– Ali! – apontou Rose.

Duncan estreitou os olhos, então assentiu. Eles começaram tudo de novo, na extrema direita, comparando o que conseguiam ver com as imagens de que um ou outro se lembrava.

Ao fazerem isso, Duncan quase conseguiu sentir um fortalecimento crescente, progressivo, de sua conexão com suas terras. Deveria ter feito isso com mais frequência. Aquela visão em particular, do antigo lar de seus antepassados, englobava a verdadeira essência de seu ser, de tudo o que ele era. Ele era Strathyre, chefe de uma das ramificações dos Macintyres, guardião daquele lugar, defensor, protetor e proprietário daquelas terras.

Ele sentiu o mesmo deslumbramento, a mesma mística que costumava assolá-lo quando era criança. Enquanto adulto, não conseguia descrever plenamente a emoção – um sentimento de pertencimento, de amor intenso e duradouro por aquelas terras. Foi esse amor que o mandou a Londres por dez anos, para garantir que Ballynashiels estivesse segura.

Segura para a próxima geração.

E ao lado dele estava uma pessoa que compreendia aquilo, embora eles jamais tivessem discutido o assunto. Rose amava aqueles morros tanto quanto ele, ela compreendia a beleza, o deslumbramento, o pertencimento. A pura magia de Ballynashiels.

Ela se inclinou diante dele, apontando para um pedregulho que havia caído em um penhasco distante. Duncan olhou brevemente para o pedregulho e com mais calma para ela. Esperou até chegarem ao fim da exploração, até que um silêncio tranquilo e pacífico se instaurasse, antes de perguntar, com a voz suave, grave e baixa:

– Você aceitará o pedido de Penecuik?

Rose olhou para ele, desviou o olhar para os picos elevados e suspirou.

– Não.

– Nem mesmo por um ducado ou pela coroa de duquesa?

Rose sorriu.

– Nem mesmo pela coroa. – Ela olhava fixamente para as montanhas. Seu sorriso se desfez devagar. – Ele é bastante gentil, suponho, mas o duque de Perth é vigoroso e enérgico, e o pai de Jeremy é ainda mais. Se eu me casasse com ele, viveríamos em Edimburgo boa parte de nossas vidas.

– E você não gostaria disso?

– Eu não *suportaria* isso. – Rose refletiu sobre sua afirmação e soube que era verdade. Ela olhou para Duncan. – E você? Pedirá a mão de Clarissa?

A expressão de Duncan era exasperada quando falou:

– Sendo que as montanhas a assustam e ela nem sequer consegue olhar para o lago sem entrar em pânico? Não, obrigado. Espero bem mais valentia de uma esposa.

Rose engasgou, então riu. Duncan olhou para ela e sorriu. Seus olhares se encontraram e ambos se estudaram com atenção, vendo muito além das máscaras sociais. O momento se estendeu e Rose de repente percebeu que não conseguia respirar. Interrompendo a ligação entre ambos, ela alisou a saia.

– Nós realmente deveríamos retornar, senão Jeremy causará um alarde.

– Quando você dará fim ao sofrimento do pobre coitado? – indagou Duncan.

Rose inclinou a cabeça e analisou Duncan enquanto ele se levantava e se espreguiçava com vontade. E respondeu, com seu tom orgulhoso de costume:

– Por mais estranho que pareça, não creio que haverá sofrimento algum. Não é por isso que ele quer se casar comigo.

– É mesmo?

Arqueando as sobrancelhas, Duncan olhou para ela.

Rose abriu bem os braços.

– Sou adequada: rica, de boa família e esperta. – Duncan engasgou. Rose deu um meio sorriso. – Concordei em dar minha resposta no dia do solstício de verão, o que parece ser a melhor estratégia. Caso contrário, o restante da estadia dele aqui em Ballynashiels seria um tanto constrangedora.

Duncan arqueou ainda mais as sobrancelhas.

– De fato. – Lançou um último olhar para os picos elevados, então assentiu para si mesmo e se voltou para Rose. – É melhor irmos.

Com isso, ele se abaixou e a pegou nos braços.

– *Duncan!* – exclamou ela.

Rose começou a se debater e logo chegou à mesma conclusão a que chegara anos atrás: não havia sentido algum em lutar fisicamente com Duncan, ele era muito mais forte que ela.

– Ponha-me no chão agora mesmo. – Ela não parou para ver se ele ia obedecer, pois sabia que não ia. Ele seguiu adiante, carregando-a contra o peito, aninhada nos braços dele. – Que diabo você está fazendo?

Duncan olhou para a jovem com uma expressão de total naturalidade.

– Estou cumprindo meu dever como anfitrião.

– O quê?

– Estou garantindo que você não tenha a chance de brincar de esconde-esconde nas ruínas e que depois não me faça ir até elas para procurá-la. Pode ser perigoso demais e você pode se machucar.

Rose apertou os lábios.

– Não faço isso há mais de uma década.

Abaixando-se para passar debaixo de um galho que protegia a entrada da trilha até a enseada, ele a encarou e falou:

– Você não mudou tanto assim.

Rose inspirou fundo e lutou para ignorar a pressão crescente entre seus seios e o peito de Duncan.

– Não vou brincar de esconde-esconde nas ruínas.

– É o que você diz agora. Mas como posso ter certeza de que não vai mudar de ideia?

Rose sabia que não podia fazer um juramento; além disso, ele provavelmente não aceitaria.

– Duncan, isso já foi longe demais. – Ela estava começando a se sentir zonza. – Coloque-me no chão agora mesmo!

– Pare de se agitar. – A voz dele entoou a cadência do sotaque local, penetrando a pele de Rose. O tom afetuoso provocou um estremecimento dentro dela. Então ele recobrou sua voz normal. – Além do quê, você está de sandálias e a trilha é cheia de pedras.

– Eu subi na rocha, não subi? – resmungou Rose, em um tom nada grato.

– Como seu anfitrião, é meu dever fazer tudo o que puder para facilitar sua estadia.

E deixá-la abestada. Rose conseguia sentir o ribombo de cada palavra reverberando no peito dele, conseguia sentir cada um dos dedos que a seguravam. Uma das mãos estava bem em cima do seu diafragma, logo abaixo de um dos seios, a outra envolvia uma de suas coxas. Ao ser carregada com firmeza e sem esforço – com demasiada facilidade –, ela se sentia cada vez mais impotente e vulnerável, de uma forma distintamente enervante.

Só de pensar naquilo ficava ofegante. Tentou se desvencilhar uma última vez, mas ele a segurou com mais firmeza.

– Apenas fique quieta, estamos a poucos minutos da praia.

Será que ela manteria a sanidade até lá?

Quando ouviu o estalar do cascalho da orla sob as botas de Duncan, ele a colocou no barco e Rose não tinha certeza do nível de sanidade mental que ainda tinha. Seus sentidos estavam em polvorosa, perfeitamente sãos. Sua razão, no entanto, quando ela estava perto de Duncan – sobretudo quando estava em contato com ele –, parecia perdida.

Aquela não era uma perspectiva reconfortante. Enquanto estava acomodada na proa do barco, observando-o remar, Rose tinha a forte desconfiança de que ele sabia. Contudo, não deixava nada transparecer em seu rosto nem em seus olhos. Fingindo uma calma que estava longe de sentir, ela se recostou e admirou a paisagem. Os picos elevados, os músculos que se contraíam e tudo o mais.

Os picos eram impressionantes, assim como o homem que a levava de volta à terra firme. O barco deslizava poderosamente pela água, impelido por músculos de aço que se flexionavam e relaxavam. O ritmo era tanto tranquilizante quanto, em outro nível, sugestivo.

Sugestivo o suficiente para lembrá-la da extensão da destreza física de Duncan: ele era um excelente cavaleiro, um ótimo atirador, um escalador habilidoso, um caçador reconhecido. Sua necessidade de ser bem-sucedido sempre encontrara expressão em conquistas físicas. Rose apostaria a própria vida em afirmar que ele também era um amante soberbo.

Sentindo o calor subir pelo rosto, Rose voltou o olhar para os picos íngremes. A despeito da convicção de Clarissa, eles eram muito menos ameaçadores.

Duncan remou em direção ao galpão e atracou o barco no ancoradouro, deixando a chata boiando logo atrás. O lago estava no nível de verão e foi necessário dar impulso para subir no cais de madeira. Tal proeza foi concluída com facilidade, então ele amarrou o barco e se virou para Rose.

Bem a tempo de perceber a expressão distintamente nervosa nos olhos dela. A visão o deixou tentado a sorrir com uma expectativa libidinosa, mas ele se esforçou para suprimir o impulso. Rose podia lê-lo com muita facilidade e ele não tinha intenção alguma de forçá-la a fazer algo imprevisível, a tentar escapar bem naquele momento, quando estava quase em seus braços.

Ele passara o trajeto da ilha até a margem cuidadosamente planejando o próximo passo. E ignorando a maneira como ela o observava, a maneira como reagia a ele. Duncan era experiente demais para considerar um barco a remo no meio de um lago aberto – bem à vista da casa repleta de convidados – como um local aceitável para o que tinha em mente.

Estava decidido a prosseguir devagar, a prolongar os momentos, a apreciar cada encontro ao máximo. Rose o provocara e o atiçara durante anos. Agora era sua vez.

Ele fez um gesto indicando que ela se levantasse e então, com uma impaciência não totalmente fingida, indicou que ela se aproximasse. Rose foi até o centro do barco para ficar diante dele; sua expressão era uma tentativa de praticidade prosaica. Ela ergueu os braços e estendeu as mãos para ele.

Duncan sorriu, se abaixou e a segurou por baixo dos braços para tirá-la do barco.

Rose arfou e se segurou firmemente a ele. Duncan a tirou dali como se ela fosse uma criança, então a virou na direção do cais. Mas não a pôs no chão. O cais era uma passarela estreita que ladeava a parede do galpão. Ainda com

Rose nos braços, Duncan se virou, deu um passo para a frente e a pressionou contra a parede.

Rose arregalou os olhos e viu o perigo no rosto dele.

– *Dun...*

Foi tudo o que ela conseguiu dizer antes que os lábios dele cobrissem os dela.

Queimassem os dela.

Ele continuou incendiando-a.

Rose tentou se afastar, tentou se conter, tentou manter algum nível de controle... E fracassou em todos os sentidos. Os lábios dele eram imperiosos, exigentes. Ele capturou toda a consciência dela sem misericórdia – deixando-a estupefata, perplexa e excruciantemente desperta – e direcionou toda a atenção dela para o beijo. Para a fusão ardente dos lábios deles, o movimento abrasador da língua dele, a rigidez do peito, a força do quadril pressionado contra a carne muito mais macia do corpo de Rose. A tentação ardilosa e evocativa que ele provocava a mantinha prisioneira, incapaz de pensar, incapaz de agir. Rose era capaz apenas de sentir.

A ideia de se debater nem chegou a passar pela cabeça dela. Segurando os braços de Duncan, tentou se afastar mentalmente do enlace, recuperar um pouco do equilíbrio, mas apenas descobriu que toda sua inteligência se esvaíra, enquanto seus sentidos estavam titubeantes.

Ele imediatamente a atraiu de volta ao turbilhão, com beijos ainda mais quentes e sugestivos, fazendo-a ferver por dentro e sentir como se estivesse lutando uma batalha perdida contra um incêndio fora de controle. As labaredas a lambiam ora aqui, ora ali e ela mergulhava em uma erupção apenas para se deparar com outra.

Então ele a abraçou e ela pegou fogo. Rose retribuiu o beijo com o mesmo ardor, a mesma paixão, a mesma urgência selvagem e implacável. A pressão de seus lábios, o emaranhado louco de suas línguas apenas exacerbavam o desejo físico.

Foi só então que ele a pôs no chão, apenas o suficiente para que os dedos dos pés de Rose tocassem a madeira. Então ele abriu as pernas firmes e posicionou uma coxa entre as dela. Rose arfou e ele engoliu o próprio gemido antes de intensificar ainda mais o beijo.

Duncan pegou os seios dela.

Rose derreteu. Não havia outra forma de descrever a sensação, a onda de desejo ardente que a inundou, liquefez seus ossos, palpitou por suas veias e se acumulou dentro dela. Os dedos dele apertavam, massageavam, acariciavam.

Tudo com muita habilidade. Ela arqueou o corpo e se ofereceu a ele, além do pensamento, da razão, totalmente imersa na paixão que ardia tão intensamente entre eles. Puxando os cabelos dele, ela pressionou o corpo contra o de Duncan e pensou tê-lo ouvido grunhir. Soltando os seios dela, ele deslizou as mãos pelo corpo de Rose, avançou pelo quadril e segurou as nádegas dela para erguê-la.

Rose não conseguia acreditar na compulsão que a assolava, na ânsia pura e potente de suspender as longas pernas e enrolá-las em torno dele. As saias frustraram a tentativa e a salvaram daquele ato demasiado revelador, mas ela sabia a verdade; ele também.

E foi isso que a salvou. Enquanto Duncan diminuía lentamente a intensidade do beijo, apaziguando e apagando as chamas, extinguindo as labaredas incendiárias, ela sabia que aquilo era verdade. E quaisquer dúvidas que pudesse estar inclinada a desenvolver foram extintas quando ela abriu os olhos para olhar diretamente nos dele, sombrios e ardentes. Os lábios de Duncan, maliciosos como eram, se curvaram em um sorriso. Ele baixou a cabeça e os roçou de leve nos dela, inchados e desejosos, em uma última carícia. Então se afastou e a encarou.

Uma sobrancelha castanha se arqueou de maneira provocativa e sedutora.

– Apenas para sabermos em que pé estamos.

Aquelas palavras reverberaram por ela. Rose conseguiu se controlar para não ficar boquiaberta. Sabia muito bem onde se encontrava naquele momento. Estava montada na coxa de Duncan.

Com outro olhar malicioso, ele se afastou e a segurou quando as pernas dela cederam. Por um longo instante, Rose não conseguiu fazer nada além de olhar para ele e tentar assimilar tudo, restabelecer a realidade depois que seu mundo fora virado de cabeça para baixo.

Ele, é claro, apenas a observou como um enorme felino selvagem faria. Rose inspirou fundo. Ainda sentia a cabeça girar, mas não ousou afastar os olhos dele. Ela quase fizera um convite a Duncan que nunca ousara fazer a qualquer homem. Não conseguia assimilar esse fato, não conseguia acreditar nele e não conseguia compreender a força que desvirtuara seu bom senso e a motivara a tal atitude. O homem diante dela era Duncan – mas também não era.

Aquele *não era* o jovem que fora criado junto dela e a diferença era gritante.

Antes que ela pudesse levar esse pensamento a qualquer conclusão lógica, o gongo chamando para o almoço ribombou ao longe.

Duncan sorriu – a essência perfeita da malícia masculina – e estendeu a mão.

– Por mais que eu prefira devorar você, em vez de uma refeição qualquer, imagino que seja melhor entrarmos.

Rose respirou fundo e se recompôs, mas não aceitou a mão dele.

– De fato.

Ela deu meia-volta e marchou na direção da porta. E continuou marchando morro acima na direção da casa, perfeitamente ciente da presença predatória de Duncan ao seu lado.

Ele era perigoso. Ela podia sentir no ar, uma premonição que fazia seus nervos tremerem. Ele era perigoso do jeito que homens como ele eram perigosos para mulheres como ela. Ela soube assim que ele a beijara no terraço e agora ele tinha acabado de confirmar isso sem deixar sombra de dúvida.

Como ele a enxergava, ela não fazia ideia. Da mesma forma que Rose não sabia o que ele poderia fazer em seguida. Será que estava só provocando-a, agora que descobrira que podia? Fazendo-a pagar por todos os anos em que ela estivera na dianteira, aproveitando-se disso implacavelmente?

Ele era tão implacável quanto ela nesse sentido. O pensamento a fez estremecer ainda mais.

Um outro pensamento errático passou por sua mente distraída. Ela reprimiu uma bufada enojada. Ainda devia estar distraída, caso contrário jamais teria pensado naquilo. Duncan nunca desejaria tê-la como esposa. Ela não era, nem de longe, perfeita o suficiente para ele.

Vivera a vida ciente disso e jamais pensara diferente. Duncan se casaria com a perfeição. Nem mesmo Clarissa atingira seus padrões. Mas ele continuaria procurando e, um dia, a encontraria, a esposa perfeita para ele. Duncan era extremamente persistente, obstinado, incapaz de aceitar o fracasso. Bastava ver seus esforços para salvar Ballynashiels.

Ele encontraria a esposa perfeita e se casaria com ela, como era de esperar. Isso não explicava – não lhe dava pista alguma – o que ele pensava estar fazendo com ela. Rose não conseguia mais lidar com ele, não era páreo para Duncan, não tinha como combater a experiência que ele possuía naquela esfera em particular.

Ela não fazia ideia do que ele pensava, do que ele queria, do que poderia fazer – a ela, com ela – em seguida.

A casa emergiu diante deles. Rose ergueu a cabeça, endireitou os ombros e se recusou até mesmo a olhar para Duncan. Retomar seus velhos hábitos, seu velho relacionamento, não era mais uma opção viável. Ela precisaria agir da única forma que podia.

Evitando-o – talvez para sempre.

QUATRO

larissa se recolheu a seus aposentos logo após o almoço, aparentemente ainda abalada pelos acontecimentos daquela manhã. Do outro lado do salão, Rose a observou se afastar e começou a pensar – rápido.

– Eu realmente preciso escrever umas cartas – confessou Jeremy, bem quando Duncan apareceu.

– Pode usar a mesa da biblioteca – ofereceu Duncan, a epítome do anfitrião cortês. – Você encontrará tudo de que precisa lá.

Jeremy hesitou.

– Tem certeza de que não o atrapalharei?

– Não, não. – Com um sorriso tranquilo, Duncan negou a sugestão. – Já lidei com toda a papelada da propriedade que precisava. – Seu olhar se voltou para Rose. – Acho que preciso relaxar um pouco. – O timbre de sua voz se alterou sutilmente; seu olhar, fixo no dela, ficou mais atento. – Estava pensando em uma partida de cróquete.

Rose nem piscava.

– Cróquete?

– Aham. Um tanto combativo para uma dama, eu sei, mas não imaginei que isso a deteria.

Ele a estava provocando deliberadamente, desafiando, sem dúvida na esperança de que ela mordesse a isca e se esquecesse de que o campo de cróquete, embora não fosse distante da casa, era circundado por uma cerca viva – um espaço privado para um jogo que, a menos que ela estivesse errada, pouco teria a ver com arcos e macetes. Exceto se ela usasse um na cabeça dele.

Rose sorriu, se levantou e deu a volta na cadeira, mancando.

– Lamento decepcioná-lo, mas parece que torci o tornozelo.

– Minha nossa. – Solícito, Jeremy lhe ofereceu o braço. – É grave?

– Ah, não – respondeu Rose. – Mas acho que devo descansar o restante da tarde.

– Como aconteceu? – indagou Jeremy enquanto ela se apoiava em seu braço.

Rose deu de ombros de leve e olhou para Duncan antes de responder:

– Talvez tenha sido na ilha, havia muitas pedras.

– Ou talvez – emendou Duncan, seu tom carregado de uma implicação que Jeremy percebeu, mas não conseguiu interpretar – tenha acontecido no galpão. Você pareceu ter sentido certa dificuldade em andar por lá.

Rose olhou calmamente para ele, então deu de ombros outra vez.

– Talvez – concordou ela, com os olhos nos de Duncan. – Mas receio não poder satisfazê-lo. – Ela deixou um segundo se passar antes de complementar: – Com uma partida de cróquete.

Com isso e um olhar tranquilo voltado apenas para ele, saiu mancando do salão apoiada no braço de Jeremy.

Rose fez questão de não ficar sozinha nem por um segundo durante todo o resto do dia e da noite. Lady Hermione lhe lançou um olhar muito estranho quando ela se ofereceu para tocar e cantar para os convidados, mas Rose a ignorou. Já tinha decidido que estar ao piano, sob os olhos de todos, era o máximo de segurança que conseguiria.

Tudo o que precisou tolerar de Duncan foi uma sobrancelha arqueada e um olhar que ela se esforçou para ignorar. Ela sobreviveu à noite e se recolheu sem qualquer outro desafio por parte dele.

A véspera do solstício raiou, cheia de promessas para o dia que tinham pela frente e para os festejos da noite. O sol brilhava, o ar estava fresco e impoluto como só era possível nas Terras Altas.

Ao entrar no salão de café da manhã, Duncan se surpreendeu ao ver que Rose e Clarissa já estavam lá, lado a lado. Não podia imaginar uma dupla mais improvável: Clarissa, tão inocente; Rose, nada inocente. Elas ergueram os olhos e o cumprimentaram, ambas sorrindo – Clarissa, de maneira terna; Rose, parecendo um tanto convencida. Ela explicou a situação enquanto ele se sentava.

– Clarissa sempre quis saber como se administra uma grande propriedade. Eu me ofereci para mostrar a ela.

– Começaremos na destilaria – contou Clarissa com animação.

– Aham. – O sorriso de Rose era sereno. – E depois passaremos pela produção de manteiga e laticínios e, é claro, pelas estufas.

– E por último, lady Hermione se ofereceu para demonstrar como ela cuida das plantas especiais.

Duncan deu um sorriso tranquilo, mas o olhar que lançou a Rose expressava tanto um alerta quanto uma promessa.

Ela percebeu, mas, com sua confiança restaurada, tinha certeza de que conseguiria ser mais esperta que ele – ao menos até o solstício, quando poderia dispensar Jeremy e então decidir se ficaria ou se fugiria.

Ela não estava disposta a tomar decisão alguma naquele momento. Precisava sobreviver à véspera do solstício primeiro.

Por sorte, sua confiança ainda não atingira o limite máximo. Quando saíram do salão de café da manhã, Clarissa sugeriu que elas precisariam de um agasalho para enfrentar o frio da destilaria e Rose concordou. Como os aposentos de Clarissa ficavam em outra ala da casa, Rose ficou sozinha minutos depois e seguiu para o corredor lateral, o caminho mais curto até a destilaria.

Nunca soube o que a advertira – talvez uma sombra em movimento ou o aroma de sândalo. Algum sexto sentido a alertara e ela parou, tremendo, no patamar do corredor longo e estreito.

E soube que Duncan estava perto – muito perto.

Com um grito abafado, ela girou e correu. Atrás dela, pôde ouvi-lo praguejar. Rose disparou pelo corredor principal dos quartos. Com sandálias macias e leves nos pés, ela fazia pouquíssimo barulho. Duncan, muito mais pesado, não conseguia acompanhá-la com a mesma velocidade. Se ele corresse, todos que estavam naquele andar colocariam a cabeça para fora de seus aposentos e perguntariam o que havia de errado. Rose alcançou o final do corredor e desacelerou, então desceu, saltitante, por uma escadaria secundária estreita. Chegou à base, escapuliu por uma porta lateral e começou a atravessar o terraço pavimentado.

Quando estava na metade do caminho, ela ergueu os olhos e avistou Duncan observando-a do corredor no andar superior.

Ela acenou. Ele fez uma careta.

Abrindo um sorriso ainda mais contente, ela se dirigiu à destilaria, consciente da euforia que corria por suas veias e da palpitação de seu coração.

Eles não eram mais crianças, mas ainda podiam brincar.

– Eu realmente acho que está na hora de levá-la para uma cavalgada.

Duncan pronunciou aquelas palavras com a voz mais encantadora – para Clarissa, não para Rose.

– Ah, sim! – Clarissa abriu um sorriso alegre e se voltou para Rose, que estava ao seu lado. – Assim preencheremos a tarde de uma maneira agradável, não acha?

Lentamente, com os olhos no semblante inocente de Duncan, Rose assentiu.

Ela não conseguia enxergar perigo algum em uma cavalgada. No lombo de sua montaria de costume, embora não pudesse ser mais veloz que Duncan, ela ao menos podia despistá-lo. E Clarissa e Jeremy estariam por perto. Ela anuiu com mais certeza.

– Uma cavalgada me parece uma excelente ideia.

Trocar de roupa, ordenar e selar os cavalos ocuparam a meia hora seguinte. A tarde já estava na metade quando eles partiram. Ficou rapidamente visível que Rose e Duncan eram superiores na atividade, os outros eram muito menos competentes. Jeremy guiava seu alazão com confiança, mas com pouca habilidade, enquanto Clarissa mostrava com clareza o desconforto quando cavalgavam mais rápido que um mero trote.

Trocando olhares lânguidos com Rose, Duncan desacelerou para ficar ao lado de Clarissa, deixando Rose para entreter Jeremy. Enquanto ela apontava vários picos e outros pontos de interesse, ouvia os murmúrios do casal que seguia na retaguarda. E aprovou silenciosamente. Duncan estava se portando como um bom anfitrião, preocupado com o contentamento de sua convidada. Clarissa não parava de falar do baile daquela noite, de seu vestido, da expectativa da dança. Duncan a favoreceu com uma conduta afável.

Enquanto contornavam o lago, com os cascos estalando no chão, Rose sentiu muito mais simpatia por Duncan do que sentia há dias. Ele estava se comportando exatamente como deveria.

Eles atravessaram os prados verdejantes e adentraram os sopés das montanhas, até passarem por um despenhadeiro com vista para o vale. Do nível do vale, a vista era enganosa: embora, visto da casa, o despenhadeiro parecesse bastante próximo, ficava, na verdade, a quilômetros de distância. Esse fato se tornou evidente quando eles olharam para a casa, branca e pequenina, do outro lado do lago.

Clarissa observou a imensidão, interrompida apenas por algumas cabanas dispersas, com uma expressão próxima à incredulidade.

– Oh! – exclamou Clarissa. – Céus… Uau!

Ela olhou para Jeremy, que também estava admirando a vista.

– Realmente espetacular – concordou ele. Virando-se, ele olhou para trás, para a elevação gradual dos sopés, aninhando a base dos penhascos altaneiros. – É incrível a quantidade de terra arável. Não dá para imaginar, olhando da casa.

Jeremy e Duncan começaram a discutir as diversas fazendas que compunham a propriedade.

Clarissa mordeu o lábio e olhou para baixo, trançando nervosamente a crina de seu cavalo. Rose, do outro lado de Jeremy, conteve um suspiro e se manteve calada.

– Não deveríamos retornar? – sugeriu Clarissa abruptamente, silenciando os dois homens.

Eles olharam para ela e então Duncan falou:

– É claro. Você deve estar ansiosa para se arrumar para o baile.

O sorriso que Clarissa dirigiu a ele era ingênuo de verdade. Rose resistiu à vontade de balançar a cabeça. Segurando as rédeas, estava prestes a dar meia--volta com o cavalo quando viu Duncan franzir o cenho e inclinar a cabeça.

Rose ficou imóvel e prestou atenção. Ouviu o mesmo que ele tinha ouvido: um choramingo distante, carregado pela brisa suave.

Tanto Jeremy quanto Clarissa, notando a concentração deles, pararam para prestar atenção.

– É um gato. – Clarissa segurou suas rédeas com mais força. – Deve estar apenas caçando ratos.

Nem Rose, nem Duncan, nem Jeremy responderam, apenas franziram a testa, concentrando-se no ruído. O som ressoou novamente, mais alto – uma lamúria que terminava em um soluço esclarecedor.

– Uma criança. – Rose analisou a encosta mais próxima. Então, com os olhos arregalados, olhou para baixo, para o despenhadeiro rochoso, um pandemônio de pedregulhos que se estendia até o vale. – Meu Deus! Duncan, você não acha…?

Com o rosto tenso, ele já estava desmontando do cavalo.

– Deve estar nas cavernas.

– Sim, mas qual?

Afastando as saias do vestido de montaria, Rose saltou da sela e aterrissou no chão.

Duncan estendeu a mão para ajudá-la a recuperar o equilíbrio.

Jeremy franziu o cenho enquanto eles prendiam suas montarias nos arbustos próximos.

– Vocês não podem simplesmente seguir o som?

– Ecos – explicou Duncan e, com uma expressão apreensiva, caminhou até a beira do penhasco. – A face do rochedo é repleta de cavernas. São conectadas, de modo que qualquer ruído emitido em uma delas ecoa por todas as outras. É extremamente difícil localizar a origem de qualquer som.

– Ah.

– Mas… – Clarissa franziu o cenho enquanto observava Duncan, que estava parado em pé, com as mãos na cintura, olhando para o precipício. – Não deveríamos voltar, então?

– Voltar? – questionou Duncan.

Ele olhou para Clarissa, claramente perdido.

– Para podermos mandar alguém vir procurar a criança – disparou Clarissa sem rodeios. – Podemos mandar um lacaio a todas as fazendas da redondeza para avisar que uma das crianças está perdida nas cavernas, para que os pais possam ir buscá-la.

Rose manteve os olhos no rosto de Duncan, pronta para interferir, se necessário. Sentiu a raiva surgir no peito dele, a qual, para seu alívio, ele controlou. E, em um tom desprovido de emoção, Duncan explicou:

– Até chegarmos em casa e mandarmos os lacaios às fazendas, já terá anoitecido. Apesar da aparência, esta região não é selvagem. Há cabanas e choupadas de agricultores por toda parte. E é véspera do solstício, todos estão espalhados por aí, preparando-se para os festejos.

– Precisamente – retrucou Clarissa. – E o baile de sua mãe é o festejo *mais* importante. Você jamais poderia se atrasar.

Rose pegou no braço de Duncan – não que ele tenha percebido. O cavalo de Jeremy se moveu, inquieto.

– Hum – pigarreou Jeremy, chamando a atenção de Clarissa. – Acho que o que Strathyre está tentando dizer é que seria perigoso demais esperar para ir procurar a criança.

Clarissa o encarou.

– Mas é apenas o filho de algum pastor. Talvez tenha só torcido o tornozelo. E será bem-feito. Ao passar a noite toda ao relento e perder os festejos da véspera do solstício, aprenderá uma lição – concluiu ela, erguendo o queixo presunçosamente. – Não entendo como qualquer *cavalheiro* poderia sequer sugerir que, por causa do mau comportamento de algum fedelho mal-educado, *eu* deveria ser forçada a me atrasar para o baile.

Aquele discurso deixou Jeremy, Rose e Duncan calados por um minuto inteiro. Clarissa lhes lançou um olhar belicoso, deixando bem claro que tinha sido bem sincera.

Com a expressão sombria, Duncan olhou para Jeremy e falou:

– Eu ficaria muito grato, Penecuik, se você acompanhasse a Srta. Edmonton até a casa.

Jeremy franziu o cenho.

– Eu não deveria ficar? E se você precisar de ajuda?

Duncan olhou para Rose, que estava parada ao seu lado.

– Rose conhece as cavernas tão bem quanto eu. – Ele voltou a olhar para Jeremy. – Preciso dela aqui comigo. – Duncan apontou para Clarissa com a cabeça. – E a Srta. Edmonton precisa de um acompanhante.

A expressão de Jeremy deixou claro o que ele pensava das exigências de Clarissa, mas como cavalheiro que era, não argumentou.

– Devo mandar mais alguém para ajudar?

Duncan olhou para o céu.

– Não. Se precisarmos de ajuda, encontraremos mais perto daqui.

Jeremy assentiu, então virou o cavalo e indicou a Clarissa que o seguisse. Ela fungou e obedeceu. Partiram pela trilha. Rose e Duncan se voltaram novamente para a beira do penhasco. Com os ouvidos atentos em meio ao silêncio, eles esperaram e, por fim, voltaram a ouvir o choro distante.

– É tão fraquinho. – Sem hesitar, Rose começou a descer o despenhadeiro, passando por entre duas rochas. – Parece vir de bem longe, não acha?

– Acho que sim – assentiu Duncan e fez uma careta. – Mas a criança talvez tenha entrado demais na caverna. Se for muito pequena, pode ter ido ainda mais longe do que nós já fomos.

– Espero que não – sussurrou Rose.

O despenhadeiro não era íngreme, mas era um rochedo repleto de seixos. Eles desceram sem conversar. Duncan rapidamente ultrapassou Rose e prosseguiu diante dela. Ela reparou na medida de proteção, mas não disse nada. Aos poucos, o choro fino e agudo foi ficando mais alto.

Duncan parou e esperou que Rose o alcançasse. Quando ela chegou ao seu lado, ele sussurrou no ouvido dela:

– Chame-o. Se eu o chamar, pode ser que ele entre em pânico e fique quieto.

Rose concordou.

– Querido! – gritou ela, com uma voz suave e reconfortante. – Onde você está? Aqui é a Rose, da casa grande. Você se lembra de mim, não lembra?

Silêncio. Então, como se receasse algum truque da natureza, uma vozinha hesitante falou:

– Srta. Rose?

– Isso mesmo. Eu e meu amigo estamos indo tirar você daí. Qual é o seu nome, meu amor?

– Jem, senhorita. Jem Swinson.

– Você está bem, Jem? Não está machucado?

Silêncio novamente. Depois, em um tom choroso, Jem desandou a falar:

– Só tenho alguns arranhões, mas é o meu irmão Petey, senhorita. Ele caiu em um buraco e *não está se mexendo*!

A voz de Jem se transformou em um soluço. Ao lado de Rose, Duncan praguejou e pediu:

– Faça-o continuar falando.

Rose assentiu. Jem tinha 7 anos, e seu irmão, Petey, apenas 4 aninhos.

– Jem? – Nenhuma resposta. – Jem, você precisa continuar falando para que possamos encontrá-los e ajudar Petey.

Depois de um instante, eles ouviram Jem pigarrear.

– O que querem que eu fale?

– Você pode sair da caverna e me mostrar onde fica?

– Não. – Jem soluçou, então se recompôs. – Passei por um buraco para tentar ajudar Petey e agora não consigo sair.

– Peça a ele que descreva a entrada da caverna – sibilou Duncan enquanto ajudava Rose a passar por uma rocha particularmente grande.

Rose obedeceu. Jem descreveu uma abertura que poderia ser de pelo menos dez cavernas na face do rochedo.

– Você ainda consegue ver a entrada? – perguntou Rose.

– Não. Nós fizemos uma curva. Tudo o que consigo ver é um brilho, se olhar para trás.

Rose franziu o cenho.

– Você caminhou muito até chegar a essa curva?

– Muito?

– Pense em número de passos. Quantos passos você deu até fazer a curva?

Duncan lançou um olhar questionador a Rose, que o ignorou e aguardou a resposta de Jem.

– Uns quatro? – disse o menino, hesitante. – Não foram muitos.

Rose abriu um sorriso.

– Eles devem estar naquela caverna onde eu costumava enganar você, lembra? – disse ela a Duncan.

Ele a olhou de um jeito que indicava que se lembrava muito bem. E mudou de direção.

– Era para lá, não era? – indagou Duncan.

Rose olhou para o outro lado do vale, para onde as primeiras luzes estavam sendo acesas em Ballynashiels, então voltou a olhar para a escarpa, mudando de posição.

– Sim – concordou ela com firmeza. – Mais abaixo e mais adiante. Logo após aquela rocha com o arbusto na base.

Eles escorregaram e derraparam em sua pressa de chegar ao local. Rose continuou conversando com Jem, passando confiança em sua voz. O garoto respondia, parecendo cada vez menos preocupado a cada resposta. Ao atravessar um trecho de pedras soltas, Rose escorregou. Duncan praguejou e colocou a mão na nádega dela, para facilitar sua descida. Não havia nada de sexual naquele toque. Nem no momento em que, ao chegar desajeitadamente apressada na rocha onde Duncan estava parado e trombar nele, nenhum dos dois sequer piscou. Ambos estavam focados em resgatar Jem e Petey. Naquele momento, nada mais existia além disso.

– É aqui! – Rose praticamente saltitou quando chegaram à entrada da caverna e ouviram a voz de Jem ecoar em alto e bom tom.

– Jem, estamos aqui! Vamos tirar vocês daí!

Silêncio. Então:

– Não quero deixar Petey. – A voz de Jem começou a vacilar. – Ele me seguiu até aqui, ele vive me seguindo, eu deveria ter cuidado melhor dele.

– Calma, Jem. Petey ficará bem. – Rose rezou para que aquilo fosse verdade.

– Nós vamos resgatá-lo também, não precisa se preocupar.

A entrada da caverna era baixa e larga apenas o suficiente para Rose conseguir se espremer para entrar. Ela sabia que a passagem estreita se alargava logo após a entrada e depois fazia uma curva abrupta à direita. Ela estava prestes a se ajoelhar para entrar quando a mão de Duncan apertou seu ombro. Ele a virou.

– Aqui.

Ele enfiou as mãos dela pelas mangas de seu casaco, de trás para frente.

– O quê?

Rose franziu o cenho para o casaco.

Sem pestanejar, Duncan puxou o casaco pelos braços dela e pelo tronco, abotoando-o nas costas de Rose.

– Eles devem estar naquele buraco no qual você costumava desaparecer. Eu talvez consiga passar, mas acho que não consigo fazer a curva.

Rose olhou para ele, para a largura de seus ombros: Duncan estava mesmo muito mais corpulento do que era todos aqueles anos atrás.

– Então – continuou ele, falando baixo e rápido –, você guiará o caminho. Vamos pegar Jem e trazê-lo de volta para a passagem. Em seguida, você precisará descer até o buraco para erguer Petey para mim.

Rose assentiu.

– E por que o casaco?

Rose examinou seu novo casaco. Por conta da largura dos ombros e das costas, seus movimentos não estavam restritos.

– Porque – explicou Duncan, conciso – você não é mais uma adolescente magricela. Não conseguirá simplesmente se esgueirar como fazia antes, com o peito e a barriga pressionados contra a parede, para sair daquele buraco.

Rose empalideceu.

– Ah.

– Exato. – Duncan indicou a ela que entrasse quando Jem os chamou outra vez. – Precisarei puxar você para fora e não quero que se machuque no percurso.

Rose não conseguiu evitar um sorriso, mas recobrou a seriedade assim que passou pela entrada e descobriu que nem sequer conseguia ficar de pé na passagem.

– Estamos quase aí, Jem. Não tenha medo.

Havia pouca luz na caverna. Rose piscou depressa, então foi até a curva. Duncan se espremeu pela entrada logo atrás dela. Ela ouviu quando a camisa dele rasgou.

Rose fez a curva, entrando em um estrangulamento estreito. Apertando os olhos, mal conseguia discernir a vala de sombras no chão empoeirado – e que era, na verdade, um buraco enorme. Agachando-se, ela olhou lá dentro e viu um rostinho pálido olhando de volta.

– Ah, senhorita! – exclamou Jem.

Diante do gritinho choroso do menino, Rose esticou o braço e bagunçou os cabelos dele.

– Vamos. Precisamos tirar você primeiro. – Ela estendeu as mãos para ele. – Segure minhas mãos e "caminhe" pela parede do buraco.

O buraco tinha pouco menos de 2 metros de profundidade. Quando as mãos de Jem encontraram as dela, Rose se abaixou ainda mais para segurar a criança pela cintura.

– Agora suba.

Ela se preparou para suportar o peso dele. Por sorte, ele não era muito pesado. Grunhindo e soluçando, o menino estava em seus braços. Rose o abraçou por um instante, então o empurrou na direção da passagem.

– Agora vá, para que possamos pegar Petey.

Claramente devastado, Jem olhou para o pequeno corpo, que mal era visível na escuridão do fundo do buraco.

– Jem, venha.

O garoto ergueu os olhos, piscando quando Duncan, que ainda estava na passagem de entrada, acenou para que ele saísse.

– Venha cá e deixe Rose resgatar Petey. Ela vai entregá-lo para mim. Depois vou precisar que você tome conta dele enquanto tiro Rose do buraco, está bem?

O plano, que incluía uma tarefa para Jem, reconfortou o menino. Ele engoliu em seco, assentiu e saiu pela passagem. No escuro, o garoto não reconheceu Duncan, que apertou o ombro dele de modo tranquilizador e então mandou que se sentasse perto da entrada.

Voltando a olhar para trás, Duncan não viu... nada. Da mesma forma que costumava acontecer quando ele e Rose eram crianças. Rose o provocava, então entrava na caverna e desaparecia. Levou muito tempo até ele descobrir que havia um buraco ali.

Naquele instante, a cabeça de Rose reapareceu e a jovem olhou para Duncan pela abertura do buraco.

– Ossos quebrados. O braço, ao menos, talvez mais. Petey está inconsciente.

Duncan assentiu.

– Certo, precisamos tirá-lo daí. Você consegue trazê-lo até mim? – perguntou ele.

Rose desapareceu outra vez e retornou com um corpinho pequenino e retorcido nos braços.

– Aqui.

Foi um esforço e tanto: Rose estava se empenhando para aguentar o peso de Petey, erguendo-o o máximo que conseguia. Duncan, que se aproximara do buraco o máximo possível, se esforçou para alcançar o corpinho desfalecido. Com os dentes cerrados, ele conseguiu pegar o garoto dos braços de Rose. Sair da armadilha em que se obrigara a entrar levou alguns instantes.

– Não – disse Duncan a Rose quando a viu colocar as palmas das mãos na beirada do buraco. – Espere um pouco.

Ele levou Petey até Jem e o deitou com cuidado perto do irmão antes de voltar e encontrar Rose tentando, sem sucesso, sair do buraco.

– Aqui. Dê-me suas mãos – pediu Duncan.

Ela obedeceu. Rapidamente, ele a tirou do buraco. Seu casaco, é claro, jamais seria o mesmo, mas a perda fora por uma boa causa.

Ao se aproximar dos garotos, ele apertou o ombro de Jem. Quando Rose se juntou a eles, Duncan a mandou sair, com Jem logo em seguida, então lhe entregou Petey e também saiu.

Eles ataram os ossos quebrados de Petey da melhor forma possível, usando tiras arrancadas da anágua de Rose. Depois partiram na difícil tarefa de subir a encosta do morro, com Rose guiando Jem e Duncan carregando Petey. Rose insistiu em que Duncan fosse na frente. Ele tentou argumentar, mas ela se recusou a recuar. Estava entardecendo no momento em que alcançaram os cavalos e a noite começara a cair quando o retorno demorado e necessariamente lento, com Rose levando Jem no colo e Duncan carregando Petey – por sorte, ainda inconsciente –, chegou ao fim, na fazenda Swinson.

A família não tinha ido participar dos festejos perto do lago. Estavam procurando as crianças em cada riacho, cada campo, cada celeiro.

– Oh, graças a Deus!

Meg Swinson, mãe dos meninos, ao vê-los se aproximarem do portão, veio correndo, com os braços estendidos. Seu rosto se afligiu quando ela viu Petey tão imóvel.

Duncan explicou depressa o que acontecera. Rose parou ao lado dele e colocou Jem no chão. Meg lançou-se sobre o garoto e abraçou-o com toda a força. Doug Swinson, pai dos garotos, pegou Petey dos braços de Duncan de forma gentil. Rose logo os reconfortou, aliviada ao ver a avó dos meninos, Martha, observando da porta da casa.

Os Swinsons levaram logo seus meninos perdidos para dentro de casa. Malachi, irmão de Doug, acenou com a cabeça para Rose e Duncan.

– Não sei como um dia poderemos agradecer-lhes, milorde, Srta. Rose. Mas, se aceitarem um caneco de cerveja e uns biscoitos antes de voltarem para a casa grande, ficaremos felizes em providenciar.

Eles não comiam desde o almoço. Duncan olhou para Rose, que tirou os pés dos estribos e desmontou.

– Apenas um copo pequeno para mim, Malachi. Mas tenho certeza de que o conde adoraria um jarro inteiro.

Eles se sentaram no banco ao lado da porta da frente, com as costas na parede, e bebericaram a cerveja, observando o vale que se estendia diante deles – uma massa de sombras escuras, embora não ainda negras, com o lago se expandido como uma lustrosa peça de ardósia sob a luz da lua.

Atrás deles, dentro da cabana, os Swinsons estavam agitados. Petey ainda não recobrara a consciência. Duncan revirou a cerveja na boca, então engoliu.

– Você acha que ele ficará bem? – perguntou a Rose.

Rose encostou o ombro brevemente no dele.

– A velha Martha Swinson sabe o que faz. Se ela diz que Petey ficará bem, então ele ficará.

A noite caiu lentamente e eles foram envolvidos por um silêncio profundo. Não era vazio, mas enriquecido pelo brilho da realização compartilhada de um desafio concluído com sucesso, da harmonia de objetivos mútuos conquistados com êxito. Nenhum dos dois se moveu, nenhum deles precisou olhar para sentir o que o outro estava sentindo.

E, naquele momento infinito, Duncan por fim compreendeu tudo o que Rose significava para ele. Ela era terror e deleite, irritação e gratificação – um espinho fincado em sua carne que havia desabrochado e se transformado em uma rosa. Sua rosa. Ela sempre se igualara a ele sem muito esforço, tão instintivamente que era fácil não reparar. Mas quando Rose estava ao seu lado sua vida era plena, completa, de alguma forma mais rica. Ele jamais ia querer que outro dia amanhecesse sem tê-la ao seu lado.

A noite se instaurou, e eles permaneceram sentados, cada um saboreando em silêncio seu contentamento mútuo, sem querer quebrar o feitiço, a magia daquele acordo perfeito.

Ao lado do lago, na margem próxima à ponte, uma tocha foi acesa e a fogueira ganhou vida. Os festejos da véspera do solstício haviam começado.

Então ouviram um grito agudo vindo da cabana. Um minuto depois, Doug Swinson apareceu.

– Louvado seja, Petey parece bem. – O grandalhão sorriu de alívio. – Dois ossos quebrados, diz minha mãe, mas são fraturas limpas que já foram tratadas, graças a Deus. Assim que ele tomar um pouco de xarope para dormir, descansará a noite toda. Em segurança, graças ao senhor e à senhorita.

Duncan deu de ombros e se levantou.

– Foi sorte estarmos lá.

Ele virou o restante da cerveja.

Rose sorriu, entregou o copo vazio a Doug e falou:

– Diga a Meg que os biscoitos dela estavam deliciosos, como sempre, bem como a cerveja. Espero que vocês tenham um tempinho para aproveitar a festa.

Montando em sua sela, ela indicou a fogueira com a cabeça, que agora queimava com vontade em meio à escuridão da noite.

– Ah, sim. – Doug olhou para ela e para Duncan. – Mas acho que não sou eu quem tem que parar na fogueira.

Montando no cavalo, Duncan riu. Acomodada em sua montaria, Rose também riu, quiçá com menos sinceridade.

– Boa noite, Doug.

Com um aceno, ela direcionou o cavalo para o portão. O alazão imponente de Duncan logo a alcançou.

Ela sentiu o olhar dele em seu rosto. Após um longo instante, Duncan perguntou:

– Quer parar na fogueira?

Era uma proposta tentadora, muito tentadora. Mas...

– Sua mãe torceria o seu pescoço se o fizéssemos. E o meu também.

– Na verdade... Não estou certo disso.

– Com metade de Argyll esperando por você no salão de baile? É uma certeza.

– Hum. – Duncan fez uma careta. – Bem, já que é esse o caso, é melhor nos apressarmos. Dado o adiantado da hora, será sorte se pegarmos a última valsa.

Rose o fitou.

– Aposto que chego antes.

Ela acelerou seu cavalo ao dizer aquilo. Duncan gritou e partiu logo atrás. Eles galoparam pelos campos, atravessando trilhas que não precisavam ver para seguir, trilhas que estavam gravadas na memória deles. Duncan tinha o cavalo mais vigoroso, mas era bem mais pesado. Considerando a distância e o terreno, eles concorriam em pé de igualdade.

O trajeto foi insano, nenhum dos dois moderou ou demonstrou qualquer clemência. Galoparam como demônios pela noite, contornando o lago, tendo a magnificência cintilante da casa como objetivo final. A rota os fez passar perto da fogueira que rugia e cuspia labaredas em meio à escuridão. Apesar da velocidade alucinada – ou talvez por conta dela –, foram reconhecidos. Pessoas gritaram e acenaram e, em um acordo não verbalizado, ao chegar perto da ponte, eles desaceleraram e acenaram de volta.

Alguns dos homens gritaram indecências. Com a respiração ofegante e o sangue fervendo por conta do exercício, Rose enrubesceu e atravessou a ponte com sua montaria. Ela desacelerou no meio da travessia e sentiu Duncan fazer o mesmo, para admirar a extensão do lago e o reflexo das luzes de Ballynashiels bailando em sua superfície escura.

O coração de Rose batia em disparada no peito. Seus nervos estavam à flor da pele, sensibilizados pela euforia que pairava no ar, pela expectativa evocada por tradições mais antigas que o próprio tempo. Seus sentidos erráticos buscaram por Duncan, que também buscou por ela.

Um braço circundou a cintura de Rose, erguendo-a da sela e pressionando-a contra o corpo masculino. Com a outra mão, Duncan segurou o rosto da jovem quando ela se virou, ofegante. Os lábios dele cobriram os de Rose.

O beijo foi tão selvagem quanto a cavalgada: indomado, irrestrito, quente e exigente. Ele se apoderou da boca de Rose e ela cedeu, afundando nos braços dele, retornando cada carícia com avidez, voracidade, incapaz de mascarar o desejo que Duncan provocava, incapaz de contê-lo. Ela tinha mais chances de conseguir deter a lua em sua órbita do que de controlar a paixão que ele despertava nela.

As sensações a bombardearam e ela se deixou levar pelo desejo. O pouco juízo que ainda lhe restava desapareceu por completo. Aonde eles estavam indo, ela não fazia ideia, mas estavam indo rápido demais.

Quando a mão dele tocou no seio de Rose, já entumecido e ansioso, ela interrompeu o beijo, gemeu, então conseguiu dizer, ofegante:

– Duncan, nós *precisamos* ir para casa, lembra?

Se eles tivessem parado em qualquer outro lugar que não fosse a ponte, se houvesse grama sob os pés deles em vez de pedra, ele a teria tirado do cavalo e a possuído ali mesmo. Ela sentiu isso no gemido relutante que ele soltou.

Respirando fundo, inflando o peito dramaticamente, ele encostou a testa na dela.

– Estou destinado para *sempre* a ter que deixá-la ir?

Ela conseguiu dar uma risada trêmula, mas não respondeu.

Dando um suspiro frustrado, Duncan a colocou de volta na sela dela. Ele apostaria uma quantia significativa em que a mãe dele e o pai dela se regozijariam se ele passasse toda a noite da véspera do solstício com Rose, mas também havia vantagens em retornar a Ballynashiels. Entre elas, uma cama. Ele pegou as rédeas e falou:

– Vamos.

Sem competir, continuaram cavalgando como o vento, sem enxergar motivo algum para agir de outra forma. Era, de fato, tarde e, para conseguirem chegar ao baile, precisavam voar.

Eles entraram fazendo barulho no estábulo. Duncan saltou da sela e Rose praticamente caiu da sua. Duncan segurou a mão da jovem e a ajudou a se equilibrar. Abrindo um sorriso e ignorando seus cavalariços perplexos, ele correu por ali arrastando Rose, que ria atrás dele.

Como furacões, adentraram a sala dos criados. Duncan despejou ordens por todos os lados, caminhando sem parar na direção da escadaria dos fundos, deixando o caos por onde passava. As serventes e seu valete tropeçaram uns nos outros, apressados em acompanhá-lo. A governanta mandou alguns garotos pegarem água quente das chaleiras e enviou lacaios robustos para buscar as banheiras de cobre.

Duncan não esperou. Arrastou Rose, que ria sem parar, pela escadaria até o segundo andar. Parou no corredor privativo e a beijou com fervor.

Quando ele ergueu a cabeça, Rose estava zonza.

– Apresse-se. Eu esperarei por você aqui.

Com isso, ele a soltou. A primeira das criadas subiu as escadas alvoroçadamente. Duncan se virou e se encaminhou para seus aposentos pessoais.

Rose o observou se afastar, então riu, fez uma pirueta e correu para seus próprios aposentos.

Os trinta minutos seguintes foram a epítome da loucura. Diversas aias a ajudaram a se despir, algumas encheram a banheira e outras vasculharam seu guarda-roupa seguindo as ordens de Rose. Sua própria aia, Lucy, ficou parada no meio do quarto, dando instruções. Todas sorriam – uma sensação de euforia louca as havia contagiado. Rose se banhou, se vestiu e teve os cabelos arrumados em tempo recorde. Lucy corria atrás dela, ainda fechando o colar de Rose, enquanto a jovem se dirigia à porta.

– Seu xale, senhorita!

Uma das aias saiu correndo do quarto e logo ajeitou a seda cintilante nos ombros de Rose.

Abrindo um sorriso de gratidão para aquela aia e para todas as outras, que se reuniram à porta para vê-la descer, Rose se dirigiu ao corredor.

Duncan estava aguardando, tão alto e bonito que o coração de Rose parou de bater por uma fração de segundo. Por pura defesa, ela lançou a ele um olhar provocante, tentador, perspicaz e sedutor.

Ele pegou o braço da jovem, baixou a cabeça e roçou os lábios de leve no lóbulo da orelha dela, murmurando:

– Mais tarde.

Rose estremeceu e lhe lançou um olhar de advertência.

Duncan deu um sorriso predatório e partiu para a escadaria principal.

Os convidados mais antigos abarrotavam o saguão do salão de baile, papeando e fofocando. Todos se viraram para ver Duncan, orgulhoso e seguro de si, descer de braços dados com Rose, tranquila e elegante. Foram recebidos com sorrisos e acenos de aprovação. Todos os conheciam. Comentários sussurrados abundaram. Quando eles chegaram ao saguão azulejado e assumiram, sem muito esforço, seus papéis sociais, Rose ouviu alguém dizer:

– Sim, um casal deslumbrante. Eles sempre se entenderam bem, quando não estavam brigando.

Rose sorriu. Fez reverências e beijou o rosto de duas grandes damas locais. A música chegou até eles vinda do salão de baile – os acordes evocativos de uma valsa. Cedendo à pressão dos dedos de Duncan em seu cotovelo, Rose pediu licença. Ele a conduziu pela porta arqueada do salão e eles entraram bem quando a última valsa terminara.

Duncan a fitou.

– Tarde demais.

Seu murmúrio foi abafado quando sua mãe apareceu, com uma série de vizinhos em seu encalço.

Lady Hermione foi a personificação da graciosidade, insistindo em que eles contassem toda a história, então declarou que ela mesma visitaria as crianças na manhã seguinte. Os vizinhos compreenderam perfeitamente o ocorrido e todos assentiram em aprovação. Eles teriam agido exatamente da mesma forma. O clã – ou qualquer pessoa pela qual se era responsável – sempre deveria ser prioridade para o comandante.

Apenas Clarissa, que permaneceu à margem da multidão, não parecia muito impressionada. Ela fitava Duncan com raiva antes de reparar que Jeremy estava parado, calado, em um lado do salão, sorrindo gentilmente para Rose. Os olhos de Clarissa se estreitaram e, após um instante, ela foi até ele.

Algum tempo depois, Rose escapuliu do lado de Duncan e se juntou a Jeremy e Clarissa. Jeremy sorriu.

– Parece que vocês foram bem-sucedidos.

– Sim, graças a Deus. – Rose retribuiu o sorriso dele. – Havia duas crianças.

– Nós ficamos sabendo – informou Clarissa, com acidez.

Rose olhou para ela, sem comentar, então sorriu outra vez para Jeremy.

– Mas está tarde, não tomarei seu tempo.

– De fato – concordou Clarissa. – Eu estava prestes a pedir que Jeremy me acompanhasse ao andar superior.

Os olhos de Jeremy não se desviaram de Rose.

– Conversamos amanhã, então.

De forma delicada, Rose inclinou a cabeça.

– Amanhã.

– Rose!

Todos se viraram e viram lady Hermione acenar.

Eles se separaram e Rose se juntou novamente a Duncan e à mãe dele. Os convidados estavam indo embora. Os três ficaram parados na escadaria de entrada, acenando em despedida. Rose à direita de Duncan, lady Hermione à esquerda.

Quando a última carruagem se foi ruidosamente, lady Hermione suspirou.

– Acabou. – A matriarca fez um aceno decidido com a cabeça e segurou as saias. – E eu vou para cama, meus queridos. Boa noite.

Fazendo uma reverência majestosa, entrou na casa e subiu as escadas. Duncan, com Rose apoiada em seu braço, subiu a escada mais devagar, olhando de um jeito reflexivo para as costas da mãe.

Eles pararam no saguão de entrada. Atrás deles, Falthorpe trancou a porta. Duncan olhou para Rose, que olhou de volta e ergueu a sobrancelha. Duncan sorriu.

– Estou faminto.

As covinhas de Rose se manifestaram.

– Eu também.

Eles atacaram o buffet no salão de refeições, então levaram seus pratos cheios para o salão de baile, para que os criados pudessem dar sequência à limpeza. Acomodaram-se em uma espreguiçadeira e comeram enquanto conversavam, trocando observações sobre quem estava presente e o que fora dito, pegando comida do prato um do outro sem ressalvas. Ao redor deles, os criados ajeitavam o salão, colocando os móveis no lugar, arrastando vassouras enormes pelo chão polido. Lacaios usavam escadas para apagar as velas nos candelabros e nas arandelas. Duncan meneou a cabeça quando lhe perguntaram se ele queria que deixassem alguma vela acesa. Gradualmente, toda a ação em volta deles cessou, deixando-os em paz, com o salão iluminado por enormes faixas do luar que entrava pelas janelas.

Depois de terem devorado até a última migalha, Rose lambeu os dedos e, olhando para o centro do salão, suspirou.

– É uma pena que tenhamos perdido a última valsa.

Duncan olhou para ela, então esticou o braço, pegou seu prato vazio, o colocou de lado, se levantou com agilidade e fez uma elegante reverência.

– Minha dança, acredito.

Rose riu e ofereceu a mão a ele. Duncan a ajudou a se levantar, a puxou para seus braços e a conduziu aos passos lentos de uma valsa. Rose cantarolou baixinho e permitiu que ele a conduzisse. Eles se moviam de um lado para outro em perfeita concordância, alinhados fisicamente, no tempo, nos passos. Ela sentia a força do braço dele em torno da cintura, sentia a rigidez do corpo de Duncan pressionado contra o dela, os músculos robustos da coxa dele, que afastavam as pernas dela enquanto rodopiavam pelo salão.

O luar os banhava com um brilho prateado cintilante, a essência da magia do solstício de verão. Um silêncio profundo os envolvia, preenchido apenas com os batimentos de seus corações e uma expectativa excitante.

Por quanto tempo dançaram, Rose não sabia dizer. Quando Duncan diminuiu o ritmo e parou diante de uma das longas janelas, ela estava totalmente sem fôlego.

Rose ergueu os olhos e viu o brilho sombrio no olhar dele. Ergueu a mão e contornou a linha definida da maçã do rosto de Duncan. Então ficou na ponta dos pés e aproximou os lábios dos dele enquanto ele abaixava a cabeça para beijá-la.

Eles se beijaram com simplicidade, com sinceridade, sem barreiras, limites ou restrições. Simplesmente mergulharam um no outro até se tornarem um só. Uma sensação, um batimento, uma emoção, um desejo.

Rose se afastou por fim. Precisava respirar. Com os olhos ainda fechados, apoiou a testa no ombro de Duncan.

– Deveríamos ir para a cama.

– Hum. Era nisso que eu estava pensando.

Duncan a virou. Com o braço ao redor dela e a cabeça de Rose em seu ombro, eles subiram a escada lentamente. Quando chegaram ao corredor privativo, Rose se virou na direção de seus aposentos pessoais. O braço de Duncan a deteve e ele a conduziu para os próprios aposentos.

Rose piscou, de repente desperta. Seu coração se sobressaltou e disparou no peito. Pensou nas últimas palavras que trocaram e se lembrou do tom da resposta de Duncan...

– Ah... – pigarreou ela. – Eu quis dizer em camas separadas.

– Eu sei. – Duncan a fitou. – *Eu* quis dizer na minha.

Rose olhou nos olhos dele e percebeu sua intenção com clareza. Ele não a deixaria partir dessa vez. Ela sentiu a tensão do braço dele em sua cintura, a força do corpo que a rodeava. Inspirou rapidamente e forçou seus pés a pararem.

– Duncan, eu não sei...

– Eu sei. Então por que você não faz o que sempre fez? – Ele parou e se virou para encará-la. Seu olhar se fixou no dela e ele a puxou para mais perto. – Apenas siga meus passos e permita que eu ensine você.

Ele baixou a cabeça e seus lábios encontraram os dela. O beijo não era nem um pouco delicado dessa vez, mas um convite ardente e apaixonado à loucura. Um desafio excitante. À medida que os lábios dele se moveram para incendiar o pescoço de Rose, ela percebeu o que Duncan estava fazendo.

– Meu Deus! – arfou ela. – Você está me seduzindo?

Ele riu, um som maliciosamente sugestivo.

– Estou conseguindo?

Sim, ah, sim! Rose mordeu a língua e reprimiu a confissão, mas não conseguiu conter um gemido suave quando os lábios dele escorregaram mais para baixo, descendo até o vale entre seus seios e depois passando para a curvatura superior exposta pelo decote, ao mesmo tempo que um polegar atiçava, hábil e torturantemente, um mamilo oculto sob a seda do vestido.

– Rose... – sussurrou ele contra a pele ardente da jovem. – Venha passar a véspera do solstício comigo. Venha provar a magia. Eu a levarei em uma cavalgada ainda mais insana que a última. Há outra paisagem que você nunca viu, picos que nunca escalou. Venha, deixe que eu lhe mostre. Venha cavalgar comigo.

Como poderia resistir? Rose descobriu que não conseguia, descobriu que, de fato, havia uma compulsão forte o bastante para mandar às favas toda a precaução, toda a sanidade, forte o bastante para garantir que aquilo não era apenas certo, mas estava predestinado. Quando deu por si, percebeu que, de alguma forma, eles tinham entrado no quarto de Duncan e agora estavam parados ao lado da cama de quatro colunas.

– Isso é loucura – murmurou ela.

Obedecendo aos estímulos dele, desceu os braços para que Duncan pudesse baixar as mangas do vestido que ela usava para desnudar seus seios.

– Ah! – Ela corou e cruzou os braços como proteção. – Eu estava com tanta pressa que me esqueci de colocar a combinação.

– Não precisa se desculpar.

Pegando os punhos dela, Duncan afastou os braços de Rose, que teria resistido, mas ele não lhe deu escolha. Após abrir e baixar os braços dela e entrelaçar os dedos nos de Rose, Duncan olhou fixamente, parecendo perplexo com o que via.

Ela pigarreou.

– São grandes demais, eu sei.

Duncan engasgou com um gemido e ergueu os olhos para fitá-la.

– Doce Rose, você é linda.

Ele ergueu as mãos e, com gentileza, segurou os pomos firmes. Circundando os polegares lentamente pelos mamilos entumecidos, ele a empurrou para trás até as pernas de Rose atingirem a cama. Ela ficou feliz ao sentir o móvel atrás de si. Se as pernas cedessem, como estavam ameaçando, ao menos não cairia no chão.

Com os olhos escuros, Duncan se concentrou nos seios dela, afagando, massageando com suavidade.

– Você é linda, encantadora. E minha.

Com isso, ele abaixou a cabeça e colocou um pomo firme na boca.

Rose arfou, estremeceu e teria derretido inteira se ele não a tivesse segurado e puxado para si. Ela se agarrou a ele, deslizando os dedos pelos ombros de Duncan até mergulharem freneticamente nos cabelos dele. Enquanto isso, ele espalhava beijos pela pele macia da jovem. Os lábios dele eram tão quentes que Rose tinha certeza de que ele a estava incendiando. Então Duncan passou a língua pelo mamilo de Rose, que quase desfaleceu.

Talvez tenha gritado, mas não tinha certeza se conseguiria ouvir algo além da própria pulsação palpitante, além do rugido do desejo selvagem. Duncan se banqueteou, como se estivesse faminto. Rose arfou e se contorceu nos braços dele.

A mão que estava nas costas de Rose se moveu, pressionando-a com mais firmeza contra o corpo masculino, antes de deslizar possessivamente, mergulhando por baixo das camadas do vestido empoçado na cintura, sobre a pele desnuda, até chegar às nádegas dela, para tocar, atormentar e acariciar com demasiada habilidade. Ela se curvou nos braços dele, pressionando o quadril com ainda mais firmeza contra o dele. Rose sentiu a protuberância quente, a evidência gritante e rija da excitação de Duncan contra seu ventre.

Fogo corria por suas veias. Ele a havia incendiado. Duncan pegou um mamilo desejoso com a boca e o sugou com vigor. Ela explodiu em chamas.

E então ele a deitou na cama enorme, os lençóis frios contra a pele febril. Duncan puxou o vestido dela para baixo, passando pelo quadril, pelas longas pernas, retirando os sapatos, e o arrancou por inteiro. Rose perdeu todo o fôlego que ainda lhe restava quando ele se sentou ao lado dela, observando sua nudez que não era total por causa das meias, que se estendiam até acima dos joelhos. O exame atento feito por Duncan começou nos dedos dos pés, subiu devagar pelas pernas, se demorou por um instante nas meias e continuou subindo. Ela deveria ter sido tomada pela modéstia virginal, porém, em vez disso, libertada pelo fogo nos olhos dele, sentia-se devassa, libertina, entregue. Estava abençoadamente excitada. Ardia por dentro enquanto ele analisava suas coxas, seu quadril, os pelos castanhos e macios no final do ventre trêmulo. Então o olhar de Duncan, acalorado e ardente, avançou até os seios entumecidos e marcados pelas carícias dele e chegaram aos lábios, entreabertos e inchados pelos beijos trocados entre eles.

Duncan sorriu e um brilho sombrio iluminou os olhos azuis, deixando-a trêmula.

– Falta uma coisa.

A voz dele era grave, permeada de desejo. Esperando que ele tirasse as meias dela, Rose piscou de surpresa quando Duncan se aproximou e pegou os seus cabelos. Ele entremeou os dedos nas tranças enroladas e as espalhou, arrancando os grampos e os jogando no chão antes de começar a desfazê-las. Rose estudou o semblante dele, a tensão do desejo que marcava seus traços já angulares. A tensão que perpassava todo o corpo de Duncan, que a mantinha firme em suas mãos, nua e trêmula, querendo e desejando, guardava uma excitação que ela desconhecia, que queria experimentar mais do que queria respirar.

Quando finalmente terminou de soltar os cabelos de Rose, Duncan os esparramou pela cabeça e pelos ombros, ajeitando-os de modo a emoldurar o rosto da jovem. Tomada por uma ânsia que não compreendia, ela se moveu para tirar as meias.

– Não. – Duncan segurou a mão dela e, capturando seu olhar, levou-a aos lábios. – Deixe-as. – A interrogação confusa nos olhos de Rose quase o fez grunhir. – Confie em mim.

Soltando a mão dela, ele se sentou e começou a desabotoar a camisa. Ela se moveu tão depressa que Duncan não teve tempo de reagir. Ele apenas ouviu o ruído quando ela recolheu as pernas e então comprimiu o corpo contra o dele, com os seios pressionados em suas costas, envolvendo-o com os braços para ajudar com a camisa. Os lábios dela tocaram a orelha de Duncan.

– Por que você quer que eu fique com as meias? – indagou Rose.

Duncan fechou os olhos e engoliu um grunhido.

– É segredo – declarou ele.

– Segredo?

Era como se ele a tivesse convidado para atiçá-lo. Rose mergulhou os dedos por baixo da camisa e começou a tatear o peito de Duncan de forma tão torturante quanto ele tinha imaginado. Os dedos foram descendo, passando pelo abdômen definido, e continuaram descendo...

Arrancando as abotoaduras, ele se levantou abruptamente e se livrou da camisa. Voltando-se para Rose, ele segurou suas mãos e a deitou outra vez na cama.

– Eu acho – disse ele, prendendo-a sob seu corpo – que está na hora de começar sua lição.

– Ah, é?

Ela se contorceu debaixo dele, os seios acariciando o peito de Duncan, as coxas roçando a ereção latejante dele.

Duncan cerrou os dedos e usou todo o peso do corpo para contê-la.

– Se for do meu jeito – avisou ele –, será uma primeira lição estendida.

Ele só podia tentar.

Duncan a beijou longa e intensamente até senti-la amolecer debaixo dele. Então migrou sua atenção para os seios dela até ela ficar quente, trêmula e se curvar deliciosamente em seus braços. Abandonando os seios de Rose, deslizou para baixo, traçando uma trilha de beijos pela cintura dela, parando no umbigo para investigar com a língua de forma provocante, até ela soluçar e afundar os dedos nos ombros dele.

Então ele escorregou mais para baixo.

Duncan pensou que ela ia gritar quando ele contornou a parte superior de cada meia com a língua. Ela arfou e se retorceu quando ele abriu suas coxas e salpicou beijos na pele sensível da parte interna. E no instante em que ele a abriu e beijou as pétalas macias, ela desabrochou para ele e gritou seu nome em um soluço de puro desejo.

Ele deu a ela exatamente o que ela queria, experiência e muito mais. Com carícias cada vez mais íntimas, Duncan abriu portas que ela não imaginava que existissem, mostrou a Rose prazeres que ela mal conseguia compreender. Ele saboreou, lambeu, investigou e chupou. Ela virava a cabeça de um lado para outro, enlouquecida, enquanto segurava a cabeça dele. O corpo plenamente desabrochado de Rose estava aberto e ávido – e era todo de Duncan.

Inspirando fundo, inalando profundamente o perfume dela, que envolveu sua mente, Duncan se afastou e se sentou na beirada da cama, substituindo a boca e a língua pelos dedos de uma das mãos. Com a outra, ele desabotoou a calça.

Liberta do peso dele, mas ainda prisioneira de seus dedos, que exploravam seu calor em um ritmo lento e estável, Rose respirou rapidamente, profundamente, e então abriu os olhos. Duncan viu os olhos castanhos brilharem debaixo dos cílios longos. Percebeu que ela o observava. Então Rose passou a língua nos lábios.

– Por que as meias?

Ele não conseguia nem começar a explicar que fantasiara sobre as pernas dela, sobre tê-las ao redor do seu corpo, deixando Rose plenamente aberta, para que pudesse ser preenchida.

– Você verá em um minuto.

Ele baixou a calça, arrancou-a aos chutes e se virou para ela, que arregalou os olhos. Ela começou a se sentar, ele ajoelhou entre as coxas dela, segurou suas mãos e a obrigou a se deitar novamente. Duncan a beijou antes que ela pudesse dizer o que estava prestes a dizer. Independentemente do que fosse, ele tinha certeza de que não precisava ouvir.

O beijo se transformou em uma luta pela supremacia. Ambos perderam quando o desejo surgiu e os capturou. Rose se contorcia debaixo dele. Não para se desvencilhar, mas para pressionar ainda mais o corpo contra o dele. Duncan se afastou e disse, ofegante:

– Coloque suas pernas ao redor dos meus quadris.

Ela obedeceu na hora e ele voltou a devorar a boca de Rose, desejando possuir seus lábios ao mesmo tempo que a possuía lá embaixo. Ela o acolheu, doce e quente nos dois lugares. Ele flexionou os quadris e mergulhou dentro dela, preenchendo-a. Rose prendeu a respiração e arqueou o corpo debaixo dele. Duncan retrocedeu e investiu fundo, vencendo a leve resistência. O corpo dela se tensionou, estremeceu, então, pouco depois, Duncan sentiu que ela se derretia em torno dele. Eles ficaram deitados, imóveis, saboreando o momento, a intimidade gloriosa, a sensação de seus corações batendo no mesmo ritmo.

Rose se moveu primeiro, compelida por um impulso que não conhecia nem compreendia. Duncan respondeu imediatamente, dando a ela o que Rose não sabia que queria, cavalgando com facilidade dentro dela. As sensações que espiralavam por ela eram surpreendentes, excitantes, totalmente viciantes. Ela queria senti-las sem parar. Duncan correspondeu, e ela percebeu de repente o que ele quis dizer com "uma nova paisagem" – uma paisagem repleta de ondas quentes de prazer, ultrapassando picos de um gozo extraordinário. Eles cavalgaram nessa direção, em um galope constante que se transformava em uma ânsia à medida que as ondas ficavam mais altas e os picos perfuravam o sol.

Só que não era o sol; era pura letargia. Ele cavalgou fundo dentro dela, provocando um redemoinho de sensações, emoções, e conduzindo Rose a um vale do mais completo deleite.

Mantendo-se firme em cima dela, Duncan observou o rosto de Rose enquanto ela se desfazia ao redor dele, observou a tensão aliviar e relaxar enquanto ela se derretia debaixo dele.

Ele arfou, fechou os olhos e, preenchendo-a uma última vez, juntou-se a ela naquela doce letargia.

Rose acordou cedo, antes do nascer do sol. Sabia disso pela paz profunda que reinava na casa. Nem um único criado se movia. Com os olhos fechados, ela se acomodou mais confortavelmente, tentando entender por que seu travesseiro estava tão duro. Um pelo roçou seu nariz. Abrindo os olhos, ela o afastou e despertou com um sobressalto.

Com os olhos arregalados, analisou o travesseiro e o peito desnudo de Duncan. Sua mente, concentrando-se, preencheu as lacunas devagar. O corpo comprido deitado e intimamente enrolado no dela, ambos nus debaixo das cobertas. Ela nem sequer se lembrava de ter entrado debaixo das cobertas.

Conseguia, contudo, se lembrar da letargia que a tinha arrebatado e do que causara tal letargia.

Com o rosto ardendo, ela se esforçou para pensar em onde estava, na situação em que agora se encontrava. E descobriu que, com o coração de Duncan palpitando em seu ouvido e os braços dele prendendo-a à cama, não conseguia formular um único pensamento coerente.

Escapar era imperativo.

Com muito cuidado, ela se afastou do peito dele. Então, sem pressa e com delicadeza, removeu a mão que segurava sua cintura e se virou para o lado oposto. Duncan inspirou fundo e Rose congelou, mas, como nada aconteceu, ela colocou as pernas – que ainda estavam com as meias de seda, ora essa! – para fora da cama e ergueu o tronco para tentar escapulir para um local seguro...

As mãos dele agarraram sua cintura antes que ela conseguisse se levantar.

– Duncan! Deixe-me ir.

Ela se sentou e tentou se libertar. Ele riu – um som intensamente malicioso – e escorregou as mãos até o quadril dela para puxá-la, sem piedade, de volta para a cama.

Rose não iria aceitar. Ela cedeu ao puxão dele, então se virou de barriga para baixo, esperando se livrar daquelas mãos e escapar. Ele leu seus pensamentos, se jogou em cima dela quando ela se virou, montou em suas pernas e a prendeu entre as coxas rijas como rocha.

– Tsc, tsc. Você não pode fugir antes da sua segunda lição.

Rose ergueu a cabeça dos travesseiros.

– Que segunda lição?

Ela sentiu quando ele se inclinou para a frente, roçando o peito nas costas dela e os lábios na nuca enquanto deslizava uma das mãos por debaixo da barriga dela e a outra por entre as coxas. Ela arfou e Duncan sussurrou baixinho:

– Sua segunda lição em ser minha.

O corpo dela ardeu no mesmo instante. Rose prendeu a respiração.

– Dun… *Aaahhh!*

O nome dele se dissolveu em um longo suspiro de prazer e de expectativa. Os dedos dele exploraram com precisão. Então ele a puxou para trás, colocando-a de joelhos.

Ela obedeceu pronta e avidamente, prisioneira do feitiço dele. Duncan acariciou suas nádegas firmes, e ela estremeceu. Ele a segurou pelo quadril, afastou seus joelhos e deslizou para dentro dela, devagar e profundamente, fazendo-a enlouquecer.

E ensinou Rose a se deixar levar mais uma vez, a sentir prazer, arrebatamento e um êxtase inacreditável. A constante penetração do corpo dele no dela, a movimentação rítmica enquanto ele a preenchia – plena e repetidamente – tomavam conta de sua mente, assolavam seus sentidos enquanto ele marcava por completo a alma dela.

A cavalgada foi lenta e longa. E ela gemeu durante todo o percurso. Sussurrando o nome dele, gemendo de alegria, imersa no êxtase. E dessa vez, quando a levou além daquele último pico, ele a seguiu imediatamente. Antes que a letargia a abarrotasse, Rose sentiu a inundação quente que a invadia e ouviu o grunhido incontrolável de Duncan ao desabar em cima dela.

Duncan acordou, umas duas horas depois, e não se surpreendeu ao ver que estava sozinho na cama. Sob qualquer circunstância normal, a mulher que passava a noite em sua cama até o amanhecer não deveria conseguir nem engatinhar no dia seguinte, muito menos caminhar, mas Rose conseguira, de alguma forma, escapulir.

Ele gostaria de estar acordado para ver.

Curvando os lábios em um sorriso predatório, bastante satisfeito, ele se espreguiçou, então cruzou as mãos atrás da cabeça e pensou no que ela estaria fazendo naquele momento.

Dois minutos depois, ele estava de pé, vestindo-se. Se havia aprendido alguma coisa com o passar dos anos, fora a não subestimar Rose.

Tudo estava silencioso no térreo, a criadagem estava ocupada com toda a limpeza consequente de um grande baile. Duncan duvidava que a mãe ou qualquer uma das outras mulheres já tivessem acordado, de modo que sua mente ficou ainda mais focada em encontrar Rose.

Enquanto atravessava o longo corredor que dava no saguão de entrada, ele ouviu vozes. Parando, ele prestou atenção e identificou Rose – e Penecuik.

Duncan inspirou fundo e prendeu a respiração. Pela porta entreaberta do salão de café da manhã, avistou Rose e seu pretendente no terraço. Ela estava de costas para o salão, gesticulando enquanto falava. Penecuik, com o cenho franzido, concentrava-se nas palavras dela.

Duncan lembrou a si mesmo que eles tinham direito à privacidade, que Rose ainda não era formalmente sua. Que ele deveria dar a ela a oportunidade de lidar com Penecuik sozinha. Nenhum desses argumentos passou nem perto de convencê-lo. Calado e sem fazer barulho, ele se encaminhou ao salão matinal, logo ao lado, abriu a porta e entrou de fininho.

– Você não está me ouvindo, Jeremy. – Rose olhou nos olhos de seu pretendente e tentou, mais uma vez, convencê-lo da situação atual. – Eu não vou me casar com você. Decidi que não é o que desejo e isso é tudo.

Jeremy a fitou com olhos teimosos, até mesmo obstinados. Então começou, mais uma vez, a enumerar todas as razões pelas quais ela não poderia estar pensando aquilo.

Rose se esforçou para não revirar os olhos, se esforçou para ouvir com civilidade. Ele a atocaiara antes mesmo de ela ter a chance de tomar o desjejum para recuperar as forças escassas – sugadas com muita eficiência por Duncan – e agora Jeremy estava sendo inacreditavelmente difícil, obtuso e teimoso. Ele não aceitava sua recusa.

O que não importava, pois ele precisaria aceitar. Ela por fim encontrara aquilo que buscara por toda sua vida adulta: a força mais potente que ela própria e que a jogaria nos braços de um homem. Ela não iria dar as costas para aquilo. Não que o compreendesse, visto que foram os braços de Duncan que a tinham arrebatado.

Ainda não tivera, primeiro graças a Duncan e agora a Jeremy, a chance de refletir sobre esse aspecto, ou sobre qualquer outra coisa. Era o dia do solstício de verão, e ela prometera dar uma resposta a Jeremy. Agora que dera, o mínimo que ele podia fazer era aceitar a decisão dela com graciosidade.

Suprimindo a vontade de dizer isso a ele – com todas as letras –, Rose esperou que Jeremy chegasse ao fim de sua lista previsível, então respirou fundo e disse, com firmeza:

– Jeremy, não se trata de quem você é, do que você possui, ou dos benefícios que poderá providenciar à sua esposa. A decisão é sobre mim e sobre quem *eu* sou. – Ela o encarou e desejou que ele entendesse. – Não sou sua.

Ela era de Duncan.

Jeremy suspirou, como se estivesse discutindo com uma criança.

– Rose, acho que você não está avaliando essa decisão da maneira que deveria. O que sente por mim não deveria pesar tanto na balança. – Ele sorriu para ela. – Nós nos entendemos bastante bem e isso basta. Mas o restante, o ducado, a propriedade…

– Minha fortuna.

Ele assentiu.

– Isso também. Todas essas são as principais razões por trás do meu pedido e acho que você precisa considerar as coisas da mesma perspectiva.

Tensionando o maxilar para conter um grito, Rose cruzou os braços e o fitou com olhos furiosos.

E ouviu um suspiro profundo vindo do salão matinal, à sua esquerda. Tanto ela quanto Jeremy se viraram quando Duncan atravessou as portas duplas com languidez. Ele acenou para Jeremy com a cabeça.

– Perdoe-me, Penecuik, mas tenho uma questão urgente para discutir com minha futura condessa.

Jeremy franziu o cenho.

– Sua futura condessa?

– Ah, sim. Tenho certeza de que você teria arrancado essa informação dela. – Duncan envolveu a cintura de Rose com o braço, a puxou para perto e sorriu para ela. – Mas a verdade é que Rose decidiu que não vai esperar para ser uma duquesa. Ela será uma condessa em vez disso.

Boquiaberta, Rose apenas olhou para ele, completamente estarrecida e nem um pouco desgostosa. Duncan gravou aquela imagem na memória e então olhou para Penecuik.

– Se nos der licença, Penecuik, aquela questão urgente…

Deixando as palavras morrerem, Duncan tomou Rose em seus braços, abaixou a cabeça e a beijou intensa e apaixonadamente. Para não deixar qualquer dúvida.

Como estava rapidamente se tornando um hábito, ela derreteu nos braços dele e retribuiu o beijo com avidez. Por entre os olhos semicerrados, Duncan viu o rosto de Jeremy empalidecer. Ele se enfureceu, estampou uma expressão desdenhosa no rosto e saiu pisando duro pelo terraço.

Rose não o ouviu se afastar. Seus processos mentais haviam congelado com as palavras "futura condessa". Quando Duncan por fim ergueu a cabeça e permitiu que ela respirasse, Rose o encarou, então estreitou os olhos.

– Eu tinha imaginado que você ficaria de joelhos.

Duncan riu.

– Eu já deixei você de joelhos, então parece um tanto redundante.

Rose suprimiu um tremor delicioso e estudou os olhos dele com severidade.

– Não sou perfeita, você sabe.

Duncan fixou o olhar no dela.

– A perfeição está nos olhos de quem vê.

Ninguém jamais a considerara perfeita, em qualquer sentido – a moleca travessa com um disfarce social aceitável. E Duncan a conhecia por completo, tanto a moleca travessa quanto a dama da sociedade. A expressão nos olhos dele – de um azul frio, porém calorosamente brilhante – asseguraram sua sinceridade, sua convicção e sua firme determinação. Ele a achava perfeita para o papel de sua condessa.

Rose abriu lentamente um sorriso sedutor. O brilho em seus olhos, do qual Duncan sempre desconfiara, cintilou de um jeito provocante.

Ela o abraçou pela nuca e perguntou:

– Tem certeza de que me conhece o suficiente para ter certeza?

Duncan franziu o cenho, admitiu que sua memória poderia ser refrescada e a levou direto para a cama.

Enquanto eles rolavam entre os lençóis, do outro lado dos campos os sinos da igreja tilintaram, recepcionando o verão.

Quatro semanas depois, os sinos tocaram novamente, com ainda mais alegria, quando o espinho fincado na carne de Duncan Macintyre se transformou… em sua rosa perfeita.

Julia Quinn

O casamento está no ar

Para Jason Weinstein,
cujas ligações sempre alegram o meu dia.

E para Paul, embora ele não acredite
quando digo que nossa região não é adequada para lhamas.

UM

Margaret Pennypacker já havia atravessado metade do país atrás do irmão.

Cruzara Lancashire como um furacão e descobrira, ao desmontar, que tinha músculos que nem sequer sabia existirem e que todos eles estavam bastante doloridos.

Ela se espremera em um coche de aluguel superlotado no condado de Cúmbria e tentara não respirar quando percebera que os demais passageiros aparentemente não eram tão afeiçoados ao hábito de se banhar quanto ela.

Suportara os sacolejos de uma carroça puxada por mulas e atravessara os últimos 8 quilômetros de terras inglesas antes de ser despejada, sem a menor cerimônia, por um fazendeiro na fronteira escocesa. O homem a alertara de que ela estava adentrando as terras do próprio inferno.

Tudo para terminar ali, em Gretna Green, encharcada e exausta, com pouco mais que as roupas do corpo e duas moedas no bolso. Porque...

Em Lancashire, ela fora arremessada do cavalo, quando ele pisara em uma pedra, e então o maldito animal – tão bem treinado por seu irmão fugitivo – fizera meia-volta e galopara para casa.

Já no coche em Cúmbria, alguém tivera a ousadia de roubar sua bolsa, deixando-a somente com as moedas que haviam caído e se alojado no fundo do seu bolso.

E, na última etapa da jornada, na carroça do fazendeiro, além das farpas, dos hematomas e talvez – com a sorte que ela estava tendo – alguma doença aviária, tinha começado a chover.

Definitivamente, Margaret Pennypacker não estava de bom humor. E quando encontrasse o irmão iria *matá-lo*.

O mais cruel e irônico de tudo, no entanto, devia ser o fato de que nem os ladrões, nem a chuva, nem o cavalo fugitivo haviam extraviado a folha de papel que forçara sua viagem à Escócia. O recado de pouquíssimas palavras de Edward nem sequer merecia ser lido outra vez, mas Margaret estava tão furiosa com ele que não conseguiu impedir os próprios dedos de procurarem no bolso, pela centésima vez, o bilhete amassado e escrito às pressas.

O papel já havia sido dobrado e desdobrado diversas vezes e provavelmente estava ficando molhado enquanto ela relia seu conteúdo sob a marquise de um edifício. Porém, a mensagem permanecia clara: Edward estava fugindo do país para se casar.

– Idiota – resmungou Margaret baixinho. – E com quem diabo ele está se casando? Eu realmente gostaria de saber. Será que ele não achou que seria apropriado me contar *esse* detalhe?

Por mais que Margaret se esforçasse para chegar a uma conclusão, havia três candidatas possíveis, e ela não se sentia nem um pouco animada para acolher nenhuma delas na família Pennypacker: Annabel Fornby era uma esnobe pavorosa, Camila Ferrige não tinha nenhum senso de humor e Penelope Fitch era burra como uma porta. Certa vez, Margaret ouvira Penelope recitar o alfabeto deixando o *J* e o *Q* de fora.

Tudo o que ela podia esperar era que não fosse tarde demais. Edward Pennypacker não iria se casar. Não se sua irmã mais velha pudesse evitar.

Angus Greene era um homem forte, poderoso, muito conhecido por sua beleza pecaminosa e seu sorriso diabolicamente charmoso, que camuflava um temperamento às vezes feroz. Quando ele aparecia em uma nova cidade montado em seu garanhão condecorado, tendia a despertar medo entre os homens, palpitações entre as mulheres e uma fascinação deslumbrada nas crianças – que sempre pareciam perceber que tanto o homem quanto o cavalo exibiam os mesmos cabelos negros e olhos escuros penetrantes.

Contudo, sua chegada a Gretna Green não causara furor algum. Todos aqueles que possuíam uma gotinha que fosse de sensatez – e Angus gostava de pensar que a virtude comum a todos os escoceses era a sensatez – estavam dentro de suas casas naquela noite, enrolados nas cobertas, aquecidos e, o mais importante, a salvo da forte chuva.

Mas Angus não. Ele estava lá fora, debaixo do temporal, tremendo de frio e estabelecendo o que devia ser um novo recorde nacional para o uso das palavras "inferno", "maldição" e "desgraça" em uma única noite. Isso tudo graças a sua exasperante irmã caçula, que devia ser a única escocesa desde o início dos tempos, na opinião de Angus, a ser totalmente desprovida de bom senso.

Ele esperava ir além da fronteira naquela noite, mas a chuva o estava atrapalhando e, mesmo com as luvas, seus dedos estavam gelados demais para segurar as rédeas direito. Além disso, não era justo com Orpheus, que era um bom cavalo e não merecia aquele tipo de abuso. Essa era, aliás, outra transgressão pela qual Anne precisaria ser responsabilizada, pensou Angus com raiva. Não importava que sua irmã tivesse apenas 18 anos. Quando ele a encontrasse, iria *matá-la*.

Angus se reconfortava um pouco pelo fato de que, se ele havia sido atrapalhado pelo mau tempo, então Anne fora forçada a encerrar sua viagem por completo. Ela estava viajando de carruagem – na carruagem *dele*, que tivera a audácia de "pegar emprestada" – e decerto não poderia seguir para o sul com as estradas lamacentas e obstruídas.

E se ele estivesse com um pouco de sorte, talvez Anne ficasse presa ali mesmo, em Gretna Green, embora a possibilidade fosse bastante remota. E como ele estava fadado a passar a noite ali, seria burrice não procurar por ela.

Angus soltou um suspiro exasperado e secou o rosto molhado com o dorso da luva. De nada adiantou, é claro, pois seu casaco já estava todo ensopado.

Ao ouvir a exalação ruidosa de seu mestre, Orpheus instintivamente parou, esperando pelo próximo comando. O problema era que Angus não tinha ideia do que fazer em seguida. Supunha que podia começar investigando as hospedarias, embora, verdade seja dita, a ideia de vasculhar os quartos de todas as estalagens da cidade não o apetecesse muito. Ele tampouco queria pensar em quantos proprietários precisaria subornar.

Mas primeiro ele precisava resolver questões mais urgentes e podia muito bem arranjar uma acomodação para si mesmo antes de começar sua busca. Uma olhada rápida ao redor lhe indicou que o The Canny Man tinha os melhores alojamentos para seu cavalo, então Angus guiou Orpheus até a pequena estalagem e hospedaria pública.

Mas, antes que o animal pudesse mover três de suas quatro patas, um grito cortou o ar.

Um grito feminino.

O coração de Angus parou por um segundo. Anne? Se alguém tivesse encostado um dedo que fosse na bainha do vestido dela…

Ele desceu a rua a galope e então virou a esquina bem a tempo de ver três homens tentando arrastar uma moça para um prédio escuro. Ela se debatia ferozmente e, pela quantidade de lama em seu vestido, parecia ter sido arrastada por uma boa distância.

– Solte-me agora mesmo, seu cretino! – berrou a jovem, acertando o pescoço de um deles com o cotovelo.

Não era Anne, isso era certo. Ela jamais teria pensado em chutar o segundo homem nas partes baixas.

Angus saltou do cavalo e correu para ajudar a moça, chegando bem a tempo de segurar o terceiro homem pelo colarinho, afastá-lo de sua vítima e jogá-lo de cabeça na rua.

– Vá embora, imbecil! – rosnou um deles. – Nós a encontramos primeiro.

– Que pena – respondeu Angus, com calma, enquanto esmurrava o rosto do homem.

Ele ficou olhando para os outros dois rapazes, um dos quais continuava caído no chão. O outro, que estava agachado e esfregava as partes íntimas desde que a moça o atingira com o joelho, olhou para Angus como se quisesse dizer alguma coisa. Mas, antes que ele pudesse emitir qualquer ruído, Angus o acertou com a bota em uma região bastante dolorosa e o empurrou para baixo.

– Há algo que vocês deveriam saber sobre mim – disse Angus, em um tom muito calmo. – Não gosto de ver mulheres sendo maltratadas. Quando isso acontece ou mesmo quando *acho* que existe a chance de isso acontecer, eu... – Ele parou de falar por um instante e inclinou a cabeça lentamente para o lado, fingindo estar procurando a expressão certa. – Fico louco da vida.

O homem que estava caído nos paralelepípedos se levantou com uma rapidez notável e saiu correndo pela noite. Seu companheiro parecia estar ávido para segui-lo, mas o pé de Angus o segurava com firmeza no chão.

Angus coçou o queixo.

– Acho que chegamos a um entendimento.

O homem assentiu freneticamente.

– Ótimo. Tenho certeza de que não preciso dizer o que acontecerá se nossos caminhos se cruzarem novamente.

Outra confirmação desesperada.

Angus soltou o homem, que saiu em disparada, gritando sem parar.

Com a ameaça finalmente neutralizada – afinal de contas, o terceiro vilão continuava desacordado –, Angus pôde voltar sua atenção para a jovem que talvez tivesse salvado de um destino pior que a morte. Ela estava sentada nos paralelepípedos e o encarava como se Angus fosse um fantasma. Seus cabelos molhados colaram no rosto, mas, mesmo sob a luz fraca que vinha dos edifícios mais próximos, ele podia ver que eram de algum tom de castanho. Os olhos eram claros e enormes, e ela não piscava. E seus lábios... bem, estavam arroxeados por causa do frio e tremiam sem parar. Não deveriam, de modo algum, ser tão atraentes, mas Angus se pegou caminhando instintivamente na direção dela e teve a estranhíssima impressão de que se a beijasse...

Ele balançou a cabeça de leve.

– Idiota – resmungou.

Angus estava ali para encontrar Anne, não para perder tempo com uma jovem inglesa perdida. E, por falar nisso, que diabo ela estava fazendo ali, afinal de contas, sozinha em um beco escuro?

Ele a encarou.

– Que diabo a senhorita está fazendo aqui sozinha em um beco escuro?

Os olhos dela, que Angus não achava possível ficarem ainda maiores, se arregalaram, e ela começou a se afastar, arrastando o traseiro pelo chão enquanto usava as palmas das mãos para se apoiar.

– Não me diga que a senhorita está com medo de *mim* – falou ele, incrédulo.

Os lábios trêmulos da jovem conseguiram formar algo que jamais poderia ser chamado de um sorriso, embora Angus tivesse a clara impressão de que ela estivesse tentando apaziguá-lo.

– De modo algum – gaguejou ela. O sotaque confirmou a suposição de Angus de que ela era inglesa. – É só que... Bem, o senhor precisa entender... – Ela se levantou tão depressa que o pé prendeu a barra do vestido e ela quase caiu. – Eu preciso mesmo ir agora – disse de repente.

Então, lançando um olhar receoso na direção de Angus, começou a caminhar outra vez, movendo-se de lado para poder ficar com um olho nele e o outro no rumo que pensava estar tomando, qualquer que fosse.

– Pelo amor de... – Angus se conteve antes de proferir uma blasfêmia diante da moça, que já olhava para ele como se estivesse tentando decidir se ele era mais parecido com Átila, o huno, ou com a encarnação do próprio diabo. – Não sou o vilão aqui – ralhou ele.

Margaret segurou as saias e mordeu a parte interna da bochecha nervosamente. Ficara apavorada quando aqueles homens a agarraram e ainda não tinha conseguido conter o tremor incontrolável de suas mãos. Aos 24 anos, ainda era inocente, mas já havia vivido tempo suficiente para reconhecer as intenções masculinas. O homem que estava parado diante dela a tinha salvado, mas com que propósito? Não achava que ele quisesse machucá-la, afinal o comentário dele sobre proteger as mulheres fora genuíno demais para ser fingimento. Mas será que isso significava que poderia confiar nele?

Como se estivesse lendo os pensamentos dela, Angus bufou e inclinou a cabeça levemente para o lado.

– Pelo amor de Deus, mulher, eu acabei de salvar a sua vida.

Margaret se encolheu. Aquele escocês grandalhão provavelmente tinha razão, e ela sabia que sua falecida mãe teria ordenado que ela se ajoelhasse diante dele só para agradecer, mas a verdade era que ele parecia um pouco desequilibrado. Seus olhos eram ardentes e flamejavam de austeridade, e havia algo nele – algo estranho e indescritível – que a fazia estremecer por dentro.

Mas Margaret não era covarde e tinha passado anos suficientes tentando ensinar boas maneiras a seus irmãos mais novos para agora se mostrar hipócrita e se comportar de modo rude.

– Obrigada – falou apressadamente. O coração disparado fez as palavras saírem atropeladas de sua boca. – Foi... hum... muito gentil da sua parte e eu... agradeço... e acho que posso falar em nome da minha família quando digo que eles também lhe agradecem, e tenho certeza de que se eu fosse casada, meu marido também agradeceria.

Seu salvador – ou talvez fosse nêmesis; Margaret simplesmente não tinha certeza – sorriu e disse:

– Então a senhorita não é casada.

Ela recuou alguns passos.

– Hum, não, hum, eu preciso mesmo ir.

Os olhos dele se estreitaram.

– A senhorita não fugiu para cá para se casar, não é? Porque essa *sempre* é uma má ideia. Tenho um amigo com propriedades na região que me disse que as hospedarias estão repletas de mulheres que estavam comprometidas quando chegaram a Gretna Green, mas nunca se casaram.

– Certamente *não* fugi para me casar – respondeu ela, irritada. – Eu realmente pareço tão estúpida assim?

– Não, não parece. Mas esqueça que perguntei isso. Eu não me importo, de verdade. – Ele balançou a cabeça, exausto. – Passei o dia todo cavalgando, estou muito dolorido e ainda não encontrei minha irmã. Muito me alegra que a senhorita esteja a salvo, mas não tenho tempo para ficar parado aqui e...

A expressão dela mudou por completo.

– Sua *irmã*? – repetiu a jovem, avançando. – O senhor está procurando pela sua irmã? Conte-me: qual a idade dela, como ela é, e o senhor é um Fornby, um Ferrige ou um Fitch?

Ele a fitou como se chifres tivessem surgido de repente em sua cabeça.

– De que diabo está falando, mulher? Meu nome é Angus Greene.

– Droga – resmungou ela, surpreendendo-se por xingar. – Esperava que o senhor pudesse ser um aliado útil.

– Se a senhorita não está aqui para se casar, então o quê?

– Meu irmão – respondeu ela. – O paspalho acha que quer se casar, mas as noivas dele não são nada adequadas.

– "Noivas", no plural? A bigamia ainda é ilegal na Inglaterra, não é?

Margaret fez uma careta.

– Não sei com qual delas ele fugiu. Ele não disse. Mas todas são igualmente horríveis. – Ela estremeceu, com a expressão de alguém que acabara de tomar veneno. – Horríveis.

A chuva voltou a cair e, sem pensar, Angus pegou o braço dela e a puxou para debaixo da marquise de um edifício. Ela continuou falando:

– Quando eu colocar as mãos em Edward, vou matar aquela praga. Eu estava bastante ocupada em Lancashire, sabe? Não era como se tivesse tempo para abandonar tudo para persegui-lo até a Escócia. Tenho uma irmã da qual devo cuidar e um casamento para planejar. Ela se casará daqui a três meses, afinal de contas. A última coisa de que eu precisava era ter que viajar até aqui e...

A mão de Angus apertou ainda mais o braço dela.

– Espere um pouco – disse ele em um tom que a fez calar a boca no mesmo instante. – Não me diga que a senhorita veio até a Escócia sozinha. – As sobrancelhas dele se franziram e ele parecia estar sentindo dor. – Não me diga isso.

Ela percebeu o fogo queimando nos olhos escuros dele e se afastou o máximo que a mão firme dele permitiu.

– Eu sabia que o senhor era doido – observou ela, olhando de um lado para outro, como se estivesse procurando alguém para salvá-la daquele lunático.

Angus a puxou outra vez para perto, usando propositalmente seu tamanho e sua força para intimidá-la.

– A senhorita embarcou ou não em uma viagem longa e sem um acompanhante? – ele quis saber.

– Sim? – respondeu ela, falando de tal modo que aquela única sílaba pareceu uma pergunta.

– Deus do céu! – explodiu Angus. – A senhorita perdeu completamente a cabeça? Tem ideia do que acontece com mulheres que viajam sozinhas? Não pensou na sua própria segurança?

Margaret ficou boquiaberta.

Ele a soltou e começou a caminhar de um lado para outro.

– Quando penso no que poderia ter acontecido... – Ele meneou a cabeça, resmungando. – Por Jesus, por todo o uísque e por Roberto de Bruce, essa senhorita é estúpida demais.

Margaret piscou várias vezes, tentando entender tudo o que estava acontecendo.

– Senhor – começou ela, com cautela –, o senhor nem sequer me conhece.

Ele se virou.

– Qual é o seu nome, afinal? – perguntou Angus.

– Margaret Pennypacker – respondeu ela antes de ponderar que talvez aquele homem fosse mesmo um lunático e que talvez não tivesse sido sensato contar a verdade a ele.

– Pronto – disse ele. – Agora eu a conheço. E a senhorita é uma idiota. Em uma missão idiota.

– Espere aí! – explodiu ela, dando um passo adiante e sacudindo o braço para ele. – Fique o senhor sabendo que estou engajada em uma missão muito séria. É a felicidade do meu irmão que pode estar em jogo. Quem é o senhor para me julgar?

– O homem que a salvou de ser desonrada.

– Ora! – respondeu Margaret simplesmente, porque foi tudo em que conseguiu pensar.

Ele passou a mão pelos cabelos.

– Quais são seus planos para esta noite? – indagou Angus.

– Isso não é da sua conta!

– É da minha conta desde que eu a vi sendo arrastada por...

Angus virou a cabeça, percebendo que havia se esquecido do terceiro homem que ele apagara. O sujeito tinha acordado e estava se levantando devagar, obviamente tentando se mover da forma mais silenciosa possível.

– Não se mova – ordenou Angus a Margaret. Ele deu dois passos e parou diante do grandalhão, então o pegou pelo colarinho e o ergueu até tirá-lo do chão. – Tem algo a dizer a essa senhorita? – grunhiu ele.

O homem balançou a cabeça.

– Acho que tem, sim.

– Eu certamente não tenho nada a dizer a *ele* – comentou Margaret, tentando ser útil.

Angus a ignorou.

– Um pedido de desculpas, quem sabe? Um mísero pedido de desculpas acompanhado da frase "sou um patife miserável" talvez atenue a minha raiva e salve a sua vida patética.

O homem começou a tremer.

– Desculpe. Desculpe. Desculpe.

– Francamente, Sr. Greene – ponderou Margaret, rapidamente. – Acho que terminamos por aqui. Talvez o senhor deva deixá-lo ir.

– Quer machucá-lo? – indagou Angus.

Margaret ficou tão surpresa que engasgou.

– Como é? – ela conseguiu dizer, por fim.

A voz dele era severa e estranhamente indiferente quando repetiu a pergunta:

– Quer machucá-lo? Ele a teria desonrado.

Margaret piscou incontrolavelmente diante do brilho estranho nos olhos de Angus e teve a sensação apavorante de que ele mataria aquele homem se ela pedisse.

– Estou bem – respondeu ela em uma voz sufocada. – Consegui acertar alguns golpes antes. Já satisfiz minha ínfima sede de sangue.

– Não neste aqui. A senhorita acertou os outros dois – insistiu Angus.

– Estou bem, de verdade.

– Uma mulher tem direito a vingança.

– Não há necessidade, eu asseguro.

Margaret olhou em volta depressa, tentando avaliar suas chances de escapar. Ela precisava partir logo em disparada. Aquele tal Angus Greene podia ter salvado sua vida, mas era completamente louco.

Angus largou o homem, o empurrou e ordenou:

– Saia daqui antes que eu acabe com sua raça.

Margaret começou a escapulir na ponta dos pés na direção oposta.

– Senhorita! – berrou Angus. – Não se mexa.

Ela congelou. Talvez não gostasse daquele escocês grandalhão, mas não era idiota. Afinal, ele tinha o dobro do seu tamanho.

– Aonde pensa que vai?

Ela decidiu não responder.

Angus rapidamente se aproximou dela de novo, cruzou os braços e a encarou com olhos furiosos.

– Acredito que a senhorita estava prestes a me contar sobre seus planos para esta noite.

– Lamento informá-lo, senhor, mas minhas intenções não seguiam essa linha particular de…

– Conte-me! – esbravejou ele.

– Eu ia procurar meu irmão – respondeu a jovem de imediato, concluindo que talvez fosse mesmo covarde.

A covardia, Margaret decidiu, não era, afinal, algo tão ruim quando se estava frente a frente com um escocês enlouquecido.

Ele meneou a cabeça.

– A senhorita virá comigo.

– Ora, por favor – disse ela, bufando. – Se o senhor pensa…

– Srta. Pennypacker – interrompeu ele –, talvez eu deva informá-la de que quando tomo uma decisão eu dificilmente mudo de ideia.

– Sr. Greene – respondeu ela com a mesma determinação –, não sou responsabilidade sua.

– Talvez, mas nunca fui um homem que deixa uma dama largada à própria sorte. Desse modo, a senhorita virá comigo e decidiremos o que fazer pela manhã.

– Pensei que o senhor estivesse procurando sua irmã – retrucou ela, claramente irritada.

– Minha irmã sem dúvida não irá tão longe com esse tempo. Tenho certeza de que ela está acomodada em alguma hospedaria. Talvez ainda esteja aqui em Gretna Green.

– O senhor não deveria procurar por ela nas hospedarias esta noite?

– Anne não gosta de levantar cedo. Se ela estiver mesmo aqui, não continuará sua jornada antes das dez da manhã. Não tenho nenhum motivo para não postergar minha busca até o amanhecer. Anne, tenho certeza, estará a salvo esta noite. Quanto à senhorita, tenho minhas dúvidas.

Margaret quase bateu o pé no chão.

– Não há necessidade…

– Meu conselho, Srta. Pennypacker, é que aceite seu destino. Se parar para pensar, perceberá que não é tão ruim assim. Uma cama quente, uma boa refeição… Como isso pode ser tão ofensivo?

– Por que o senhor está tão preocupado? – indagou ela, desconfiada. – O que ganha com isso?

– Nada – admitiu ele, com um sorriso torto. – Mas a senhorita já estudou história chinesa?

Ela o fitou com um olhar cínico. Como se garotas inglesas fossem um dia ter permissão para estudar qualquer coisa além de bordado e uma ou outra lição de história – britânica, é claro.

– Há um provérbio – explicou ele, com uma expressão evocativa no olhar. – Não me lembro das palavras exatas, mas fala sobre como, após salvar uma vida, você se torna eternamente responsável por ela.

Margaret engasgou. Meu Deus, aquele homem não estava pensando em tomar conta dela para sempre, estava?

Angus percebeu a angústia da jovem e quase se dobrou ao meio de tanto rir.

– Ah, não se preocupe, Srta. Pennypacker. Não tenho planos de me tornar seu protetor permanente. Eu me responsabilizarei pela senhorita até o amanhecer e me certificarei de que está bem acomodada, e então poderá seguir seu rumo.

– Está bem – respondeu Margaret, hesitante. – Fico grata por sua preocupação e talvez possamos procurar por nossos irmãos fugitivos juntos. Imagino que isso torne a tarefa um pouco mais fácil.

Ele tocou em seu queixo, surpreendendo-a com a delicadeza do toque.

– Esse é o espírito. Agora vamos?

Ela assentiu, pensando que talvez também devesse erguer alguma espécie de bandeira branca. Afinal de contas, aquele homem a tinha salvado de um destino terrível e ela respondera rotulando-o de lunático.

– O senhor sofreu um corte – observou ela, tocando na têmpora direita de Angus. Sempre fora mais fácil, para ela, demonstrar sua gratidão com atitudes em vez de palavras. – Por que não me deixa cuidar disso? Não é muito profundo, mas seria bom limpá-lo.

Ele assentiu e pegou seu braço.

– Eu ficaria muito grato.

Margaret prendeu a respiração, um tanto surpresa ao constatar como ele parecia maior agora, que estava bem ao seu lado.

– O senhor já conseguiu um quarto?

Angus balançou a cabeça.

– E a senhorita?

– Não, mas vi uma placa de acomodações vagas no The Rose and Thistle.

– O The Canny Man é melhor. Mais limpo, e servem refeições quentes. Vamos ver se eles têm quartos disponíveis primeiro.

– Limpeza é bom – comentou Margaret, mais que satisfeita em perdoar a arrogância dele se ele estivesse se referindo a lençóis limpos.

– A senhorita tem uma mala?

– Não mais – respondeu ela, com pesar.

– Foi roubada?

– Receio que sim. – Ao ver que o olhar dele se tornou sombrio, Margaret logo acrescentou: – Mas eu não tinha nada de valor.

Ele suspirou.

– Bem, não há nada que se possa fazer quanto a isso agora. Venha comigo. Discutiremos como agir em relação ao seu irmão e à minha irmã quando estivermos aquecidos e alimentados.

Então ele segurou o braço dela com mais firmeza e a conduziu pelo caminho.

DOIS

 trégua durou apenas dois minutos. Margaret não sabia ao certo como havia começado, mas, antes de chegarem à metade do caminho até a hospedaria The Canny Man, eles estavam brigando feito cão e gato.

Ele não conseguiu resistir à tentação de lembrá-la de como ela fora tola ao viajar para a Escócia sozinha.

Margaret *precisou* chamá-lo de "grosseirão arrogante" enquanto ele a arrastava pela escadaria e a fazia entrar na hospedaria.

Nada daquilo, porém – nem uma única palavra atravessada –, poderia tê-la preparado para o que aconteceu quando eles pararam diante do dono da estalagem.

– Minha mulher e eu queremos um quarto para esta noite – declarou Angus.

Mulher?

Margaret precisou de uma tremenda força de vontade para não ficar boquiaberta. Ou talvez tivesse sido intervenção divina, pois não acreditava ter autocontrole suficiente para não socar o braço de Angus por sua impertinência.

– Temos apenas um quarto disponível – informou o dono da hospedaria.

– Ficaremos com ele – respondeu Angus.

Ao ouvir aquilo, ela teve *certeza* de que estava sendo sujeita a alguma intervenção divina, pois não poderia haver qualquer outra explicação para seu autocontrole diante do desejo esmagador de surrá-lo.

O dono da estalagem assentiu e disse:

– Sigam-me. Eu os levarei até o quarto. E se quiserem uma refeição...

– Nós queremos – interrompeu Angus. – Algo quente e com sustança.

– Receio que tudo o que temos a esta hora seja torta fria de carne.

Angus tirou uma moeda do casaco e a exibiu ao homem.

– Minha esposa está com muito frio e, dada sua condição delicada, eu gostaria de me certificar de que ela será bem alimentada.

– Minha condição? – retrucou Margaret.

Angus sorriu e piscou para ela.

– Ora, vamos, minha querida, certamente não pensou que poderia esconder para sempre.

– Felicitações aos dois! – bradou o homem. – É seu primeiro?

Angus assentiu.

– É compreensível, portanto, que eu seja tão protetor. – Ele envolveu os ombros de Margaret com o braço. – Ela é uma mulher tão delicada.

A "mulher delicada" deu uma cotovelada no quadril de Angus no mesmo instante. Com força.

Talvez o dono do lugar não tenha ouvido o grunhido de dor, pois apenas pegou a moeda que lhe fora dada e a rolou na mão.

– É claro, é claro – murmurou. – Precisarei acordar minha esposa, mas tenho certeza de que conseguiremos providenciar algo quente para o casal.

– Excelente.

O homem seguiu adiante e Angus se moveu para acompanhá-lo, mas Margaret segurou a barra do casaco de Angus e o puxou.

– O senhor está louco? – sussurrou ela.

– Pensei que a senhorita já tivesse questionado minha sanidade e concluído que minha condição é aceitável.

– Estou reconsiderando – retrucou ela.

Angus afagou o ombro de Margaret.

– Tente não se alvoroçar. Não é bom para o bebê.

Ela colou os braços ao corpo, em uma tentativa de não esmurrá-lo.

– Pare de falar sobre o bebê – sibilou. – E *não* dividirei um quarto com o senhor.

– Não acho que a senhorita tenha escolha.

– Eu preferiria…

Angus ergueu a mão e disparou:

– Não me diga que preferiria esperar na chuva. Eu não acredito.

– O *senhor* pode esperar na chuva.

Ele se abaixou e espiou pela janela. Os pingos batiam ruidosamente no vidro.

– Acho que não.

– Se o senhor fosse um cavalheiro…

Ele riu.

– Ah, mas eu nunca disse que era um cavalheiro.

– Então o que foi todo aquele falatório sobre proteger as mulheres?

– Eu disse que não gosto de ver mulheres sendo magoadas e maltratadas. Nunca falei que estava disposto a dormir na chuva e me sujeitar a uma doença pulmonar grave por sua causa.

O dono da hospedaria, que havia seguido na frente, parou e se virou ao perceber que seus hóspedes não o acompanhavam.

– Já estão vindo? – indagou ele.

– Sim, sim – respondeu Angus. – Só estou tendo uma pequena discussão com minha esposa. Parece que ela está com um desejo incontrolável de uma bela buchada de cordeiro.

Margaret ficou boquiaberta e foram necessárias diversas tentativas até finalmente conseguir falar:

– Eu não gosto de buchada de cordeiro.

Angus sorriu.

– Mas eu gosto.

– Arre! – exclamou o dono da hospedaria, com um largo sorriso. – Exatamente como a minha esposa. Ela comia buchada de cordeiro todos os dias durante a gravidez e me deu quatro belos meninos.

– Que maravilha – disse Angus com um sorriso torto. – Preciso me lembrar disso. Um homem precisa ter um filho.

– Quatro – lembrou o homem, estufando o peito com orgulho. – Eu tenho quatro.

Angus deu um tapinha nas costas de Margaret.

– Ela me dará cinco. Pode escrever o que digo.

– Homens… – resmungou ela, cambaleando com a força da batida amigável de Angus. – Não passam de um bando de galos empertigados, vocês todos.

Mas os dois estavam envolvidos demais em uma competição masculina pela maior crista – Margaret já esperava que eles começassem a discutir sobre quem conseguia arremessar um tronco mais longe a qualquer momento – e claramente não a ouviram.

Ela ficou parada ali, com os braços cruzados, por um instante, tentando não ouvir nem uma única palavra do que eles diziam, quando Angus de repente afagou suas costas e disse:

– Então, buchada de cordeiro para o jantar, meu amor?

– Vou matá-lo – sibilou ela. – E será um processo lento. – Nesse momento, Angus cutucou as costelas de Margaret e olhou para o dono da hospedaria. – Eu adoraria – disse ela com a voz sufocada. – Meu prato preferido.

O homem sorriu e disse:

– Essa é das minhas! Nada nos protege melhor contra os espíritos do que uma boa buchada de cordeiro.

– O simples cheiro espantaria o próprio diabo – murmurou Margaret.

Angus riu e apertou a mão dela.

– A senhora deve ser escocesa – comentou o dono da hospedaria –, se adora buchada de cordeiro.

– Para falar a verdade – respondeu Margaret em um tom empertigado, libertando a mão –, sou inglesa.

– Que pena. – O homem se voltou para Angus e falou: – Mas suponho que, se o senhor teve que se casar com uma reles inglesa, ao menos escolheu uma que aprecia uma boa buchada de cordeiro.

– Eu me recusei a pedi-la em casamento até que ela provasse nosso prato típico – alegou Angus com ar solene. – E só concordei em prosseguir com a cerimônia quando tive certeza de que ela gostava.

Margaret o socou no ombro.

– E tem temperamento forte, também! – exclamou o dono do local. – Ainda a transformaremos em uma bela escocesa.

– Assim espero – concordou Angus. Seu sotaque soou mais forte do que nunca aos ouvidos de Margaret. – Penso que ela deveria aprimorar seus socos, no entanto.

– Não doeu, é? – perguntou o homem, dando um sorriso perspicaz.

– Nem um pouquinho.

Margaret cerrou os dentes.

– Senhor – disse ela, com toda a delicadeza que conseguiu –, poderia, por favor, me levar até meu quarto? Estou exausta e gostaria de me recompor antes do jantar.

– Como queira.

O homem voltou a subir a escada, e Margaret o acompanhou. Angus seguiu alguns passos atrás, certamente rindo às custas dela.

– Aqui está – anunciou o homem, abrindo uma porta que revelava um quarto pequeno, porém limpo, com um lavatório, um penico e uma única cama.

– Obrigada, senhor – disse ela, com um aceno simpático. – Fico imensamente grata.

Então ela entrou no quarto e bateu a porta.

Angus gargalhou alto. Não conseguiu evitar.

– Arre, o senhor está em apuros – comentou o dono do local.

A gargalhada de Angus amainou para alguns risos esporádicos.

– Qual o seu nome, meu bom senhor?

– McCallum. George McCallum.

– Bem, George, acho que tem razão.

– Ter uma esposa é como andar na corda bamba.

– Eu nunca tive tanta certeza até o dia de hoje.

– Para sua sorte – disse George com um sorriso malicioso –, ainda estou com a chave.

Angus sorriu e deu outra moeda para ele, então pegou a chave que George jogara para o alto.

– Você é um bom homem, George McCallum.

– É o que eu vivo dizendo à minha esposa – concordou George enquanto se afastava.

Angus riu e colocou a chave no bolso. Abriu uma fresta da porta do quarto e perguntou:

– Está vestida?

A resposta de Margaret foi atirar alguma coisa com força contra a porta. Talvez um sapato.

– Se não me disser nada, vou entrar – falou Angus.

Ele enfiou a cabeça pela fresta e a tirou bem a tempo de se safar do outro sapato, que voava mortalmente em sua direção.

Ele voltou a espiar para dentro do quarto, certo de que ela não tinha mais nada para arremessar nele, e entrou.

Margaret perguntou, mal conseguindo conter a própria fúria:

– O senhor se importaria de me explicar o que diabo foi aquilo tudo?

– Aquilo o quê? – indagou ele.

Ela o fulminou com o olhar.

Angus achou que a jovem ficava bastante atraente com o rosto corado de raiva, mas decidiu, sabiamente, que aquela não era uma boa hora para elogiá--la por esse motivo.

– Entendo – disse ele, sem conseguir evitar que os cantos da boca se curvassem em um leve sorriso. – Bem, é de imaginar que seria autoexplicativo, mas se preciso explanar…

– Precisa.

Ele deu de ombros.

– A senhorita não teria um teto sobre sua cabeça se George não achasse que é minha esposa.

– Isso não é verdade. E quem é George?

– O dono da hospedaria e, sim, certamente é verdade. Ele não teria dado este quarto a um casal que não fosse casado.

– É claro que não – retrucou Margaret – Teria dado o quarto a mim e mandado o senhor ir embora.

Angus coçou a cabeça, pensativo.

– Não tenho tanta certeza assim, Srta. Pennypacker. Afinal de contas, sou eu que estou pagando.

Ela o fitou com tanta ira, com os olhos tão arregalados e raivosos, que Angus finalmente percebeu de que cor eram. Um tom de verde bastante encantador e vívido.

– Ah – continuou ele enquanto ela permanecia em silêncio. – Então concorda comigo.

– Eu tenho dinheiro – resmungou ela.

– Quanto?

– O suficiente.

– A senhorita não disse que foi roubada?

– Sim – respondeu ela, com tanta relutância que Angus se surpreendeu por ela não ter engasgado. – Mas ainda restaram algumas moedas.

– O suficiente para uma refeição quente? Água quente? Uma sala de refeições privada?

– Não é essa a questão – argumentou ela. – E a pior parte é que o senhor parecia estar se divertindo.

Angus sorriu.

– Eu *estava* me divertindo.

– Por que o senhor fez isso? – questionou ela, gesticulando. – Poderíamos ter ido a outra hospedaria.

O estrondo de um trovão sacudiu o quarto. Angus concluiu que Deus estava a seu lado.

– Com este tempo? – indagou ele. – Perdoe-me se não me sinto inclinado a me aventurar lá fora outra vez.

– Mesmo que tivéssemos que fingir ser marido e mulher – assentiu ela –, precisava rir tanto às minhas custas?

Os olhos escuros dele assumiram uma expressão mais gentil.

– Nunca foi minha intenção insultá-la. A senhorita certamente deve saber disso.

Margaret percebeu sua determinação vacilar diante do olhar caloroso e preocupado dele.

– Não precisava dizer ao dono da hospedaria que estou grávida – retrucou ela, corando até a raiz dos cabelos ao pronunciar a última palavra.

Angus soltou um suspiro.

– Tudo o que posso fazer é me desculpar. Minha única explicação é que eu estava meramente entrando no espírito da história. Passei os últimos dois dias atravessando a Escócia a cavalo. Estou com frio, encharcado e faminto. Esse pequeno embuste foi a primeira coisa divertida que faço há dias. Perdoe-me se me excedi.

Margaret apenas o fitou, com os punhos cerrados junto ao corpo. Sabia que deveria aceitar aquele pedido de desculpas, mas a verdade era que precisava de mais alguns minutos para se acalmar.

Angus ergueu as mãos em um sinal de conciliação.

– Pode manter seu silêncio lúgubre pelo tempo que quiser – falou, dando um sorriso divertido –, mas de nada adiantará. Minha cara Srta. Pennypacker, a senhorita é uma parceira melhor do que eu poderia imaginar.

O olhar que Margaret lançou a ele era, na melhor das hipóteses, desconfiado e, na pior, sarcástico.

– Por quê? Porque eu não o estrangulei lá mesmo no saguão?

– Bem, também por isso, mas eu estava, na verdade, me referindo à sua atitude de não querer magoar os sentimentos do dono da hospedaria ao não recusar a comida dele.

– Eu recusei a comida dele.

– Sim, mas não em voz alta. – Angus percebeu que ela abriu a boca para falar e ergueu a mão. – Não, não, não, chega de protestos. A senhorita está decidida a me fazer detestá-la, mas receio que isso não funcionará.

– O senhor é maluco – disse ela com um suspiro.

Angus desabotoou o casaco ensopado.

– Esse bordão, em particular, está ficando entediante.

– É difícil argumentar diante da verdade – murmurou ela. Então ergueu os olhos e viu o que ele estava fazendo. – E não tire o casaco!

– Se não tirar, morrerei de pneumonia – observou ele, com indiferença. – Sugiro que a senhorita também tire o seu.

– Só se o senhor sair do quarto.

– E ficar nu no corredor? Acho que não.

Margaret começou a andar de um lado para outro e vasculhar o ambiente, abrindo o armário e as gavetas.

– Deve haver um biombo por aqui em algum lugar. Deve haver.

– A senhorita provavelmente não encontrará nenhum na cômoda – ponderou ele, solícito.

Ela ficou imóvel por um instante, tentando desesperadamente não deixar sua raiva se dissipar. Durante toda a vida, precisara ser responsável, dar bom exemplo, e ataques histéricos não eram um comportamento aceitável. Mas dessa vez… Ela olhou para trás e o viu sorrindo. Dessa vez era diferente.

Ela fechou a gaveta com força, o que deveria ter lhe dado certa satisfação, se não tivesse prendido a ponta do dedo.

– Aaaaaaaiiiiii! – uivou ela, imediatamente enfiando o dedo latejante na boca.

– A senhorita está bem? – perguntou Angus, aproximando-se depressa.

Margaret assentiu.

– Vá embora – resmungou ela, com o dedo ainda na boca.

– Tem certeza? Pode ter quebrado um osso.

– Não quebrei. Vá embora.

Ele pegou a mão dela e tirou com delicadeza o dedo que Margaret mantinha dentro da boca.

– Parece tudo bem – diagnosticou ele, em um tom preocupado –, mas, para ser sincero, não sou especialista nesses assuntos.

– Por quê? – gemeu ela. – Por quê?

– Por que não sou especialista? – perguntou ele, piscando, um tanto confuso. – Não achei que a senhorita pudesse ter pensado que tive algum treinamento médico, mas a verdade é que estou mais para fazendeiro do que para qualquer outra coisa. Um fazendeiro distinto, é verdade…

– Por que o senhor está me torturando? – esbravejou ela.

– Ora, Srta. Pennypacker, é isso que acha que estou fazendo?

Ela libertou a mão dos dedos dele.

– Juro por tudo o que é mais sagrado, não sei por que estou sendo punida desta forma. Não consigo imaginar que pecado eu possa ter cometido para justificar tamanha…

– Margaret – ralhou ele, detendo o discurso dela ao usar o seu primeiro nome –, talvez você esteja fazendo tempestade em um copo d'água.

Ela ficou parada ali, ao lado da cômoda, sem mover um único músculo por alguns segundos, com a respiração ofegante e engolindo em seco com uma frequência acima do normal. Então começou a piscar.

– Ah, não – pediu Angus, fechando os olhos, agoniado. – Não chore.

Ela fungou.

– Não vou chorar.

Ele abriu os olhos.

– Por Jesus, por todo o uísque e por Roberto de Bruce – resmungou Angus. Parecia *mesmo* que ela ia chorar. Ele pigarreou. – Tem certeza?

A jovem assentiu, uma única vez, porém com firmeza.

– Eu nunca choro.

Ele soltou um suspiro genuíno de alívio.

– Ótimo, porque eu nunca sei o que fazer quando… Ah, que inferno, você está chorando.

– Não. Não estou.

Cada palavra que saiu da boca da jovem era como uma frase completa, pontuada por soluços intensos, enquanto Margaret tentava recuperar o fôlego.

– Pare – suplicou ele, remexendo-se.

Nada o fazia se sentir mais incompetente e constrangido do que as lágrimas de uma mulher. Pior: Angus tinha bastante certeza de que aquela mulher não chorava havia mais de uma década. E pior *ainda*: ele era a causa daquelas lágrimas.

– Eu só queria… – arfou ela. – Só queria…

– Queria…? – incentivou ele, desesperado para mantê-la falando, qualquer coisa que a fizesse parar de chorar.

– Deter meu irmão. – Ela soltou um longo e trêmulo suspiro antes de desabar na cama. – Sei o que é melhor para ele e sei que isso parece condescendente, mas é verdade. Cuido dele desde que eu tinha 17 anos.

Angus atravessou o quarto e se sentou ao lado dela, mas não próximo o suficiente para deixá-la nervosa.

– Ah, é mesmo? – perguntou ele, com delicadeza.

Ele soubera, desde o momento em que ela chutara aquele bandido em suas partes baixas, que aquela não era uma mulher comum, mas estava começando a perceber que ela era mais do que uma garotinha teimosa e temperamental. Margaret Pennypacker era extremamente protetora, leal até os ossos, capaz de arriscar a própria vida por aqueles que amava, sem hesitar nem por um segundo.

Aquela percepção o levou a dar um sorriso irônico – e, ao mesmo tempo, o deixou bastante apavorado. Porque, em termos de lealdade, proteção e devoção à família, Margaret Pennypacker poderia ser uma versão feminina dele. E Angus nunca havia encontrado uma mulher que atingisse os parâmetros que ele determinara para si mesmo.

E agora que encontrara… Bem, o que ele deveria fazer com ela?

Ela interrompeu os pensamentos dele com um soluço audível.

– O senhor está me ouvindo?

– Seu irmão… – respondeu ele.

Ela assentiu e respirou fundo. Então parou de olhar para o próprio colo e voltou o olhar para Angus.

– Não vou chorar.

Ele acariciou o ombro dela.

– É claro que não.

– Se Edward se casar com uma daquelas garotas horríveis, a vida dele será arruinada para sempre – declarou ela.

– Tem certeza disso? – perguntou Angus, com delicadeza. Irmãs tinham certa tendência a pensar que eram detentoras da razão.

– Uma delas nem sequer sabe o alfabeto inteiro!

Angus emitiu um ruído que saiu mais como um "iiiih" e abaixou a cabeça de leve, demonstrando seu pesar.

– Isso é *realmente* ruim – falou ele.

Ela assentiu, dessa vez com mais vigor.

– Está vendo? Entende o que estou falando?

– Quantos anos seu irmão tem?

– Apenas dezoito.

Angus suspirou e então disse:

– Então você tem razão. Seu irmão não tem ideia do que está fazendo. Nenhum garoto de 18 anos tem. Parando para pensar, nenhuma garota de 18 anos tem também.

Margaret concordou.

– Essa é a idade da sua irmã? Como ela se chama? Anne?

– Sim para as duas perguntas.

– Por que está procurando por ela? O que ela fez?

– Fugiu para Londres.

– Sozinha? – indagou Margaret, claramente aterrorizada.

Angus a fitou com uma expressão atônita.

– Devo lembrá-la de que você fugiu para a Escócia sozinha?

– Bem, sim – murmurou ela –, mas é muito diferente. Londres é… Londres.

– Para falar a verdade, ela não está totalmente sozinha. Anne roubou minha carruagem e três dos meus melhores criados, um dos quais era pugilista. Esse é o único motivo pelo qual não estou arrancando os cabelos de preocupação neste exato momento.

– Mas o que ela pretende fazer?

– Impor sua presença na casa da nossa tia-avó. – Ele deu de ombros. – Anne quer participar de uma temporada social em Londres.

– E por que ela não deveria participar?

Angus ficou sério.

– Eu disse a ela que poderia participar no ano que vem. Estamos reformando nossa casa, e estou ocupado demais para largar tudo e ir para Londres.

– Ah.

Ele colocou as mãos na cintura e perguntou:

– O que você quer dizer com "Ah"?

Ela fez um gesto que era, de alguma forma, ao mesmo tempo autodepreciativo e perspicaz.

– Apenas que me parece que está priorizando as suas necessidades às dela.

– Não estou fazendo nada disso! Não há motivo algum para que ela não possa esperar um ano. Você mesma disse que uma pessoa de 18 anos não sabe de coisa alguma.

– Talvez tenha razão – concordou ela –, mas é diferente para homens e mulheres.

O rosto dele se aproximou alguns milímetros do dela.

– Poderia explicar em que sentido?

– Suponho que seja verdade que uma garota tão jovem não saiba nada. Mas garotos de 18 anos sabem *menos* ainda.

Para sua imensa surpresa, Angus começou a rir, desabando na cama e sacudindo o colchão enquanto ria.

– Ah, eu deveria me sentir insultado – disse ele, arfando –, mas receio que você tenha razão.

– Sei que tenho! – respondeu ela. Um pequeno sorriso surgiu em seu rosto.

– Senhor – disse ele em um suspiro. – Que noite. Que noite lamentável, terrível e maravilhosa.

Ela virou a cabeça no instante em que ouviu aquelas palavras. O que ele queria dizer com aquilo?

– É, pois é – comentou Margaret, com uma leve hesitação, pois não sabia ao certo com o que estava concordando. – É uma lástima. O que faremos agora?

– Uniremos forças, suponho, e procuraremos por nossos irmãos ao mesmo tempo. Quanto a esta noite, posso dormir no chão.

Uma tensão que Margaret nem sequer percebera que pesava em seus ombros se dissipou naquele momento.

– Obrigada – agradeceu ela, de todo o coração. – Fico grata por sua generosidade.

Ele se sentou.

– E você, minha cara Margaret, precisará bancar a atriz. Ao menos por um dia.

Atriz? Elas não andavam por aí seminuas e tinham vários amantes? Margaret prendeu a respiração, sentindo suas bochechas – e várias outras partes do corpo – esquentarem.

– O que quer dizer com isso? – perguntou ela, ficando horrorizada ao perceber como a voz saiu vacilante.

– Apenas que se quiser comer esta noite, precisará fingir ser lady Angus Greene. E tenho bastante certeza de que haverá mais que buchada de cordeiro no cardápio, então pode ficar tranquila com relação a isso.

Ela franziu o cenho.

– E – acrescentou ele, revirando os olhos – precisará fingir que ser minha esposa não é tão ruim assim. Afinal de contas, você está grávida. Não podemos nos desgostar muito.

Margaret corou.

– Se não parar de falar desse bebê inexistente infernal, juro que vou fechar a gaveta nos *seus* dedos.

Angus escondeu as mãos atrás das costas e sorriu.

– Estou tremendo de medo.

Ela o fitou com olhos irritados, então piscou.

– O senhor disse *lady* Greene?

– E isso importa? – indagou Angus.

– Mas é *claro* que importa!

Por um instante, Angus apenas a fitou enquanto a decepção se espalhava em seu peito. Seu título era ínfimo – apenas de baronete, com uma propriedade pequena, porém adorável –, mas as mulheres ainda o enxergavam como um prêmio a ser conquistado. O casamento parecia ser uma espécie de concorrência para as damas que ele conhecia. Aquela que abocanhasse o título e o dinheiro venceria.

Margaret colocou a mão sobre o coração.

– Eu me importo muitíssimo com as boas maneiras.

O interesse de Angus foi novamente atiçado.

– É mesmo?

– Eu não deveria tê-lo chamado de "Sr. Greene", se o senhor, afinal, é lorde Greene – disse ela.

– Na verdade, sou *sir* Greene – corrigiu ele, curvando os lábios em um sorriso –, mas posso garantir que não me sinto ofendido.

– Minha mãe deve estar se revirando no túmulo. – Ela balançou a cabeça e suspirou. – Eu tentei ensinar a Edward e Alicia, meus irmãos, o que meus pais teriam desejado. Tentei viver minha vida da mesma forma. Mas, às vezes, acho que não fui boa o suficiente.

– Não diga isso – protestou Angus calorosamente. – Se você não é boa o suficiente, então devo temer, e muito, pela minha própria alma.

Margaret deu um sorriso hesitante.

– O senhor pode ter a habilidade de me deixar tão furiosa que eu mal consigo enxergar direito, mas eu não me preocuparia com a sua alma, sir Angus Greene.

Ele se inclinou na direção dela, com os olhos negros transbordantes de humor, malícia e uma pitadinha de desejo.

– Está tentando me elogiar, Srta. Pennypacker?

Margaret prendeu a respiração e sentiu o corpo todo esquentar. Ele estava tão perto, seus lábios a poucos centímetros dos dela, que ela teve a impressão súbita e estranha de que talvez gostasse de ser uma mulher leviana uma vez na vida. Se ela se inclinasse na direção dele, se ela se aproximasse apenas por um segundo, será que ele tomaria a iniciativa e a beijaria? Será que a tomaria nos braços, arrancaria os grampos de seus cabelos e a faria se sentir como se fosse a musa de um soneto shakespeariano?

Margaret se inclinou.

Ela se aproximou.

Ela caiu da cama.

TRÊS

Margaret deu um gritinho de surpresa enquanto caía. Não foi um tombo muito grande. O chão praticamente saltou de encontro ao seu quadril, que já estava, é claro, machucado do trajeto na carroça do fazendeiro. Ela ficou sentada ali, um tanto perplexa com a mudança repentina de posição, então o rosto de Angus apareceu por cima da beirada da cama.

– Você está bem? – perguntou ele.

– Eu, hã, perdi o equilíbrio – murmurou ela.

– Entendo – respondeu Angus, com tanta solenidade que ela jamais acreditaria nele.

– Costumo perder o equilíbrio com frequência – mentiu ela, tentando tornar o incidente o mais insignificante possível. Não era todo dia que ela caía da cama enquanto se inclinava para beijar um completo estranho. – O senhor não?

– Nunca.

– Não é possível.

– Bem – ponderou ele, coçando o queixo –, suponho que não seja totalmente verdade. Algumas vezes…

Os olhos de Margaret estavam fixos nos dedos dele, que coçavam a barba por fazer no maxilar. Algo naquele movimento a hipnotizava. Ela conseguia enxergar cada pelinho do rosto de Angus e ofegou, horrorizada, ao se dar conta de que tinha erguido a mão em direção ao rosto dele.

Céus, ela queria tocar aquele homem.

– Margaret? – perguntou ele, com os olhos surpresos. – Você está me ouvindo?
Ela piscou.

– É claro. Eu só... – Sua mente não conseguiu pensar em nada para dizer. –
Bem, é óbvio que estou sentada no chão.

– E isso interfere em suas faculdades auditivas?

– Não! Eu... – Ela apertou os lábios, com irritação. – O que o senhor estava
dizendo?

– Tem certeza de que não quer voltar a se sentar na cama, para me ouvir
melhor?

– Não, obrigada. Estou perfeitamente confortável aqui, obrigada.

Ele a pegou pelo braço com uma de suas mãos enormes e a puxou de volta
para a cama.

– Talvez eu acreditasse, se você tivesse agradecido apenas uma vez.

Margaret fez uma careta. Se tinha um defeito mortal, esse defeito era se esforçar demais, protestar demais, discutir alto demais. Ela nunca sabia quando
parar. Seus irmãos diziam isso havia anos e, no fundo de seu coração, ela sabia
que podia ser a pessoa mais terrível do mundo quando enfiava uma coisa na
cabeça.

Ela não iria inflar o ego de Angus ao concordar com ele, porém acabou
apenas fungando antes de dizer:

– Há algo errado com as boas maneiras? A maioria das pessoas aprecia ouvir um agradecimento de vez em quando.

Ele se inclinou para a frente, assustando-a com a proximidade.

– Sabe como eu sei que você não estava me ouvindo?

Ela balançou a cabeça, e sua astúcia normalmente sempre a postos saiu
voando pela janela. O que era um feito e tanto, considerando que a janela
estava fechada.

– Você me perguntou se eu não costumo perder o equilíbrio – explicou
ele; sua voz não passava de um murmúrio rouco. – E eu disse que não, mas
então... – Ele ergueu os ombros largos e os abaixou de uma forma estranhamente graciosa. – Então... – continuou – eu pensei melhor.

– Por-porque eu lhe disse que não era possível. – Foi tudo o que ela conseguiu dizer.

– Bem, sim – assentiu ele –, mas, veja só, sentado aqui ao seu lado, uma
lembrança me veio à cabeça.

– Veio?

Ele assentiu lentamente e, quando voltou a falar, proferiu cada palavra com
uma intensidade hipnotizante:

– Não posso falar por outros homens…

Margaret se viu presa naquele olhar ardente de Angus e não conseguiu desviar os olhos por nada no mundo. Sentiu a pele formigar e os lábios se entreabrirem, então engoliu em seco diversas vezes, percebendo, de repente, que teria sido melhor ter ficado no chão.

Ele passou o dedo no canto da boca, percorrendo a pele enquanto continuava o discurso sem pressa:

– … mas quando estou tomado pelo desejo, embriagado por ele…

Ela saltou da cama como um fogo de artifício.

– Talvez – disse ela, com a voz estranhamente rouca – devêssemos averiguar sobre nosso jantar.

– Certo. – Angus se levantou tão depressa que a cama tremeu. – É de sustança que precisamos. – Ele sorriu. – Não acha?

Margaret apenas o fitou, perplexa com a mudança de comportamento. Ele estava tentando seduzi-la, tinha certeza disso. Ou, se não estava, definitivamente estava tentando deixá-la atordoada. Ele mesmo já tinha admitido que gostava de fazer isso.

E tinha conseguido. Margaret sentiu um frio na barriga, um enorme nó na garganta e precisou se apoiar nos móveis para manter o equilíbrio.

Ele, por outro lado, estava perfeitamente sóbrio – até sorria! Ou aquele homem infernal não se sentia nem um pouquinho afetado pela aproximação física deles ou já estava acostumado com os palcos shakespearianos.

– Margaret?

– Comer me parece ótimo – respondeu ela.

– Fico feliz por você concordar comigo – disse ele, parecendo estar se divertindo bastante com a falta de compostura dela. – Mas, primeiro, precisa tirar esse casaco encharcado.

Ela balançou a cabeça, cruzando os braços diante do peito.

– Não tenho mais nada para vestir.

Ele jogou uma peça de roupa na direção dela.

– Pode usar meu casaco sobressalente.

– Mas o que o senhor vai vestir?

– Ficarei bem apenas de camisa.

Impulsivamente, ela estendeu a mão e tocou o antebraço dele, que estava exposto pela manga enrolada.

– O senhor está gelado. Sua outra camisa é de linho? Não é grossa o suficiente. – Como ele não respondeu, ela acrescentou com firmeza: – Não pode me ceder seu casaco. Eu não aceitarei.

Angus olhou brevemente para a pequena mão em seu braço e começou a imaginá-la deslizando até seu ombro, depois por seu peito...

Ele não sentia nem um pouco de frio.

– *Sir* Greene? – chamou ela, com delicadeza. – O senhor está bem?

Ele desviou os olhos da mão de Margaret e então cometeu o erro colossal de olhar nos olhos dela. Aquelas órbitas verdejantes, que o tinham fitado durante aquela noite com medo, irritação, vergonha e, mais recentemente, com um desejo inocente, agora transbordavam de preocupação e compaixão.

E o desarmaram.

Angus se sentiu tomado por um antigo pavor masculino – como se algo em seu corpo soubesse o que sua mente se recusava a considerar –, o de que ela pudesse ser a mulher da sua vida. E que, de alguma forma, não importasse quanto ele lutasse, ela o importunaria por toda a eternidade.

E pior: se ela um dia decidisse parar de importuná-lo, ele talvez precisasse segui-la e prendê-la ao seu lado até que Margaret recomeçasse tudo de novo.

Por Jesus, por todo o uísque e por Roberto de Bruce, aquele era um destino aterrorizante.

Ele arrancou a camisa, furioso com sua reação a ela. Tinha começado apenas com a mão de Margaret em seu braço, e logo em seguida todo o seu futuro se apresentou diante de seus olhos.

Ele terminou de se vestir e marchou até a porta.

– Eu a esperarei no corredor até você se trocar – avisou ele.

Ela continuava olhando para ele, um pouco trêmula.

– E tire todas essas malditas roupas molhadas – ordenou ele.

– Não posso simplesmente usar seu casaco e mais nada por baixo – protestou ela.

– Pode e vai usar. Não serei responsável por lhe causar uma pneumonia.

Ele viu quando ela se empertigou e endureceu o olhar.

– Você não manda em mim – retrucou ela.

Ele ergueu uma sobrancelha.

– Trate de tirar essa roupa molhada ou eu mesmo tiro para você. A escolha é sua – declarou Angus.

Ela resmungou alguma coisa baixinho. Ele não conseguiu ouvir todas as palavras, mas as que ouviu não eram muito dignas de uma dama.

Ele sorriu.

– Alguém deveria reprimi-la por esse linguajar.

– Alguém deveria reprimi-lo por sua arrogância.

– Você passou a noite toda tentando – observou ele.

Ela emitiu um ruído ininteligível e Angus mal conseguiu escapulir pela porta antes de outro sapato ser arremessado na sua direção.

Quando Margaret colocou a cabeça para fora do quarto, Angus não estava por ali. Aquilo a surpreendeu. Ela só conhecia aquele escocês enorme havia algumas horas, mas tinha bastante certeza de que ele não era do tipo que deixaria uma dama bem-nascida sozinha para cuidar de si mesma em uma hospedaria pública.

Fechou a porta em silêncio, sem querer chamar atenção, e atravessou o corredor na ponta dos pés. Talvez estivesse a salvo de qualquer atenção indesejada ali no The Canny Man. Afinal de contas, Angus tinha proclamado em alto e bom tom que ela era sua esposa e apenas um idiota ousaria provocar um homem do tamanho dele. As provações do dia, contudo, a deixaram apreensiva.

Olhando em retrospecto, viajar até Gretna Green sozinha provavelmente fora uma ideia estúpida, mas que escolha ela tinha? Não podia permitir que Edward se casasse com nenhuma daquelas garotas horrorosas que estava cortejando.

Ela chegou à escadaria e olhou para baixo.

– Com fome?

Margaret deu um pulo de susto e soltou um grito breve, porém extraordinariamente alto.

Angus sorriu.

– Não queria assustá-la.

– Queria, sim.

– Está bem – admitiu Angus. – Eu queria. Mas sua vingança certamente reverberou nos meus ouvidos.

– Bem feito – murmurou ela. – Escondendo-se na escada.

– Na verdade – disse ele, oferecendo-lhe o braço –, eu não pretendia me esconder. Jamais teria deixado o corredor em frente ao quarto, mas achei ter ouvido a voz de minha irmã.

– Sério? O senhor a encontrou? Era ela?

Angus arqueou uma sobrancelha preta grossa.

– Você parece bastante animada com a perspectiva de encontrar alguém que nem sequer conhece.

– Eu o conheço – ponderou ela, pegando uma lamparina enquanto eles atravessavam o salão principal do The Canny Man –, e, por mais que o senhor me atormente, gostaria que localizasse sua irmã.

Os lábios dele se abriram em um sorriso tranquilo.

– Ora, Srta. Pennypacker, acho que acaba de admitir que gosta de mim.

– Eu *disse* – pontuou ela – que o senhor me atormenta.

– Bem, é claro. É de propósito.

Ela o fitou com olhos raivosos.

Ele se aproximou e fez um carinho no queixo de Margaret.

– Atormentá-la é a coisa mais divertida que faço em anos.

– Não é divertido para mim – murmurou ela.

– É claro que é – retrucou ele, com alegria, conduzindo a jovem à pequena sala de refeições. – Aposto que sou a única pessoa que ousa contradizê-la.

– O senhor faz com que eu pareça uma megera.

Angus puxou uma cadeira para ela.

– Estou certo?

– Sim – resmungou ela –, mas não sou uma megera.

– É claro que não. – Ele se sentou diante dela. – Mas *está* acostumada a ter tudo do seu jeito.

– Assim como *o senhor* – retrucou ela.

– *Touché*.

– Para falar a verdade – disse Margaret, inclinando-se para a frente com um brilho perspicaz nos olhos –, é por isso que a desobediência da sua irmã é tão irritante. O senhor não consegue suportar o fato de que ela fugiu contra a sua vontade.

Angus se contorceu na cadeira. Analisar a personalidade de Margaret era muito agradável e divertido, mas o contrário era inaceitável.

– Anne age contra a minha vontade desde o dia em que nasceu.

– Eu não disse que ela foi uma criança tranquila e dócil que fazia tudo o que o senhor mandava…

– Por Jesus, por todo o uísque e por Roberto de Bruce – disse ele em um suspiro –, quem me dera que isso fosse verdade…

Margaret ignorou a interrupção dele.

– Mas, Angus – disse ela, com empolgação, gesticulando para pontuar as palavras –, Anne nunca havia cometido um ato tão grandioso de desobediência antes? Nunca fizera algo que desestabilizou totalmente a sua vida?

Por um segundo, ele não se moveu. Então balançou a cabeça.

– Está vendo? – Margaret sorriu, parecendo terrivelmente satisfeita consigo mesma. – É por isso que você está tão atordoado.

A expressão dele passou de arrogante a cômica.

– Homens não ficam atordoados.

A expressão de Margaret deixou claro que ela achava aquela declaração ridícula.

– Lamento dizer, mas estou olhando para um homem atordoado neste exato momento.

Eles se encararam por alguns segundos até Angus finalmente dizer:

– Se você arquear ainda mais as sobrancelhas, precisarei eu mesmo resgatá--las do seu couro cabeludo.

Margaret tentou responder à altura – ele conseguiu ver isso nos olhos dela –, mas o divertimento a superou e ela explodiu em uma gargalhada.

Margaret Pennypacker tendo uma crise de riso era uma visão e tanto, e Angus nunca se sentira tão contente em apenas observar outra pessoa gargalhar. Os lábios dela se abriam em um sorriso encantador e os olhos brilhavam de puro regozijo. Todo o corpo de Margaret tremia, e ela arfou, finalmente abaixando as sobrancelhas e colocando a mão sobre elas.

– Minha nossa – disse ela, afastando um cacho de cabelos castanhos. – Ah, meus cabelos.

Angus sorriu.

– Seu penteado sempre se solta quando você ri? Porque, preciso confessar, é uma peculiaridade bastante encantadora.

Ela ergueu a mão e ajeitou os cabelos, constrangida.

– Tenho certeza de que já está todo bagunçado. Não tive tempo de ajeitar os grampos antes de descermos para jantar e…

– Não precisa se desculpar para mim. Tenho plena confiança em que, em um dia normal, cada fio de cabelo seu permanece em seu devido lugar.

Margaret franziu o cenho. Sempre se orgulhara de sua aparência distinta e bem-arrumada, mas as palavras de Angus – que certamente deveriam ser lisonjeiras – de alguma forma fizeram com que se sentisse bastante tola.

Ela foi poupada de continuar pensando no assunto, contudo, pela chegada de George, o dono da hospedaria.

– Arre, aí está o casal! – bradou ele, soltando ruidosamente uma travessa de barro na mesa. – Estão secos agora?

– Tanto quanto se poderia esperar – respondeu Angus, com um aceno de cabeça desses que os homens costumam dar quando pensam estar se solidarizando com alguma coisa.

Margaret revirou os olhos.

– Bem, vocês estão com sorte – declarou George –, pois minha esposa tinha preparado uma buchada de cordeiro para amanhã. Foi preciso esquentar, é claro. Não se pode comer buchada fria.

Margaret não achou que a buchada de cordeiro quente parecia muito apetitosa, mas se absteve de proferir qualquer opinião sobre o assunto.

Angus fez um gesto com as mãos para que o aroma – ou gases, como Margaret decidiu chamar – flutuasse em sua direção e aspirou cerimoniosamente.

– Arre, McCallum – disse Angus, com o sotaque mais escocês que ela ouvira a noite toda –, se o sabor for como o cheiro, sua esposa é um verdadeiro gênio.

– É claro que é – respondeu George, pegando dois pratos de um aparador e os colocando na frente dos hóspedes. – Ela se casou comigo, não foi?

Angus soltou uma gargalhada e deu um tapinha amigável nas costas do homem. Margaret sentiu o refluxo subir por sua garganta e tossiu para contê-lo.

– Só um instante – pediu George. – Preciso pegar uma faca decente.

Margaret o observou se afastar, então se debruçou sobre a mesa e sibilou:

– O que tem nessa coisa?

– Você não sabe? – perguntou Angus, obviamente se deliciando com a perturbação dela.

– Eu sei que o cheiro é péssimo.

– Tsc, tsc. Você insultou a gastronomia do meu país antes mesmo de saber do que estava falando?

– Apenas me conte quais são os ingredientes – insistiu ela.

– Coração moído e misturado com fígado e pulmão – explicou ele, enumerando em detalhes cada um daqueles itens sangrentos. – Então acrescenta-se banha de boa qualidade, cebola e aveia. Depois se recheia o bucho do carneiro com a mistura.

Margaret olhou para cima e perguntou:

– O que foi que eu fiz para merecer isto?

– Arre! – exclamou Angus, com desdém. – Você vai adorar. Vocês, ingleses, adoram vísceras.

– Eu não. Nunca gostei.

Ele conteve o riso.

– Então talvez esteja um pouco encrencada.

Margaret arregalou os olhos, em pânico.

– Não posso comer isto.

– Você não quer insultar George, quer?

– Não, mas...

– Você me disse que as boas maneiras eram importantíssimas, não disse?

– Sim, mas...

– Estão prontos? – perguntou George, retornando à sala com olhos animados. – Porque estou prestes a servir uma buchada de cordeiro dos deuses a vocês.

Com isso, ele desembainhou a faca com tanta pompa que Margaret foi compelida a se afastar uns bons centímetros para proteger o nariz de ser decepado.

George entoou algumas estrofes de um hino um tanto pomposo e exagerado – certamente para prenunciar a refeição –, e então, com um movimento amplo e orgulhoso, cortou o bucho, revelando ao mundo o conteúdo.

E o cheiro também.

– Oh, céus – disse Margaret, arfando e silenciosamente fazendo a prece mais sincera de sua vida.

– Já viram algo mais maravilhoso? – perguntou George.

– Pode colocar metade no meu prato – disse Angus.

Margaret deu um sorriso fraco, tentando não respirar.

– E uma porção pequena para minha esposa – acrescentou Angus. – Ela não tem mais o mesmo apetite de antes.

– Arre, sim, o bebê – falou George. – Ainda deve estar nos primeiros meses, então, não é?

Margaret supôs que "primeiros meses" poderia ser entendido como uma pré-gravidez, então assentiu.

Angus arqueou uma sobrancelha em aprovação. Margaret fez uma careta para ele, irritada por Angus ter ficado tão impressionado por ela finalmente estar participando daquela mentira ridícula.

– O cheiro pode deixá-la um pouco enjoada – comentou George –, mas não há nada melhor para um bebê que uma boa buchada de cordeiro. A senhora deveria ao menos provar, como costuma dizer minha tia-avó Millie, uma porçãozinha pequena "para não fazer desfeita".

– Eu adoraria. – Foi tudo o que Margaret conseguiu dizer.

– Aqui está – disse George, servindo a ela uma porção generosa.

Margaret olhou para a maçaroca em seu prato, tentando não vomitar. Se aquela era uma porção "para não fazer desfeita", ela tremia só de imaginar como seria a porção "sim, por favor".

– Conte-me – disse ela com a máxima delicadeza possível –, como era sua tia-avó Millie?

– Arre, uma mulher adorável. Forte como um touro. E grande como um, também.

Os olhos de Margaret se voltaram outra vez para o prato.

– Sim – murmurou ela. – Foi exatamente o que imaginei.

– Experimente – incentivou George. – Se gostar, pedirei que minha esposa prepare uma buchada do mar.

– Buchada do mar? – indagou Margaret.

– Sim, é uma buchada feita com bucho de peixe em vez de carneiro.

– Parece… ótimo.

– Arre, pedirei a ela que prepare, então – garantiu George.

Margaret observou, horrorizada, o homem retornar à cozinha.

– Nós *não podemos* comer aqui amanhã – sibilou ela. – Mesmo que tenhamos que trocar de hospedaria.

– Basta não comer a buchada de peixe.

Angus levou o garfo cheio de comida à boca e mastigou.

– E como é que vou evitar, se você fica falando sobre as boas maneiras que devo demonstrar, elogiando a comida da hospedaria?

Angus ainda estava mastigando e não pôde responder. Então tomou um longo gole da cerveja que um dos empregados de George tinha colocado na mesa.

– Você não vai nem experimentar? – perguntou, apontando para a buchada intocada no prato dela.

Margaret balançou a cabeça. Seus olhos verdes expressavam certo pânico.

– Experimente uma garfada – sugeriu ele, atacando o próprio prato com muito gosto.

– Não consigo. Angus, pode acreditar quando digo, é extremamente estranho e eu não sei como sei disso, mas se eu comer uma única garfada dessa buchada, *vou* morrer.

Ele engoliu a buchada com mais um gole de cerveja, olhou para ela com toda a seriedade que conseguiu e perguntou:

– Tem certeza?

Ela assentiu.

– Bem, nesse caso… – Ele estendeu o braço, pegou o prato dela e despejou o conteúdo em seu próprio prato. – Não posso permitir que uma boa buchada vá para o lixo.

Margaret começou a olhar em volta e perguntou:

– Será que ele tem pão?

– Está com fome?

– Faminta.

– Se achar que consegue aguentar mais dez minutos sem desfalecer, o bom e velho George muito provavelmente trará um pouco de queijo e algo doce.

O suspiro que Margaret soltou era de alívio extremo.

– Você gostará de nossas sobremesas escocesas – garantiu Angus. – Não há um único órgão animal a ser encontrado.

Os olhos de Margaret estavam estranhamente fixados na janela do outro lado da sala.

Presumindo que ela estava só se distraindo da fome, ele disse:

– Se tivermos sorte, eles terão *cranachan*. Você nunca provou um doce tão delicioso.

Ela não respondeu, então Angus deu de ombros e continuou comendo. Por Jesus, por todo o uísque e por Roberto de Bruce, aquilo estava bom. Ele não tinha percebido como estava faminto e realmente não havia nada como uma boa buchada de cordeiro para matar a fome. Margaret não fazia ideia do que estava perdendo.

Por falar em Margaret... Ele voltou a olhar para ela, que agora estreitava os olhos para a janela. Angus se perguntou se ela precisava usar óculos.

– Minha mãe faz o melhor *cranachan* deste lado do Lago Lomond – comentou ele, concluindo que *um* deles precisava manter a conversa. – Creme de nata, aveia, açúcar, rum. Minha boca chega a salivar só de...

Margaret arfou. Angus largou o garfo. Algo no comportamento dela fez o sangue dele gelar.

– Edward – sussurrou a jovem.

Então o semblante dela, que antes estava surpreso, se transformou em algo consideravelmente mais sombrio, com uma carranca que teria feito o Lago Ness evaporar. Margaret se levantou depressa e saiu correndo da sala.

Angus largou o garfo e gemeu. O aroma doce do *cranachan* veio flutuando da cozinha. Ele queria bater a cabeça na mesa de frustração.

Margaret? (Ele olhou para a porta pela qual ela havia acabado de sair.)

Ou *cranachan*? (Ele olhou com pesar para a porta da cozinha.)

Margaret?

Ou *cranachan*?

– Maldição – resmungou ele, levantando-se. Teria que ser Margaret.

Enquanto se afastava do *cranachan*, Angus teve a sensação avassaladora de que aquela decisão havia, de alguma forma, selado seu destino.

QUATRO

Achuva tinha cessado, mas o ar úmido da noite foi como um tapa no rosto de Margaret quando ela atravessou às pressas a porta do The Canny Man. Ela olhou desesperadamente ao redor, virando o pescoço de um lado para outro. Margaret vira Edward pela janela. Tinha certeza disso.

Com o canto do olho, avistou um casal atravessando a rua apressadamente. Edward. Os cabelos louros do homem eram uma evidência inconfundível.

– Edward! – gritou ela, correndo na direção deles. – Edward Pennypacker!

Ele não deu indício de que a havia escutado, então Margaret segurou as saias e correu para a rua, gritando o nome do irmão enquanto se aproximava do casal.

– Edward!

Ele se virou.

E ela não o reconheceu.

– Eu… Eu… Eu sinto muito – gaguejou ela, dando um passo para trás. – Eu o confundi com o meu irmão.

O belo homem louro inclinou a cabeça graciosamente.

– Está tudo bem.

– Há muita neblina esta noite – explicou Margaret. – E eu estava olhando pela janela…

– Não há problema algum, lhe garanto. Mas, se me der licença – o homem colocou o braço sobre os ombros da mulher que estava ao seu lado e a puxou para perto –, eu e minha esposa precisamos seguir nosso caminho.

Margaret assentiu e os observou desaparecer ao dobrar a esquina. Eram recém-casados. Pela maneira como a voz dele transbordou afeto ao pronunciar a palavra "esposa", Margaret sabia que só podia ser esse o caso.

– Precisava sair justo antes da sobremesa?

Ela piscou e se virou. Angus – como é que um homem daquele tamanho conseguia se mover tão silenciosamente? – estava parado ali, com as mãos na cintura e os olhos furiosos. Margaret não respondeu. Ela não tinha energia para dizer nada.

– Suponho que a pessoa que você viu não era seu irmão.

Ela balançou a cabeça.

– Então, pelo amor de Deus, mulher, podemos terminar nossa refeição?

Sem querer, um sorriso apareceu nos lábios de Margaret. Não houve nenhuma recriminação da parte dele: "Sua idiota, por que saiu correndo no meio da noite?" Apenas: "Podemos terminar nossa refeição?"

Que homem surpreendente.

– Seria uma ótima ideia – respondeu ela, aceitando o braço que ele oferecera. – E talvez eu até prove a buchada de cordeiro. Só um pouquinho, fique sabendo. Tenho certeza de que não vou gostar, mas, como você apontou, é de bom tom experimentar.

Ele ergueu uma sobrancelha e algo em seu rosto, com aquelas sobrancelhas grandes e grossas, os olhos escuros e o nariz levemente torto, fez o coração de Margaret palpitar.

– Arre – grunhiu ele, entrando na hospedaria. – As surpresas nunca acabarão? Está me dizendo que você estava realmente ouvindo o que eu estava falando?

– Eu ouço quase tudo o que você fala!

– Você só está se oferecendo para provar a buchada porque sabe que eu comi a sua parte.

O rubor no rosto de Margaret a denunciou.

– Ahá! – O sorriso dele era definitivamente voraz. – Por conta disso, eu a farei comer a buchada do mar amanhã.

– Eu não posso apenas provar aquele "crachana" de que você estava falando? Aquele de creme e açúcar?

– Chama-se *cranachan*, e se você prometer não me perturbar durante todo o trajeto até a hospedaria, talvez eu peça ao Sr. McCallum que lhe sirva uma porção.

– Arre, quanta generosidade sua – disse ela, com sarcasmo.

Angus parou de andar.

– Você acabou de dizer "arre"?

Margaret piscou, surpresa.

– Não sei. Talvez tenha dito.

– Por Jesus, por todo o uísque e por Roberto de Bruce, você está começando a falar como uma escocesa.

– Por que você não para de falar isso?

Foi a vez de Angus piscar, surpreso.

– Tenho bastante certeza de que eu não a confundi com uma escocesa até este momento.

– Não seja tolo. Estou me referindo à parte sobre o filho de Deus, a bebida pagã e seu herói escocês.

Ele deu de ombros e abriu a porta do The Canny Man.

– É minha prece particular.

– Duvido que seu vigário a considere muito sacrossanta.

– Nós os chamamos de "ministros" por aqui, e quem diabo você acha que me ensinou essa prece?

Margaret quase tropeçou no pé dele quando entraram novamente na sala de jantar.

– Você só pode estar brincando.

– Se você pretende passar um tempo na Escócia, precisa aprender que somos um povo mais pragmático do que vocês, de terras mais quentes.

– Eu nunca tinha ouvido "terras mais quentes" como um insulto antes – murmurou Margaret –, mas acho que você conseguiu essa proeza.

Angus puxou a cadeira para ela, se sentou e então continuou a explicação:

– Qualquer homem que se preze logo aprende que, em tempos de grandes necessidades, deve se apegar àquilo em que mais confia, coisas com as quais pode contar.

Margaret o fitou com um misto de incredulidade e nojo.

– De que você está falando...?

– Quando sinto a necessidade de convocar uma força maior, digo "Por Jesus, por todo o uísque e por Roberto de Bruce". Isso faz todo o sentido.

– Você é um lunático delirante completo.

– Se eu fosse um homem menos pacato – disse ele, sinalizando para o dono da hospedaria para que lhes trouxesse um pouco de queijo –, poderia me ofender com esse comentário.

– Não se pode rezar para Roberto de Bruce.

– Arre, e por que não? Tenho certeza de que ele tem mais tempo para cuidar de mim do que Jesus. Afinal de contas, Jesus tem o mundo inteiro para cuidar, até reles inglesas como você.

– É errado – reiterou Margaret com firmeza, balançando a cabeça. – É simplesmente errado.

Angus olhou para ela, coçou a testa e disse:

– Coma um pouco de queijo.

Margaret arregalou os olhos, surpresa, e comeu um pedaço.

– Saboroso.

– Eu poderia comentar sobre a superioridade do queijo escocês, mas tenho certeza de que você já está se sentindo um tanto insegura com relação à nossa gastronomia.

– Depois da buchada de cordeiro?

– Há um motivo pelo qual nós, escoceses, somos maiores e mais fortes que os ingleses.

Ela bufou com a delicadeza de uma dama e declarou:

– Você é insuportável.

Angus se recostou na cadeira, repousando a cabeça nas mãos, com os braços dobrados na altura dos cotovelos. Ele parecia um homem satisfeito, um homem confiante, um homem que sabia quem era e o que pretendia fazer da própria vida.

Margaret não conseguia tirar os olhos dele.

– Talvez – retrucou ele –, mas todos me amam muito.

Ela jogou um pedaço de queijo nele.

Ele o pegou e o colocou na boca, dando um sorriso travesso enquanto mastigava.

– Você realmente gosta de arremessar coisas, não é?

– O engraçado é que nunca tive tal inclinação até conhecer *você*.

– E aqui todos me diziam que eu despertava o melhor nas pessoas.

Ela abriu a boca para retrucar, mas apenas suspirou.

– O que foi agora? – perguntou Angus, claramente pasmo.

– Eu estava *prestes* a insultá-lo.

– Não que eu esteja surpreso, mas o que a fez mudar de ideia?

Ela deu de ombros.

– Eu nem *sequer* o conheço. E aqui estamos nós, implicando um com o outro como um casal de longa data. Não consigo compreender.

Angus a olhou, pensativo. Ela parecia cansada, exausta e um tanto desconcertada, como se tivesse finalmente desacelerado o suficiente para que seu cérebro processasse o fato de que ela estava na Escócia, jantando com um estranho que quase a beijara menos de uma hora antes.

O objeto de sua análise interrompeu seus pensamentos com um persistente:

– Você não acha?

Angus sorriu de forma inocente antes de perguntar:

– Era para eu comentar alguma coisa?

Aquilo rendeu a ele uma carranca bastante raivosa.

– Está bem, eu penso o seguinte: penso que a amizade aflora com mais rapidez sob determinadas circunstâncias. Em vista dos eventos que se desenrolaram esta noite e, de fato, do propósito comum que nos une, não é de surpreender que estejamos sentados aqui, saboreando uma refeição como se nos conhecêssemos há anos.

– Sim, mas…

Angus refletiu brevemente sobre como a vida seria esplêndida se as palavras "sim" e "mas" fossem banidas dos dicionários, então interrompeu com:

– Pergunte-me qualquer coisa.

Ela piscou várias vezes antes de responder.

– Como é?

– Você não queria saber mais sobre mim? Esta é a sua chance. Pergunte-me qualquer coisa.

Margaret ficou pensativa. Chegou a abrir a boca duas vezes, como se estivesse com uma pergunta na ponta da língua, apenas para fechá-la novamente. Por fim, ela se inclinou para a frente e indagou:

– Está bem. Por que você é tão protetor com as mulheres?

Rugas suaves apareceram ao redor da boca de Angus. Era uma reação discreta e bem controlada, mas Margaret o observava com atenção. Sua pergunta o inquietara.

Ele apertou o caneco de cerveja com mais força antes de responder:

– Qualquer cavalheiro ajudaria uma dama.

Margaret balançou a cabeça, relembrando a expressão selvagem, quase feroz no rosto de Angus quando ele se livrara dos homens que a tinham atacado.

– Há mais por trás dessa história e nós dois sabemos disso. Algo aconteceu com você. – A voz dela ficou mais suave, mais acalentadora. – Ou talvez com alguém que você ama.

Houve um silêncio dolorosamente longo, e então Angus contou:

– Eu tinha uma prima.

Margaret não disse nada, desencorajada pelo tom da voz dele.

– Ela era mais velha – continuou ele, olhando para o líquido que revirava em seu caneco. – Tinha 17 anos quando eu tinha 9, mas éramos muito próximos.

– Parece que você foi afortunado por tê-la na sua vida.

Ele assentiu.

– Meus pais iam com frequência a Edimburgo e raramente me levavam junto.

– Sinto muito – murmurou Margaret. Ela sabia como era sentir falta dos pais.

– Não sinta. Eu nunca estava sozinho. Tinha Catriona. – Ele tomou um gole de cerveja. – Ela me levava para pescar e me carregava junto quando tinha algum afazer. Catriona me ensinou a tabuada quando meus tutores já estavam arrancando os cabelos de desespero. – Angus ergueu os olhos de repente e um sorriso melancólico surgiu em seu rosto. – Ela transformava os números em músicas. É engraçado como a única maneira de eu conseguir lembrar que seis vezes sete é 42 era cantando.

Margaret sentiu um nó na garganta, porque sabia que aquela história não tinha um final feliz.

– Como era a sua prima? – sussurrou ela, sem saber ao certo se queria mesmo saber.

Um riso nostálgico escapou dos lábios de Angus.

– Os olhos dela eram praticamente da mesma cor que os seus, só que puxados para o azul, e os cabelos eram do vermelho mais vivo que poderia existir. Ela costumava lamentar o fato de que os fios ficavam cor-de-rosa sob o pôr do sol.

Ele ficou em silêncio, e Margaret por fim encontrou coragem para fazer a pergunta que pairava no ar.

– O que aconteceu com ela?

– Um dia, Catriona não foi até minha casa. Ela sempre ia às terças-feiras. Nos outros dias eu não sabia se ela iria ou não, mas às terças ela sempre aparecia para me ajudar a estudar matemática antes de meu tutor chegar. Pensei que ela deveria estar doente, então fui até a casa dela para levar algumas flores. – Ele ergueu os olhos com uma expressão estranhamente arrependida. – Acho que eu devia estar um pouco apaixonado por ela. Quem é que já ouviu falar em um garoto de 9 anos que levava flores à prima?

– Eu acho gentil – comentou Margaret afavelmente.

– Quando cheguei, minha tia estava em pânico. Ela não queria permitir que eu visse minha prima. Disse que eu tinha razão, que Catriona estava doente. Mas eu dei a volta na casa, entrei pela janela do quarto e a encontrei deitada na cama, totalmente encolhida. Eu nunca tinha visto algo tão... – A voz dele vacilou. – Larguei as flores no chão.

Angus pigarreou, então tomou um gole de cerveja. Margaret percebeu que as mãos dele estavam tremendo.

– Eu chamei por minha prima – continuou ele –, mas ela não respondeu. Chamei outra vez e me aproximei para tocá-la, mas Catriona se encolheu e se afastou. Então os olhos dela desanuviaram e, por um instante, ela pareceu a garota que eu conhecia tão bem. Ela disse: "Cresça e fique forte, Angus. Cresça e fique forte por mim." Dois dias depois, estava morta. – Ele ergueu a cabeça, e seus olhos estavam desolados. – Ela tirou a própria vida.

– Ah, não... – Margaret se ouviu dizer.

– Ninguém me contou o motivo – prosseguiu Angus. – Suponho que me achassem jovem demais para ouvir a verdade. Eu sabia que ela havia se matado, é claro. Todos sabiam. A igreja se recusou a enterrá-la em solo sagrado. Apenas anos depois eu fiquei sabendo de toda a história.

Margaret estendeu o braço sobre a mesa e pegou a mão dele, pressionando-a de forma reconfortante.

Angus ergueu os olhos e, quando voltou a falar, sua voz parecia mais vigorosa, mais... normal.

– Não sei quanto você sabe sobre a política escocesa, mas há muitos soldados britânicos perambulando por nossas terras. Dizem aos cidadãos que eles estão aqui para manter a paz.

Margaret sentiu o estômago embrulhar.

– Algum deles... Ela foi...?

Ele assentiu com um breve aceno.

– Tudo o que ela fez foi caminhar de sua casa até o vilarejo. Esse foi seu único crime.

– Eu sinto muito, Angus.

– Era um trajeto que ela sempre fazia. Só que, daquela vez, alguém a viu, decidiu que a queria e a possuiu.

– Ah, Angus. Você sabe que não foi culpa sua, não sabe?

Ele assentiu novamente.

– Eu tinha 9 anos. O que poderia ter feito? E eu não soube da verdade até completar 17 anos, a mesma idade que Catriona tinha quando morreu. Mas prometi a mim mesmo... – Os olhos dele ardiam, sombrios e ferozes. – Prometi a *Deus* que não permitiria que qualquer outra mulher fosse ferida da mesma forma.

Ele deu um sorriso torto.

– Então eu acabei me envolvendo em mais brigas do que consigo me lembrar. E já briguei com vários estranhos que preferiria esquecer. E não recebo muitos agradecimentos pelas minhas intervenções, mas acho que *ela*... – Ele ergueu os olhos na direção do céu. – Acho que ela me agradece.

– Ah, Angus – disse Margaret de todo o coração –, tenho certeza de que ela agradece. E eu também agradeço. – Ela percebeu que ainda estava segurando a mão dele, e a apertou outra vez. – Acho que não agradeci da maneira adequada, mas sou muito grata pelo que fez por mim esta noite. Se você não tivesse aparecido, eu... Eu não quero nem pensar em como estaria me sentindo agora.

Ele deu de ombros, parecendo desconfortável.

– Não foi nada. Pode agradecer a Catriona.

Margaret apertou a mão dele uma última vez antes de trazer a própria mão de volta para o seu lado da mesa.

– Eu agradecerei a ela por ter sido uma excelente amiga quando você era pequeno, mas agradeço a *você* por ter me salvado esta noite.

Ele remexeu o restante de comida no prato e grunhiu:

– Fiquei feliz em ajudar.

Ela riu com aquela resposta nada afável.

– Você *realmente* não está acostumado a ouvir agradecimentos, não é mesmo? Mas basta disso. Acredito que eu lhe deva uma pergunta.

Ele ergueu os olhos.

– Como?

– Eu pude lhe perguntar qualquer coisa. Nada mais justo do que retribuir o favor.

Ele gesticulou, descartando a sugestão.

– Você não precisa…

– Não, eu insisto. Caso contrário, não seria cordial da minha parte.

– Está bem. – Ele pensou por um instante. – Fica chateada porque sua irmã mais nova se casará antes de você?

Margaret tossiu, surpresa.

– Eu… Como você sabe que ela está para se casar?

– Você já mencionou – respondeu Angus.

Ela pigarreou de novo.

– Verdade. Eu… Bem… Você precisa saber que eu amo muito a minha irmã.

– Sua devoção à família transparece em tudo o que faz – observou Angus baixinho.

Ela pegou o guardanapo, o retorceu e falou:

– Estou entusiasmada por Alicia. Desejo a ela toda a felicidade do mundo.

Angus a observou com atenção. Margaret não estava mentindo, mas também não dizia toda a verdade.

– Sei que está feliz por sua irmã – disse ele, com delicadeza. – Você não seria capaz de nutrir qualquer outro sentimento por ela. Mas como se sente em relação a si mesma?

– Eu me sinto… Eu me sinto… – Ela soltou um suspiro longo e cansado. – Ninguém nunca me perguntou isso antes.

– Talvez seja hora.

Margaret assentiu.

– Eu me sinto deixada para trás. Passei tanto tempo cuidando dela. Devotei minha vida a este momento, a este fim, e, em algum trecho do caminho, acabei me esquecendo de mim mesma. E agora é tarde demais.

Angus arqueou uma sobrancelha.

– Você está longe de ser uma velhota banguela.

– Eu sei, mas para os homens de Lancashire, já não sirvo mais. Quando eles começam a pensar em noivas potenciais, não pensam em mim.

– Então eles são estúpidos e você não deveria querer nada com eles.

Ela deu um sorriso triste antes de falar:

– Você *é* encantador, Angus Greene, por mais que se esforce ao máximo para tentar esconder isso. Mas a verdade é que as pessoas enxergam o que esperam enxergar, e eu passei tanto tempo tomando conta de Alicia que fui relegada a um papel autoritário. Eu me sento com as mães nos bailes que frequentamos e é lá, receio, que permanecerei.

Ela suspirou e então perguntou:

– É possível alguém se sentir tão feliz por uma pessoa e, ao mesmo tempo, tão triste por si mesmo?

– Apenas o espírito mais generoso é capaz disso. O restante das pessoas não sabe como ser feliz pelo outro quando os próprios sonhos se perderam.

Uma única lágrima escorreu dos olhos de Margaret.

– Obrigada – disse ela.

– Você é uma bela mulher, Margaret Pennypacker, e...

– Pennypacker? – O dono da hospedaria entrou correndo na sala de refeições. – O senhor acabou de chamá-la de "Margaret Pennypacker"?

A jovem sentiu a garganta fechar. Ela sabia que tinha sido pega naquela mentira deslavada. Ela nunca fora uma boa criadora de histórias, nem mesmo uma boa atriz...

Mas Angus apenas olhou com calma para os olhos de George e disse:

– É o nome de solteira dela. Eu uso de forma carinhosa de vez em quando.

– Bem, então vocês devem estar casados há pouco tempo, porque há um mensageiro indo de hospedaria em hospedaria procurando por ela.

Margaret se endireitou.

– Ele ainda está aqui? O senhor sabe aonde ele foi?

– Ele disse que estava indo para o The Mad Rabbit. – George inclinou a cabeça para a direita antes de se virar outra vez para sair. – É só descer a rua.

Margaret se levantou com tanta pressa que derrubou a cadeira.

– Vamos – disse a Angus. – Precisamos encontrá-lo. Se ele visitar todas as hospedarias e não me achar, talvez deixe o vilarejo. E então eu jamais receberei a mensagem e...

Angus pousou a mão pesada e reconfortante no braço dela.

– Quem sabe que você está aqui?

– Apenas minha família – sussurrou ela. – Oh, não, e se aconteceu algo terrível com algum deles? Eu nunca me perdoarei. Angus, você não entende. Sou responsável por eles e jamais poderia me perdoar se...

Ele apertou o braço dela e, de alguma forma, aquele gesto ajudou a apaziguar o coração acelerado de Margaret.

– Por que nós não vemos o que esse mensageiro tem a dizer antes de entrarmos em pânico?

Margaret não conseguia acreditar em como se sentiu aliviada ao ouvi-lo dizer a palavra "nós". Ela concordou na mesma hora.

– Certo. Vamos logo, então.

Ele balançou a cabeça.

– Quero que você fique aqui.

– Não. Eu jamais poderia. Eu…

– Margaret, você é uma mulher viajando sozinha e… – Ele percebeu que ela tinha aberto a boca para protestar e continuou: – Não, não me fale de quanto você é capaz. Eu jamais conheci uma mulher tão capaz na minha vida, mas isso não significa que os homens não tentarão se aproveitar de você. Quem garante que esse mensageiro é mesmo um mensageiro?

– Mas se ele *for* um mensageiro, então não entregará a mensagem a você, porque está endereçada a mim.

Angus deu de ombros.

– Eu o trarei até aqui, então.

– Não, não posso. Não consigo suportar me sentir inútil. Se eu ficar aqui…

– Eu me sentirei melhor – interrompeu ele.

Margaret engoliu em seco repetidas vezes, tentando não reparar na preocupação que permeava a voz de Angus. Por que aquele homem maldito precisava ser tão atencioso? E por que *importava* a ela que suas ações o fizessem "se sentir melhor"?

Mas, maldição, importava.

– Está bem – concordou ela lentamente. – Mas se não retornar em cinco minutos, irei atrás de você.

Ele suspirou.

– Por Jesus, por todo o uísque e por Roberto de Bruce, será que você poderia me dar dez minutos?

Os lábios dela se abriram em um sorriso.

– Dez minutos, então.

Ele apontou para os lábios de Margaret, com animação.

– Peguei você sorrindo. Não deve estar tão zangada assim comigo.

– Só me traga a mensagem, e eu o amarei para sempre.

– Arre, excelente. – Ele fez uma saudação e saiu, parando apenas para dizer: – Não deixe que George dê meu *cranachan* a ninguém.

Margaret piscou, então arfou. Minha nossa, ela havia acabado de dizer que o amaria para sempre?

✑⌒

Ele retornou ao The Canny Man oito minutos depois, com a mensagem em mãos. Não fora difícil convencer o mensageiro a lhe entregar o envelope. Angus meramente dissera – com certa firmeza – que era o protetor da Srta. Pennypacker e que garantiria que ela recebesse a mensagem.

O fato de Angus ter quase 2 metros de altura – o que lhe conferia uma vantagem de quase 30 centímetros em relação ao mensageiro – também não atrapalhara em nada.

Margaret estava sentada no mesmo lugar em que ele a deixara, tamborilando os dedos na mesa e ignorando as duas grandes tigelas de *cranachan* que George devia ter colocado diante dela.

– Aqui está, milady – bradou Angus, com alegria, lhe entregando a carta.

Ela devia estar imersa em um torpor, pois teve um sobressalto ao ouvi-lo e estremeceu de leve antes de pegar o envelope.

A mensagem era, de fato, da família de Margaret. Angus conseguira aquela informação do mensageiro e não temia que fosse alguma urgência. O mensageiro, quando fora questionado por ele novamente com firmeza, dissera que o recado era muito importante, mas a mulher que o entregara não parecia desesperada.

Angus observou Margaret com atenção enquanto as mãos trêmulas dela rompiam o lacre. Seus olhos verdes passaram rapidamente pela página e, quando chegaram ao fim, piscaram várias vezes em uma sequência veloz. Um ruído estrangulado emergiu da garganta da jovem, seguido por um arquejo e pelas palavras:

– Não acredito que ele fez isso.

Angus decidiu que seria melhor proceder com cautela. Pela reação de Margaret, ele não sabia dizer se ela estava prestes a gritar ou a chorar. Era fácil prever o que homens e cavalos fariam, mas só Deus compreendia o funcionamento da mente feminina.

Ele a chamou e ela empurrou duas folhas de papel na direção dele em resposta.

– Eu vou matá-lo! – ralhou ela. – Se ele já não estiver morto, eu mesma vou matá-lo.

Angus olhou para os papéis em sua mão.

– Leia a de baixo primeiro – instruiu Margaret em um tom amargo.
Ele inverteu os papéis e começou a ler.

Residência Rutherford
Pendle, Lancashire

Minha adorada irmã,

   Este bilhete nos foi entregue por Hugo Thrumpton. Ele disse que rece-
bera ordens restritas de não trazê-lo até nós até que você já tivesse partido
há um dia.
   Por favor, não odeie Edward.
   Boa sorte.

Sua irmã que te ama,
Alicia Pennypacker

Angus ergueu a cabeça com olhos questionadores.
– Quem é Hugo Thrumpton?
– O melhor amigo do meu irmão – falou Margaret.
– Ah.
Angus pegou a segunda carta, que fora escrita com uma caligrafia decidida-
mente masculina.

Thrumpton Hall
próx. Clitheroe, Lancashire

Minha cara Margaret,

   É com o coração pesado que lhe escrevo estas palavras. A esta altura, você
já terá recebido meu recado anunciando minha viagem a Gretna Green. Se
você reagir como sei que reagirá, estará na Escócia quando ler esta carta.
   Mas não estou na Escócia e nunca tive qualquer intenção de fugir para
me casar. A bem da verdade, partirei amanhã para Liverpool para me jun-
tar à Marinha Real. Usarei minha parte da herança para bancar minha
patente.
   Sei que você nunca quis essa vida para mim, mas agora sou um homem
feito e devo escolher meu próprio destino. Eu sempre soube que estava des-

tinado ao serviço militar. Desde que brincava com meus soldadinhos de chumbo quando era pequeno, eu anseio por servir meu país.

Torço para que perdoe meu estratagema, mas eu imaginei que você viria atrás de mim em Liverpool se soubesse das minhas reais intenções. Tal despedida me atormentaria pelo resto dos meus dias.

É melhor assim.

Seu irmão que te ama,
Edward Pennypacker

Angus olhou nos olhos de Margaret, que brilhavam.

– Você fazia alguma ideia? – perguntou ele baixinho.

– Nenhuma – respondeu ela, com a voz trêmula. – Acha que eu teria feito essa viagem insana se soubesse que ele estava em Liverpool?

– O que pensa em fazer agora?

– Voltar para casa, imagino. O que mais posso fazer? A esta altura ele provavelmente está a meio caminho da América.

Ela estava exagerando, mas Angus concluiu que Margaret tinha esse direito. No entanto, não havia muito que pudesse ser dito em uma situação dessas, então ele se inclinou para a frente e empurrou a tigela de *cranachan* na direção dela.

– Coma um pouquinho de *cranachan*.

Margaret olhou para a sobremesa.

– Você quer que eu coma?

– Não consigo pensar em nada melhor para fazer. Você não tocou na sua buchada de cordeiro.

Ela pegou a colher.

– Sou uma péssima irmã? Sou uma péssima pessoa?

– É claro que não.

– Que tipo de pessoa eu sou, se meu irmão sentiu a necessidade de me mandar a Gretna Green só para poder fugir com tranquilidade?

– Uma irmã muito amada, imagino – respondeu Angus, colocando uma colherada de *cranachan* na boca. – Céus, está muito bom. Você deveria experimentar.

Margaret enfiou a colher na tigela, mas não a levou à boca.

– O que quer dizer com isso?

– Obviamente, ele a ama demais para suportar uma despedida dolorosa. E parece que você teria se oposto à decisão dele de se juntar à Marinha se soubesse de suas verdadeiras intenções.

Margaret estava prestes a responder "é claro que não", mas apenas suspirou. De que adiantava defender seu ponto de vista ou explicar seus sentimentos? O que estava feito já estava feito e não havia nada que ela pudesse fazer para mudar.

Ela suspirou outra vez, mais alto, e ergueu a colher. Se havia algo que odiava, eram situações sobre as quais não podia fazer nada.

– Vai comer a sua sobremesa ou esse é algum tipo de experimento na ciência do equilíbrio da comida sobre a colher?

Margaret piscou para sair de seu torpor, mas, antes que pudesse responder, George apareceu à mesa.

– Precisamos limpar tudo – disse o homem. – Não é minha intenção tocá-los daqui, mas minha esposa está insistindo. – Ele sorriu para Angus. – O senhor sabe como é.

Angus apontou para Margaret e disse:

– Ela não terminou o *cranachan*.

– Leve a tigela para o quarto. É uma pena desperdiçar a comida.

Angus concordou e se levantou.

– Ótima ideia. Você está pronta, meu docinho?

A colher de Margaret escorregou de sua mão e aterrissou fazendo barulho na tigela de *cranachan*. Ele tinha acabado de chamá-la de "docinho"?

– Eu… Eu… Eu…

– Ela me ama tanto – disse Angus a George – que às vezes perde a capacidade de falar.

Enquanto Margaret fitava o marido de mentira, incrédula, ele ergueu os ombros enormes e tornou a baixá-los, em uma atitude satisfeita, e disse:

– O que posso dizer? Eu a desarmo.

George riu enquanto Margarete espumava.

– Melhor tomar cuidado, para o senhor não precisar limpar o excelente *cranachan* da minha esposa de seus cabelos.

– Uma ótima ideia – disse Margaret.

Angus riu enquanto oferecia a mão a ela. De alguma forma, sabia que a melhor maneira de distraí-la de seus pesares era enfurecê-la com outro gracejo sobre o pretenso casamento deles. Se ele mencionasse o bebê, ela talvez se esquecesse por completo do irmão.

Ele abriu a boca, mas então percebeu o brilho irado nos olhos dela e mudou de ideia. Um homem precisava pensar na própria segurança. Afinal de contas, Margaret parecia pronta para lhe causar um belo dano físico – ou, ao menos, arremessar uma tigela de *cranachan* na cabeça dele.

Mesmo assim, ele ficaria feliz em ser lambuzado de sobremesa se aquilo a fizesse esquecer o irmão, ainda que por um instante.

– Venha, querida – disse Angus, com delicadeza –, precisamos deixar este bom homem encerrar as atividades do dia.

Margaret assentiu e se levantou, com os lábios ainda contraídos. Angus tinha a sensação de que ela não confiava em si mesma para falar.

– Não esqueça seu *cranachan* – disse ele, apontando para a tigela dela na mesa enquanto pegava a sua.

– Talvez seja melhor o senhor levar a tigela dela também – aconselhou George. – Não confio nessa expressão no olhar dela.

Angus acatou a sugestão e pegou também a outra tigela.

– Uma excelente ideia, meu bom homem. Minha esposa precisará caminhar sem o apoio do meu braço, mas acho que ela conseguirá, você concorda?

– Arre, sim. Essa aí não precisa que homem algum lhe diga aonde ir. – George cutucou o braço de Margaret com o cotovelo e deu um sorriso conspirador. – Mas é bom de toda forma, não é?

Angus conduziu Margaret para fora da sala antes que ela assassinasse aquele homem.

– Por que você insiste em me provocar desse jeito? – rosnou ela.

Angus fez a curva e esperou que ela começasse a subir a escada antes de segui-la.

– Você parou de pensar no seu irmão, não parou?

– Eu… – Os lábios dela se abriram, perplexos, e ela ficou olhando para Angus como se nunca tivesse visto um ser humano antes. – Sim, parei.

Ele sorriu e lhe entregou uma das tigelas enquanto procurava a chave no bolso.

– Está surpresa?

– Que você tenha feito algo assim por mim? – Ela balançou a cabeça. – Não.

Angus se virou devagar, deixando a chave no buraco da fechadura.

– Minha intenção era saber se você estava surpresa por ter esquecido seu irmão, mas acho que prefiro a resposta que você deu.

Margaret deu um sorriso triste e colocou a mão no braço dele.

– Você é um bom homem, sir Angus Greene. Insuportável, às vezes… – Ela quase sorriu com a careta fingida dele. – Bem, insuportável na *maior* parte do tempo, para ser honesta, mas, mesmo assim, um bom homem.

Ele abriu a porta e então colocou sua tigela de *cranachan* em uma mesa no quarto.

– Eu não deveria ter mencionado seu irmão agora? Talvez fosse melhor deixá-la enfurecida e pronta para cortar a minha garganta?

– Não.

Ela soltou um suspiro longo e cansado e se sentou na beirada da cama. Outro cacho de seus longos cabelos castanhos escapuliu do penteado e caiu por seu ombro.

Angus a observou com o coração apertado. Ela parecia tão pequena, indefesa e desesperadamente melancólica. Ele não podia suportar.

– Margaret – disse ele, se sentando ao lado dela –, você deu o melhor de si para criar seu irmão por quantos anos?

– Sete.

– Agora está na hora de permitir que ele cresça e tome as próprias decisões, sejam elas certas ou erradas.

– Você mesmo disse que nenhum garoto de 18 anos sabe o que faz.

Angus engoliu um gemido. Não havia nada mais detestável do que usarem suas próprias palavras contra você.

– Eu não iria querer vê-lo se casando com essa idade. Céus, se ele tomasse uma decisão ruim, precisaria viver com essa escolha e essa mulher pelo resto da vida!

– E se ele tomou uma decisão ruim ao entrar para as forças armadas, por quanto tempo se arrependerá? – Margaret ergueu a cabeça e seus olhos pareciam grandes demais em seu rosto. – Ele pode morrer, Angus. Não me importa o que as pessoas dizem, sempre estoura uma guerra. Em algum lugar, algum homem idiota sentirá a necessidade de lutar com outro homem idiota, e eles enviarão meu irmão para resolver a rixa.

– Margaret, qualquer um de nós pode morrer amanhã. Eu poderia sair desta hospedaria e ser atropelado por uma vaca desgovernada. Você poderia sair desta hospedaria e ser atingida por um raio. Não podemos viver a vida receando esse momento.

– Sim, mas *podemos* tentar minimizar nossos riscos.

Angus ergueu a mão para passá-la pelos cabelos grossos. Esse era um gesto que ele repetia com frequência quando estava cansado ou exasperado. Mas, de alguma forma, sua mão se moveu um pouco para a esquerda, e ele se pegou tocando no cabelo de Margaret. Era fino, liso e macio como seda, e parecia ser muito mais abundante do que ele pensara. Os fios escorregavam dos grampos e escorriam por sua mão, por entre seus dedos.

Enquanto ele saboreava a sensação, nenhum dos dois respirava.

Seus olhos se encontraram, o verde diante do negro mais escuro e mais ardente. Nenhuma palavra foi dita, mas enquanto Angus se inclinava para Margaret, diminuindo aos poucos a distância entre eles, ambos sabiam o que estava prestes a acontecer.

Ele a beijaria.

E ela não o deteria.

CINCO

Os lábios dele roçaram lentamente nos dela, o mais leve dos toques. Se ele tivesse apertado o corpo dela contra o seu ou pressionado a boca contra a de Margaret, talvez ela tivesse se afastado, mas aquela carícia sutil capturou a alma da jovem.

A pele de Margaret formigava de sensibilidade e ela se sentiu subitamente... *diferente*, como se o corpo que ela possuía havia 24 anos já não fosse mais seu. A pele parecia justa demais, seu coração estava faminto e suas mãos... Ah, como suas mãos ansiavam pelo toque da pele de Angus.

Ele seria quente, ela sabia, e esculptural. Os músculos dele não eram os de um homem sedentário. Angus poderia esmagá-la com um único golpe... E, de alguma forma, ter essa consciência era excitante... Talvez porque ele a estivesse tocando com uma reverência muito delicada.

Ela se afastou por um instante, para poder ver os olhos dele. Eles ardiam com um desejo que não lhe era familiar, mas, mesmo assim, ela sabia exatamente o que Angus queria.

– Angus – sussurrou ela, erguendo a mão para acariciar a pele áspera do rosto dele.

A barba escura já estava começando a crescer, grossa, dura e muito diferente dos pelos do irmão de Margaret, nas poucas vezes que ela o vira com a barba por fazer.

Angus cobriu a mão dela com a dele, então olhou para a palma da mão de Margaret e a beijou. A jovem observou os olhos dele por sobre as pontas dos dedos dela. Aqueles olhos que nunca paravam de fitá-la e que faziam uma pergunta silenciosa, esperando uma resposta.

– Como foi que isso aconteceu? – sussurrou ela. – Eu nunca... Eu nunca sequer quis...

– Mas agora você quer – sussurrou ele de volta. – Agora você me quer.

Ela assentiu, chocada com a própria confissão, mas incapaz de mentir para ele. Havia algo na maneira como Angus a olhava, na maneira como os olhos dele a exploravam, como se ele pudesse enxergar cada partezinha sua, até o âmago de seu coração. Aquele momento era assustadoramente perfeito, e ela soube que não havia espaço para mentiras entre eles. Não naquele quarto, não naquela noite.

Margaret umedeceu os lábios e falou:

– Não posso…

Angus colocou um dedo nos lábios dela.

– Não pode?

Aquelas palavras provocaram um sorriso vacilante. O tom provocativo dele derreteu a resistência de Margaret, que se inclinou na direção de Angus, cedendo à força dele. Mais do que tudo, ela queria jogar para o alto todos os seus princípios, cada ideal e moral a que se apegava como verdade. Ela podia esquecer quem era e o que sempre valorizara para se deitar com aquele homem. Podia deixar de ser Margaret Pennypacker, irmã e guardiã de Edward e Alicia Pennypacker, filha dos finados Edmund e Katherine Pennypacker. Podia parar de ser a mulher que levava comida aos pobres, ia à igreja todo domingo e arrumava o jardim durante as primaveras em fileiras formosas e ordenadas.

Ela podia parar de ser tudo aquilo e finalmente ser uma mulher.

Era tão tentador.

Angus alisou o cenho franzido de Margaret com um dos dedos calosos.

– Você está tão séria – murmurou ele, aproximando-se para tocar a testa dela com os lábios. – Quero desfazer essas rugas com beijos, quero afastar essas preocupações.

– Angus – disse ela rapidamente, permitindo que as palavras saíssem antes que perdesse a habilidade de raciocinar –, há coisas que não posso fazer. Não tenho certeza, porque nunca fiz, mas não posso… Por que você está sorrindo?

– Eu estou?

Ele sabia que estava, aquele safado.

Angus deu de ombros.

– É que eu nunca vi alguém tão encantadoramente inebriante quanto você, Margaret Pennypacker.

Ela abriu a boca para protestar, visto que não sabia ao certo se aquelas palavras eram lisonjeiras, mas ele a silenciou com um dedo nos lábios.

– Não, não, não – pediu Angus. – Fique quietinha agora e me ouça. Vou beijá-la, e isso é tudo.

O coração de Margaret disparou e se decepcionou ao mesmo tempo.

– Apenas um beijo? – perguntou ela.

– Entre nós, jamais será apenas um beijo.

As palavras dele enviaram um arrepio pelas veias de Margaret, e ela ergueu a cabeça, oferecendo os lábios em resposta.

Angus inspirou com dificuldade, olhando para os lábios dela como se fossem a entrada para todas as tentações do inferno e todas as bênçãos dos céus. Ele a beijou novamente, mas dessa vez não se conteve. Seus lábios colaram nos dela em uma dança sedenta e possessiva de ânsia e desejo.

Ela arfou, e ele saboreou a respiração de Margaret, inspirando sua essência quente e doce, como se aquilo permitisse que, de alguma forma, ela o tocasse de dentro para fora.

Angus sabia que deveria ir devagar com ela e, por mais que seu corpo gritasse de desejo, sabia que teria que terminar a noite insatisfeito, mas não podia negar a si mesmo o prazer de sentir o corpo pequeno dela sob o seu, então a colocou na cama, sem nunca desgrudar os lábios dos de Margaret.

Se ele iria apenas beijá-la, se era tudo o que podia fazer, então era bom que aquele beijo durasse a noite toda.

– Ah, Margaret – gemeu ele, deslizando as mãos pelo corpo da jovem, passando pela cintura, pelos quadris, até alcançar a curva suave de suas nádegas. – Minha doce Mar...

Ele parou de falar e ergueu a cabeça, dando um sorriso travesso para ela.

– Posso chamá-la de "Meggie"? "Margaret" é comprido demais.

Ela o encarou, ofegante, sem conseguir falar.

– "Margaret" – continuou ele, deslizando os dedos pelo rosto dela – é justamente o tipo de mulher que um homem quer ao seu lado, mas "Meggie"... Esse é o tipo de mulher que um homem quer ter embaixo de si.

Ela levou uma fração de segundo para responder:

– Pode me chamar de "Meggie".

Os lábios dele tocaram a orelha dela, e Angus a abraçou antes de dizer:

– Bem-vinda aos meus braços, Meggie.

Ela suspirou e o movimento a fez afundar ainda mais no colchão. Margaret se entregou ao momento, à vela bruxuleante, ao aroma doce do *cranachan* e ao homem forte e vistoso que cobria seu corpo com o dele.

Os lábios de Angus desceram até o pescoço dela, sussurrando nos contornos que levavam à curva do ombro. Ele beijou a pele de Margaret, tão clara sob a lã preta do casaco que ele lhe emprestara. Angus não sabia como conseguiria usar aquela peça novamente, agora que o tecido passara a noite toda roçando na pele desnuda dela. O cheiro dela permaneceria por dias naquela peça de roupa e então, quando se dissipasse, a lembrança daquele momento ainda seria suficiente para incendiar seu corpo.

Os dedos ágeis de Angus abriram alguns botões, apenas o suficiente para revelar uma porção ínfima do colo dela. Não passava de uma sombra, para falar a verdade, uma vaga penumbra que aludia às maravilhas que jaziam além, mas foi o suficiente para fazer com que fogo corresse por suas veias, enrijecendo um corpo que ele achava não poder ficar ainda mais rijo.

Mais dois botões abertos e Angus deslizou a boca por cada centímetro de pele desnuda, sussurrando sem parar:

– Ainda é um beijo. Apenas um beijo.

– Apenas um beijo – repetiu Margaret, com uma voz estranha e ofegante.

– Apenas um beijo – concordou ele, abrindo mais um botão para poder beijar plenamente o vale entre os seios dela. – Ainda estou beijando você.

– Sim – gemeu ela. – Sim, continue me beijando.

Ele abriu o casaco e os pequenos seios dela, delicadamente redondos, ficaram expostos. Angus prendeu a respiração.

– Minha nossa, Meggie, esse casaco nunca ficou tão bem assim em mim.

O corpo de Margaret se contraiu de leve sob a intensidade do olhar dele. Angus a fitava como se ela fosse uma criatura estranha e magnífica, como se ela tivesse algo que ele nunca vira antes. Se ele a tocasse, a acariciasse ou mesmo a beijasse, ela podia simplesmente voltar a se derreter em seus braços e se perder na paixão do momento. Mas com ele apenas a fitá-la... Ela se sentia desconfortavelmente ciente de que estava fazendo algo que jamais sonhara antes.

Ela conhecia aquele homem havia poucas horas, mas, mesmo assim...

A respiração de Margaret vacilou, e ela se mexeu para se cobrir.

– O que foi que eu fiz? – sussurrou ela.

Angus se abaixou e deu um beijo na testa da jovem.

– Sem arrependimentos, minha doce Meggie. Independentemente do que você esteja sentindo, não permita que o arrependimento seja parte disso.

Meggie. Meggie não obedecia às restrições da sociedade simplesmente por ter sido criada dessa forma. Meggie definia seu próprio caminho e comandava seu próprio prazer.

Os lábios de Margaret esboçaram um sorriso, e ela relaxou as mãos. Meggie talvez não se deitasse com um homem antes de se casar com ele, mas certamente se permitiria aquele momento de paixão.

– Você é tão linda – gemeu Angus, e a última sílaba se perdeu quando ele beijou o mamilo dela.

Ele fez amor com ela com a boca, venerando-a de todas as formas que um homem poderia fazer para demonstrar sua devoção.

E então, bem quando Margaret sentiu os últimos farrapos de resistência desaparecerem, Angus respirou fundo com dificuldade e, com óbvia relutância, fechou o casaco em torno dela.

Ele segurou as lapelas juntas por um minuto, respirando pesadamente, com os olhos fixos em algum ponto invisível na parede. Parecia quase exausto e, para os olhos inexperientes de Margaret, parecia estar sentindo alguma dor.

– Angus? – perguntou ela, hesitante.

Margaret não sabia ao certo o que deveria perguntar, então se limitou a dizer o nome dele.

– Um minuto – pediu Angus.

O tom dele foi um pouco duro, mas, de alguma forma, Margaret sabia que ele não estava zangado. Ela permaneceu em silêncio, esperando que ele virasse a cabeça em sua direção.

– Preciso sair do quarto – declarou ele.

Os lábios dela se abriram, surpresos.

– Precisa?

Ele assentiu e se afastou dela, atravessando o cômodo até a porta em duas longas passadas. Ele colocou a mão na maçaneta e Margaret viu os músculos do antebraço de Angus se contraírem, mas ele se virou, antes que pudesse abrir a porta, e seus lábios começaram a formar palavras...

... que rapidamente morreram em sua boca.

Margaret seguiu o olhar dele, que estava fixo em seu corpo... Céus, o casaco tinha voltado a abrir depois que ele o soltara. Ela juntou as lapelas depressa, grata pelo fato de a luz fraca da vela ocultar seu rubor mortificado.

– Tranque a porta depois que eu sair – instruiu ele.

– Sim, é claro – concordou Margaret, se colocando de pé. – Tome, você pode trancar e levar a chave.

Ela tateou a mesinha lateral com a mão esquerda enquanto segurava o casaco com a direita.

Ele balançou a cabeça e falou:

– Fique com ela.

A jovem deu alguns passos na direção dele e indagou:

– Ficar com... Está maluco? Como você entrará de volta?

– Não entrarei. Essa é a questão.

A boca de Margaret se abriu e se fechou algumas vezes antes de ela conseguir dizer:

– Onde você dormirá?

Ele se inclinou na direção dela e aquela proximidade esquentou o ar.

– Não dormirei. Esse é o problema.

– Ah. Eu... – Ela não era tão inocente a ponto de não compreender o que Angus estava falando, mas certamente não era experiente o suficiente para saber como responder. – Eu...

– Voltou a chover? – perguntou ele, com rispidez.

Margaret piscou com a mudança súbita de assunto. Ela inclinou a cabeça, ouvindo o tamborilar suave da chuva no telhado.

– Eu... Sim, acredito que sim.

– Ótimo. É melhor que esteja frio.

Com isso, ele marchou para fora do quarto.

Após um segundo de surpresa paralisante, Margaret correu até a porta e colocou a cabeça para fora do corredor, bem a tempo de vê-lo fazer a curva e desaparecer. Ficou ali apoiada no batente da porta por alguns segundos, com metade do corpo para dentro do quarto e metade para fora, sem saber por que se sentia tão perplexa. Seria pelo fato de ele ter ido embora de forma tão abrupta? Ou seria porque ela havia permitido que ele tomasse liberdades que nunca sonhara em conceder a nenhum outro homem que não fosse seu marido?

A bem da verdade, jamais sonhara que tais liberdades existissem.

Ou talvez, pensou ela, enlouquecida, o que a atordoasse de verdade fosse o fato de ter permanecido deitada na cama, apenas olhando para ele enquanto Angus atravessava o quarto como um furacão, e de como o achara tão... Bem, era *delicioso* saber que nem sequer percebera que o casaco tinha aberto e seus seios estavam à mostra para todo o mundo ver.

Ou ao menos para Angus ver, e a maneira como ele a olhara...

Margaret se controlou e fechou a porta. Após um instante, a trancou. Não por se preocupar com Angus. Ele podia ter o temperamento difícil, mas jamais ergueria um dedo que fosse contra ela e, o mais importante, nunca se aproveitaria dela.

Ela não sabia como compreendia isso. Apenas sabia.

O que não sabia era que espécie de assassinos e idiotas poderiam ser encontrados em uma hospedaria como aquela, especialmente em Gretna Green, um local que, ao menos pelo que Margaret imaginava, devia contar com uma população considerável de idiotas, com tantas pessoas fugindo para se casarem ali o tempo todo.

Margaret suspirou e bateu o pé no chão. O que deveria fazer? Sentiu a barriga roncar e foi então que se lembrou do *cranachan* que estava sobre a mesa.

Por que não? O cheiro era delicioso.

Ela se sentou e comeu.

Quando Angus retornou muitas horas depois, cambaleando, ao The Canny Man, estava com frio, molhado e sentindo que devia estar bêbado. A chuva, é claro, havia recomeçado, bem como o vento, e seus dedos pareciam mais pedras de gelo coladas às bolas de neve achatadas que costumavam ser suas mãos.

Seus pés pareciam não obedecer e ele precisou de várias tentativas e muitos tropeções até conseguir subir a escada que levava ao último andar da hospedaria. Ele se apoiou na porta do quarto enquanto vasculhava os bolsos em busca da chave, mas se lembrou de que não a levara consigo, então girou a maçaneta e gemeu com irritação quando a porta não abriu.

Por Jesus, por todo o uísque e por Roberto de Bruce, por que *diabo* ele tinha mandado Margaret trancar a porta? Ele estava mesmo preocupado com o próprio autocontrole? Era simplesmente impossível possuí-la no estado em que ele se encontrava agora. Suas partes íntimas estavam tão geladas que ele provavelmente não conseguiria uma reação mesmo que ela abrisse a porta sem estar vestindo uma única peça de roupa.

Seus músculos fizeram uma tentativa patética de enrijecer. Certo, talvez, se ela estivesse totalmente nua...

Angus suspirou, com alegria, tentando imaginar a cena.

A maçaneta girou. Ele ainda estava suspirando.

A porta se abriu. Ele caiu dentro do quarto.

Ergueu os olhos. Margaret piscava depressa enquanto o observava.

– Você estava apoiado na porta? – perguntou ela.

– Tudo indica que sim.

– Você me disse para trancar.

– Você é uma boa *mulherrr*, Margaret Pennypacker. *Zzzelosa* e leal.

Margaret estreitou os olhos.

– Você está bêbado?

Ele balançou a cabeça. Uma ação que tinha o efeito infeliz de bater a maçã de seu rosto no chão.

– Apenas com frio.

– Você esteve lá fora esse tempo... – Ela se abaixou e tocou na bochecha dele. – Meu Deus, você está congelando!

Ele deu de ombros.

– Voltou a chover.

Ela enfiou as mãos debaixo dos braços dele e tentou levantá-lo.

– Levante. Levante. Precisamos tirar essas roupas molhadas.

A cabeça dele pendeu para o lado, ele deu um meio sorriso irresistível e disse:

– Em outro momento, em outra temperatura, eu me deliciaria com essas palavras.

Margaret o puxou de novo e gemeu. Ela não conseguira movê-lo nem um centímetro.

– Angus, por favor. Você precisa fazer um esforço para se levantar. Você deve ter o dobro do meu peso.

Os olhos dele passearam pelo corpo de Margaret.

– Quanto você pesa, uns 45 quilos?

– Certamente não – respondeu a jovem, bufando. – Pareço tão pequena assim? Agora, por favor, se puder ficar de pé, eu poderei levá-lo para a cama.

Ele suspirou.

– Mais uma frase dessas e eu ficarei feliz em interpretá-las de outra forma.

– Angus!

Ele se levantou, cambaleante, com a ajuda considerável de Margaret.

– Por que será que eu gosto tanto de levar bronca sua?

– Provavelmente porque você adora me atormentar.

Ele coçou o queixo, que agora estava escurecido pela barba de um dia inteiro por fazer.

– Acho que você talvez esteja certa.

Margaret o ignorou, tentando se concentrar na tarefa que tinha pela frente. Se ela o largasse na cama daquele jeito, ele encharcaria os lençóis em questão de minutos.

– Angus – disse ela –, você precisa colocar roupas secas. Esperarei lá fora enquanto você...

Ele balançou a cabeça e disse:

– Não tenho mais roupas secas.

– O que aconteceu com as suas roupas?

– Você – ele tocou no ombro dela com o indicador – está usando.

Margaret murmurou uma palavra nada adequada para uma dama.

– Sabe, você tem razão – comentou ele, falando como se tivesse feito uma descoberta muito importante. – Eu gosto *mesmo* de atormentá-la.

– Angus!

– Ah, está bem. Ficarei sério. – Ele fez um grande esforço para assumir uma expressão carrancuda. – De que você precisa?

– Preciso que você tire a roupa e deite na cama.

O rosto dele se iluminou.

– Agora?

– É claro que não – ralhou ela. – Eu sairei do quarto por um instante e, quando voltar, espero que você esteja deitado naquela cama, coberto até o queixo.

– Onde você vai dormir?

– Não vou dormir. Vou secar suas roupas.

Ele virou a cabeça de um lado para outro antes de perguntar:

– Em qual lareira?

– Irei lá embaixo.

Ele se endireitou o suficiente para que Margaret não precisasse mais segurá-lo.

– Você não vai descer sozinha no meio da noite.

– Não posso secar as suas roupas com uma vela.

– Vou com você.

– Angus, você estará nu.

O que quer que ele estivesse prestes a dizer – e Margaret tinha certeza, pelo movimento indignado do queixo e pelo fato de a boca de Angus já estar aberta para contradizê-la, de que ele estava prestes a dizer *alguma* coisa – foi substituído por uma série de obscenidades extremamente criativas, proferidas em alto e bom tom.

Por fim, depois de declamar todas as indecências que Margaret já ouvira na vida – e várias outras que eram novidade para ela –, ele declarou:

– Espere aqui.

E saiu marchando do quarto.

Três minutos depois, Angus reapareceu. Margaret o observou, completamente atônita, abrir a porta com o pé e largar umas três dúzias de velas no chão. Uma delas, ela reparou, ainda estava fumegando.

Ela pigarreou, esperando que a carranca dele se dissolvesse antes de dizer qualquer coisa. Depois de um instante, contudo, ficou claro que o humor rabugento de Angus não mudaria tão cedo, então ela perguntou:

– Onde você conseguiu todas essas velas?

– Digamos apenas que o The Canny Man terá uma manhã bem escura.

Margaret se absteve de ponderar que, já tendo passado bastante da meia-noite, já *era* manhã, mas sua consciência exigiu que ela dissesse:

– Fica *bem* escuro pela manhã nesta época do ano.

– Deixei uma ou duas velas na cozinha – resmungou Angus.

E então, sem qualquer aviso prévio, ele começou a tirar a camisa.

Margaret deu um grito e saiu correndo para o corredor. Maldito fosse, ele sabia que deveria esperar que ela saísse do quarto antes de começar a se despir. Ela esperou um minuto, então deu a ele mais trinta segundos, por conta do frio. Dedos amortecidos não manuseavam botões muito bem.

Respirando fundo, ela se virou e bateu à porta.

– Angus? – chamou ela. – Está na cama? – Então, antes que ele pudesse responder, acrescentou: – Debaixo das cobertas?

A resposta dele foi abafada, mas definitivamente era afirmativa, então ela girou a maçaneta e empurrou.

A porta não se mexeu.

Margaret sentiu o estômago revirar, em pânico. A porta não podia estar trancada. Ele jamais a deixaria do lado de fora, e portas não se trancavam sozinhas.

Ela bateu de leve na madeira.

– Angus! Angus! Não consigo abrir a porta!

Passos se aproximaram e em seguida ela ouviu a voz dele, que claramente estava bem do outro lado da porta.

– Qual o problema?

– A porta não abre.

– Eu não tranquei.

– Eu sei. Deve estar emperrada.

Ela o ouviu rir, o que provocou nela um desejo arrebatador de bater o pé no chão – ou, preferencialmente, pisar bem em cima do pé *dele*.

– Agora – disse ele –, isso, sim, é interessante.

A vontade de causar danos físicos a ele estava ficando mais intensa.

– Margaret? – chamou ele. – Ainda está aí?

Ela fechou os olhos por um instante enquanto expirava por entre os dentes.

– Você precisa abrir a porta para mim.

– Mas estou sem roupa – falou Angus.

Ela corou. Estava escuro, ele obviamente não podia ver sua reação, mas ela corou mesmo assim.

– Margaret?

– Vê-lo sem roupa provavelmente me deixará cega – ralhou ela. – Vai me ajudar ou precisarei arrombar a porta sozinha?

– Essa seria de fato uma visão e tanto. Eu pagaria uma boa quantia para...

– Angus!

Ele riu de novo, um ruído quente e delicioso que atravessou a porta e penetrou no corpo da jovem.

– Está bem – disse ele. – Quando eu contar até três, empurre a porta com toda a sua força.

Margaret assentiu, então lembrou que ele não podia vê-la e disse:

– Está bem.

– Um... Dois...

Ela fechou bem os olhos.

– Três!

Ela jogou todo o peso do corpo contra a porta, mas Angus devia tê-la aberto antes que Margaret a atingisse, pois seu ombro mal havia tocado na madeira quando ela caiu dentro do quarto e se estatelou no chão. Com força.

Milagrosamente, ela conseguiu manter os olhos fechados o tempo todo.

Margaret ouviu a porta se fechar e, depois, sentiu a presença masculina perto dela.

– Você está bem? – indagou Angus.

Ela cobriu os olhos com a mão.

– Vá para a cama!

– Não se preocupe, eu me cobri.

– Não acredito em você.

– Eu juro. Estou enrolado nos lençóis.

Margaret afastou o indicador e o dedo médio apenas o suficiente para conseguir uma faixa de visão. De fato, parecia haver algo branco em torno de Angus. Ela se levantou e virou de costas para ele com determinação.

– Você é uma mulher difícil, Margaret Pennypacker – disse ele, então ela ouviu os passos dele atravessarem o quarto na direção da cama.

– Está na cama?

– Sim.

– Está coberto?

– Até o queixo.

Ela ouviu o humor na voz dele e, por mais exasperada que estivesse, ainda era algo contagiante. Os cantos da boca de Margaret estremeceram, e ela precisou se esforçar para manter o tom sério quando disse:

– Vou me virar agora.

– Por favor.

– Eu jamais o perdoarei se você estiver mentindo para mim.

– Por Jesus, por todo o uísque e por Roberto de Bruce, vire-se de uma vez, mulher.

Ela se virou. Ele estava coberto – não exatamente até o queixo, como prometera, mas o suficiente.

– Tenho sua aprovação?

Ela assentiu.

– Onde estão suas roupas molhadas?

– Na cadeira.

Margaret seguiu o olhar dele até uma pilha de tecido ensopado, então começou a acender toda a infinidade de velas.

– Que tarefa mais ridícula – murmurou para si mesma.

Ela precisava era de algum tipo de forquilha enorme na qual pudesse pendurar as roupas. Naquelas circunstâncias, ela talvez queimasse a camisa, ou as próprias mãos, ou...

Uma gota de cera quente em sua pele interrompeu sua linha de pensamento e Margaret rapidamente enfiou o dedo machucado na boca. Ela usou a outra mão para acender cada vela, balançando a cabeça à medida que o quarto ficava cada vez mais claro.

Ele jamais conseguiria dormir com tantas velas acesas. Estava claro como o dia.

Margaret se virou, pronta para apontar essa falha nos planos dele, mas as palavras nunca saíram de sua boca.

Angus estava dormindo.

Margaret ficou olhando para ele por mais um minuto, observando a maneira como os cabelos bagunçados escorriam pela testa e como os cílios tocavam as bochechas. O lençol havia escorregado de leve, permitindo que ela observasse o peito dele subir e descer a cada respiração.

Ela jamais conhecera um homem como aquele, nunca vira um ser humano tão magnífico em seu repouso.

Ela levou muito, muito tempo até voltar para as velas.

Pela manhã, Margaret já tinha secado todas as roupas, apagado todas as velas e adormecido. Quando Angus acordou, a encontrou encolhida ao lado da cama. Seu casaco estava dobrado como um travesseiro debaixo da cabeça dela.

Com delicadeza, ele a pegou no colo e a colocou na cama. Angus puxou as cobertas até o queixo da jovem e as prendeu debaixo dos ombros magros. Então se acomodou na cadeira ao lado da cama e a observou dormir.

Aquela era, Angus decidiu, a manhã mais perfeita de que tinha lembrança.

SEIS

Margaret acordou na manhã seguinte da mesma forma que sempre: por completo e em um instante.

Ela se sentou de imediato, piscou para afastar o sono e percebeu três coisas. Um, ela estava na cama. Dois, Angus não estava. E três, ele nem sequer se encontrava no quarto.

Margaret se levantou, fazendo uma careta para o estado irreparavelmente desgrenhado de suas saias, e caminhou até a mesinha. As tigelas vazias de *cranachan* ainda estavam lá, bem como as colheres pesadas de estanho, mas havia agora um bilhete dobrado que lhes fazia companhia. Estava amassado, manchado e parecia ter sido arrancado de um pedaço maior de papel. Margaret imaginou que Angus precisara vasculhar a hospedaria inteira para encontrar aquele papelzinho.

Ela o abriu, alisando-o, e leu:

Fui buscar café da manhã. Retorno em breve.

Ele não se dera o trabalho de assinar. Não que isso importasse, pensou Margaret enquanto procurava no quarto algo com que pudesse pentear os cabelos. Como se o bilhete pudesse ser de qualquer outra pessoa que não fosse Angus.

Ela sorriu enquanto olhava para a caligrafia arrojada e confiante. Mesmo que alguém tivesse tido a oportunidade de entrar no quarto, ela saberia que o recado era de Angus. A personalidade dele estava impressa no traçado de cada uma das letras.

Não havia nada para usar como escova, então Margaret se contentou em usar os dedos para pentear os cabelos enquanto seguia até a janela. Ela abriu as cortinas e espiou lá fora. O sol brilhava e o céu azul estava delicadamente pontilhado por nuvens. Um dia perfeito.

Margaret balançou a cabeça e suspirou enquanto escancarava a janela para deixar entrar um pouco de ar fresco. Ali estava ela, na Escócia – sem, no fim das contas, motivo algum para estar na Escócia –, sem dinheiro, com as roupas manchadas e sem salvação. Talvez sua reputação estivesse destruída quando retornasse para casa.

Mas ao menos aquele era um dia perfeito.

O vilarejo já estava a pleno vapor. Margaret observou uma jovem família atravessar a rua e entrar em uma pequena loja, então voltou seu olhar para outro casal que claramente acabara de fugir para se casar ali. Então começou a contar todos os jovens casais que saíam e entravam das hospedarias e percorriam a rua.

Não sabia ao certo se deveria sorrir ou franzir o cenho. O fato de tantas pessoas fugirem para se casar não podia ser algo bom, mas, por outro lado, um pedacinho romântico de sua alma fora despertado na noite anterior. Talvez nem todos aqueles pombinhos fossem idiotas completos, como ela os chamara. Não era tão irracional supor que alguns deles tivessem mesmo bons motivos para fugir para a Escócia para se casar.

Com um suspiro atipicamente sentimental, ela se debruçou um pouco mais na janela e começou a inventar histórias para todos os casais que via. Aquela jovem lá tinha um pai autoritário, e aquele outro rapaz ali queria se casar com o amor de sua vida antes de ir para o exército.

Estava tentando decidir qual jovem tinha a madrasta perversa quando um grito estrondoso sacudiu o edifício. Margaret olhou para baixo bem a tempo de ver Angus sair como um furacão para a rua.

– Aaaaaaaaaannnnnnnnnnnnneeeeee!

Margaret arfou. A irmã dele!

De fato, havia uma moça alta e de cabelos escuros parada do outro lado da rua. Ela parecia estar em pânico enquanto tentava se esconder atrás de uma carruagem muito bem-cuidada.

– Por Jesus, por todo o uísque e por Roberto de Bruce – sussurrou Margaret.

Se ela não fosse já até lá, Angus iria matar a irmã. Ou ao menos apavorá-la a ponto de enlouquecê-la um pouco.

Puxando as saias bem acima dos tornozelos, Margaret saiu correndo do quarto.

Angus se sentia razoavelmente alegre e assobiava para si mesmo enquanto caminhava pelo vilarejo em busca do café da manhã escocês perfeito para levar para Margaret. Mingau, é claro, e verdadeiros bolinhos escoceses eram essenciais, mas ele queria também que a jovem experimentasse o delicioso peixe defumado do país.

George dissera a Angus que seria necessário atravessar a rua e ir até o peixeiro para conseguir um pouco de salmão, ao que Angus respondera que retornaria em alguns minutos para comer o mingau e os bolinhos.

Ele não tinha dado nem o primeiro passo quando a avistou. Sua carruagem. Estacionada inocentemente do outro lado da rua, com dois de seus melhores cavalos atrelados a ela.

O que só poderia significar uma coisa.

– Aaaaaaaaaaannnnnnnnnnnnnnneeeeeee!

A cabeça da irmã de Angus apareceu por detrás da carruagem. Ela abriu a boca, apavorada, e ele a viu dizer seu nome com os lábios.

– Anne Greene! – rugiu ele. – Não dê mais nem um passo!

Ela congelou enquanto o irmão atravessava a rua como uma tempestade.

– Angus Greene! – gritou uma voz atrás dele. – Não dê mais nem um passo!

Ele congelou.

Margaret?

Anne se afastou um pouquinho mais da carruagem, o pavor extremo dando lugar à curiosidade.

Angus se virou. Margaret estava correndo em sua direção, com toda a graça e a delicadeza de um touro. Ela estava, como sempre, com o foco em um único assunto. Infelizmente, desta vez o assunto era ele.

– Angus – disse ela naquele tom pragmático que quase o fez acreditar que Margaret sabia de verdade o que estava falando –, não faça nada impetuoso.

– Eu não estava pensando em fazer nada desse tipo – respondeu ele com o que julgava ser a paciência de um santo. – Só pretendia estrangulá-la.

Anne arfou.

– Ele não está falando sério – Margaret se apressou em dizer. – Ele estava muito preocupado com você.

– Quem é você? – perguntou Anne.

– Eu estou falando sério, sim! – gritou Angus. Ele apontou o dedo para a irmã. – Você, mocinha, está com sérios problemas.

– Ela precisa crescer, em algum momento – ponderou Margaret. – Você se lembra do que me disse ontem à noite sobre Edward?

Anne se virou para o irmão e perguntou:

– Quem é ela?

– Edward fugiu para se alistar na Marinha – retrucou Angus –, não para correr atrás do sonho tolo de viver em Londres.

– Ah, e suponho que Londres seja pior que a Marinha – desdenhou Margaret. – Ao menos Anne não terá o braço decepado por um atirador de elite português. Além disso, uma temporada em Londres não é um sonho tolo. Não para uma garota da idade da sua irmã.

O rosto de Anne se iluminou.

– Olhe para ela – protestou Angus, apontando para Anne enquanto encarava Margaret. – Veja como ela é linda. Todos os patifes ingleses a assediarão. Precisarei afastá-los com um porrete.

Margaret se voltou para a irmã de Angus. Anne era muito bonita, com os mesmos cabelos pretos grossos e olhos escuros do irmão. Mas ela estava longe da definição de beleza clássica de qualquer pessoa. Qualquer pessoa, menos Angus.

O coração de Margaret se inflamou. Ela não tinha, até aquele exato minuto, percebido quanto Angus amava a irmã. Colocou a mão no braço dele.

– Talvez esteja na hora de permitir que ela cresça – disse Margaret, com delicadeza. – Você não disse que tem uma tia-avó em Londres? Anne não estará sozinha.

– Tia Gertrude já escreveu dizendo que posso ficar com ela – comentou Anne. – Ela disse que ficaria feliz com minha companhia. Acho que talvez nossa tia se sinta sozinha.

Angus projetou o queixo para a frente, como um touro zangado.

– Não tente usar Tia Gertrude como desculpa. Você quer ir para Londres por capricho, não porque está preocupada com ela.

– É claro que quero ir para Londres. Eu nunca disse o contrário. Estava apenas tentando explicar que minha ida beneficiaria duas pessoas, não apenas uma – falou Anne.

Angus franziu o cenho para a irmã. Anne franziu o cenho de volta e Margaret ficou perplexa ao ver como os dois irmãos eram parecidos. Infelizmente, também parecia que uma briga de socos e pontapés poderia eclodir a qualquer momento, então ela se posicionou entre os dois, olhou para cima (Anne tinha uns bons 15 centímetros mais que ela, e Angus, mais de 30) e disse:

– Isso é muito atencioso da sua parte, Anne. Angus, você não acha que Anne levantou uma questão importante?

– Você está do lado de quem? – rosnou Angus.

– Não estou do lado de ninguém. Estou apenas tentando ser racional. – Margaret segurou o antebraço dele, o puxou para o lado e disse baixinho: – Angus, essa é exatamente a mesma situação sobre a qual você me aconselhou ontem à noite.

– Não é, nem de longe, a mesma situação.

– E por que não?

– Seu irmão é homem. Minha irmã é apenas uma menina.

Margaret o fulminou com o olhar.

– E o que você quer dizer com isso? Que eu sou "apenas uma menina" também?

– É claro que não. Você é... Você é... – Angus buscou as palavras certas, e seu semblante ficou agitado. – Você é Margaret.

– Por que isso parece ser um insulto?

– É claro que não é um insulto – ralhou ele. – Eu acabei de elogiar a sua inteligência. Você não é igual às outras mulheres... Você é... Você é...

– Então acho que você insultou sua irmã.

– É – reiterou Anne –, você me insultou.

Angus se virou.

– Pare de ouvir a conversa alheia.

– Ora, por favor – respondeu Anne, bufando –, você está falando alto o suficiente para ser ouvido lá em Glasgow.

– Angus – disse Margaret, cruzando os braços –, você considera sua irmã uma jovem inteligente?

– Eu *considerava*, até ela fugir.

– Então seja delicado e trate Anne com um pouco de respeito e confiança. Ela não está fugindo sem respaldo. Já contatou sua tia, que deseja a presença dela lá, e tem um lugar para ficar.

– Ela não pode escolher um marido – resmungou ele.

Os olhos de Margaret se estreitaram antes de ela perguntar:

– E suponho que você faria um trabalho melhor?

– Eu certamente não permitirei que ela se case sem minha aprovação.

– Então vá com ela – sugeriu Margaret.

Angus soltou um longo suspiro.

– Não posso. Não agora. Eu disse a ela que podíamos ir no ano que vem. Não posso me afastar da Residência Greene durante a reforma, além disso tenho o novo sistema de irrigação para supervisionar...

Anne olhou para Margaret com olhos suplicantes.

– Não quero esperar até o próximo ano.

Margaret olhou de um Greene para o outro, tentando pensar em uma solução. O fato de ela estar ali, no meio de uma discussão familiar, era provavelmente bastante estranho. Afinal de contas, ela não sabia da existência deles até a manhã do dia anterior.

Mas, de alguma forma, tudo aquilo parecia muito natural, e então ela se virou para Angus, com os olhos serenos, e disse:

– Posso fazer uma sugestão?

Ele continuava encarando raivosamente a irmã e respondeu:

– Por favor.

Margaret pigarreou, mas ele não se virou para encará-la. Assim ela decidiu ir adiante e falar de toda forma:

– Por que você não deixa Anne ir para Londres agora e, daqui a um ou dois meses, se junta a ela? Assim, se ela encontrar um rapaz que a agrade, você pode conhecê-lo antes que a relação fique séria. E ainda terá tempo de terminar o trabalho que tem para fazer em casa.

Angus franziu o cenho.

Margaret persistiu e voltou a falar:

– Sei que Anne jamais se casaria sem sua aprovação. – Ela se virou para a irmã de Angus com olhos suplicantes. – Não é mesmo?

Anne estava levando muito tempo para pensar no assunto, então Margaret deu uma cotovelada nela e repetiu:

– Não é mesmo, Anne?

– É claro – grunhiu Anne, afagando a barriga.

Margaret sorriu.

– Estão vendo? É a solução perfeita. Angus? Anne?

Angus passou a mão cansada pela testa, massageando as têmporas, como se a pressão fosse, de alguma forma, fazer todo aquele dia desaparecer. A manhã tinha começado da forma mais perfeita, com ele observando Margaret dormir. O café da manhã os aguardava, o céu estava azul e ele tinha certeza de que logo encontraria sua irmã e a levaria para casa, onde ela deveria estar.

E agora Margaret e Anne estavam se unindo contra ele, tentando convencê--lo de que *elas* – não ele – sabiam o que era melhor. Como uma frente unida, ambas eram uma força poderosa.

E Angus receava que, enquanto objeto, talvez ele não fosse tão insensível assim.

Ele sentiu o rosto relaxar e a determinação enfraquecer. Percebeu que as mulheres sabiam que haviam vencido.

– Se você se sentir mais confortável – disse Margaret –, posso acompanhar sua irmã. Não posso ir até Londres, mas posso ir com Anne ao menos até Lancashire.

– NÃO!

Margaret se assustou com o vigor da resposta dele.

– O que houve?

Angus colocou a mão no quadril e a fulminou com o olhar.

– Você não vai para Lancashire.

– Não vou?

– Não vai? – perguntou Anne. Então se virou para Margaret: – Se não se importar, qual é o seu nome, afinal?

– Srta. Pennypacker, embora eu acredite que devamos nos tratar pelo primeiro nome, não é mesmo? Eu me chamo Margaret.

Anne assentiu e falou:

– Eu me sentiria imensamente grata, Margaret, pela sua companhia durante a viagem a...

– Ela não irá – interrompeu Angus com firmeza.

Dois pares de olhos femininos se voltaram para ele.

Angus se sentiu enjoado.

– E o que – disse Margaret, sem se alterar – você sugere que eu faça?

Angus não sabia de onde as palavras estavam vindo, não sabia que aquele pensamento havia se formado, mas, enquanto olhava para Margaret, se lembrou subitamente de cada segundo em sua companhia. Ele sentiu seus beijos e ouviu seu riso. Ele a viu sorrir e isso tocou sua alma. Ela era mandona demais, teimosa demais e pequena demais para um homem do tamanho dele, mas de alguma forma seu coração desprezava tudo isso, porque quando ela o olhou com aqueles olhos verdes maravilhosamente inteligentes tudo o que ele conseguiu dizer foi:

– Case-se comigo.

Margaret achava que sabia como era ficar sem palavras. Não era uma condição que ela vivenciava com frequência, mas julgava ser algo razoavelmente familiar.

Ela estava errada.

Seu coração disparou, a cabeça voava e ela ficou sem ar. Sentiu a boca seca, os olhos se encheram d'água e os ouvidos começaram a zunir. Se houvesse uma cadeira por perto, ela teria tentado se sentar, mas provavelmente erraria e cairia no chão.

Anne se inclinou para Margaret.

– Srta. Pennypacker? Margaret? Você está bem?

Angus não disse nada.

Anne se virou para o irmão.

– Acho que ela vai desmaiar.

– Ela não vai desmaiar – garantiu ele em um tom obstinado. – Ela nunca desmaia.

Margaret começou a bater a palma da mão no peito, como se aquilo pudesse remover o nó de choque que se instalara em sua garganta.

– Há quanto tempo você a conhece? – perguntou Anne, desconfiada.

Angus deu de ombros.

– Desde ontem à noite.

– Então como poderia saber se ela costuma desmaiar ou não?

– Eu apenas sei.

A boca de Anne se contraiu em uma linha firme.

– Então como… Espere um segundo! Você a conheceu há apenas um dia e quer se casar com ela?!

– Essa é uma pergunta irrelevante – retrucou ele –, visto que, ao que tudo indica, ela não vai aceitar.

– Sim! – exclamou Margaret.

Proferir aquela sílaba estrangulada foi o máximo que ela conseguiu fazer. Não podia, contudo, continuar vendo aquela expressão de decepção no rosto de Angus.

Os olhos dele se encheram de esperança – com um toque encantador de descrença.

– Sim?

Ela assentiu com entusiasmo.

– Sim, eu me casarei com você. Você é mandão demais, teimoso demais e alto demais para uma mulher da minha estatura, mas eu me casarei com você mesmo assim.

– Ora, ora, que romântico – murmurou Anne. – Você deveria ao menos tê-lo feito se ajoelhar para fazer o pedido.

Angus ignorou a irmã, sorrindo para Margaret enquanto tocava o rosto dela com os dedos mais suaves.

– Você percebe – murmurou ele – que essa é a coisa mais maluca e mais impulsiva que já fez em toda a sua vida?

Margaret assentiu.

– Mas também é a mais perfeita.

– Na vida dela? – repetiu Anne, duvidando. – Na vida dela? Como você pode saber? Você só a conhece há um dia!

– Você – afirmou Angus, encarando a irmã – é dispensável.

Anne sorriu.

– Sério? Isso significa que posso ir para Londres, então?

Seis horas depois, Anne estava a caminho de Londres. Ela ouvira um sermão e tanto do irmão, um bocado de conselhos fraternos de Margaret e uma promessa de que ambos iriam visitá-la dentro de um mês.

Antes disso, a irmã de Angus permanecera mais um pouco em Gretna Green, é claro, para o casamento. Margaret e Angus se casaram menos de uma hora após o pedido. Margaret, a princípio, relutou, alegando que deveria se casar em casa, com a família presente, mas Angus apenas erguera uma de suas sobrancelhas escuras e dissera:

– Por Jesus, por todo o uísque e por Roberto de Bruce, você está em Gretna Green, mulher. Você precisa se casar.

Margaret concordara, mas apenas depois de Angus sussurrar em seu ouvido:

– Eu a levarei para a cama esta noite com ou sem a bênção do ministro.

Ela rapidamente decidiu que havia, afinal, benefícios em um casamento às pressas.

E, assim, o feliz casal se encontrava outra vez em seu quarto no The Canny Man.

– Talvez eu precise comprar esta hospedaria – grunhiu Angus enquanto passava pela porta com Margaret no colo –, só para garantir que este quarto nunca mais seja usado por outro casal.

– Você está tão apegado assim? – provocou Margaret.

– Pela manhã, você compreenderá o motivo.

Ela corou.

– Ainda enrubescendo? – comentou ele, rindo. – Logo você, uma velha senhora casada.

– Estou casada há duas horas! Acho que ainda tenho o direito de enrubescer.

Ele a colocou na cama e a olhou como se ela fosse um quitute na vitrine de uma padaria.

– Sim – murmurou ele. – Tem, sim.

– Minha família não acreditará nisso – refletiu ela.

Angus se deitou na cama e cobriu o corpo dela com o seu.

– Você pode se preocupar com eles depois.

– *Eu* mesma não consigo acreditar.

Angus aproximou a boca da orelha de Margaret. Ela sentiu a respiração quente quando o ouviu dizer:

– Você vai acreditar. Vou me certificar disso.

Ele deslizou as mãos pelas costas dela, segurando-a e pressionando-a com firmeza contra sua ereção.

Margaret soltou um suspiro de surpresa.

– Acredita agora? – perguntou Angus.

Ela jamais soube de onde tirou tamanha audácia, mas abriu um sorriso sedutor e murmurou:

– Não muito.

– Sério? – Os lábios dele se abriram em um sorriso lento. – Isso não é prova suficiente?

Ela balançou a cabeça.

– Hum. Devem ser essas roupas todas – falou Angus.

– Você acha?

Ele assentiu e começou a abrir os botões do casaco que Margaret ainda usava.

– Há camadas de tecido em excesso neste cômodo.

O casaco foi tirado, bem como as saias, e então, antes que Margaret tivesse tempo para se acanhar, Angus já tinha tirado as próprias roupas, e tudo o que restou era pele sobre pele.

Era a mais estranha das sensações. Ele a tocava em todas as partes. Estava em cima dela, ao redor, e logo – Margaret percebeu, maravilhada – também estaria dentro dela.

A boca de Angus escorregou até a pele delicada do lóbulo da orelha de Margaret. Ele sugava e mordiscava enquanto sussurrava sugestões depravadas que a faziam corar até os dedos dos pés. E então, antes que ela pudesse dizer qualquer coisa, ele se afastou e se abaixou. Quando Margaret percebeu, a língua de Angus circundava seu umbigo e ela soube – teve certeza – que ele realizaria cada uma daquelas sugestões depravadas aquela noite.

Os dedos dele alcançaram a feminilidade de Margaret e ela arfou quando eles deslizaram para dentro dela. Ela deveria se sentir invadida, mas em vez disso se sentia preenchida, embora ainda não fosse o suficiente.

– Você gosta disso? – murmurou ele, fitando-a.

Ela concordou com a respiração ofegante, curta e desejosa.

– Ótimo – disse Angus, parecendo muito masculino e satisfeito consigo mesmo. – Vai gostar ainda mais disso aqui.

Então os lábios dele se juntaram aos dedos e Margaret quase saltou da cama.

– Você não pode fazer isso! – exclamou ela.

Ele não ergueu os olhos, mas Margaret podia senti-lo sorrir contra a pele delicada da parte interna de suas coxas.

– Claro que posso.

– Não, você realmente…

– Sim. – Ele ergueu a cabeça, e seu sorriso lento e preguiçoso derreteu os ossos de Margaret. – Claro que posso.

Angus fez amor com ela com a boca, provocando-a com os dedos enquanto uma pressão lenta e ribombante crescia dentro dela. O desejo aumentou até quase doer, mas a sensação era pecaminosamente deliciosa.

Então algo explodiu dentro dela. Algum lugar profundo e secreto que ela não sabia existir eclodiu em luz e prazer. Seu mundo foi reduzido àquela cama, com aquele homem.

Aquilo era a perfeição absoluta.

Angus se acomodou em cima dela, envolvendo-a com os braços enquanto Margaret retornava lentamente à Terra. Ele ainda estava rijo, com o corpo tenso de desejo, mas, de alguma forma, se sentia estranhamente satisfeito. Era ela, percebeu Angus. Margaret. Não havia nada na vida que não pudesse ficar melhor com um sorriso dela, e proporcionar a uma mulher seu primeiro prazer tocara fundo em sua alma.

– Feliz? – murmurou ele.

Ela assentiu, se sentindo zonza, saciada e muito, muito amada.

Angus se aproximou e acarinhou o pescoço dela.

– Tem mais.

– Qualquer coisa além disso certamente me matará.

– Ah, acho que sobreviveremos.

Angus riu enquanto se posicionava em cima dela, usando seus braços vistosos para manter o corpo a poucos centímetros do dela.

Os olhos de Margaret se abriram e ela sorriu para ele. Ela ergueu a mão para tocar no rosto de Angus.

– Você é um homem tão forte – sussurrou ela. – Um homem tão *bom*.

Ele virou a cabeça até seus lábios encontrarem a curva da mão dela.

– Você sabe que a amo, não sabe?

O coração de Margaret quase parou de bater – ou talvez tenha disparado.

– Ama?

– É a coisa mais estranha do mundo – comentou ele, com um sorriso perplexo e levemente orgulhoso. – Mas é a mais pura verdade.

Ela o fitou por um instante, memorizando aquele rosto. Queria se lembrar de tudo daquele momento, desde o brilho nos olhos escuros de Angus até a maneira como os grossos cabelos pretos caíam sobre a testa dele. E também havia a forma como a luz iluminava o rosto de Angus, a curva forte de seus ombros e...

O coração de Margaret se aqueceu. Ela teria uma vida inteira para memorizar detalhes como aqueles.

– Eu também amo você – sussurrou ela.

Angus a beijou. E a tornou sua.

Várias horas depois, eles estavam deitados na cama, saboreando com entusiasmo a refeição que o dono da hospedaria havia deixado na porta do quarto.

– Eu acho – disse Angus de repente – que fizemos um bebê esta noite.

Margaret largou a coxa de frango.

– Por que é que você pensaria isso?

Ele deu de ombros.

– Eu certamente trabalhei duro.

– Ah, e você acha que uma vez…

– Três. – Ele sorriu. – Três vezes.

Margaret corou e murmurou:

– Quatro.

– Tem razão! Eu tinha me esquecido da…

Ela deu um tapinha no ombro de Angus.

– Acho que basta, por favor.

– Jamais bastará. – Ele se aproximou e deu um beijo no nariz dela. – Estive pensando…

– Que Deus nos acuda.

– Visto que agora somos os Greenes e estamos em Gretna Green e jamais esqueceremos como nos conhecemos…

Margaret grunhiu.

– Pare por aí, Angus.

– Gretel! – exclamou ele com um floreio. – Podemos chamá-la de Gretel. Gretel Greene.

– Por Jesus, por todo o uísque e por Roberto de Bruce, por favor, diga que você está brincando – pediu Margaret.

– Gertrude? Gertrude Greene? Não tem a mesma pompa, mas minha tia ficaria honrada.

Margaret desabou na cama. Resistir era inútil.

– Grover? Gregory? Você não pode reclamar de "Gregory". Galahad? Giselle…

Karen Ranney

A noiva de Glenlyon

UM

Não vou me casar com a bruxa – afirmou Lachlan.

Ninguém deu atenção. Todo o clã parecia, na verdade, enfeitiçado por Coinneach MacAuley. O velho se considerava um profeta, um adivinho, e qualquer homem, mulher ou criança no salão era obrigado a compor sua plateia atenta.

– Vejo o futuro distante – entoou o velho.

Ele estava parado no centro do salão com os braços erguidos, como se suas mãos estivessem pressionadas contra uma parede invisível. A barba totalmente branca e pontuda se estendia até a metade do peito. Debaixo das sobrancelhas grossas e brancas brilhavam olhos azuis vivos, jovens demais para o rosto envelhecido e que estavam, naquele momento, fixos no teto alto do salão, como se enxergassem o futuro ali escrito.

– Leio a ruína dos Sinclairs. Vejo o chefe, o último de sua linhagem. Ele não será pai. – Sua voz se elevou e se espalhou pelo amplo salão como um eco. Talvez as pessoas estivessem sussurrando entre si, mas ninguém pensava em interromper o profeta. – Seus filhos, os mais corajosos, jamais nascerão. Todas as honras que trariam ao clã Sinclair não passarão de poeira ao vento. Nenhum futuro chefe regerá novamente. Há apenas esterilidade e desastre no futuro dos Sinclairs. – Ele se virou e apontou o dedo longo e enrugado para Lachlan. – Porque você ignorou a Lenda.

Lachlan encarou o velho. Era melhor esperar o profeta terminar o pronunciamento do que interromper. Isso apenas resultaria em um discurso mais demorado.

O profeta baixou o dedo e inclinou a cabeça.

– Nenhum Sinclair jamais regerá Glenlyon novamente – prosseguiu Coinneach. – O castelo jazerá como uma cripta, desprovido de vida.

Lachlan sentiu que arqueava uma das sobrancelhas, mas se esforçou para assumir um semblante destituído de qualquer emoção.

– Desista, velhote – disse ele. Sua voz tomou conta do salão da mesma forma que a do profeta. – Não me casarei com a bruxa.

A voz de Coinneach se elevou outra vez, em um tom que tinha o propósito de eriçar os pelos do pescoço de todos os Sinclairs que o ouviam. O problema era que *todos* estavam plenamente atentos. Eles deveriam era estar bebendo. Era uma noite de brindes e embriaguez lenta, porém certeira. James, primo de Lachlan, havia se casado e o afortunado enlace estava sendo celebrado. No entanto, Coinneach se aproveitara da ocasião para causar confusão e estava sendo bem-sucedido.

– E somente depois que Sinclair finalmente lamentar seu destino e a perda de todos os filhos que não nasceram, ele poderá jazer em seu túmulo. Suas últimas posses serão herdadas por um Campbell. – Ao ouvir isso, a multidão sibilou, incrédula. Os Campbells e os Sinclairs eram inimigos desde o início dos tempos. – Vejo a Noiva diante de mim – acrescentou Coinneach, com rapidez. – Ela conhece o segredo da vida. Tem os pés tortos e a voz de uma *banshee*, a fada mensageira da morte, mas há de salvar o clã Sinclair.

Lachlan se endireitou na cadeira.

– Esse é o problema dela, velhote? Ela é manca e berra? É por isso que o pai dela está se esforçando tanto para negociá-la?

Coinneach franziu o cenho para ele.

– Ele quer o fim dos saques, Lachlan. Sua promessa em troca da filha dele.

Os Sinclairs costumavam fazer suas estripulias na fronteira havia gerações, mas, desde o levante de 1745, eles perturbavam os ingleses por puro prazer. No último ano, contudo, os saques haviam tomado um rumo desenfreado. O roubo de gado não ocorria tanto por diversão, mas sim para aumentar o rebanho minguante dos Sinclairs.

Lachlan se recostou na pesada cadeira de madeira entalhada que fora de seu pai e do pai de seu pai. Crescera ouvindo relatos sobre os banquetes dos Sinclairs desde que era pequeno, aprendendo a história de seu clã naquele mesmo salão. Era proprietário de terras, um *laird*, uma posição que parecia significar cada vez menos para os clãs ultimamente. Mas se tratava de um dever sagrado para seu pai e para todos os Sinclairs que o precederam. E significava algo para ele próprio. A responsabilidade da sobrevivência do clã era um fardo constante.

Suas terras eram gloriosamente belas, uma sucessão de colinas suavemente onduladas e vales verdejantes profundos que abriam caminho para picos altos e sombrios. Um refúgio que sempre provera para seu povo, mesmo em tempos de dificuldades políticas. Depois do levante de 1745, era como se a Inglaterra estivesse sempre pisando no pescoço da Escócia. Nenhum escocês podia esquecer que seu país se rebelara e perdera. Estradas foram construídas e sobre elas marcharam soldados ingleses, com suas casacas vermelhas. Fortes foram erguidos, canhões permaneciam a postos, impostos aduaneiros passaram a ser cobrados e foram criadas leis para expulsar, banir ou expurgar tudo aquilo que constituía motivo de orgulho para seus compatriotas.

Nos últimos anos, o destino dos Sinclairs parecia tão desalentador quanto o da Escócia. O gado não havia procriado e apenas cevada crescera em suas terras. Não era de admirar que tantas pessoas estivessem indo embora.

Tudo o que Lachlan Sinclair via quando olhava para o amplo salão de sua residência era o que precisava ser feito, não o que podia ser conquistado.

A Lenda pairava como uma nuvem cada vez mais carregada sobre sua cabeça. Quase todos os dias ele acordava com algum novo lembrete de suas responsabilidades. Lachlan estava começando a acreditar, como se ele mesmo fosse um profeta, que talvez esse casamento fosse, no fim das contas, a única saída para que os Sinclairs voltassem a prosperar.

Falava-se na Lenda da Noiva de Glenlyon desde que ele nascera. Dizia-se que a Velha Mab, a parteira, havia sonhado com o futuro de Lachlan, que estava firmemente atrelado ao do clã. Decidiu-se que a velha sonhara com uma profecia, e Coinneach apenas explorara a história. Com o passar dos anos, contudo, a Lenda ganhara importância. Ele tinha certeza de que todos os membros de seu clã admitiriam acreditar nela. Achavam que a presença de uma pessoa estranha assinalaria o fim dos tempos difíceis que os afligiam. Não seria sua astúcia que salvaria o clã do desespero, ou seu conhecimento, ou mesmo sua audácia. *Ela* seria a resposta, essa figura sombria de uma mulher que ousava permanecer em sua visão periférica, como se zombasse dele naquele exato momento. Ele preferia saquear as terras dela e roubar seu gado a ter que se casar com a bruxa.

O pai dela fizera a oferta uma semana antes. Os rumores já o haviam munido dos detalhes que o fazendeiro deixara de mencionar. Harriet. Até mesmo o nome era feio. As palavras de Coinneach apenas ratificaram seus temores. Uma noiva horrorosa, mas com um dote gordo o bastante para alimentar seu povo.

Lachlan pegou o copo e o virou. Não havia mais uísque – o último barril dos porões do castelo fora aberto para a ocasião. Um escocês sem uísque era como um rio sem água. Um simplesmente completava o outro. Não havia nada tão ruim que o sabor da bebida não pudesse apaziguar. Ele morria de medo de que a falta de uísque constituísse mais um sinal, para seu povo, de que os Sinclairs estavam com os dias contados.

Angus era o responsável pela destilaria, mas ele morrera de forma inesperada um mês antes. Uma tragédia em mais de um sentido. Lachlan não só perdera um homem de seu clã, mas também todo o conhecimento que ele possuía e, com isso, o único produto que eles talvez pudessem contrabandear, angariando certo lucro.

Sempre havia aqueles que pagavam muito bem por um bom uísque escocês. Até mesmo ingleses. Mas o fato em questão era que o imposto abocanhava o menor dos lucros de uma venda daquelas. Era comum, portanto, simplesmente evitar a taxação. Alguns chamariam essa prática de "contrabando". Lachlan preferia chamar de "comércio inteligente". O comprador ficava satisfeito com um produto de qualidade superior e o vendedor arrecadava um lucro razoável. As únicas pessoas que não eram a favor de sonegar o imposto punitivo eram os fiscais tributários.

Mas sem o uísque ele não tinha produto algum para contrabandear, comercializar ou permutar. Glenlyon dispunha somente de duas coisas em abundância: cevada e esperança.

Ele se levantou e fez um brinde ao primo, erguendo o copo vazio. Risos se seguiram aos cumprimentos dele ao feliz casal. O próprio sorriso de Lachlan, no entanto, era forçado. Então ele se virou e saiu do salão.

Lachlan precisava de um milagre. Ou de uma Lenda. Ele parou, detido por uma sensação física tão aguda que parecia que uma adaga fora fincada em seu peito. Certamente era isso ou o destino. Ele teria que se casar com a inglesa para salvar o clã.

Mas não faria isso até ver a bruxa com os próprios olhos.

Residência do Sr. Hanson
Inglaterra

A noite seria de lua cheia. A lua dos ladrões, dizia o pai dela. *Uma lua para sonhar, garota. Feche os olhos e sinta a lua debaixo de suas pálpebras. Isso é magia, Janet.* Ela precisava de um pouco de magia. Qualquer coisa para afastar a sensação horrível de estar presa dentro do próprio corpo. De gritar sem fazer barulho.

– Janet, você quer que eu busque um xale? Está tremendo.

Ela se virou e Jeremy Hanson estava ali outra vez. Como estava na maior parte do tempo. Tão próximo que Janet se sentiu grata por estar usando a echarpe de musselina por cima do corpete. Ela o puxou discretamente para cima e balançou a cabeça.

– Está doente?

– Não, apenas perdida em um pensamento errante – respondeu ela, forçando um sorriso.

– Então você não deveria pensar nesses assuntos tão perturbadores – falou Jeremy.

O sorriso dele era sincero; a expressão dos olhos, de profunda devoção. Ele era um rapaz realmente gentil, alto e esguio, com olhos cor de mel e cabelos castanho-claros. Tudo relacionado a Jeremy era apetecível, nada muito extravagante ou fora do lugar. Mas a verdade era que ele era solícito demais com ela, um fato que desagradaria bastante a família dele, se um dia percebessem. Janet não passava de uma garota medíocre, uma dama de companhia da filha do dono da casa.

– Jeremy, venha ver o que eu fiz. Acho que consegui capturar a essência do jardim na primavera. O que me diz? – gritou Harriet.

Janet tinha certeza de que a intenção dela tinha sido interrompê-los. Ou talvez apenas a julgasse com maus olhos. Ela já estava a serviço de Harriet havia sete anos, mas a compreensão ainda lhe escapava pelos dedos como água. Às vezes a achava genuinamente bondosa, outras vezes suspeitava que Harriet esperava um momento em que Janet já estivesse se sentindo péssima para criticá-la e censurá-la.

Ultimamente, o humor de Harriet andava pior que o de costume. Janet não conseguia discernir o motivo, até que ouviu uma conversa. O solar era cavernoso, de modo que qualquer sussurro podia chegar aos lugares mais inesperados. Ela descobrira, sem querer, que o Sr. Hanson havia feito as pazes com o escocês que adquirira o hábito de atravessar a fronteira para atormentá-lo nos últimos anos. O senhor da fazenda oferecera a mão e o dote da filha como incentivo para que o escocês parasse de roubar seu gado.

Harriet estava prestes a se casar com o *laird* dos Sinclairs. Isso, *sim*, era uma surpresa.

Janet não conseguia evitar se perguntar se o pai de Harriet havia se afastado de casa até as núpcias, que aconteceriam dali a um mês, apenas para evitar o aborrecimento da convivência com a filha. A irritação dela por causa do casamento iminente parecia destinada a durar até o dia em que estivesse, por fim, casada.

Janet tornou a se virar para a janela, desejando ter o poder de atravessar o vidro e escapar pela noite como uma sombra. Ela se esconderia entre as árvores, espiaria por detrás de um tronco grosso e correria para o bosque como uma criatura da floresta. Para longe. Onde não pudessem lhe dizer que seu sotaque era o de uma pessoa simplória, ou que a cor de sua pele era estranha, ou que seus dedos eram atrapalhados. Talvez fosse para onde houvesse música e o som de risadas. Felicidade, embalada em um embrulho noturno e decorada com uma fita de aceitação.

Às vezes, Janet se sentia muito solitária. Mas, pela primeira vez em sete anos, tinha uma promessa de que tudo aquilo acabaria. Ela descobrira, no dia em que ficara sabendo do casamento de Harriet, que deveria ir com ela para a Escócia depois que a jovem se casasse. Estaria enfim em casa, em solo escocês novamente. Ela estava contando os dias ansiosamente.

– Saia da janela, Janet. Preciso de você.

Janet atravessou o cômodo e se sentou na cadeira ao lado de Harriet. A garota seria bastante atraente, pensou Janet, se não estivesse sempre de mal com o mundo. Harriet tinha cabelos castanhos cacheados e olhos azuis claríssimos. Era de baixa estatura, uma figura graciosa que passava a impressão de fraqueza ou fragilidade, de algo delicado a ser protegido. Harriet, no entanto, tinha uma vontade de ferro. Nunca a demonstrava de forma explícita nem em surtos de gritos ou pirraça. A vontade simplesmente *existia*, como o céu ou a terra.

– Você passou o dia choramingando. O que foi? Algum feriado escocês que nos esquecemos de celebrar? Alguma ocasião sagrada? – perguntou Harriet.

Janet balançou a cabeça. Era melhor não responder às provocações da garota – uma lição que aprendera nos últimos sete anos. Janet tinha apenas 15 anos quando chegara à Inglaterra. Seus pais tinham falecido e seu vilarejo fora dizimado pela gripe. As pessoas haviam começado a ir embora antes da epidemia e, depois, era como se apenas fantasmas habitassem Tarlogie.

A Janet fora dada a escolha de ser a dama de companhia de Harriet ou morrer de fome nas ruas. Havia dias em que tinha certeza de que fizera a escolha errada.

De toda forma, poderia ser pior. Suas obrigações não eram onerosas. Ela aprendera a ignorar a maior parte das reclamações de Harriet, mesmo que os choramingos agudos da garota tornassem a tarefa quase impossível. Janet tinha permissão para passar algumas horas em meio às flores, lendo um livro furtado sorrateiramente da biblioteca do Sr. Hanson. Se não tinha perspectivas de um futuro, a culpa não era de Harriet.

– Você tratou meu irmão com arrogância – disse Harriet.

Sua voz agora não passava de um sussurro rouco, inaudível para Jeremy, que estava sentado do outro lado do salão, lendo. De tempos em tempos, ele erguia os olhos e dava um sorriso doce na direção de Janet.

– Fui agradável, acredito. Ele me fez uma pergunta e eu respondi – explicou Janet.

O comportamento era transmitido de pai para filho? Era por isso que Harriet vivia com uma expressão fechada e parecia tão infeliz? Se fosse esse o caso, por que Jeremy não era mais parecido com o pai?

Não, aquilo não era muito justo. Os pais de Harriet eram pessoas bastante gentis. O Sr. Hanson era um homem tempestuoso que reclamava um bocado e se sentia claramente mais confortável na presença de animais do que de pessoas. A mãe de Harriet, Louisa Hanson, vivia acamada e não participava de boa parte das atividades da casa. Era uma senhora doce que tinha o hábito de fungar em um lenço de renda, e sempre fora gentil, de um jeito um tanto distraído. Janet não se surpreenderia se os outros moradores da casa se esquecessem de sua presença por longos períodos, da mesma forma que a Sra. Hanson certamente se esquecia da deles.

– Vi a maneira como você sorriu para ele, Janet – insistiu Harriet. – Como se pudesse encantá-lo.

– Fui apenas educada.

– Pratique suas artimanhas com o cavalariço. Ou com os lacaios. Caso contrário, não terei escolha a não ser reportar seu comportamento indomado a meu pai.

Indomado? Um sorriso contido nasceu em segredo. Ela abaixou a cabeça para, caso ele se manifestasse, não deixar transparecer seu divertimento. *Ah, Harriet, se quer saber o que significa ser "indomado", olhe dentro do meu coração. Ele, sim, é indomado.*

Pronto, aí estava. A verdade sem rodeios e sem fingimento. Ela não queria estar ali, naquele lugar, ser uma eterna dama de companhia enquanto sua vida se esvaía. Queria ir para casa, em Tarlogie. Queria poder ouvir a risada estrondosa do pai e a voz suave da mãe. Sua mãe era inglesa, e era pela linhagem da avó que Janet alegara a relação com os Hansons. Por conta dessa relação, hoje tinha um lugar para morar. Mas, ah, como era difícil fingir *gostar* de ser inglesa.

Durante toda a vida, Janet fora criada para louvar sua ancestralidade, encontrar em si mesma aquilo que a ligava a seu orgulhoso povo. Ela era filha única e extremamente curiosa, segundo o pai. Talvez fosse por isso que ele permitira que a filha o acompanhasse para aprender seu negócio como qualquer outro aprendiz. Ela crescera acostumada a dizer o que pensava, a rir sem moderação, a ver o lado bom da vida.

Voltar a ser assim era o que mais desejava. Dançar no meio do campo, ver o sol nascer nas Terras Altas. Ouvir o som do gaélico, sentir o cheiro acre da fumaça da turfa. *Aquilo, sim,* era ser indomado.

Durante os últimos sete anos, ela se obrigara a ser outra pessoa. A Janet que vivia com os pais em um vilarejo nos arredores de Tain desaparecera. Ela mal se lembrava de como falar gaélico e das canções que cantarolava quando era pequena. Afinal, não havia mais motivo para rir, ou mesmo sorrir. Até seu sotaque havia mudado. Ela parecia mais inglesa do que escocesa.

Ah, mas por dentro seu coração indomado batia forte.

– Você está fazendo bico, Janet? Isso não é nada adequado a uma dama de companhia. Passe meu cesto – ordenou Harriet.

Janet se abaixou para pegar o cesto de bordado. Ela o ergueu em silêncio, sem dizer nada enquanto Harriet se demorava em escolher a próxima linha que usaria.

– Segure o cesto com firmeza, Janet. Suas mãos estão tremendo.

Janet apoiou o cesto pesado nos joelhos.

– Detesto esse tom de azul da linha que você escolheu. Em que estava pensando? – Harriet remexeu os carretéis. Uma das tarefas de Janet era reorganizá-los toda noite, enrolando as linhas. – Você esperava se livrar de seus afazeres ao demonstrar seu fraco poder de decisão?

– É exatamente a cor que você pediu, Harriet. Um tom de azul para bordar delfínios.

Harriet a encarou, franzindo ainda mais o cenho.

– Está me dizendo que estou errada, Janet? Não posso acreditar que você seria tola a esse ponto.

– Se não gosta da cor que escolhi, Harriet – respondeu a outra, com calma –, talvez seja melhor que você mesma vá ao vilarejo na próxima vez.

Janet olhou para o chão, horrorizada com as próprias palavras. A lua cheia, essa era a causa. Ela havia passado dos limites? Sim, ah, sim, havia. Gloriosamente. Ao menos tinha dito a verdade. A honestidade borbulhava dentro dela, coberta apenas por uma camada de força de vontade e prudência. Suas palavras poderiam fazê-la perder o serviço, apesar do laço familiar. Para onde ela iria, então? Para a rua, com menos perspectivas futuras do que tinha agora.

– Perdoe-me, Harriet – disse ela, com delicadeza.

– Você deve estar doente, Janet, para falar de modo tão estúpido. É isso, não é? Chame a Sra. Thomas e mande-a trazer um pouco de pó de Dover.

– Não é nada, Harriet – garantiu Janet. – Talvez eu esteja apenas cansada.

Mesmo que estivesse se sentindo adoentada, teria negado para escapar de ter que tomar pó de Dover. O remédio fazia seu estômago se revirar e também provocava sonhos bizarríssimos. Na última vez em que ela fora forçada a tomar o pó, acordara ensopada com o próprio suor e jurando nunca mais sucumbir àquele medicamento de novo.

– Por que você estaria cansada? Não fez esforço algum hoje.

O sorriso de Harriet continha uma pitada de provocação, que fez Janet engolir a resposta de que havia caminhado até o vilarejo e retornado, não uma, mas duas vezes, simplesmente porque Harriet havia se esquecido de algo que queria comprar.

– Talvez você tenha razão – respondeu Janet. – Talvez eu esteja adoecendo.

– Quanta falta de consideração da sua parte estar doente na minha presença. Deixe-me, então – disse a garota.

Janet colocou seu bordado no chão, ao lado de Harriet, e fez um aceno com a cabeça. Antes que Jeremy pudesse lhe desejar uma noite boa e tranquila, ela já escapulira.

Mas não foi para cama. A noite era uma criança. A lua acabara de surgir no céu e o encanto da brisa no início da primavera era tentador demais para resistir. Aquele momento era precioso demais; a liberdade, rara demais para desperdiçar.

Ela seria indomada, mesmo que apenas por um instante.

Um córrego raso atravessava a propriedade dos Hansons ao leste da casa. Pela manhã, era como se brilhasse. Os raios de sol provocavam esse efeito. Aquilo a fazia se lembrar de Tarlogie e do riacho que corria ao lado de sua pequena cabana. Ele brilhava, pela manhã, da mesma forma que aquele ali antes de desparecer novamente no chão.

Agora, o córrego estava negro, iluminado apenas por um feixe de luar. Ela se virou para o norte, desejando poder ser como um passarinho e voar acima do solo, encontrar um ninho entre as árvores que ladeavam um lago. Ela quase conseguia sentir a Escócia chamando seu nome ali, como se soubesse que uma de suas crianças não estava por lá. A saudade estava em seu sangue, tão profunda e intensa que a fazia querer chorar de vez em quando. *Pode-se tirar um escocês da Escócia, mas nunca a Escócia do escocês* – um ditado que ela ouvira quando criança, cujo real significado jamais compreendera até ser separada de sua terra natal.

Sentou-se à beirada do pequeno córrego, no chão coberto de musgo. Havia árvores ao seu redor escurecendo ainda mais a noite de luar. A noite estava convidativa, como se aprovasse sua escapadela para a mata. Apenas desta vez. Só por um instante durante um período de sete anos, e então ela voltaria a ser a Janet serena de sempre.

Remexeu os dedos, tirou os sapatos e as meias, ergueu as saias do traje de criada acima dos joelhos e entrou na água. Estava gelada, embora fosse primavera. Talvez carregasse consigo a frieza das próprias montanhas escocesas. *Bobagem, Janet.* Era mais provável que se tratasse de um tranquilo riacho inglês. Todo sério e comedido, sem jamais transbordar, sem nunca fugir de seu curso. Ele não passaria por túneis de turfa, nem carregaria consigo um sabor defumado. Apenas reviraria rochas e cascalhos da maneira mais decente possível.

– É difícil domar suas maneiras, riacho? Você tem tanta dificuldade quanto eu? Gostaria de não precisar ser tão gentil o tempo todo – comentou ela baixinho.

Subitamente, uma voz ressoou em meio à escuridão.

– A senhorita é um desses duendes benfazejos que falam com a água?

Ela ergueu a cabeça de repente. Tudo o que viu foi uma sombra na paisagem, apenas uma sombra longa e escura perto de uma árvore. O coração estava disparado no peito. As mãos agarraram as saias e as seguraram sobre a água corrente. Se não se encontrasse naquela situação, talvez tivesse saído correndo ao ouvir aquela voz.

Ou não. Talvez ela fosse ao encontro da voz, sombria e carregada como uma noite de verão. Permeada pelo som da Escócia.

– Um duende benfazejo? – Ela não conseguiu evitar o sorriso. E sorrir pareceu ter removido a rolha que mantivera seus sentimentos aprisionados durante todos aqueles anos. – Se eu fosse um duende benfazejo – continuou ela com a voz tão suave quanto a dele –, estaria na casa, cumprindo os afazeres da senhora. Preparando os pratos para o jantar ou praticando minhas habilidades com a agulha.

– Ah, mas a vela ainda flameja, então talvez a senhorita espere todos estarem em suas camas para começar seus afazeres.

Ele deu alguns passos e ela permaneceu onde estava. A Janet serena foi engaiolada pela indecência, uma travessura descoberta enquanto ela mergulhava de corpo e alma em seu comportamento indecoroso. Não parecia justo ser pega logo quando estava prestes a ser indomada. Ela mexeu os dedos dos pés. As pedras foram delicadas e não cortaram sua pele, e a água não parecia mais tão gelada.

– Eu gostaria de ter um pouco de queijo e um copo de leite para lhe oferecer – disse o homem.

Ela seguiu a sombra dele e se perguntou quem seria. Será que ele era mesmo real? Será que sua imaginação o criara por conta da solidão? Um sonho, quem sabe? Um fantasma, que viera para compartilhar de seus momentos de travessura?

– O senhor tem certa experiência em tentar duendes, pelo que vejo – disse ela. – Não se deve lhes pagar muito, senão seu orgulho será ferido.

– Nem se deve ignorar sua contribuição – acrescentou ele –, caso contrário podem desaparecer e nunca mais voltar.

Ele era escocês, a noite era de luar e eles estavam na Inglaterra: três fatos que levavam a uma conclusão.

– O senhor é um saqueador da fronteira, não é?

A risada dele a surpreendeu. Não o som gutural, mas a surpresa e o fascínio que demonstrou. Ele parecia encantado, o que era tanto estúpido quanto estranhamente presunçoso. Janet, a serena, cativando um ladrão.

– E vim para roubá-la, não é mesmo?

– Veio? – perguntou ela, sacudindo um pé antes de colocá-lo com delicadeza na beirada do riacho.

Ela saiu da água e largou as saias.

– Embora seja verdade que as damas são uma bênção, o gado é mais valioso. A luxúria é uma maravilha, mas nunca poderá se sobrepor a uma barriga cheia – falou o homem.

A risada dela escapou sem restrições. A honestidade era um item em falta na vida de Janet nos últimos tempos. Era revigorante ouvir aquele som, mesmo que a verdade tivesse sido declarada tão francamente.

– Bem, lamento o fato de eu não ser uma vaca – disse Janet.

– Ah, não vim em busca de gado desta vez.

Uma leve onda de pavor se espalhou por ela.

– E para *que* veio, então?

– Para aprender, talvez. Buscar algumas respostas.

Silêncio enquanto ela aguardava. Quando ficou claro que ele não satisfaria sua curiosidade, ela inclinou a cabeça e franziu o cenho em meio às sombras.

– A lua clareia seus cabelos, moça. Parecem prateados sob o luar. De que cor são à luz do sol?

Ela piscou para ele, atordoada com a pergunta e o tom confuso na voz dele.

– Castanhos.

– Castanhos como a terra após uma chuva de primavera?

– Simplesmente castanhos, receio. Nem mais nem menos do que isso.

Por causa do charme dele, o sorriso surgiu novamente nos lábios de Janet.

– E os seus olhos? – ele indagou.

– Azuis. E não, não como o azul dos céus.

– Falta-lhe poesia na alma, moça.

– E eu acho que o senhor é poético demais para um saqueador.

– Harriet!

O som da voz de Jeremy interrompeu o gracejo entre eles como uma espada afiada. Janet virou a cabeça na direção da casa, alarmada. Se Jeremy estava procurando pela irmã, isso significava que Harriet estava, sem dúvida, procurando por ela. E raiva ou irritação eram os únicos ímpetos conhecidos por Harriet durante a noite.

Janet se abaixou e pegou os sapatos, desejando se despedir, mas o homem já havia desaparecido nas sombras. Talvez ela o tivesse mesmo imaginado. Mais tarde, em sua cama, refletiria sobre o assunto.

DOIS

Estava chovendo, uma garoa bem fina que parou pouco depois de começar. Mas Lachlan permaneceu ali, junto ao seu cavalo, esperando por ela e se perguntando se uma dama inglesa respeitável iria encontrá-lo na chuva. Ela devia estar aquecida e aconchegada ao lado de uma lareira. Será que sentiria sua presença ali? Ele enxugou a chuva do rosto e olhou para as janelas do solar. Qual seria o quarto dela?

Não seja tolo, Lachlan. A última coisa de que precisa é roubar sua pretendida da cama dela. Mesmo assim, era uma ideia tentadora. Na noite anterior, tivera apenas um gostinho dela. Um feixe de luar transpusera um galho e enviara um retrato da jovem para sua mente. Sombras ocultavam seus traços, mas o semblante parecia belo, de fato. Cabelos castanhos, ela dissera. E olhos azuis comuns. Ele duvidava. Com aquela risada provocante, ela o deixara realmente curioso. Não berrava, como Coinneach prometera, e seu retorno apressado à casa provara que ela não mancava.

Harriet. Ele não gostava desse nome. De certa forma, parecia não combinar com ela.

Por que ele passara o dia todo pensando nela? Porque ela o provocara sobre duendes benfazejos e estava parada no meio de um córrego, descalça. Porque sua risada era livre e fácil e pareceu ter se conectado ao cerne de Lachlan, como se uma corda os ligasse.

Venha até mim, moça.

Será que ela ouviria seus pensamentos? Ou seria simplesmente um tolo ao permanecer parado ali, na chuva, esperando ver uma mulher com quem se casaria bastante em breve?

Janet tossiu novamente, provocando outro olhar raivoso de Harriet, que apertou os lábios com tanta força que eles desapareceram no rosto.

– O que a acometeu para você tirar os sapatos e saltitar pelo jardim como uma meretriz qualquer, Janet? É isso que eu deveria esperar dos escoceses? – Ela largou o bordado e olhou para a dama de companhia. – É bem feito que esteja doente, sabia? Deveria dispensá-la, mas mamãe era afeiçoada à sua mãe e ficaria chateada.

Outra tossida. Outra carranca.

– Ah, vá para o seu quarto, Janet. Não consigo suportar os barulhos que você faz.

Janet se levantou, escondendo as mãos no tecido da saia. Os dedos tremiam, então ela os cerrou em punhos.

– Obrigada, Harriet – disse ela, com a voz quase inaudível.

Parecia, para quem não a conhecesse, que Janet estava mesmo pegando um resfriado. Mas o ar noturno estava quente, e ela já havia passado por dificuldades maiores na vida do que ficar em pé em um riacho gelado.

Você é uma pessoa terrível, Janet. Fingindo estar doente para escapar de Harriet. Mas, ah, era melhor poder correr pelo gramado do jardim e retornar ao córrego. Talvez seu saqueador ainda estivesse lá, o homem que ela havia fantasiado para fugir da saudade e da solidão.

A chuva que deixara o ar enevoado havia cessado, mas a umidade da grama molhou seus sapatos. Ela esbarrou em um galho baixo e gotículas pingaram em seu rosto. Ela sorriu. Quantas vezes ficara parada sob a chuva nas Terras Altas, com a cabeça jogada para trás, permitindo que a água lavasse seu rosto? *Muitas vezes, mas muito tempo atrás, Janet.*

O ar ainda cheirava a chuva e ao aroma de plantas brotando. Ela parou, fechou os olhos e se perguntou se conseguiria distinguir todos os diferentes cheiros.

Você está se demorando porque não quer saber, Janet, disse a si mesma. Não quer chegar ao córrego e não encontrá-lo por lá. Por qual outro motivo permaneceria à vista da casa, correndo o risco de ser descoberta? Seria para poder desejar que ele apareça?

– Você tem outro nome?

A voz masculina flutuou até ela vinda de uma árvore próxima. Enquanto Janet observava, uma sombra se destacou da paisagem e caminhou na sua direção. Ao lado dele havia um cavalo, que também era escuridão em meio à escuridão. Talvez ela tivesse convocado a presença daquele homem, mas será que também havia convocado a presença do animal?

– Outro nome?

– Além de seu primeiro nome.

– Elizabeth – respondeu ela, informando seu nome do meio.

– Um belo nome inglês.

– Recebi esse nome de minha avó. Ela era uma encantadora dama inglesa.

– Nós a chamaremos pela versão gaélica, então. Ealasaid.

– "Chamaremos"?

Será que ela imaginaria um homem de natureza tão arrogante?

– Não me diga que prefere algo mais inglês – falou ele.

Havia um tom decididamente angustiado na voz dele.

– Não tenho objeção alguma ao meu nome atual – respondeu ela.

– É severo demais para uma moça tão adorável quanto você.

– E como sabe disso?

– Talvez eu seja meio duende benfazejo.

Ele amarrou as rédeas do cavalo a uma árvore, então caminhou lentamente na direção de Janet. Ela cerrou as mãos no tecido do xale. Talvez fosse mais prudente sentir medo. No entanto, o que sentia era excitação, possivelmente. Ousadia, sem dúvida. Estava prestes a ser mais que indomada. Estava prestes a embarcar em uma aventura, disso tinha certeza. Com um saqueador escocês.

– Meu nome não é tão desagradável quanto o seu. Lachlan. Não soa bem aos ouvidos? Flui de dentro da boca como o riacho onde você estava na noite passada. Não teve nenhum efeito indesejado depois da ousada atitude?

– Você deve pensar que sou realmente fraca – disse ela.

O sorriso de Janet era alegre, apesar do tom provocativo da voz dele.

– Não, simplesmente uma moça que deveria ser mimada, imagino. Ou protegida de sua natureza mais errática.

Seria sua imaginação ou havia um sorriso na voz dele? Ele era uma imagem esboçada em névoa e sombras. Até mesmo a lua havia desaparecido atrás das nuvens, como se o envolvesse em mistério.

Ele estava perto demais agora, sua voz a cingia como uma fita de seda escura. Ouvi-la era quase paradisíaco, os tons cadenciados da provocação. Estava brincando com ela, Janet sabia. Era ousado, quase tanto quanto ela. Mas conhecia os caminhos selváticos, ao passo que ela era noviça nesse universo.

– Então você não veio roubar gado esta noite?

– Você me acusa sem ter provas, Ealasaid. O que foi que roubei? Não posso simplesmente ser um viajante escocês que atravessou a fronteira? A Inglaterra deixou claro que pertencemos a vocês. É uma visão unilateral, então?

– Nesse caso, ainda está buscando respostas?

– Não – respondeu ele. Sua voz estava mais próxima. – Acho que descobri o que precisava saber.

Os dedos dele tocaram o rosto de Janet e ela se sobressaltou, assustada. Em vez de afastar a mão, ele continuou a exploração, descobrindo a textura da pele dela, o formato do rosto. Janet deveria ter se afastado ou pedido que ele se abstivesse de tais intimidades. Mas não o fez, apenas continuou parada ali, em silêncio e enredada em um feitiço lançado sobre eles pela noite e pela neblina. Não, mais que isso. Ansiava por momentos como aquele, quando a respiração sai em breves arquejos e o coração acelera. Os dedos dele eram ásperos; o toque, suave.

O polegar de Lachlan parou no queixo dela, escorregou por debaixo do maxilar e ergueu o rosto de Janet. Ela fechou os olhos e jogou a cabeça para trás, esperando, em um fascínio assustador, pelo toque dos lábios masculinos, pelo gosto mágico e proibido da devassidão.

Em vez de beijá-la ele falou, sua respiração tocando os pelos da têmpora de Janet.

– Por que você veio, moça?

Ela abriu os olhos. Lachlan estava tão perto que podia sentir a respiração dele em seu rosto. Afastá-lo ou perder-se em seus braços. Esse era o nível da proximidade entre eles.

– Não consegui ficar longe.

A verdade simples daquela afirmação a apavorou. Ela passara o dia todo pensando nele, se perguntando se havia sonhado com aquele primeiro encontro.

– Nem eu. Um bom presságio, imagino – disse ele.

Havia uma pitada de sorriso na voz dele de novo, como se ela o divertisse. Aquilo não deveria fazê-la sorrir também. Teria sido melhor se Janet o temesse.

– Dê-me sua mão, Ealasaid.

Ela estendeu o braço até seus dedos tocarem no peito dele. A mão que segurou a sua era grande; a palma, calosa. Ele riu, um som estranho em meio à escuridão, e a levou consigo.

TRÊS

le passara o dia todo pensando nela, naquela mulher com o nome inadequado. Ela não era tímida. Uma donzela tímida talvez perguntasse aonde ele a estava levando. Além do mais, uma donzela tímida não estaria no escuro com ele, nem entraria em um riacho segurando as saias na altura dos joelhos.

A voz dela era melódica, quase como se ela tivesse o som da Escócia aprisionado em sua fala. Ela era ágil em seus movimentos, saltitando de vez em quando para acompanhar o passo de Lachlan.

– Tem certeza de que você não veio para saquear? – perguntou ela, sem fôlego.

– Está com medo de que eu atravesse a fronteira com você? De que a esconda no meu castelo e exija um resgate?

– Você tem um castelo? – Janet parecia fascinada.

Ela não sabia quem ele era? Um pensamento sem muito valor, naquele momento específico. De toda forma, um lampejo de dúvida passou pela mente de Lachlan. Ele jamais pensara que ela não o conheceria. Lachlan era um bom nome escocês, mas não era tão comum assim.

– Sou Sinclair – explicou ele, se perguntando como ela receberia a notícia de que o homem que segurava sua mão e a arrastava pela floresta era seu futuro marido.

– Ah.

Uma reação ínfima, no fim das contas. Entretanto, ela não protestou.

Eles desaceleraram o passo, serpenteando pelo bosque denso. Lachlan esperou que ela falasse e pensou em quais seriam suas dúvidas.

– Você poderia me contar sobre o castelo? – perguntou Janet.

– Glenlyon?

– Sim. Será meu lar, então eu gostaria de saber.

– É um castelo – disse ele. – É antigo e fica frio durante o inverno, embora seja bastante fresco no verão. Você não espera que eu lhe diga de que cor são as cortinas nem nada assim, não é?

A risada dela o surpreendeu. Bem como o fato de que aquele som parecia ligado ao seu próprio sorriso, como se ela tivesse o poder de suscitá-lo.

– Não pode esperar até chegar lá? – indagou ele.

– Tem razão. Eu deveria esperar. Só falta um mês.

A mão dela permanecia confiantemente entrelaçada na dele, e suas palavras acalmaram o ciúme repentino que Lachlan não fazia a menor ideia de que existia dentro dele. *Será meu lar.* Então ela sabia quem ele era, e não o havia acompanhado só para viver uma aventura antes do casamento. Ele queria beijá-la, queria alguma recompensa, algum prêmio pela honestidade hesitante dela, por sua expectativa trêmula. Havia medo nas palavras dela, quase inaudível, mas Lachlan adquirira certa experiência em relação àquela emoção nos últimos anos. Às vezes, ele tinha medo do futuro, medo de não conseguir salvar seu clã. Ele afastou aqueles pensamentos obstinados da cabeça.

Lachlan levou a mão de Janet ao rosto e deu um beijo em seu pulso. Não queria assustá-la, eles tinham acabado de se conhecer, embora seu futuro juntos já estivesse destinado. Janet pareceu ser silenciada por aquele gesto, a pulsação dela era a única comunicação entre eles. Talvez não fosse uma mulher tímida, mas ainda tinha certa inibição, incerteza. Isso transparecia na maneira como a respiração dela acelerou, no pequeno passo que ela deu para longe de Lachlan, quase libertando a mão, mas sem chegar a fazê-lo.

Lachlan não disse nada, apenas continuou andando. Sua rota havia sido aprendida anos antes, logo que começou a visitar aquele lugar. A cascata era a nascente do riacho em que ela se banhara na noite anterior.

O som da água corrente abafou as palavras de Janet. Ela soltou a mão dele e ficou parada na margem musgosa, observando a lagoa formada pela corredeira. A lua escolheu aquele momento para espiar por detrás das nuvens, e ele foi agraciado com a imagem da jovem, banhada pelo luar prateado.

Ela o deixou sem fôlego.

Janet se virou. Seu sorriso era radiante como a lua, a noite não era páreo para sua beleza. Será que todas as mulheres eram assim quando vistas pela primeira vez ou ele é quem recebera uma bênção ao vê-la sob o luar? Teria o destino, que havia decretado tamanha miséria para os Sinclairs nos últimos anos, sentido pena e pesar pela condição dele apenas naquele momento? Teria ele recebido aquela mulher para corrigir tantos erros? Uma mulher com uma criança no coração, que brincava em riachos e corria como uma corça, cuja risada o instigava a sorrir e cujo rosto o fazia se sentir grato pela Velha Mab e pela Lenda. E talvez até mesmo por Coinneach.

Os lábios dela eram grossos, o inferior um pouco mais que o superior. Os olhos eram grandes, e as maçãs do rosto, proeminentes. O queixo não era nem quadrado nem pontudo, mas afilado, daquele jeito que os queixos costumam ser. E o nariz não era fino nem comprido, mas se arrebitava levemente na ponta. Os cabelos se encaracolavam acima dos ombros em uma bagunça desordenada, e ele queria saber se fora a névoa que os deixara assim ou se ela era acometida pelos cachos todos os dias. Uma pergunta cuja resposta ele teria antes do casamento.

Lachlan finalmente se abaixou, e ela colocou as mãos em concha nos ouvidos dele para que ele pudesse ouvir suas palavras a despeito do rugido da água.

– Eu nunca soube que havia um lugar assim – disse ela.

Ele proferiu as próprias palavras de forma parecida. Hesitou quando suas mãos tocaram os cabelos dela, sentindo a textura dos fios, desejando poder penteá-los com os dedos.

– Então você viveu uma vida confinada, moça. Nunca saiu para explorar?

Ela balançou a cabeça. Ele não precisava do sol para ver o brilho em seus olhos. Não precisava incitar que ela segurasse sua mão. Eles contornaram a margem da lagoa até chegar à cascata. Lachlan se virou e olhou para ela, como que para medir a extensão de sua ousadia, então a pegou e adentrou no vão entre a água e a rocha.

Lentamente, ele a colocou no chão e, com relutância, se afastou. O que ele queria fazer mesmo era se aproximar bem mais. Mas eles tinham todo o tempo do mundo para aprender um sobre o outro. Esses momentos eram escassos e a circunstância era sagrada para eles. Lachlan queria saber coisas que poderiam não interessar a um noivo. Para começar, por que ela não parecia tão inglesa? Por que nunca se aventurara além de seu jardim? Seus pais eram rígidos? Ela teria sido maltratada? Lachlan foi tomado pela vontade de protegê-la.

A caverna era pouco mais que um vão atrás da cascata, profunda o suficiente para que pudessem ficar parados de costas para a rocha enquanto observavam a cortina de seda à sua frente. Ele desejou que fosse dia, para poder ver a expressão dela. Ela era pouco mais que uma sombra. Um sopro de matéria.

– Eu não deveria estar aqui – disse ela, dirigindo-se à cascata.

Sua voz era bastante fraca, mas, estranhamente, era menos barulhento ali do que diante da cascata. Ela estava tão imóvel porque o sentia da mesma forma que Lachlan a sentia? Ele queria algum contato de pele com pele, então colocou a mão no ombro de Janet. Ele a sentiu estremecer, uma sensação estranha que não era nem de resposta ao frio nem de aversão ao toque. Em vez disso era como se cada parte do corpo dela tivesse congelado naquele momento, ao se tornar ciente da proximidade do corpo masculino, da proximidade entre eles e de como suas respirações pareciam em sincronia.

– Que lugar seria melhor que este, Ealasaid?

– Minha cama. Dormindo.

– Sonhando?

– Sim – respondeu ela. Aquela palavra soou pesarosa.

– E com o que você sonha?

Ele não havia mexido a mão, imaginando que podia sentir a textura da pele de Janet sob o xale, sob o vestido.

– Sonho com o passado – falou ela. Sua voz parecia suave como um sussurro, porém, se ela tivesse sussurrado, ele não teria conseguido ouvir devido ao barulho da cascata. – Sonho com a Escócia.

– Você se sente tão apavorada assim?

– Não me sinto nem um pouco apavorada.

– Somos, de toda forma, um povo impressionante. Acho que você é uma moça corajosa, por estar parada aqui, no escuro, com um escocês.

– É por isso que eu não deveria estar aqui.

– Você questiona sua própria coragem ou a minha honra?

– Minha própria perversidade, talvez, de desejar não estar em nenhum outro lugar que não este aqui, mesmo que saiba que não é correto ou inteligente da minha parte.

O sorriso de Lachlan se alargou.

– Eu não a machucarei.

Ela não respondeu, apenas olhou ao redor da caverna, como se pudesse interpretar cada fenda.

– É aqui que você se esconde das patrulhas?

– Deixei minha vida errática no passado.

– Ou me encorajou a fazer parte dela.

– É com isso que você anda sonhando? Com a vida de um saqueador de fronteira?

– Parece um pouco mais excitante que a vida que eu levo – admitiu ela. – Não sou muito afeiçoada a bordado e a desenho.

– Você anseia por uma aventura? – indagou Lachlan.

Janet olhou para ele e falou:

– Acho que você será minha grande fuga de tudo isso.

Ela não deveria estar ali. Uma coisa era ser descoberta descalça e entrar correndo na casa, outra era desaparecer após ter convencido Harriet de que estava doente. Não tinha a menor dúvida de que Harriet mandaria uma criada atrás dela ou iria ela mesma, para transmitir condenação e compaixão em um único suspiro.

A chuva passara como que para limpar o céu e então desaparecera, deixando o firmamento deslumbrante, com suas estrelas e a noite negra. A lua era a lanterna, iluminando sua estupidez e também o rosto dele.

Lachlan Sinclair. Um Sinclair. Aquele mero nome espalhara um tremor por seu corpo. Ela o veria novamente, então, depois que Harriet se casasse. Eles viveriam no mesmo lugar, conheceriam as mesmas pessoas. E talvez pudessem se encontrar de novo, como estavam fazendo agora, forçando os limites das restrições que os mantinham aprisionados.

Uma mulher solteira não segurava com tanta avidez a mão de um homem que nunca tinha visto. Não corria pelo bosque com os lábios apertados para abafar os ruídos da excitação e, certamente, não ficava parada à margem de uma lagoa negra e prateada sob o luar nem se admirava com o rosto de um desconhecido.

Janet sabia que ele era alto, sua respiração havia deixado transparecer esse detalhe quando sua figura era apenas uma sombra. Mas não sabia que o rosto dele seria tão marcante, que o luar dançaria sobre seus traços e conferiria formas e ângulos a eles. Era um semblante de extremos, suavizado por uma boca que parecia afeita a sorrisos. Janet olhara para ele como se tivesse perdido o juízo. E talvez tivesse mesmo, pois naquele momento, quando a lua o envolveu com seu resplendor, ela quis tocá-lo. Seus dedos ansiavam por dançar na pele das maçãs do rosto dele, para verificar se eram tão entalhadas quanto o luar fazia parecer. Seu nariz era mesmo tão marcante, e seus lábios, tão cheios? Os cabelos dele eram mesmo tão grossos?

Na noite anterior, ela se julgava indomada. Esta noite, sabia que era devassa.

Ela passou por ele. Sem dizer nada, encontrou o caminho para sair da caverna e retornar para a margem da lagoa.

– Ealasaid? – chamou Lachlan.

Ela olhou para trás e ele estava ali, com o braço estendido e a palma da mão voltada para cima. Ela balançou a cabeça. Ele era fascinante demais, e ela havia aprendido sobre cautela e sobrevivência nos últimos anos. Deveria esperar até eles se encontrarem novamente na Escócia. Seria mais apropriado. Menos tentador do que vê-lo sob o luar. Mesmo enquanto dizia a si mesma para ir embora, ela não queria. Uma pista, portanto, de como era de fato indomada.

– Encontre-me aqui amanhã – pediu ele.

Será que Janet tinha imaginado aquelas palavras? *Seria um pensamento desejoso ou um sonho? Ou talvez um eco da mata?*

QUATRO

Janet dormiu pesado e acordou tarde. Precisou subir sorrateiramente para o quarto pela escada da criadagem e sentiu apenas uma sensação vertiginosa de alívio por não ter sido descoberta. Mas o sono não viera com facilidade. Em vez de repousar, relembrou cada momento que passara com Lachlan. Repetiu as palavras dele na cabeça, como que para fixá-las.

O dia passou com uma lentidão dolorida, um dia quente de primavera que a seduzia e a convidava a sair da casa. Não tinha nenhum afazer a cumprir, nenhuma ida ao vilarejo, nenhum item para procurar nas diversas vendas. Assim, acabou se sentando na sala para ler para Harriet enquanto ela bordava. A cada uma ou duas frases, Janet era interrompida e forçada a ler outra passagem, para ocultar qualquer nuance de sotaque em sua voz. Ela ansiava por perguntar a Harriet o que ela planejava fazer quando estivesse na Escócia. Será que obrigaria todos os escoceses a repetirem as palavras até soarem mais como os ingleses?

– Você parece adoentada, Janet – afirmou Harriet, fitando-a com olhos pungentes. – Ainda está enferma?

– Não, Harriet. Devo continuar lendo?

– Você não gosta quando eu a corrijo, não é?

Janet manteve a expressão cuidadosamente indiferente. Não era de honestidade que precisava naquele momento. Ela também havia aprendido, em diversas ocasiões anteriores, que era melhor apenas fingir não ter pensamento algum.

– Eu faço isso para o seu próprio bem, você sabe. Caso contrário, pareceria uma bárbara. Mas às vezes você me olha como se desgostasse dos meus esforços para corrigi-la. Não deveria agir assim. Criados devem sempre manter os olhos baixos quando estão sendo reprimidos.

– Sim, Harriet.

– Não gosta de mim, não é mesmo, Janet?

Ela olhou para Harriet. A pergunta a surpreendeu, mas não deveria. Harriet não evitava o confronto. Ela o apreciava. De fato, houve ocasiões em que Janet pensou que Harriet ansiava por uma briga, de forma muito similar a um garoto importunador que conhecera em Tarlogie. Robbie tinha aquela mesma expressão nos olhos, aquele brilho desafiador.

Agora, um pequeno sorriso se formara nos lábios de Harriet, e seu olhar estava fixo em Janet, como se ela se regozijasse com o desconforto da outra.

Será que Harriet desejaria ser bajulada? Não podia ser. A bem da verdade, Janet não sabia como responder. Nunca tinha pensado em Harriet em termos de amizade. O relacionamento delas fora fundamentado estritamente na servidão, uma posição que Harriet deixara clara desde o primeiro dia em que se conheceram, sete anos antes, quando dissera:

– Você substituirá minha aia quando ela tirar seu meio dia de folga, e meu lacaio, quando nenhum outro estiver disponível. Cumprirá minhas ordens e buscará chá quando eu pedir. Se sua voz e sua habilidade forem aceitáveis, você lerá para mim. Caso contrário, espera-se que permaneça sentada em silêncio e não abra a boca. Entendeu?

Ela apenas assentira em resposta.

– Não importa – disse Harriet. – Afinal de contas, você é minha dama de companhia. Isso basta.

Janet apoiou o livro no colo.

– Você quer que sejamos amigas, Harriet?

– Por que haveria de querer isso? Você certamente não se equipara ao meu nível social, a despeito do nosso parentesco duvidoso. – O sorriso de Harriet continha uma pitada de irritação. – Eu vou me casar, Janet, sabia? – Harriet pareceu estudá-la. – Mas é claro que sabia. Os criados sempre sabem o que está acontecendo na casa. Eu tinha decidido levá-la para a Escócia comigo, mas agora penso que outra mulher se sairá bem o bastante. Para falar a verdade, até mais adequada, tenho certeza.

Janet apertou o livro com tanta força que pensou que os dedos fossem ficar marcados na capa de couro trabalhado. Cerrou os lábios para conter as palavras suplicantes. Ela imploraria, e Harriet apenas sorriria. Talvez. Ou talvez o preço para ela ir para casa, para a Escócia, fosse o próprio orgulho. Estaria disposta a sacrificá-lo? O brilho nos olhos de Harriet parecia fazer essa pergunta.

– Por favor, Harriet – pediu a jovem, com delicadeza. – Quero muito ir. Você não reconsideraria?

Nenhuma palavra parecia capaz de aquecer aquele sorriso gelado. No máximo, serviram para transformá-lo em uma expressão de escárnio.

– Não fique tão abalada, Janet. Mamãe encontrará outro trabalho para você com as mulheres que conhece. Alguma idosa, quem sabe, que pegue no sono durante o dia e não se importe com seu sotaque estranho e seu humor instável.

Essa, então, era a punição por não bajulá-la. Por seu silêncio, Janet estava sendo castigada.

– Por favor, Harriet.

Janet lhe concedeu mais um pouquinho de seu orgulho, cedido em uma voz trêmula, mas apenas de leve.

Seu futuro, que parecia estar mudando, agora era desolador como cinzas. A lareira fria e vazia continha mais brilho. Lachlan. Ela nunca mais o veria, nunca mais passaria um tempo com ele, nunca iria conhecê-lo. O lar dele continuaria sendo um mistério para Janet, um castelo que só existiria em sua imaginação. E jamais veria a Escócia novamente. Pores do sol tão vívidos que faziam o coração chorar, o céu da cor de ardósia, a paisagem marcante e solene tornada bela por toques de cor. A sombra da urze, um tetraz marrom com as bochechas amareladas.

Achava que não conseguiria suportar.

Será que Harriet sabia como ela estava desesperada para retornar à Escócia? Se soubesse, aquele era um castigo maravilhoso, imposto com um pequeno sorriso. Janet sentiu algo se partir dentro de si, um véu que ocultava suas lágrimas.

– Não envergonhe a nós duas com sua adulação, Janet.

A voz de Harriet parecia vir de muito longe. Como se já estivesse na Escócia.

Janet começou a ler outra vez, forçando as palavras a passarem pelo nó que se formara na sua garganta. Os últimos vestígios de seu orgulho vieram socorrê-la.

Não choraria na frente de Harriet. Nem continuaria suplicando. *O sgiala bronach!* O gaélico parecia perfeito para aquele momento. Ah, as notícias eram tão tristes.

Onde Coinneach estava agora? Se o velho podia ler o futuro tão bem, por que não conseguira prever aquele desastre?

– O que aconteceu, James?

Lachlan estava parado na entrada da caverna. Uma substância grossa, leitosa, escorria em pequenos riachos das paredes de pedra e empoçava no chão pedregoso. O cheiro era de cevada queimada, um fedor que também era enjoativamente doce.

James estava recoberto com a mesma substância, bem como metade dos homens que ali estavam. Não era apenas a aparência deles, ponderou Lachlan, que os fazia virar a cabeça ou olhar para o teto ou para o chão. Eles pareciam um bando de crianças que foram pegas em uma travessura.

– O que aconteceu? – perguntou ele novamente e, desta vez, sua voz ricocheteou nas paredes. Ele não parecia contente.

– Pensamos em aperfeiçoar um pouco a mistura, Lachlan. Nós esvaziamos o destilador, mas a bebida ficou fraca. Quase sem gosto – falou James.

Vinte cabeças concordaram.

– Então você pensou em aumentar um pouco mais o fogo, é isso?

– Bem, isso e outra coisa – respondeu James.

– Que outra coisa?

– Nós tiramos um pouquinho da água, Lachlan.

– Devia ter visto, *laird*. A panela parecia estar soltando um belo de um arroto.

Essa foi a contribuição de uma vozinha vinda lá do fundo. Enquanto ele observava, o jovem Alex espiou por trás das pernas do pai. Ele mal completara 6 anos e já estava aprendendo as malícias de um conspirador. Lachlan conteve um sorriso.

– Presumo que o resultado não tenha se provado mais satisfatório. À exceção desta bagunça.

James balançou a cabeça.

– E ninguém se machucou?

Outra resposta negativa.

Lachlan analisou o interior da caverna outra vez. O espaço havia sido escavado em um morro a uma pequena distância de Glenlyon e servia como refúgio havia gerações. Nos últimos anos, montaram a destilaria ali, onde certamente escapariam dos olhos dos fiscais ingleses. Uma série de canos e respiradouros que iam até a cabana de um fazendeiro, do outro lado do morro, carregava a fumaça da destilaria. O fato era que, embora a cabana fosse bastante limpa, equipada com forno, panelas e pratos, e a poeira fosse tirada com frequência, o local nunca fora habitado. Mas a fumaça que saía de sua chaminé seria considerada apenas a fumaça da turfa. Se o cheiro fosse terroso demais e sempre permeado pelo aroma da cevada, estaria de acordo com a dieta dos Sinclairs. Afinal de contas, eles consumiam cevada da manhã até a noite: broa de cevada, sopa de cevada, recheio de cevada, pão de cevada e cozido de cevada.

Aquele negócio poderia muito bem salvá-los. O dote da futura esposa de Lachlan seria uma bênção, mas o clã não poderia viver dele por muito tempo. A única coisa que os salvaria era a renda da destilaria.

Parecia um bom plano. O problema era que o caldeirão de cobre de 45 quilos, que fora pago com as últimas moedas que tinham, havia chegado depois da morte de Angus. Ninguém conseguira destilar qualquer bebida tragável dele. Os homens de seu clã eram dedicados, especialmente depois de saberem que não havia mais uísque, mas a experiência deles se resumia a pequenos alambiques escondidos em seus aposentos pessoais e sob pilhas de turfa. Não tinham conhecimentos sobre a arte de destilar em um recipiente tão grande e imponente. Angus era reservado e guardava bem seus segredos, tão bem que nenhum esforço individual ou coletivo havia resultado em qualquer coisa que se aproximasse de um uísque bebível. E naquela tarde, em uma tentativa de tornar a mistura mais poderosa, aqueles homens conseguiram enrugar o caldeirão caro e entortar os canos de passagem.

Lachlan ficou parado no meio da caverna e se perguntou se as atitudes dos antigos *lairds* tinham sido tão hediondas a ponto de ele ainda estar sendo punido por elas. Certamente não era justo matar de fome crianças inocentes, como o jovem Alex, ou fazer mulheres perambularem por aí com uma expressão preocupada.

A única luz na escuridão de seu horizonte era Ealasaid. Ela não saíra de sua cabeça a noite toda, e ainda permanecia ali enquanto ele caminhava pela caverna, separando mentalmente os pedaços de cano que poderiam ser salvos.

– Lachlan?

Ele olhou para baixo e era Alex outra vez, agora com as mãos enfiadas masculinamente nas calças, em uma postura não muito diferente da adotada por seu pai. Os olhos castanho-escuros do menino eram iguais aos da maioria dos Sinclairs, bem como os cabelos escuros. Mas era a teimosia marcada em seu maxilar que o distinguia como um verdadeiro membro do clã. Isso e o belo sorriso. A mãe de Lachlan lhe dissera que aquele sorriso era a perdição de muitas moças tímidas. Mas ela rira ao dizer aquilo e olhara para o marido com ternura. Lachlan sentia falta dos dois. Talvez parte de seu senso de responsabilidade fosse a noção de que os pais o estavam observando, de alguma forma, analisando seus méritos como *laird*. Se fosse esse o caso, eles certamente estariam decepcionados.

– O que vamos fazer agora, *laird*?

Lachlan achava desconcertante estar sendo encarado por um olhar tão intenso, especialmente vindo de uma criança. Mas a pergunta que o menino fez podia ser vista nos olhos de cada um de seus homens.

– Vamos limpar essa bagunça, Alex, e tentar de novo. É isso que vamos fazer. E se não der certo, tentaremos mais uma vez.

Era um otimismo que ele mal sentia, mas que precisava ser disseminado pelo bem das pessoas que estavam ali diante dele. Era a única coisa que podia dar a elas. Isso e ele próprio. O sacrifício do casamento. Só que agora a sensação não era mais de perda, como costumava ser antes de ele conhecer Ealasaid.

CINCO

Ela mal podia esperar pelo anoitecer, a escuridão não chegaria rápido o suficiente. O sol se agarrava ao horizonte como uma criança teimosa que se recusa a ir para a cama. Janet pediu que ele se recolhesse em seus pensamentos e com palavras ditas apenas em seu coração. O tempo, no entanto, não passou mais rápido.

Finalmente, a noite chegou. Os pássaros anunciaram o crepúsculo com seu gorjeio. Não havia sinais de chuva no céu, porém não era mais lua cheia. Sombras adornavam o jardim à medida que o tempo passava. Janet aprendera sua lição durante o dia e não se apressou, apenas aguentou quanto conseguiu, com a mente bloqueada às críticas de Harriet e o sorriso ausente ao acenar para Jeremy.

Harriet reclamara sobre a dama de companhia com a mãe naquela tarde. Janet não pôde deixar de se perguntar se aquela conversa tinha sido planejada para que ela ouvisse. Janet era, com certeza, indiferente, atabalhoada e rude. Uma bárbara que mal fora civilizada. Assim, preferiu sair do quarto em vez de ouvir qualquer outra palavra.

Trabalhara ao lado do pai durante anos, observando as mãos dele produzirem mágica com os tesouros da terra. Ele era um homem que ensinava de boa vontade, com naturalidade, compartilhando seu conhecimento com qualquer um que pedisse. Fora ele quem lhe explicara a virtude da paciência; dizia que era possível causar um desastre ao apressar as coisas. Fora o pai, também, que lhe mostrara como medir a pressão, lhe ensinara como graduar o vapor, o padrão que ele formava ao subir até o teto e como ele gorgolejava nos canos. Só então é que um tonel poderia ser combinado com outro, uma mistura de agitação e uma de reserva, resultando na fermentação perfeita.

Janet sentia o mesmo naquele momento. Por fora, estava calma; por dentro, furiosa. Mas a ira não transparecia em seu rosto, e ela mantinha os olhos baixos, para evitar que sua expressão revelasse a raiva.

Indiferente. Era isso que ela era, e com orgulho. Janet domara seu temperamento nesses últimos anos. Dor, fúria, preocupação e saudade não tinham espaço na luta pela sobrevivência. Ela os congelara debaixo de uma crosta de gelo para que não a queimassem.

Atabalhoada? Ela não tinha palavras para argumentar contra aquela acusação. É verdade que tropeçava de vez em quando nos pequenos tapetes espalhados pelo chão, e vivia pegando coisas que tinham caído de alguma mesa, da cornija da lareira ou de alguma prateleira. Mas os cômodos eram repletos de bricabraques, miniaturas, vasinhos e toalhinhas delicadas que juntavam pó e que grudavam nas mangas das roupas.

Rude? Até o dia anterior, ela se contivera, abafara todos aqueles sentimentos que nutria por Harriet. Até o dia anterior, Janet não dissera nada quando precisava caminhar os quase 5 quilômetros até o vilarejo, porque acabava sendo uma espécie de escape. Nem reclamara quando Harriet a fazia limpar suas botas sujas de lama e exigia que fossem polidas, ou quando a reprimia pela maneira como Janet arrumara os cabelos. Ela ouvia críticas dia e noite e, se não houvesse o que criticar, havia, no mínimo, sua própria natureza a condenar. Ela era escocesa, de posição e linhagem que, segundo Harriet, não a tornavam mais importantes do que um vira-lata.

O que Harriet chamava de "barbarismo" não passava de ignorância. Embora fosse verdade que Janet não tivesse conhecimento algum das regras de etiqueta de uma mesa inglesa, ela aprendera rápido. Não era uma pessoa grosseira. Sua mãe era filha de um pastor, não fora educada em meio à aristocracia. Mas, mesmo que tivesse sido, dificilmente sua cabana de três quartos transbordaria de bandejas e urnas de prata.

Mas aquela humilde cabana sempre fora mais aconchegante do que a atual casa em que Janet morava e que era repleta de evidências de riqueza.

Harriet dizia algo e ela concordava em silêncio, sabendo quando uma anuência era necessária. A bem da verdade, não ouvia as palavras, não se importava com elas. Tudo o que era capaz de fazer era domar seu temperamento naquele momento, contendo-o com força, de modo que não ficasse visível.

Quando, finalmente, a noite havia se instaurado, Janet escapuliu para seu quarto no terceiro andar e esperou mais uma vez. Assim que teve certeza de que a criadagem estava dormindo, desceu a escada na ponta dos pés e atravessou o salão dos fundos, entrando no corredor e saindo para o jardim atrás dos estábulos. Foi só então que ela correu. Na direção da cascata, na direção de Lachlan e da rebeldia mais ousada possível.

Ele *era* um imbecil, só podia ser. Era a única explicação para um homem ficar parado do lado de fora de uma casa, esperando por uma mulher que poderia não aparecer. Afinal de contas, ela não dissera que iria.

Será que isso se tornaria um hábito durante o próximo mês?

Ele poderia subir aquela escada e exigir vê-la, mas tal atitude revelaria seu desejo por ela. O fazendeiro era um homem astuto, e Lachlan não tinha dúvida de que ele se regozijaria com o fato de que o escocês que tornara sua vida um inferno agora ansiava por sua filha. Ele não duvidava de que o homem quisesse vingança, podendo até mesmo retardar o casamento, apenas para que a balança ficasse mais equilibrada.

Lachlan desejava que a jovem fosse até ele agora, antes que ficasse ainda mais tarde. Cada hora que passava era uma hora perdida.

Alguns minutos depois, Janet deixou a casa, saltitando pelo jardim com a graça de um elfo. O sorriso de Lachlan se alargou ainda mais quando percebeu que ela seguia na direção da cascata. Sua moça encontraria uma surpresa por lá.

SEIS

A luz da lua cheia tornara o caminho mais fácil de percorrer na noite anterior. Mas a lua havia minguado, e Janet levou o dobro do tempo para encontrar o trajeto até a cascata. Na verdade, já estava bem perto da lagoa antes de perceber que se encontrava diante dela. Foi a luz que a alertou, a luz fraca do fogo por detrás do lençol de água.

Caminhou até a beirada da lagoa, pisou com cuidado sobre duas pedras e se esgueirou por detrás da água. Entrou na caverna e sorriu diante do que viu. Uma coberta havia sido estendida sobre o piso de pedra, bem como uma vela fora colocada em um dos cantos, com a chama resguardada da névoa fina por uma proteção de vidro.

Um caramanchão para uma princesa. Só lhe faltavam uma flor e um príncipe.

Uma rosa apareceu por cima de seu ombro, segurada por dedos grandes e bronzeados. Era um botão cor-de-rosa perfeito, com certeza furtado do jardim de Harriet. Janet abriu ainda mais o sorriso quando se virou. Um príncipe, então, sombriamente encantador estava naquele lugar.

A lua o transformara em uma estátua cinza e preta. No entanto, ele era esculpido em tons terrosos. Os cabelos eram da cor do carvalho, intensamente castanhos e abundantes. Os olhos eram como o uísque escocês: brilhavam de intensidade e poder. Um rosto marcante. Não, a lua não havia mentido em relação àquilo. Mas ela já tinha reparado em como os lábios dele eram estranhamente tentadores, ou como o maxilar era quadrado?

– Ealasaid – disse ele, com delicadeza, e a voz pareceu deslizar sobre a pele de Janet.

– Lachlan.

Era um cumprimento simples. Por que, então, parecia uma súplica?

Ele estendeu a mão. Os dedos eram fortes, quentes e gentis. Lachlan a conduziu até a coberta e Janet se sentou, calada diante da surpreendente melancolia. Ela não conhecia aquele homem, tinha apenas estado com ele por algumas horas nas duas últimas noites. Mas as horas do dia que passava acordada eram recheadas com pensamentos sobre ele, e seus sonhos eram permeados por eventos que nunca tinham acontecido e nunca teriam chance de acontecer agora.

Como era tola. Seria, porém, tão estúpido assim desejar algo que fazia seu coração palpitar e sua pulsação acelerar? Até mesmo as criadas tinham sonhos e desejos.

Ela dobrou os joelhos, os abraçou e olhou na direção do lençol d'água. O ar estava úmido, mas não de forma desagradável. Lachlan não disse nada, então Janet se virou para ele e percebeu que ele a estudava. Lachlan tinha se recostado na rocha, com os braços cruzados diante do corpo e um pé sobre o outro. As botas estavam sujas, assim como a calça. A camisa era escura, adequada a um homem que se engajava em atividades ilícitas. Os cabelos eram compridos e o rosto parecia bronzeado, mesmo sob a luz de uma única vela.

Ele era um saqueador de fronteira, um ladrão, e ela estava sentada ali sozinha com ele, em um local isolado, mas não sentia medo algum.

Ah, ela era tola, não era? Enquanto Lachlan a observava, sem sorrir e sem nunca desviar os olhos, Janet sentiu vontade de sorrir. Seu coração batia alto demais e os dedos tremiam nas dobras da saia. Deveria se envergonhar de todos os seus pensamentos depravados. Primeiro, o de que ela não desejava estar em nenhum outro lugar. Segundo, o de que deveria refletir sobre a razão daquela análise imperturbável que ele fazia dela, ou desejar ter um vestido mais novo para usar, algum com barra de renda ou enfeitado com laços.

Ela afastou os cabelos do rosto. Os fios viviam se soltando dos grampos.

– O que você faz durante o dia, moça? Que ocupações preenchem as suas horas?

Ela inclinou a cabeça e olhou para ele. Mulheres, não homens, é que deveriam ficar belas sob a luz de velas. Mas as sombras flamejantes pareciam tornar os ombros dele mais largos e conferiam profundidade aos ângulos marcantes de seu rosto. Ele parecia um homem acostumado com a noite, familiarizado com seu formato, com o mistério da escuridão.

– Afazeres no vilarejo, bordado – contou ela. – Confesso que tenho pouca paciência para a delicada arte da agulha. Leio quando posso e me mantenho ocupada. E você, Lachlan? O que você faz?

– Espero impacientemente pela noite – respondeu ele, com uma voz suave.

Janet desviou o olhar, sentindo as bochechas esquentarem.

– Você mentiu, moça – comentou ele, e um sorriso suavizou suas palavras. – Tem os olhos da cor de um lago e os cabelos quase ruivos.

– Foi para isso que você trouxe as velas? Para me ver com mais clareza?

– Foi um duende benfazejo que trouxe – provocou Lachlan. – Ele franziu a testa para mim com certa aspereza quando eu disse que preferia muito mais a escuridão.

– E prefere?

– Não. Mas até você vir para as minhas terras, isto aqui terá que bastar.

A tristeza a tomou tão depressa que Janet não percebeu sua chegada. Queria contar a ele que não iria, que não haveria nada mais entre eles além daqueles momentos. Ela nunca mais veria a Escócia novamente e nunca conheceria as terras dos Sinclairs. Mas não contou. Não queria arruinar aquele momento com ele. Haveria tempo suficiente para sentir saudades do que não aconteceria. Ela não perderia os momentos que tinham.

Janet analisou as dimensões da caverna, que estava mais clara com a luz da vela. Era mais profunda do que achara, um recanto aconchegante para qualquer um que quisesse escapar das patrulhas fronteiriças. Quando ela mencionou esse fato, ele apenas sorriu.

– Você não sabia deste lugar, moça? Nunca soube?

– Nunca explorei tão longe da casa – confessou ela.

Uma das sobrancelhas dele se arqueou. O sorriso surgiu logo em seguida.

– Um homem poderia julgá-la tímida, Ealasaid. Mas sua presença aqui desmente isso.

– Uma donzela e um saqueador?

– Deixei meu passado para trás – afirmou ele, abrindo um sorriso ainda mais largo. Seus olhos pareciam brilhar sob a luz da vela. – Tenho sido totalmente decoroso há quase um mês.

É claro que sim, especialmente se seu *laird* iria se casar com Harriet. Não seria decoroso roubar da futura esposa do *laird*.

– Você não poderia ser coagido a ser indecoroso outra vez?

A risada dele a surpreendeu.

– Essas são palavras que um homem deveria dizer a uma dama, Ealasaid. Que tipo de indecoro você suscitaria em mim?

– Como é ser um saqueador?

O olhar dele era quase dócil.

– Às vezes, apavorante. Se eu buscasse meramente a excitação, não seria roubando uma vaca.

– Então não é excitante?

– Eu não disse isso. Tem seus momentos. Ainda mais quando as patrulhas não estão muito longe.

Um breve sorriso brincou nos lábios dele, como se soubesse o que ela estava querendo sugerir, a pergunta ousada que ansiava por fazer.

Por fim, ela escapuliu dos lábios da jovem:

– Você me levaria para saquear?

– E o que roubaríamos?

– Não há uma vaca gorda que você possa levar para casa como prêmio? Se estiver cansado de carne bovina, sei onde fica o galinheiro. Ou o chiqueiro.

Ele gargalhou. O som estrondoso ecoou pela caverna e além, até a paisagem noturna.

– Que imagem você faria de mim, moça, com algumas belas galinhas cacarejantes amarradas na sela ou segurando um porco no colo?

O sorriso dele era pesaroso. Para ser bem sincera, Janet não conseguia imaginar nada daquilo. Ele parecia, na verdade, ser do tipo que carregaria uma adaga entre os dentes, ou que estaria na vanguarda de um bando saqueador, gritando obscenidades a plenos pulmões para alertar a todos que pudessem duvidar de sua intenção assassina. Outro motivo pelo qual não deveria se sentir tão confortável sentada ali com ele.

– Acho que não é bem uma aventura o que você quer, Ealasaid. Acredito que o que queira mais é um gostinho do perigo.

– Logo você dirá que é para isso que estou aqui.

Os olhos dele a encararam.

– E não é? Vasculhe sua mente em busca da verdade, moça.

– Você me faz parecer inocente demais.

Ele deu de ombros.

– Não tenho motivo para pensar diferente. Para falar a verdade, não gostaria que você fosse maliciosa.

– Uma mulher inocente não estaria aqui com você, Lachlan.

– Quer minha palavra de saqueador de fronteira de que você está segura comigo?

Ela inclinou a cabeça, o estudou e então disse:

– Isso é uma contradição, não é?

– Talvez. Devo jurar pela honra do meu clã, então?

– Eu deveria forçá-lo? Alguém inocente confiaria em sua palavra com tanta facilidade?

– Sim – respondeu ele –, mas, por outro lado, uma mulher acostumada à aventura e ao perigo também confiaria.

– Eu jamais serei essa pessoa.

– Venha – disse ele, para a surpresa de Janet. Ele se levantou e estendeu a mão. – Se quer ser uma mulher com experiências excitantes, tentaremos encontrar algo para você.

Ela se levantou e segurou a mão dele.

– Sério?

Ele a fitou. Janet pensou que Lachlan iria dizer alguma coisa, mas ele apenas cerrou os lábios e engoliu as palavras. Então sorriu.

– Sério, moça.

SETE

Ela parecia tão feliz parada ali com um sorriso no rosto, como se ele tivesse lhe dado a lua e todas as estrelas. Será que Janet sabia como era pouco o que ele iria lhe dar? Um castelo decadente, terras desgastadas, uma destilaria que não fazia o seu trabalho, tudo combatido pela inteligência dele, pela força de seus músculos e pela crença quase maníaca e otimista no futuro. Mas será que seria suficiente?

Talvez fosse por isso que ele a levou até seu cavalo e a ajudou a montar. Para lhe dar algo que Janet queria. Ou talvez tivesse simplesmente respirado demais a fumaça nociva de dentro da caverna naquela manhã.

De toda forma, já estavam entremeados em terras inglesas antes que ele pudesse recitar o lema dos Sinclairs. *Bi gleidhteach air do dheagh run.* Que suas boas intenções o protejam.

Ele encontrou o rebanho em um pasto não muito longe dali. Não sabia ao certo se pertencia ao pai dela. Àquela altura, não importava. Uma vaca inglesa seria sacrificada.

Ficaram parados à margem do pasto, olhando para as figuras escuras. Era uma visão saída de um pesadelo assustador. Ocasionalmente, uma das vacas emitia algum barulho, uma mistura de mugido com grunhido. Outra ecoava. Então uma terceira caminhava alguns metros lentamente, atrapalhando o sono de um grupo aglomerado debaixo de uma árvore. E durante aquilo tudo, Ealasaid permaneceu calada ao seu lado.

– Você as atacará? – sussurrou ela.

– Psiu, estou pensando.

– Está esperando por algo?

– Não é por coragem, se é isso que você está pensando.

– Não é, garanto. Só estava pensando em qual seria sua próxima ação.

– Estou pensando se sou, de fato, um imbecil – disse ele, olhando ao redor. – Na maioria das vezes, tenho alguns homens comigo.

– Bem, eu deveria desmontar e acordá-las? Você não pode fugir com um animal que está profundamente adormecido.

– Você não demonstra o devido respeito a essas empreitadas, moça – disse ele, forçando sua voz a permanecer severa.

– Então finja que sou um saqueador parceiro, Lachlan. O que aconteceria em seguida?

– Seria noite de lua cheia, para começar. Poderíamos ver melhor. Alguns homens atuariam como sentinelas, outros selecionariam as vacas do rebanho.

– Não temos luar. Então não podemos apenas escolher uma vaca?

– Não quero quebrar a pata do meu cavalo, Ealasaid, atravessando um campo desconhecido.

– Ah.

– A menos, é claro – comentou Lachlan –, que você queira examinar o terreno. Eu poderia ficar aqui enquanto você atravessa o campo.

– E piso no esterco?

– Moça, onde está sua ousadia?

– Certamente não está nos meus sapatos, Lachlan.

Para falar a verdade, ele sentia mais vontade de rir do que de roubar.

– Então o que faremos?

Ele desmontou e estendeu os braços para Janet.

– Nós vamos nos locomover com mais confiança – disse ele enquanto ela aterrissava em seus braços. Novamente, ele ficou tentado a abraçá-la. Em vez disso, deu um passo arrependido para trás. – E caminhar com cuidado.

Alguns minutos depois, ele voltou a falar:

– Qual delas? – sussurrou enquanto se aproximavam do bando que estava aglomerado debaixo da árvore.

– Eu é que devo escolher?

– Este roubo é seu, moça. Qual animal parece ansiar por uma viagem?

– Uma vaca inglesa com afeição pela Escócia?

– Isso mesmo. Sabia que você pegaria o jeito.

– Aquela maior, perto da cerca.

– Aquela parece estar prenha, moça. A viagem seria árdua demais para ela.

– Ah. – Um instante depois, ela voltou a falar. – Como você sabe?

Lachlan não conseguiu conter totalmente o riso.

– Olhe para a barriga dela e para as tetas.

– Aquela ali é aceitável?

Ela apontou com firmeza para outra vaca. Ele se virou e sorriu para ela, embora talvez estivesse escuro demais para que Janet percebesse. A jovem estava encabulada, mas esses assuntos não eram discutidos entre os fazendeiros? Não, evidentemente, entre o senhor da fazenda e sua filha.

– Aquela parece agitada. Entediada, também, não acha? Devemos convidá-la para a viagem, então? – perguntou Lachlan.

– Nós vamos simplesmente até ela?

– Sim. Você tem um lenço, moça?

Ela tirou o lenço do bolso e o entregou a ele. Era a única coisa que poderia ser vista na escuridão, uma bandeira branca. Lachlan o usou para abafar o som do sino pendurado no pescoço da vaca.

Assim que terminou, ele segurou a corda com firmeza e conduziu a vaca, sem esforço algum, até a beirada do pasto, abrindo a cerca com a outra mão enquanto Ealasaid o seguia.

– Não parece muito arriscado, Lachlan.

– Ah, não são as vacas que se importam em serem roubadas. É nas pessoas que você precisa ficar de olho.

Lachlan já estava parabenizando a si mesmo pelo sucesso da empreitada quando um grito foi ouvido do outro lado do campo. Mais de um homem, pelo visto.

Ele puxou Janet para trás do tronco da árvore, olhou para a sombra de seu cavalo e para a vaca que estavam prestes a roubar do outro lado e praguejou. A menos que aqueles homens fossem cegos, eles seriam avistados em instantes.

– Quem são? – sussurrou Ealasaid.

– Guardas, sem dúvida.

– Não pensei em ficar atenta a eles.

A voz dela parecia apavorada.

– É porque você é novata nisso – ponderou ele. – Fizemos algo estúpido, moça, mas a culpa é minha. Eles costumam usar cachorros e armas de fogo.

– Armas?

– Você falou como um ratinho, Ealasaid. Isso quer dizer que está com medo?

– Não tenho o menor desejo de levar um tiro por causa de uma vaca.

– Ah, então você ficaria entediada se fosse uma saqueadora.

– Você também não gosta, não é, Lachlan?

Ele pensou por um instante e considerou não responder. Mas quando o fez disse a verdade:

– Não gosto de pegar o que não me pertence. Eu registrei tudo o que peguei emprestado ao longo dos anos e sei a quem devo. Meus ancestrais certamente estariam praguejando em seus túmulos se soubessem o fracasso que sou como ladrão.

– E você realmente não queria roubar esta vaca, não é?

– Como eu disse, é mais fácil quando meus homens estão comigo.

Ela tirou a corda com delicadeza das mãos dele.

– O que você vai fazer, moça?

– Se nós a deixarmos aqui, então não teremos feito nada de errado.

– De toda forma, duvido que um inglês realmente evite atirar em um escocês, moça.

Ela tinha a habilidade estranhíssima de despertar o humor de Lachlan.

Janet espiou por detrás da árvore, conduziu a vaca até a abertura na cerca, então tirou o lenço do sino e deu um tapa no traseiro do animal. O bicho retornou às suas companheiras sem muito ânimo, com o sino tilintando ruidosamente.

Ealasaid fechou a cerca e correu de volta até a árvore. Àquela altura, Lachlan já tinha montado e a puxou para cima do cavalo.

– Não está na hora de você partir para um lugar seguro? – perguntou ela, sem fôlego.

O trajeto de volta até a casa de Janet foi preenchido pelo som da risada deles.

Chegaram à lateral da casa, onde as sombras eram mais escuras. Lachlan desmontou e estendeu as mãos para ela novamente. Quando os pés de Janet tocaram o chão, ele deu um passo adiante, ergueu os braços e segurou o rosto da jovem.

– Parece que ainda lhe devo uma aventura, moça.

Silêncio enquanto ela o fitava e formulava sua pergunta.

– Você me mostraria Glenlyon? – perguntou Janet, por fim, erguendo uma mão trêmula para tocar no braço dele.

Talvez o pedido fosse impetuoso, mas a paciência havia sido substituída por sua raiva anterior e pela tristeza que sentia naquele momento. Isso e uma saudade que não deveria sentir, mas não conseguia evitar. Janet queria ver o lar dele, as terras que Lachlan chamava de suas. Queria ver o lugar com que sonhara durante duas noites inteiras, e que desejara até mesmo antes disso. Também queria, com uma sensação verdadeira de devassidão, que ele a beijasse.

– Mostrar? – indagou Lachlan.

Lentamente, ele deu um passo para trás e abaixou as mãos. Janet sentiu falta delas, do calor e da sensação que o toque lhe dava.

– A lua não está mais cheia, porém está claro o suficiente para enxergar, não está?

Ele assentiu.

– E o seu cavalo é forte o bastante para suportar o peso de outra pessoa – continuou ela.

Lachlan sorriu.

– Você sabe que sim. Gostaria de analisar a cor das cortinas, então?

– Não – respondeu Janet, sorrindo. – Só queria vê-lo. É longe?

– Uma hora, não mais que isso, cavalgando depressa.

Os dedos dele tocaram o rosto dela novamente, colocaram uma mecha de cabelo atrás da orelha. Era um gesto de intimidade, de carinho. Ela deveria ficar chocada ou ofendida. Mas inclinou a cabeça de modo a aninhar o rosto na palma dele e permaneceu absorta naquele momento até ouvi-lo inspirar.

– Eu lhe devo um pouco de excitação, não devo, moça? Pelo tédio que foi roubar aquela vaca. Quer ver minha casa?

Ela olhou para ele, indefesa naquele instante de verdade.

– De todo o meu coração – respondeu ela. Por algumas horas, estar na Escócia. Ser alguém que não era havia sete anos. – Se tivéssemos saído logo que caíra a noite, poderíamos retornar antes do amanhecer?

– Não há nada para se ver lá à noite, Ealasaid.

– Então você precisará descrever o cenário para mim – disse ela. – Ou posso fechar os olhos e imaginar.

– Poderíamos fazer isso agora, não é mesmo? Se você fechar os olhos, eu lhe contarei sobre Glenlyon.

– Por favor, me leve até lá, Lachlan. Você pode me jogar em cima da sua sela, se quiser, e eu fingirei ser o espólio de um de seus saques.

Ele tocou na ponta do nariz dela.

– Você derreteria um coração de pedra com uma súplica dessas, moça. Tenho apenas um alerta: há mais rigidez do que beleza na minha terra.

– Sei bem disso, Lachlan. Preciso ver. Você me leva?

– Levo, sim, moça. Amanhã.

Um sentimento que Lachlan não conseguia identificar parecia ter se alojado em seu peito. Não conseguia parar de sorrir durante o retorno para casa. Pela primeira vez desde que conhecera Coinneach MacAuley, ele prezava pelo profeta.

Sua jornada foi intermeada por uma ou outra ocasião de riso. Era felicidade, só podia ser. Ele tinha a sensação de que todas as dificuldades pelas quais havia passado nos últimos anos tivessem um motivo: para que melhor compreendesse a fortuna de seu futuro.

Ela queria ver sua casa. Ansiava por conhecer Glenlyon. Aquela não era uma típica dama inglesa. Até mesmo sua voz era diferente, tinha certa intensidade. Ou talvez aquele fosse apenas um pensamento desejoso. Ele se sentia como um garoto novamente, perdido em meio às lembranças da mulher que deixara para trás.

Ah, moça, se você soubesse... Eu anseio por lhe dar muito mais do que uma visita à minha casa. Ele sorriu outra vez e se entregou ao vento.

OITO

Nem mesmo Harriet poderia arruinar seu bom humor. Tampouco Jeremy, embora ele parecesse mais atencioso que de costume. O dia também parecia cooperar, pois não passou daquela forma dolorosamente lenta, como costumava acontecer, mas transmutou para a noite com uma velocidade gratificante. Um pensamento parecia acelerar sua passagem. *Verei Glenlyon. Verei Glenlyon.*

Janet aguardou o término do jantar com paciência. Sua mente não prestava atenção no sermão que estava sendo dado por Harriet nem nos olhares demorados que recebia de Jeremy, mas sim na noite que se aproximava. Desejava ter algo ousado para vestir, algo que ecoasse o desejo de seu coração. Algo vermelho, talvez, ou de um verde vibrante. Algo azul, para combinar com o tom do céu, ou até mesmo amarelo, para prenunciar o sol. Mas só tinha seus vestidos de criada, marrons e pretos, e um xale marfim que havia sido de Harriet. Precisaria ser o suficiente para essa grande aventura.

Mas ela podia desejar, não podia? E podia esperar que seus cabelos se comportassem ao menos desta vez? Uma impossibilidade, ao que parecia, mas nem mesmo esse fato poderia destruir sua felicidade.

O tempo tiquetaqueava em passos lentos e pesados enquanto ela esperava que a casa silenciasse. Ficou parada à porta, com a mão pressionada na madeira, ouvindo o tilintar do sino da Sra. Hanson ao chamar sua criada. A voz de Harriet ressoou em resposta a algum comentário de Jeremy. Um murmúrio de um dos criados respondeu à pergunta de alguém. Então a noite pareceu envolvê-los, obrigando todo o mundo a silenciar.

Tudo, menos as batidas de seu coração.

Esperou mais uma hora, então saiu correndo da casa, suas sandálias de couro voaram sobre a grama encoberta pela escuridão. Não percebeu que havia passado por Lachlan até ele estender a mão e segurar seu braço, puxando-a para si com tanto vigor que eles bateram com força no tronco de uma árvore.

– Está ansiosa, moça?

O riso dele aqueceu o coração de Janet, banindo qualquer pensamento errante que pudesse alertá-la da negligência e do risco de suas ações. Então ela ergueu os olhos para o rosto de Lachlan, encoberto pelas sombras, tocou no sorriso dele com os dedos e soube ser mais bem-vinda ali do que em qualquer outro lugar onde estivera nos últimos sete anos.

– Sim, Lachlan, estou – respondeu ela.

– Então a noite a aguarda, minha moça da fronteira.

Ele a levou até onde amarrara o cavalo e a ajudou a montar.

O Castelo de Glenlyon era uma sombra negra imensa que protegia uma série de vales e um pequeno lago. Tochas dispostas aqui e ali marcavam suas fronteiras e pareciam acentuar seu tamanho. Lachlan gritou um cumprimento e eles passaram por um portão estreito, entrando no átrio. O som dos violinos e das flautas coloria o ar, bem como o riso de todos que estavam reunidos ali.

Ele estendeu as mãos para ajudar Janet a desmontar. Um sorriso fraco brincou nos lábios dela. Os olhos da jovem transbordavam de perguntas enquanto ela olhava ao redor. O pátio estava lotado de pessoas, e os sorrisos largos do clã mascaravam a pobreza da casa. Restavam poucas coisas belas em Glenlyon, mas havia o castelo em si, um forte antigo e imponente, que se erguia, cinza, no horizonte.

– Eles foram avisados de que você viria e estão tocando pela sua chegada – explicou Lachlan.

O rosto dela pareceu se iluminar com aquela ideia. Seu sorriso expressava uma felicidade verdadeira e suas bochechas ficaram coradas. Ela era uma surpresa constante, sua Ealasaid. Em um momento, ousada; em outro, quase tímida.

Ele abaixou o cotovelo, encaixou a mão dela em seu braço dobrado e a conduziu até o Grande Salão. Embora fosse verdade que o castelo já havia visto dias melhores, ninguém poderia dizer que um Sinclair não sabia dar uma festa quando a ocasião requeria. Ao entrarem no aposento, os violinos pararam e, após um sinal, o flautista tocou uma nota vibrante que desapareceu no ar.

Lachlan se virou para ela e suas palavras foram silenciadas quando ele a viu. Uma vela não lhe fizera justiça. Havia um tom verdadeiramente avermelhado nos cabelos de Janet, e os olhos dela eram azuis como os céus da Escócia. A pele era clara, mas vivificada pelo rubor que parecia aumentar à medida que ele a observava. Ela não era uma mulher pequena; seu queixo repousaria no ombro dele. Os lábios grossos pareciam pedir um beijo. Será que ele chocaria ou contentaria seu clã se a beijasse ali mesmo?

Antes que Lachlan pudesse questionar a decência daquela ação, abaixou a cabeça e a beijou. Ele ouviu um burburinho, o som de aprovação, uma risada masculina e então nada mais, à medida que parecia se perder naquele beijo. Ele desejava ter um gostinho dela, mas acabara enfeitiçado.

Lachlan se afastou, se perguntando se o teto teria girado ou se era só ele. Ealasaid também não parecia imune ao poder daquele beijo. Ela pressionou os dedos nos lábios. Os olhos da jovem estavam arregalados, porém não era de choque. Reflexivos, talvez, mas não aterrorizados. Ele sorriu ao pensar que eles eram, de fato, um casal e tanto. Um deles, perspicaz demais, mas se sentindo extremamente ingênuo naquele momento. O outro, bastante inocente, porém com a desenvoltura de uma feiticeira nata. Não era nada justo, mas com certeza era interessante.

Em vez de apresentá-la, o que teria provocado interrupções sem fim que ele não iria tolerar naquele momento, apenas caminhou com ela até o centro do salão, então sinalizou aos violinistas para que começassem um *reel*, a dança típica escocesa.

Ela balançou a cabeça com vigor e se recusou a aceitar a mão dele.

– O que foi, Ealasaid?

– Já faz muito tempo que não danço, Lachlan, e, para falar a verdade, não tenho talento algum.

A voz dela era um sussurro rouco que parecia, de alguma forma, conectada às partes íntimas de Lachlan. Ela sempre falara de forma tão tentadora ou o efeito que ela causava sobre ele havia triplicado com o beijo? Se fosse esse o caso, ele duvidava que o retorno até a casa da jovem fosse ser tão sossegado quanto a ida até lá. Ele precisaria parar pelo menos três ou quatro vezes para beijá-la novamente.

– Duvido, moça. Você parece bem ágil. Podemos tentar?

– Precisamos?

Ela olhou em volta, para a multidão que os observava ansiosamente, então o fitou com uma expressão impotente.

– Receio que sim – respondeu ele.

Cinco minutos depois, ele queria rir, mas se conteve, para não magoar os sentimentos dela. Ealasaid não havia mentido nem exagerado para conseguir um elogio. Ele segurou sua mão e lhe ensinou como girar. O *reel* era uma dança animada, em que não importavam os passos. Mesmo assim, ela pisou nos pés dele duas vezes e tropeçou nos próprios pés ao menos uma vez. A cada momento sofrido, o rubor de Janet parecia aumentar, e seu desconforto se tornava cada vez mais insuportável.

Finalmente, a música acabou. Ele a puxou para os braços e, sem se importar com as pessoas à sua volta, a beijou novamente. Não foi para fazê-la se sentir melhor ou para afastar seus pensamentos do desastre da dança. O fato era que ele não conseguia suportar mais nem um instante sem saboreá-la. Era estranho como a noção de um mês, que costumava parecer curta demais, agora parecia estar a eras de distância.

– Você também não sabe cantar, Ealasaid, sabe? – perguntou ele, sorrindo.

As palavras do profeta retornaram à sua mente. *Ela tem os pés tortos e a voz de uma* banshee, *mas salvará o clã Sinclair.*

Ela balançou a cabeça.

Lachlan apoiou a testa na de Janet e sorriu.

– Mesmo assim, há outros atributos a se desejar em uma mulher.

O rosto dela enrubesceu mais uma vez, um fato que fez o sorriso de Lachlan se alargar ainda mais. Era estranho, mas ele sentia vontade de rir naquele momento ou de segurá-la no ar e girar com ela.

Ele acenou com a cabeça para Coinneach MacAuley, que parecia satisfeito consigo mesmo. Como deveria mesmo estar, pensou Lachlan. Até então, todas as suas profecias haviam se tornado realidade. Mas havia coisas que Coinneach nunca mencionara. Ele nunca dissera, por exemplo, que a Noiva de Glenlyon seria uma mulher adorável, com uma risada que faria Lachlan sorrir, que teria uma voz suave como gotas de chuva, e que sua figura e seu caminhar o fariam sonhar.

Ele a conduziu em outro *reel*, sem se importar por seus pés estarem à mercê dela, ou por ela se encolher toda vez que dava um passo errado. Algumas coisas eram importantes. Outras não.

Ele poderia ensinar Ealasaid a dançar, mas ninguém poderia incitar uma mulher a ser encantadora ou a fazer com que ele atravessasse quilômetros na escuridão para vê-la. Ele estimava que havia dormido menos de três horas em cada uma das últimas noites, mas se sentia mais vivo do que em qualquer outro momento da vida. Por que seria? Ele suspeitava que fosse pelo mesmo motivo pelo qual o teto estava girando.

NOVE

Lachlan a fez girar tão rápido que o salão rodopiava, mas ela não se importou. Mesmo que estivesse parada, o mundo estaria girando. O coração de Janet batia tão alto que ela quase não conseguia ouvir os próprios pensamentos. Sentia um frio na barriga enquanto se maravilhava com tudo o que estava acontecendo.

Ele a beijara, e só isso já era chocante o suficiente. Mas fazer aquilo diante de todo o clã era algo relevante. Ao menos ela achava que era. Havia muitos rituais e costumes de seu país que Janet jamais aprendera, os últimos sete anos pareciam ter sido roubados dela. Mas, a despeito do seu significado, o beijo havia sido relevante o suficiente. Fora seu primeiro e fora com um homem como Lachlan Sinclair. Será que estava acordada? Ou seria apenas um daqueles sonhos provocados pelo pó de Dover? *Por favor, não permita que seja um sonho. Por favor.*

A dança finalmente chegou ao fim. Lachlan levou Janet até um canto, dando as costas de propósito para o centro do salão – um repúdio ou um aviso para que os demais mantivessem distância. Parecia algo estranho a se fazer, até que ele, caminhando lentamente, pressionou as costas da jovem na parede, sem parar de sorrir. Ele poderia não querer se envolver com roubos, mas era, em todos os outros sentidos, muito sagaz. Ela sabia disso pelo brilho daqueles olhos castanhos, pela maneira como os lábios dele se curvavam nos cantos. O último pensamento que teve por vários minutos foi de que Lachlan não deveria parecer tão confiante.

Quando ele ergueu a cabeça, Janet suspirou e manteve os olhos fechados. Algo tão pecaminosamente bom deveria ser ilegal. Lachlan beijava muito bem. Mesmo em sua inocência, ela conseguia reconhecer o talento. Um beijo de Lachlan Sinclair era quase tão intenso quanto a bebida que seu pai produzia em Tarlogie.

O homem que se intrometeu entre eles cheirava a fumaça de turfa. Os cabelos dele eram compridos e brancos, e ele carregava um cajado que tinha quase a sua altura. Uma capa longa cobria a calça e a camisa surradas, e as botas não passavam de pedaços de couro costurados uns aos outros.

Os olhos azul-claros encararam Janet. A boca do velho se contraiu debaixo da barba. A jovem teve a sensação esquisitíssima de que o homem estava rindo de alguma troça cujo ponto central era ela. Janet franziu a testa em resposta, o que pareceu diverti-lo ainda mais.

Ele se voltou para Lachlan.

– Então, rapaz, você se rendeu.

Era uma pergunta que demandava uma resposta sincera.

– Sim – respondeu ele, sorrindo.

– Você promete, então?

Lachlan estudou o velho em silêncio. O salão pareceu congelar, como se estivesse esperando por algo. Ele sabia muito bem o que o clã aguardava: sua confirmação do casamento, mas não apenas uma união inglesa. Isso aconteceria em seu devido tempo. Eles queriam um casamento escocês, ali, naquele momento, em meio à música e ao riso.

Ele olhou para Ealasaid. Sabia que havia feito muitos sacrifícios pelo clã, mas era verdadeiramente abençoado pela noção de que aquilo não era um desses sacrifícios. Ela era seu verdadeiro amor.

Lachlan abriu um largo sorriso.

– Você é um maquinador, velhote, mas eu lhe concederei essa vitória.

– Não é minha, rapaz – disse Coinneach. – Foi ordenada pelo Destino.

Lachlan deu um passo para o lado, pegou a mão de Janet e a segurou solenemente entre as suas. Ele a olhou nos olhos e sorriu.

– Eu serei seu, moça, se você me aceitar. Isso eu prometo.

Janet o encarou, perplexa, então se voltou pra o velho, que parecia tão feliz quanto um pai orgulhoso naquela ocasião. Ela assentiu, e o salão eclodiu em vivas e risadas.

Em um instante, ela estava parada ali, segurando a mão de Lachlan, e, no instante seguinte, estava sendo empurrada de pessoa para pessoa, ganhando beijos calorosos no rosto. Ela foi beliscada uma vez. Depois foi abraçada por uma velha quase banguela. Janet era como uma folha em um riacho, incapaz de fazer qualquer coisa além de se deixar levar. Palavras que ela mal compreendia pareciam flutuar sobre ela. *A bheil thu toilichte* – algo sobre felicidade. *Mi sgith.* Cansada? Fazia anos que ela não falava gaélico. Estava enferrujada, se lembrava apenas de algumas expressões, mas achava que havia compreendido essas partes.

Saíram do salão tão rápido quanto entraram. Em vez de montar no cavalo cansado de Lachlan, eles escapuliram do pátio para uma trilha, parcamente iluminada pela tocha afixada na parede acima deles.

– Lachlan? – Ela parou no meio da trilha e esperou até ele se virar. – Aonde vamos?

– A um lugar onde possamos ficar sozinhos, moça.

– Você vai me beijar novamente, não vai?

– Bem, eu pensei nisso. Tem alguma objeção?

Ela deu as costas, franzindo o cenho em meio à escuridão.

– O que foi, moça?

O dedo dele traçou uma linha do ombro até o cotovelo desnudo de Janet. Ela puxou o xale para cobrir a pele. Lachlan estava tão perto que ela conseguia sentir a respiração dele, a camisa escura tocando suas costas, o hálito quente em sua nuca.

– Não consigo pensar quando você me beija – confessou ela baixinho.

Uma confissão que o contentou, se o riso suave dele pudesse ser tomado como indicativo.

– Seria uma pena se você conseguisse. Significaria que não estou fazendo direito.

– Acho que você beija muito bem, Lachlan.

A voz de Janet parecia irritada.

A risada dele não deveria ser tão encantadora. Ele a virou em seus braços.

Ela olhou no rosto dele, escurecido pelas sombras e iluminado pelo fraco prateado da lua.

– Você me pediu em casamento, Lachlan?

– Não exatamente, moça.

– Ah.

– Você está decepcionada?

Ele se abaixou e beijou a face perto da orelha de Janet. Ela estremeceu e se aninhou nele.

– Estivemos juntos durante dez horas – murmurou ela.

– Você contou, é?

Ela assentiu.

– Cedo demais para declarações e beijos, é isso, Ealasaid?

Novamente, ela assentiu.

– Você sempre foi tão decorosa, moça? Tão inglesa?

A pergunta precedeu outro beijo. Esse foi mais intenso que os anteriores compartilhados no Grande Salão. Parecia que o topo da cabeça de Janet estava flutuando. Ela quase conseguia enxergar o vapor por trás das pálpebras, subindo até as estrelas, levando junto todos os seus ossos. Ela piscou, caiu nos braços de Lachlan, então piscou outra vez.

Um som estranhíssimo penetrou a nuvem que a envolvia. Queixoso e agitado, como se a própria terra tivesse ganhado voz. Ela inclinou a cabeça e ouviu. Era um grunhido rouco de uma beleza divina, bruto e estranhamente doce.

– São as gaitas de fole, Ealasaid.

Ela nunca tinha ouvido o som de gaitas de fole – eram proibidas desde antes de ela nascer –, mas às vezes achava que podia imaginá-las, tão puras e tão verdadeiras que seu lamento poderia ser sentido até os ossos.

– Não são proibidas?

Ela o sentiu, mais do que enxergou, dar de ombros.

– Essa é uma lei inglesa, e uma lei antiga. Quem saberá o que fazemos aqui?

– O que eles estão tocando?

– O lamento dos Sinclairs. Gostaria de entender as palavras?

Ela assentiu.

– Cá está meu coração, clamando, agora que a noite cai. Todos os orgulhosos Sinclairs te acolhem em nosso vale. Nosso lar é o sorriso que te cumprimenta, nosso lar é a terra que te protege, nosso lar é Glenlyon e o espírito de seus homens. – As mãos dele pressionaram as costas dela, puxando-a para perto. – É uma melodia cativante, moça. Mas alguns dizem que é tocada excessivamente. De todo modo, são nossas gaitas de fole, e temos direito a elas.

Janet foi assolada por uma sensação de perda tão profunda que quase a derrotou. Ela ergueu a mão, cegamente, e segurou a nuca de Lachlan. Repousou a testa no peito ele e colocou a outra mão em seu ombro. Janet nunca mais pisaria ali de novo. E as circunstâncias a levariam para longe de Glenlyon, para longe da fronteira, quem sabe até mesmo para Londres.

Mas Janet tinha aquela noite. Teria que ser o suficiente.

DEZ

s dedos dele pentearam os fios de cabelo das têmporas de Janet. As mãos seguraram o rosto da jovem. Ele se aproximou até ficar a poucos centímetros de seus lábios. A carne sob suas mãos parecia quente enquanto ele esperava, paciente. Ela ofegou, um som suave para marcar o momento. Era mais de cumplicidade do que de rendição.

Há quanto tempo ele a queria? Desde a primeira vez que a vira ou mesmo antes disso? Desde o início de sua vida? Parecia ser.

– Ealasaid – murmurou Lachlan contra os lábios dela.

O beijo era uma acolhida a algo mais que a paixão. Ao pertencimento. Ao amor.

Ele se afastou, por fim, e apoiou a testa na dela. A respiração de Janet estava acelerada, suas mãos seguravam com firmeza os braços de Lachlan e sua bochecha estava quente no local que ele havia tocado. A expectativa era parte do processo do amor, e ele queria que a jovem sentisse cada gota de prazer e de dor inerentes àquilo.

Assim como ele sentia. O sangue de Lachlan estava quente; a respiração, igualmente acelerada. Sua carne estava rija e pulsava dentro das calças.

Ele se afastou e se ajoelhou diante dela, estendendo as mãos para pegar o calçado da jovem.

– Lachlan?

A pergunta estava presente na voz dela, mas Janet não se afastou.

Ele colocou a mão na parte de trás do tornozelo da jovem. Um leve puxão, ela levantou o pé e Lachlan rapidamente tirou o calçado.

– Você tem pés lindos, Ealasaid.

– Obrigada – respondeu ela.

Tão educada, sua Ealasaid. Será que ela lhe agradeceria mais tarde, com sua voz decorosamente inglesa? Ele sorriu. Se fizesse tudo certo, ela agradeceria.

Mais um movimento, e o outro calçado também foi tirado. Ele se refugiou dentro das saias dela, deslizando as mãos por uma perna, até a barra da meia. Lachlan olhou para ela, que o olhou de volta e não se afastou. Um leve tremor percorreu o corpo de Janet, como se estivesse despertando para o toque dele, um pedacinho de cada vez.

– Quis tocá-la na primeira noite em que a vi, Ealasaid.

As mãos dele alcançaram o joelho dela. Por conta da trama grossa das meias, Lachlan não conseguia tocar a pele de Janet. Por que ela não usava meias de seda e laços? E por que suas roupas eram inferiores às de uma dama inglesa abastada? Aquela observação o intrigou, visto que sua única preocupação real em relação ao vestuário naquele momento era a de tirar as roupas dela quanto antes. Outras perguntas poderiam ser feitas e respondidas mais tarde.

Lachlan começou a erguer a barra da saia de Janet lentamente. Ele era um homem com uma ideia de sedução em mente. E ela parecia sincronizada com ele, com os braços soltos ao longo do corpo, o olhar fixo nas mãos masculinas. Ele ergueu o braço e, com delicadeza, fechou a mão dela em torno da barra da saia. A cumplicidade era muito mais inebriante que a dominação. Lachlan queria que ela fosse sua parceira naquele ato.

Assim que as pernas de Janet ficaram visíveis, ele deslizou os dedos até o topo de uma das meias e passou um polegar por debaixo da barra, sentindo a pele dela pela primeira vez. Macia e quente. Um som parecido com um grunhido emergiu dos seus lábios, um ruído masculino que expressava tanto apreciação quando um alerta a ela, se Janet soubesse interpretá-lo. Ele deslizou a meia pela perna, devagar.

Quando a perna dela estava despida, ele se aproximou e beijou o joelho nu. A mão dela se agitou. Se era um protesto ou um reflexo pela sensação provocada, ele não sabia. Mas a única reação de Janet foi um arquejo suave, um leve choramingo.

– Ealasaid – disse ele, pontuando o nome dela com um beijo terno em sua pele.

Lachlan segurou a barra da outra meia de Janet e também a deslizou para baixo. Em vez de beijá-la, ele se afastou e a observou. Ela estava com uma das mãos na boca, com os dedos pressionados contra os lábios grossos. A outra estava apoiada na cintura, prendendo a saia no alto.

– Você está exatamente como na primeira noite em que a vi, passeando pelo córrego e fingindo ser um duende benfazejo – observou ele.

O som de sua voz saiu mais áspero que Lachlan esperava. Janet não teve resposta para aquelas palavras e ele também não esperava que ela tivesse.

Lachlan se aproximou novamente e deu um beijo no joelho recém-despido, deslizando os dedos pela parte de trás da perna dela, do tornozelo ao joelho. Ela estremeceu sob aquele toque.

– Sua pele está quase ardente, como se uma febre a queimasse.

Estavam em pé de igualdade nesse quesito. Ele estava sendo consumido pelo fogo, escondendo as chamas com uma força de vontade extrema. Se não estivesse se contendo, já estaria dentro dela, com as pernas de Janet enroladas na sua cintura, aliviando a ânsia de muitos dias. Mas ela era inocente e era sua, e ele a deixaria satisfeita e suspirando em seus braços até o sol nascer.

Os Sinclairs eram conhecidos por tais votos.

As mãos dele percorreram lentamente o caminho dos joelhos até as coxas, enterrando-se sob o tecido, empurrando-o para o lado. Os dedos deslizaram pela maciez da pele dela, apalpando as curvas e então repetindo o gesto em uma apreciação da carne deliciosamente rotunda. Outra vez, um breve arquejo que parecia expressar tanto a inocência de Janet quanto a ousadia de Lachlan.

As mãos dele deslizaram por debaixo do tecido, subindo ainda mais até alcançarem os quadris dela. Os polegares de Lachlan se encontraram e tocaram os pelos na junção das coxas. Não de modo intrusivo, apenas provocante.

Ele olhou para cima. Os olhos de Janet estavam fechados.

– Você está quente aqui também, Ealasaid – comentou ele, com suavidade.

Os joelhos dela tremiam. Um punho estava pressionado com força contra os lábios, como que para conter um gemido.

Lachlan a puxou para baixo, e ela mergulhou como uma pluma em seus braços. Beijá-la era como adentrar um vácuo onde as únicas constantes eram as mãos dela o agarrando e a explosão em suas veias. Seu corpo vibrava, vociferando mensagens como "rápido!" e "agora!". Sua mente parecia ter perdido igualmente a sanidade e se unido à carne. Ambas urgiam, fervorosamente, que ele a possuísse.

Paciência, Lachlan.

Ele a deitou na grama de Glenlyon, se debruçou sobre ela e desamarrou seu vestido.

– Minha intenção é fazê-la minha neste instante, Ealasaid – disse ele. Sua voz havia perdido o tom provocativo. – Diga que não está com medo.

Por favor.

Ela apenas balançou a cabeça de um lado para outro. Suas mãos estavam cerradas no tecido da saia, e ele as abriu com delicadeza. Os próprios dedos de Lachlan, se esquecendo dos anos de experiência, se atrapalharam com as roupas dela. A pressa e a sede dele eram plenamente visíveis no tremor de seus dedos e na respiração acelerada.

De alguma forma, nos últimos minutos, mesmo em silêncio, mesmo imóvel, ela o havia transformado em uma besta faminta. Quando suas mãos encontraram os seios de Janet e se fecharam em torno da carne macia, ele soltou um suspiro tempestuoso, aliviado. O apaziguamento estava próximo.

Ele puxou o vestido dela para cima, até o tecido ficar preso na altura do tronco. Meio em desespero, meio por divertimento, ele praguejou obscenamente. Ealasaid se sentou e o ajudou tirando a própria roupa pela cabeça.

Após mais um instante, ela fez o mesmo com a combinação. Estava, afinal e gloriosamente, nua.

Em mais um minuto, ele também estaria.

Uma mulher decorosa teria detido as mãos dele, ou se afastado, ou dito "não" quando ele anunciou sua intenção. Mas ela havia perdido todas essas prudências que marcavam uma vida circunspecta. A censura não importava. O orgulho estava enterrado debaixo da solidão futura. As consequências não detinham tanto poder quanto a curiosidade. Ela se sentia desesperadamente sozinha e um expatriado lhe oferecera uma noite de liberdade ao lado de seu povo. Ouvir o gaélico e as gaitas de fole, ser uma moça escocesa durante aqueles instantes, fora um presente abençoado. Ela queria tudo o que fosse direito seu, todas aquelas coisas que lhe ordenaram deixar de lado, emoções voláteis demais para uma dama de companhia educada, paixões fortes demais para sua função. Ela queria, por algumas horas, ser a mulher que poderia ter sido se as circunstâncias não tivessem alterado sua vida.

E, acima de tudo, ela o queria.

Desejava poder ter se perfumado com rosas para ele, ter penteado os cabelos até que brilhassem e ter trajado um vestido de seda. Mas ela não teria mudado a hora, ou o momento, ou o cenário. Que fosse ali, em Glenlyon, ao som das gaitas de fole como um pano de fundo suave e melancólico. Ela se lembraria daquilo para sempre.

Ele tocou seus seios, trançando com o dedo uma curva completa até a extensão do mamilo, medindo-o. Ela arqueou as costas, surpresa com o toque dos lábios dele ali, e seu corpo pareceu esquentar ainda mais.

Janet deixou escapar um suspiro quando ele sugou o mamilo. Ela segurou a cabeça de Lachlan, mergulhando os dedos nos seus fartos cabelos. Sentindo um desejo repentino, ela o puxou para que suas bocas se encontrassem, instantaneamente transformando o riso suave dele em um gemido gutural.

Nenhuma mulher acolhera sua ruína com tamanha sede.

Lachlan roçou os dentes na parte inferior do seio de Janet enquanto os dedos deslizaram pela sua barriga. Janet gemeu, uma mistura de grunhido com súplica, e segurou os braços dele com mãos trêmulas.

Seu corpo parecia estar chorando. Ela ardia em lugares que raramente sentia, e precisava de algo com o qual apenas sonhara nos últimos dias. Precisava dele. Precisava de Lachlan.

Com os dedos, ele a acariciou intimamente, incitando-a a gemer em seus braços. Quando ela o fez, Lachlan abaixou a cabeça e sussurrou em seu ouvido algumas palavras em gaélico ásperas e adoráveis. O som era perfeito para aquele local, para aquele momento, sob o céu, tendo apenas a terra e as estrelas como testemunhas.

Ele pesava sobre ela, sua carne era rígida, quente e insistente. Janet afastou as pernas em um convite silencioso. Lachlan o aceitou instantaneamente, se abaixando sobre ela e possuindo-a com um movimento repentino e brusco.

O gemido de dor o deteve. Ele apoiou as mãos ao lado dos braços dela e abaixou a cabeça. A respiração de Lachlan saía em arquejos fortes e trêmulos.

– Há um lugar e um momento certos para ser grato por sua inocência, Ealasaid, mas não posso lhe dizer que sejam estes.

Era um momento estranho para sentir uma onda de bom humor.

Ela se moveu debaixo dele, segurando seus quadris e o puxando para dentro de si. O impropério baixo e fervoroso que ele soltou acompanhou a agonia da penetração plena. Janet sentiu dor, mas não era insuportável, mesmo com ele pesando em cima dela, duro como ferro e quase tão pesado quanto.

– Minha inocência não é mais um obstáculo – murmurou ela, tentando esconder o sorriso.

Então ele começou a beijá-la, apenas para se afastar em seguida e fitá-la. No escuro, a expressão dele estava oculta. Estaria zangado?

– Talvez tenhamos perdido alguns dias – disse Lachlan, com a voz alegre.

– E momentos preciosos agora – acrescentou ela, deslizando os dedos pelos braços dele.

Ele a preencheu ainda mais. Segurou o rosto dela, para que ficasse imóvel para o beijo. A diversão subitamente deu lugar a mais sede. Ele segurou as mãos dela para que pudessem entrelaçar os dedos, com os cotovelos pressionados contra a grama.

– Venha comigo, minha Ealasaid, pois não consigo esperar.

Ele começou a se movimentar dentro dela, uma invasão lenta, longa e calculada que repetia uma cadência tão antiga quando o próprio tempo.

Os olhos de Janet estavam fixos no rosto dele, embora ele estivesse imerso na sombra. Ela sabia que também era observada.

A cada movimento dele, uma faísca em resposta parecia se acender. Centelhas de sensações começaram a mascarar a dor e a crescer dentro dela. O fogo começou a arder em sua espinha. Um pavio foi aceso dentro de Janet, e as chamas percorriam todo o seu corpo. Eram alaranjadas, vermelhas, azuis e de um roxo vibrante. Eram de todos os tons e nuances que ela poderia imaginar.

Janet fechou os olhos, sem conseguir evitar. Lachlan se aproximou, lhe deu um beijo e sussurrou algumas palavras em seu ouvido. *Tha gaol agam ort.* Ela conhecia bem aquelas palavras, pois as tinha ouvido dos pais com frequência: *eu te amo.* A pele dele estava escorregadia de suor, e as mãos seguravam o quadril dela enquanto ele a penetrava profundamente.

Ela gritou, e ele engoliu seu grito. O beijo a incitou a tocar todas as cores daquele arco-íris mágico, a se tornar parte dele, assim como ele era parte dela.

Lachlan a levou, seu saqueador, a um lugar onde Janet jamais estivera, um lugar onde não havia silêncio nem solidão, apenas uma alegria inebriante e a união de corpo, mente e coração.

Quando tudo terminou e depois que a noite, relutantemente, cedeu espaço aos raios nascentes do amanhecer, ela o abraçou e o amou mais uma vez, sem sentir timidez ou arrependimento algum por seus atos.

Ele era, afinal de contas, seu amado.

ONZE

Lachlan desmontou do cavalo antes de chegar à casa, então estendeu os braços para pegar Janet.

– Você está cansada, moça – observou, com delicadeza, sorrindo para o rosto sonolento dela.

A jovem havia cochilado algumas vezes durante a volta para casa. Ele desejava mantê-la em Glenlyon, mas não queria causar desacordo em sua nova família. Sendo ingleses, os pais dela não entenderiam que o casamento escocês deles era tão legal quanto qualquer um consumado na Inglaterra. Talvez pudesse conversar com o sogro para ver se o casamento podia ser adiantado, pois não gostava da ideia de deixá-la. Lachlan também percebeu que não queria mais esperar tantos dias pelo casamento inglês.

Ele podia imaginar a resposta de Coinneach àquela confissão.

Ealasaid enrolou os braços no pescoço dele e aninhou o rosto em seu ombro. Ela murmurou alguma coisa. A sensação daqueles lábios na pele de Lachlan era tentadora demais, mas ele tinha um longo trajeto pela frente, e ela precisava se deitar na cama antes que o sol subisse ainda mais no céu.

– Moça – disse ele. – É verdade que eu a exauri, mas você precisa acordar agora.

O sorriso surgiu rapidamente nos lábios de Lachlan quando ela murmurou alguma coisa, sem dar indícios de que abriria os olhos.

Ele a colocou no chão. Por um longo instante, a jovem se apoiou nele. Então suspirou e se endireitou. Desequilibrando apenas de leve.

– Eu deveria me sentir uma pecadora, Lachlan. No mínimo, depravada. Mas não me sinto. Não é tolo da minha parte?

Ele sorriu.

– Não fizemos nada de errado – garantiu ele, esfregando os braços dela com as mãos.

Janet jogou a cabeça para trás e fechou os olhos. Aquele momento de despedida estava se tornando cada vez mais difícil.

– Não fizemos nada pelo qual a Igreja nos puniria – reforçou ele, se aproximando e dando um beijo na testa da amada. – Não posso mais chamá-la de "moça" daqui em diante, não é mesmo? Mas já me acostumei a chamá-la de Ealasaid. Se importa se eu continuar? Não acho seu primeiro nome bonito, ele não combina com você.

– "Janet" não é um nome tão terrível assim – protestou ela, ainda sonolenta e se apoiando novamente nele.

– Janet? – Ele se afastou e a fitou. A jovem abriu os olhos, relutante. – Você tem uma infinidade de nomes, então? Estou me referindo a Harriet. Não gosto nada desse. Você não se parece com uma Harriet.

Ela abriu um pouco mais os olhos e negou devagar com a cabeça.

– Meu nome não é Harriet.

Ele passou a mão pelos cabelos, com a sensação estranhíssima de que não havia ouvido as palavras dela corretamente. Ou talvez ainda estivesse adormecido na grama de Glenlyon, saciado, satisfeito e mais esperançoso com relação ao futuro do que se sentia há muito tempo.

– Meu nome não é Harriet – repetiu ela.

Sua voz era baixa, mas ele ouviu as palavras perfeitamente.

Ele balançou a cabeça.

– Sim, é sim. É a filha do Sr. Hanson. Minha noiva inglesa.

Era como se aquelas últimas palavras tivessem sido proferidas como pequenas balas de chumbo que atingiram o coração de Janet. Sua noiva inglesa. O que significava, é claro, que ele só poderia ser uma pessoa. Não era simplesmente um saqueador escocês. Não era só um homem de Glenlyon, mas, sim, seu *laird*.

Ela podia ver o rosto dele sob a luz da alvorada. Os olhos pareciam gritar para ela.

– Não sou Harriet – sussurrou a jovem.

Janet deu um passo para trás. A distância poderia ser medida em quilômetros, com o tempo infinito que aquele movimento levou.

– Meu nome é Janet.

Recuou mais um passo. E mais um.

– E você é o *laird* dos Sinclairs, não é?

Sua voz tremia.

Ele assentiu. Um único aceno. Um aceno curto e brusco.

– Você não sabia? Era o meu clã que nos rodeava ontem à noite. Eles a acolheram como minha futura esposa.

Janet não parava de balançar a cabeça. Mas negá-lo não faria com que aquele momento desaparecesse, nem apagaria os últimos dias. Ela se apaixonara por ele, por seu sorriso, por sua risada e por sua confissão pesarosa do desgosto pelo roubo. Ele a amara, e ela o abraçara quando o corpo dele estremecera contra o dela. Lachlan lhe beijara quando a ouvira gemer. E, agora, estava ali parado, olhando para ela como se fosse um fantasma.

– Não sou Harriet – repetiu ela mais uma vez.

– Então quem é você?

As palavras não eram mais altas que um suspiro, apesar de sua severidade. Será que ele também estava achando aquele momento estranho? Como se nada estivesse certo, como se fosse um sonho induzido pelo excesso de açúcar ou de álcool?

– Sou a dama de companhia de Harriet – respondeu ela, de forma seca. – Leio para ela quando está entediada, desenrolo suas linhas de bordado e massageio sua testa. Isso é tudo. Não ofereço paz na fronteira nem um dote.

O silêncio se instaurou entre eles, um vale no qual nada crescia. Nenhuma explicação, nenhum pedido de desculpas ou arrependimento. O que ela estava pensando era impossível de ser traduzido em palavras, e o que quer que ele estivesse sentido estava aprisionado em seu silêncio.

O céu do alvorecer ficou mais claro. A quietude estranha entre eles foi marcada pelo canto de um pássaro em uma árvore próxima. Um alarme da natureza.

– É melhor você entrar, então, antes que seja descoberta.

Ela apenas assentiu.

Havia muitas palavras que eles teriam a dizer, mas não podiam. Janet baixou os olhos, se virou e foi embora.

Lachlan disse a si mesmo para parar de observá-la, para dar as costas com a mesma facilidade com que ela fizera. Ambos os alertas foram ignorados enquanto ele a fitava. A esperança que havia tomado conta dele tão alegremente no momento em que a conhecera e só crescera com a presença dela se esvaiu. Toda a sua crença no futuro também.

Quantas horas tinham se passado? Ela as contabilizara com tanta cautela. Dez horas e uma noite mágica. Foram o suficiente.

DOZE

uem é ele, Janet?

A voz viera do salão amarelo. Ela parou e virou a cabeça. Jeremy estava ali e a encarava.

Ela olhou para a cadeira que fora deslocada para perto da janela. Então Jeremy tinha visto. *Ele é o futuro marido da sua irmã. E meu amor.* Palavras que jamais diria. Janet não deveria sentir vergonha? Em vez disso se sentia vazia por dentro, como se parte dela tivesse desaparecido. O órgão mais vital. Um coração? Ou talvez apenas aquele local onde tais coisas importavam. Não faria diferença se Jeremy a rotulasse como vagabunda naquele momento.

– Você tem me observado esse tempo todo, não é mesmo?

Pela expressão dele, era evidente que Jeremy não esperava aquela pergunta. Que injusto da parte de Janet. Mas fazia todo o sentido. De que outra forma ela teria escapado de ser descoberta? Ele sempre fora gentil. Solícito demais, talvez, até mesmo cúmplice de suas travessuras. Como ele havia desviado a atenção de Harriet? Será que fora ouvindo as reclamações da irmã? Ou jogando uíste nos momentos em que Harriet a teria procurado?

– Se você subir agora, ninguém saberá.

Janet o encarou. Jeremy era dois anos mais velho, mas ela sempre o achou mais novo. Um homem recém-saído da juventude, mas havia algo em relação a ele enquanto estava parado ali, sob a luz da alvorada. Algo que havia amadurecido naquelas horas, desde a última vez que ela o vira. Ou talvez fosse apenas porque ela própria havia mudado drasticamente.

– Por que não soa o alarme, Jeremy? Conte a Harriet o que sabe.

– Você se sentiria melhor se fosse punida, Janet?

A voz dele era gentil demais, e ela piscou para conter as lágrimas que empoçaram com uma facilidade tremenda em seus olhos.

– Suponho que não – concordou ela. – Obrigada, Jeremy.

Ele a seguiu até a escada, ficou parado na base, observando enquanto Janet subia os degraus. Parecia uma tarefa tão árdua quanto escalar a mais alta das montanhas. Quando ela parou e olhou para trás, viu que ele a observava com uma expressão serena.

– Se eu puder fazer qualquer coisa por você, Janet, eu farei.

– Obrigada, Jeremy.

– Você me avisará se eu puder ajudá-la?

– Sim, Jeremy, avisarei.

Ele estava falando de um escândalo, é claro. Se alguém descobrisse suas ações daquela noite, ou se ela estivesse esperando um filho, seria desgraçada e mandada embora.

Janet abriu a porta do quarto com delicadeza, fechando-a em seguida e se sentando na beirada da cama para abraçar o próprio corpo. Ficou balançando para a frente e para trás, em um movimento estranhamente apaziguador.

Lachlan seria marido de Harriet.

Janet sabia que poderia morrer por causa daquilo.

– Seria sábio de sua parte ficar longe de mim, velhote.

Lachlan fitou Coinneach com olhos furiosos, então deu as costas e entregou o cano recém-reparado para James, que o colocou no lugar. Lachlan estava trabalhando fervorosamente desde seu retorno a Glenlyon, mas manter as mãos ocupadas não ajudou em nada a aquietar sua mente.

– Ou então – continuou ele –, já que é profeta, me diga se um dia essa coisa funcionará direito.

O silêncio foi a resposta à sua raiva. Melhor assim, pois ele não estava disposto a discutir. Era muito provável que estrangulasse o adivinho. Maldita Lenda. Maldita situação precária de seu clã.

Ele se virou e encarou Coinneach. O velho estava sorrindo, como se o movimento de sua barba fosse um indicativo. Lachlan achava que ele mantinha a barba para se parecer mais com um feiticeiro. Tudo de que precisava era um chapéu pontudo para se encaixar no papel. Isso e a habilidade genuína de prever o futuro.

– Não importa, sabe? Você e sua maldita Lenda. Encontraremos uma forma de sobreviver sem ela.

O velho continuou sorrindo.

– Você nunca acreditou nela. Mas seu povo acredita.

Havia censura nos olhos de Coinneach? Lachlan se virou novamente e se abaixou para pegar outro pedaço de cano.

– Eu os convencerei do contrário. Eles jamais sentirão falta.

– Sim, mas você sentirá.

– Não banque o enigmático para cima de mim agora, velhote.

– Por que você está aqui e sua esposa está na Inglaterra? Faça essa pergunta a si mesmo, Lachlan. É a sua própria estupidez que o torna infeliz, e continuará tornando. Não minhas previsões.

Lachlan estreitou os olhos e se perguntou quantos anos, exatamente, Coinneach teria. Era velho demais para lutar, certamente. E velho demais para ser aprisionado no calabouço do castelo.

Mas as palavras do profeta eram verdadeiras. Lachlan observara Janet se afastar e não fizera absolutamente nada. Em vez disso, se sentira congelado naquele lugar, relegado a um inferno particular criado por ele mesmo. Ele se sentira súbita e estranhamente zangado: com ela, por não ser quem deveria, e consigo mesmo, por colocar seu clã em risco. Ou será que ele havia simplesmente falhado com Janet? Esse pensamento o manteve acordado a manhã toda, e tornara sua percepção do castelo dura e assustadoramente honesta.

A muralha leste precisava ser escorada. Os tijolos escuros estavam esbranquiçados no local onde a argamassa se deteriorara. Os melhores móveis de Glenlyon haviam sido sacrificados muito tempo atrás em prol de uma causa maior – o levante de 1745 – ou da mera sobrevivência. O gado era raquítico. Até mesmo as galinhas tinham uma aparência descarnada. A única esperança de prosperidade do clã era o casamento de seu *laird*, e ele falhara nisso, não falhara?

Porque havia se apaixonado pela mulher errada.

A profecia não importava. Ele havia tomado sua decisão e o fizera pelas melhores razões possíveis. Ela o encantara, o fascinara e o fazia rir. Ele queria saber o que Janet pensava e que sonhos tinha. Queria tocá-la novamente, deitar-se com ela em uma cama e passar horas amando-a.

Que poder tinha uma Lenda se comparada a esse sentimento?

Ele largou o cano e saiu da caverna. Às favas com a Lenda. Iria buscar Janet.

A segunda explosão, contudo, postergou seus planos.

Ela não se deu o trabalho de responder à segunda batida em sua porta, permanecendo encolhida no meio da cama e com os olhos fechados.

– Janet?

– Sim, Harriet.

Ela gostaria que houvesse uma tranca na porta. A última pessoa que queria ver era Harriet, que tinha o dom de perceber a tristeza rapidamente e logo saberia que sua dama de companhia estava chorando. Janet não emitia som algum. As lágrimas apenas escorriam de seus olhos. Um coração partido não requeria qualquer esforço de sua parte.

Havia manhãs em que ela ficava parada junto à janela, observava o sol iluminar a terra, virava-se para o norte, na direção da Escócia, e sofria com a saudade. Jamais poderia ver sua terra natal novamente, jamais conseguiria superar a perda. Lachlan. É claro que ele era o *laird*. Ela deveria ter percebido. O discurso dele revelava sua origem. O brilho em seus olhos, a ousadia. Lachlan tinha humor e sabedoria, o corpo de um guerreiro e o rosto de um anjo.

Quando Janet era pequena, tinha diversos sonhos. Primeiro, queria ser uma princesa. Depois, mãe. Por fim, queria trabalhar com o pai na destilaria. Quando ficou mais velha, queria se apaixonar, imaginava que havia se apaixonado uma ou duas vezes. Aos 12 anos, fora por Cameron Drummond. Um ano depois, pelo irmão dele, Gordon. Mas nenhum dos olhares demorados que os dois garotos haviam trocado com ela a tinha preparado para aquele momento, para Lachlan Sinclair.

O marido de Harriet.

Ela fechou os olhos.

– Você está enferma de novo?

Harriet falou do lado de sua cama, mas Janet continuou de olhos fechados.

– Acredito que sim, Harriet.

Por favor, vá embora e me deixe em paz. Era uma prece entoada das profundezas de sua mente, mas que não surtiu efeito algum em Harriet.

– Você dormiu vestida, Janet? Que desleixo de sua parte.

– Sim, Harriet.

Talvez concordar com ela a fizesse ir embora. Mas não.

– Ou você esconde um pecado maior, Janet? – Harriet abaixou a mão e sacudiu a saia da outra. – Você não passa de uma vagabunda, não é? – Aquelas palavras foram ditas em um tom tão prazeroso que seu significado não fez sentido em um primeiro momento. – Todo esse tempo? Você é uma vagabunda há todo esse tempo?

A frieza do desprezo de Harriet penetrou a pele de Janet e atingiu seus ossos. O mais horrível era que ela não tinha defesa alguma para aquelas palavras, nada mitigaria o escárnio de Harriet. Não havia, afinal de contas, nada a ser dito. Ela era culpada do que a outra pensava. Pior ainda: havia pecado com o futuro marido de Harriet. Havia arruinado a si mesma. Uma noite gloriosa, é verdade, mas a voz de sua falecida mãe ecoava em seus ouvidos, carregada de cautela e decoro. Será que tinha sido sua natureza escocesa, no fim das contas? Ou uma curiosidade desenfreada, ou simplesmente imprudência?

– Deixe-a em paz, Harriet.

O som da voz de Jeremy era um alento esquisito. Era surpreendentemente firme, até mesmo raivosa. Janet abriu os olhos e se sentou. Seu olhar se voltou para Jeremy, que estava parado à porta, uma sentinela contra a condenação feita por sua irmã.

– Está tudo bem, Jeremy.

Ela pôs as pernas para fora da cama e tirou os cabelos do rosto.

Não tinha tempo para ficar sofrendo. Precisava resolver seu futuro. Pela primeira vez desde que Harriet lhe dera a notícia, se sentia grata por não ir à Escócia. Seria insuportável ver Lachlan diariamente, sabendo que ele pertencia a outra pessoa.

O momento presente, no entanto, precisava ser superado de alguma forma.

Harriet olhou de um para o outro, como um cão farejando um rato ferido.

– O que está acontecendo aqui, irmão?

– Janet estava comigo, Harriet. Mais do que isso você não precisa saber.

Em outra época, talvez a expressão de Harriet fosse engraçada. Mas não naquele momento. Janet só desejava ir para bem longe daquele lugar, das lembranças de Lachlan, da visão de sua futura esposa.

Ela se levantou e passou por Harriet até chegar ao lado de Jeremy. Então ficou na ponta dos pés e deu um beijo na bochecha do jovem.

– Obrigada por sua gentileza. Mas não importa mais.

– Importa para mim – disse ele, sem tirar os olhos dos de Janet. – Você precisa de alguém que a proteja.

– O que ela precisa, Jeremy, é ser banida desta casa, como a vagabunda que é – declarou Harriet.

– Não – retrucou Jeremy, se posicionando entre as duas. Ele olhou para a irmã com uma expressão fria. – Você não entendeu, Harriet – disse, se virando para Janet e sorrindo. – Eu pedi Janet em casamento e ela aceitou.

TREZE

omo assim, ela não está aqui? – indagou Lachlan. – E onde ela poderia estar?

O homem que atendeu a porta era jovem e trajava um uniforme que evidentemente o fazia se sentir importante. Talvez tenha sido por esse motivo que ele torceu o nariz para Lachlan. Ou talvez tivesse algo relacionado ao fato de que Lachlan estava fedendo outra vez a cevada. E estava com algumas marcas de queimadura também. A explosão fora furiosa, e o efluente que se esparramara pela caverna era tão nauseante quanto da primeira vez. Em vez de dar um mergulho no lago, contudo, ele montara em outro cavalo e partira ao encontro de Janet.

De todos os quilômetros que já havia percorrido, de todas as vezes que já viera à Inglaterra, de todos os saques na fronteira e todas as noites que passara com Janet, aquela foi a jornada que Lachlan mais receou. Não tinha relação alguma com o fato de que estava cansado, exaurido até os ossos. Era porque se sentia um completo idiota. No instante em que ela lhe disse quem era, ele deveria tê-la tomado em seus braços e corrido com ela para a fronteira. Mas não fizera isso, e essa estupidez lhe custaria algumas explicações. Ele já havia pensado nas palavras que poderia usar, já havia decidido deixar o orgulho um pouco de lado. Talvez ela não cedesse facilmente, ou não compreendesse que ele só tinha ficado perplexo com a verdadeira identidade dela e com o pensamento repentino de que ele não conseguiria proteger seu clã. Lachlan imaginara todas as maneiras possíveis de tentar coagi-la a perdoá-lo, mas jamais passara por sua cabeça que Janet poderia não estar ali.

O criado se afastou, preparando-se para fechar a porta na cara dele, Lachlan tinha certeza. Em vez disso, o rapaz se viu ser erguido pelo colarinho, com os pés balançando a alguns centímetros do chão. Não foi tanto a palidez de seu rosto que satisfez Lachlan, mas sim o brilho de pavor naqueles olhos que, um instante atrás, estavam repletos de desdém.

Lachlan abriu um largo sorriso, exibindo todos os dentes brancos e brilhantes.

– Sei que sua memória não é tão ruim assim, não é, rapaz? Será que poderia me contar aonde ela foi?

O homem gaguejou, mas uma voz atrás dele respondeu com bastante rapidez.

– Ela se foi. Isso é tudo o que você precisa saber.

Lachlan virou a cabeça. Uma mulher estava parada ali, vestida de azul, o cabelo preso em tranças no topo da cabeça, como uma coroa. Não havia um único fio fora do lugar. Ela o observava com indiferença enquanto ele colocava o criado no chão. Ela dispensou o empregado com um gesto.

Ele havia visto mulheres bonitas a vida toda. Aquela ela atraente, supunha, mas seu primeiro pensamento foi que ela era controlada demais. Nenhuma emoção podia ser lida naqueles olhos azul-claros. Seu sorriso era apenas uma linha contida de lábios grossos. Ele se perguntou se ela desgostava da própria beleza, enxergando como uma maldição o que outras mulheres talvez vissem como uma bênção.

– Ela se foi – repetiu. – Não basta?

A voz dela era aguda e soava como se saísse pelo nariz. O som o irritou.

– Onde ela está?

Ela sorriu novamente. Lachlan não tinha dúvida quanto à identidade dela e se sentia tremendamente afortunado por ter conseguido evitar o casamento. Harriet. O nome parecia combinar com ela.

– Aonde ela foi? Tenho a impressão de que você sabe perfeitamente bem.

– Ela fugiu para se casar com meu irmão. Que em breve será deserdado. Se você os encontrar, pode contar isso a ele. E conte que já mandei avisar meu pai sobre as atitudes dele. Talvez ela mude de ideia quanto a se casar com um pobretão.

A risada dele pareceu surpreendê-la, mas não mais do que suas palavras de despedida.

– É tarde demais para isso. Ela já é casada comigo – declarou Lachlan.

Mesmo enquanto deixava a casa onde passara os últimos sete anos, Janet sabia que estava cometendo um erro.

O que fizera na noite anterior não parecia errado, independentemente de como o mundo pudesse interpretar aquilo. Por isso não conseguia se ver como uma pessoa arruinada. Nem poderia negar os sentimentos que tinha por Lachlan se casando com outro homem, por mais que tal atitude pudesse lhe prover um futuro melhor.

Era verdade que suas perspectivas eram sombrias. Jamais poderia ser empregada novamente por Harriet, e tinha poucos talentos. Sua educação fora esporádica. Sua maior habilidade fora aprendida com o pai. Janet supunha que podia encontrar um emprego em uma venda, ou como servente em um bar. Mas onde e como ela viveria até ganhar suas primeiras moedas? Não, o futuro não parecia apenas sombrio. Parecia desolador.

– Não posso fazer isso, você sabe. – Ela olhou para Jeremy, do outro lado da carruagem. Ele interrompeu sua análise do campo e a fitou. – Eu arruinaria sua vida ao chorar por outro homem.

– Pensei que estaríamos a meio caminho da Escócia antes de você protestar. – O sorriso dele era pesaroso. – Pensei até que conseguiria passar pela cerimônia de casamento antes que você recobrasse os sentidos.

Quando ele se inclinou para a frente e segurou a mão enluvada de Janet entre as suas, ela ficou mais que surpresa.

– Sou um bom rapaz, Janet. Seria um bom marido para você.

Ela assentiu.

– Mas não é o bastante, não é?

Ela balançou a cabeça.

– Não, Jeremy.

– Bem, tive um golpe de sorte. Você estava sofrendo tanto que teria concordado com qualquer coisa.

Ela assentiu. Sentiu os olhos marejados novamente.

– Você não precisa ser tão bondoso comigo, Jeremy. Eu arruinarei nós dois.

Ele soltou a mão dela e se recostou de novo no banco.

– Então o que você fará, Janet? Como viverá?

– Não sei – respondeu ela, suspirando. – Você tem alguma amiga que possa estar precisando de uma dama de companhia?

– Seu futuro estaria resolvido se você se casasse comigo. Tem certeza de que não quer?

– Tenho absoluta certeza e lhe agradeço muito pela oferta, Jeremy.

– Foi meu primeiro pedido de casamento, sabia? Talvez eu me torne adepto, talvez me torne um homem galanteador, indo de uma mulher para outra, pedindo a mão de cada uma delas.

– Uma mulher maravilhosa certamente aceitará – garantiu Janet, com um sorriso triste.

– Uma mulher maravilhosa já aceitou. – O sorriso dele era gentil e carinhoso. – Infelizmente, seus sentimentos já pertencem a outro homem. Quem é ele, esse idiota que não faz ideia do que está perdendo?

– Isso importa? – perguntou Janet.

– Acha que devo desafiá-lo?

– Não!

O pavor dela era genuíno.

– Obrigado por isso – disse Jeremy, sorrindo. – Se não posso ser seu marido, pensarei em mim mesmo como um protetor da honra de uma dama.

– Eu realmente lhe agradeço, Jeremy. É muito meigo de sua parte.

– Descobri que as mulheres, Janet, não gostam de homens *meigos*. Elas preferem os enérgicos ou excitantes, mas certamente não os meigos.

Naquele momento, ouviram um disparo. A carruagem deu uma guinada e os cavalos recuaram antes de partirem em disparada e depois pararem abruptamente. Janet foi arremessada para a frente e se agarrou ao banco oposto.

Mais alguns disparos foram ouvidos e, então, a porta da carruagem se abriu. Lá estava Lachlan, parecendo cansado, sujo e extraordinariamente rude. Ele a cumprimentou com uma carranca.

– Odeio perturbá-la, Janet, mas há algo que me pertence nesta carruagem.

Ela nunca ouvira o sotaque dele tão forte antes. O ribombo intenso de sua voz carregava não apenas o sabor da Escócia, mas também uma pitada de perigo.

– Outra vaca, Lachlan?

Se ela não o estivesse observando com tanta atenção, poderia ter perdido a contração nos lábios dele, que revelaram sua surpresa. Uma expressão que foi desfeita igualmente depressa.

– Não, Janet – respondeu ele e, desta vez, sua voz era mais suave, permeada por algo que ela nunca ouvira antes. Ternura?

Ele olhou para Jeremy e o estudou por um breve instante.

– Ela é minha esposa, rapaz. Lamento, mas já é comprometida.

– Você disse que não havia me pedido em casamento, Lachlan.

– Sua tola, é claro que eu não a havia pedido em casamento. Eu já tinha me casado com você àquela altura.

Ele a pegou e a colocou no chão com facilidade. Janet olhou na direção da carruagem. Jeremy se debruçou para fora da porta.

– É ele, Janet?

Ela assentiu.

– Ele não parece nem um pouco meigo – observou Jeremy antes de fechar a porta.

– Esse rapaz acabou de me insultar?

Lachlan franziu o cenho para a porta fechada.

Ela ignorou a pergunta.

– Como assim, somos casados?

Ela passara as últimas horas chorando por ele. O fato de que poderia ter poupado tanto sofrimento com algumas poucas palavras dele a fez se perguntar o que queria fazer primeiro – bater nele ou beijá-lo. Quando Lachlan montou novamente e a puxou para acomodá-la diante dele, Janet decidiu que talvez fosse estúpido argumentar com um homem tão obviamente determinado.

Portanto, resolveu beijá-lo. Muitos segundos depois, quando terminaram de se beijar, ele sorriu para ela.

– Você precisa aprender algumas coisas sobre o meu país, moça. Há várias maneiras de se casar por lá. Eu lhe fiz uma promessa, e então você se deitou comigo. Essa é uma das tradições mais antigas. Mas você aprenderá a ser escocesa com o tempo.

– Eu sou escocesa, Lachlan, embora já faça muitos anos que deixei a Escócia. Meu sobrenome, que você nunca se importou em perguntar, é MacPherson.

Ele parou o cavalo e olhou no rosto dela. Seu sorriso, quando se abriu, era largo.

– É mesmo, Janet? Bem, isso é um alívio. Quase tão grande que nem preciso me desculpar. Não o farei, depois de tê-la encontrado fugindo para se casar com outro homem.

Ele abaixou a cabeça e a beijou novamente.

Alguns minutos depois, ela tornou a falar:

– Você não pretendia.

– O quê?

– Você não pretendia. Jamais teria se casado comigo se não pensasse que eu era Harriet.

Ele virou o cavalo e trotou de volta na direção da carruagem. Não precisou dar outro disparo para deter o cocheiro. O pobre homem apenas se virou e olhou para trás. Então ergueu as duas mãos, como que em rendição.

Lachlan desmontou e bateu à porta da carruagem.

Jeremy a abriu e avistou Janet, ainda montada no cavalo, e um escocês irritado parado diante de si.

– Tenho um favor a pedir, inglês.

As sobrancelhas de Jeremy se arquearam.

– Tudo o que você precisa fazer é testemunhar isto. – Lachlan se virou para Janet e segurou sua mão com firmeza. – Eu a tomarei como minha esposa, Janet. Você me aceita como seu esposo?

Ela piscou para Lachlan, perplexa. Havia uma sombra de barba no rosto dele, e ele parecia irritado e cansado. Havia muitas manchas estranhas em sua camisa e em suas calças, e ele cheirava a cevada maltada. Mas seus olhos pareciam brilhar e seu sorriso era audaz.

– Tem certeza, Lachlan?

– De todo o meu coração, Janet. Eu a acolherei em meu coração e em meu lar como se você fosse a Noiva da Lenda.

– Que Lenda?

Ele franziu o cenho.

– Uma bobagem que não cabe aqui, agora. Vai me responder?

– Sim, Lachlan, eu o aceito como meu esposo.

Ele se virou para Jeremy.

– Ouviu tudo?

– Ouvi.

– Então, Janet, estamos casados novamente. Isso basta para você?

Lachlan apenas riu quando ela socou seu braço.

CATORZE

achlan tinha planos, planos maravilhosos que, de alguma forma, se concretizariam. Ele não conseguia evitar pensar que as coisas sempre se encaixavam, se você trabalhasse duro e continuasse acreditando.

Seu clã não precisava saber que Janet não era, exatamente, a Noiva de Glenlyon. O fato de que ele fora poupado da presença de Harriet em sua vida poderia ser entendido como uma verdadeira bênção. Ele se perguntou se Harriet mancava e acrescentou essa dúvida à lista de perguntas que faria a Janet quando ela acordasse.

Lachlan olhou para a amada. Ela havia adormecido nos braços dele novamente, repousando o rosto em seu ombro. Era a primeira vez que ele a via sob a luz do sol. Os cabelos eram do tom castanho de uma verdadeira escocesa. Queria que ela estivesse acordada, para poder ver seus olhos, mas não a perturbou. Talvez agora conseguissem aproveitar uma boa noite de sono de vez em quando, já que não havia a necessidade de permanecerem acordados a noite toda. Mas, por outro lado, havia vantagens em saber que ele poderia passar duas ou três noites sem dormir. Lachlan sorriu.

Ele havia retornado do saque na fronteira com um verdadeiro prêmio desta vez.

A visão de Glenlyon adiante o encheu de orgulho e daquela sensação eterna de acolhimento. Misturada a ela estava o fardo de sua responsabilidade. De alguma forma, ele encontraria uma maneira de manter o clã intacto, e seu mundo, unido. Aqueles que quisessem poderiam imigrar, mas Lachlan proveria subsistência para os que preferissem permanecer em sua residência ancestral.

– Essa besta vai explodir de novo! – gritou uma voz próxima.

Lachlan apenas suspirou diante do som de mais um fracasso. Que belo cumprimento. Ao menos o momento poderia ser mais bem calculado.

Janet acordou, sendo despertada com a mesma facilidade que ele quando tinha a chance de dormir. Ela esfregou os olhos com os dedos de uma das mãos e segurou a camisa dele com a outra.

A caverna estava sendo esvaziada à medida que os homens corriam para se proteger.

– O que está acontecendo, Lachlan?

Eles se levantaram e ele a empurrou na direção dos demais.

– É um probleminha, Janet. Fique aqui, onde estará segura.

Ele entrou na caverna esperando ver outro caos gotejante. Em vez disso o fogo debaixo do caldeirão de cobre estava queimando vivamente. Mas o sibilar e o borbulhar que vinham de todos os canos não prenunciavam nada de bom para os próximos minutos.

– O mosto não consegue passar para a panela de lavagem, Lachlan.

Ele se virou. Janet estava ao seu lado.

Mas antes que ele tivesse a chance de perguntar o que ela queria dizer, Janet passou por ele, caminhando imperturbavelmente até uma série de canos e respiradouros espiralados. Ela girou uma manivela para a esquerda e outra para a direita, e um líquido marrom-claro fluiu livremente para o enorme caldeirão de cobre.

Ela se virou e olhou para o primeiro homem que espiava, com cautela, o que estava acontecendo dentro da caverna.

– A levedura está no caldeirão?

Ele assentiu e se aproximou.

Janet olhou para Lachlan.

– Às vezes, o mosto fica grosso demais para fluir com facilidade. Quando isso acontece, é preciso diluí-lo com água. Senão, se criará uma barreira, e a fermentação começará nos canos, não no caldeirão.

– Então explode.

Ela assentiu.

– E como você sabe dessas coisas, Janet?

Ela deu um tapinha suave em uma panela de cobre menor, como uma mãe orgulhosa faria na bochecha de um bebê saudável.

– Vocês estão desperdiçando esse resíduo de mosto. É perfeito para alimentar o gado.

Lachlan só conseguia olhar para ela. Era como se Janet estivesse falando alguma língua estranha e ele só conseguisse entender uma palavra a cada três.

– Onde fica a área de germinação, Lachlan?

Ele se virou para James, que olhou para outro homem. Este a levou até o outro canto da caverna, onde a cevada estava espalhada pelo chão.

– É úmido demais aqui – informou ela, e, antes que Lachlan tivesse a chance de piscar, meia dúzia de homens ou mais já moviam os grãos para uma área mais ensolarada.

– Como você sabe tudo isso? – perguntou ele novamente.

Janet sorriu para ele.

– Aprendi com meu pai. Comecei a ajudá-lo assim que aprendi a andar. – Ela olhou em volta e sua expressão era de imenso prazer. – Não é estranho, Lachlan? Esqueci boa parte do meu gaélico e minha fala é inglesa demais, mas nunca me esqueci da destilaria e de um belo uísque maltado. Um legado de Ronald MacPherson.

– De Tarlogie?

James se adiantou, com o rosto coroado e um sorriso vivaz como o sol da manhã.

Ela assentiu.

James se virou para Lachlan e falou:

– Dizem que os fiscais queriam tanto pegá-lo que botaram um preço em sua cabeça. Ouvi dizer que ele conseguia esvaziar o destilador sessenta vezes em 24 horas.

– Noventa – corrigiu Janet, sorrindo. – Ele era ótimo na produção. E também não era muito afeiçoado às taxações tributárias. Sempre dizia que a demanda de potenciais consumidores fazia com que a ameaça de multas valesse a pena. Mas os fiscais eram, de fato, um problema.

James continuou balançando a cabeça, com uma expressão de puro contentamento.

– Vocês não instalaram o tubo de ventilação – observou Janet, se abaixando e pegando um pedacinho de cano que eles haviam deixado no chão depois da segunda explosão.

Ela apontou para o local onde aquele cano deveria estar instalado, no topo do caldeirão.

Lachlan a observava, atônito. Sua Ealasaid havia sido substituída por uma mulher chamada Janet, que conhecia o ambiente, que batucava na panela de cobre ocasionalmente como que para analisar seu conteúdo. Ela desprendeu um cano e o reposicionou, então enfiou a cabeça dentro de um barril e anunciou que era salgado demais para envelhecer uísque recém-destilado. Ela quis ver o recipiente de levedura e provou um pouquinho. Por fim, parecia estudar o vapor que subia até o teto da caverna.

Lachlan pensou que devia estar com o queixo caído, mas não se deu o trabalho de fechar a boca. Ele se virou e Coinneach estava ali. A barba dele se movia sobre os lábios. O velho profeta estava rindo, ele tinha certeza.

– Ela é a Noiva de Glenlyon, Lachlan. Ela conhece o segredo do *uisge beatha*, a água da vida. Você mesmo sabe que ela tem pés tortos e assustará todos os cachorros do castelo se um dia cantar.

– Mas ela nos salvará.

– Sim, e a você também.

Ele estreitou os olhos para o velho.

– Tem certeza de que nenhum outro clã pode se beneficiar da sua sabedoria, Coinneach? Alguém que você possa atormentar? Você poderia ter tornado tudo bem mais fácil simplesmente me contando a verdade.

– Mas, para realmente cumprir a Lenda, primeiro você precisava se apaixonar por ela.

A barba dele se moveu outra vez.

Coinneach se virou, estendeu as mãos e as ergueu acima da cabeça. Em uma voz estrondosa, fez seu mais novo pronunciamento:

– Vejo o futuro – declarou, quando teve certeza de que cativara a atenção de todos na caverna.

Lachlan fechou os olhos e esperou. Apenas um toque em seu braço o fez abri-los. Viu Janet sorrindo para ele. Ele a envolveu em seus braços e a abraçou com força, preparando-se para o que o velho profeta diria em seguida. Mas não importava. Já sabia como seria o futuro que se estendia diante dele em uma longa estrada. Uma dinastia, talvez, e felicidade. Dificuldades contrabalanceadas com riso, amizade e amor. Quem sabe, até mesmo sucesso. Talvez um nome. Uísque Glenlyon. Ele quase conseguia visualizar.

Ele se abaixou e deu um beijo suave na testa de Janet, que o puxou pela nuca para um beijo de verdade. Um beijo que o fez pensar em lugares secretos sob a luz do dia. Afinal de contas, eles tinham acabado de se casar.

Assim, *laird* Sinclair e a Noiva de Glenlyon perderam por completo as palavras do profeta. Mas não importava, pois a Lenda já havia sido plenamente cumprida.

Trilogia Bevelstoke

História de um grande amor

Aos 10 anos, Miranda Cheever já dava sinais claros de que não seria nenhuma bela dama. E já nessa idade, aprendeu a aceitar o destino de solteirona que a sociedade lhe reservava.

Até que, numa tarde qualquer, Nigel Bevelstoke, o belo e atraente visconde de Turner, beijou solenemente sua mãozinha e lhe prometeu que, quando ela crescesse, seria tão bonita quanto já era inteligente. Nesse momento, Miranda não só se apaixonou, como teve certeza de que amaria aquele homem para sempre.

Os anos que se seguiram foram implacáveis com Nigel e generosos com Miranda. Ela se tornou a mulher linda e interessante que o visconde previu naquela tarde memorável, enquanto ele virou um homem solitário e amargo, como consequência de um acontecimento devastador.

Mas Miranda nunca esqueceu a verdade que anotou em seu diário tantos anos antes. E agora ela fará de tudo para salvar Nigel da pessoa que ele se tornou e impedir que seu grande amor lhe escape por entre os dedos.

CONHEÇA OS LIVROS DE JULIA QUINN

OS BRIDGERTONS
O duque e eu
O visconde que me amava
Um perfeito cavalheiro
Os segredos de Colin Bridgerton
Para Sir Phillip, com amor
O conde enfeitiçado
Um beijo inesquecível
A caminho do altar
E viveram felizes para sempre

Os Bridgertons, um amor de família

QUARTETO SMYTHE-SMITH
Simplesmente o paraíso
Uma noite como esta
A soma de todos os beijos
Os mistérios de sir Richard

AGENTES DA COROA
Como agarrar uma herdeira
Como se casar com um marquês

IRMÃS LYNDON
Mais lindo que a lua
Mais forte que o sol

OS ROKESBYS
Uma dama fora dos padrões
Um marido de faz de conta
Um cavalheiro a bordo
Uma noiva rebelde

TRILOGIA BEVELSTOKE
História de um grande amor
O que acontece em Londres
Dez coisas que eu amo em você

DAMAS REBELDES
Esplêndida – A história de Emma
Brilhante – A história de Belle
Indomável – A história de Henry

Os dois duques de Wyndham – O fora da lei / O aristocrata

A Srta. Butterworth e o barão louco

editoraarqueiro.com.br